明亮的告别

吴忠全 著

目录

- 第一章 001
- 第二章 026
- 第三章 043
- 第四章 058
- 第五章 079
- 第六章 098
- 第七章 117
- 第八章 136
- 第九章 157
- 第十章 177
- 第十一章 201
- 第十二章 220
- 第十三章 240

- 第十四章
  257

- 第十五章
  270

- 第十六章
  285

- 第十七章
  309

- 第十八章
  328

- 第十九章
  346

- 第二十章
  370

- 第二十一章
  392

- 第二十二章
  412

- 尾声
  439

- 后记　今夜微风轻送
  443

第一章

夏末秋初，午后悠长，北方的工业小城上空，难得没有阴沉的雾气。

去年刚开张的金泰城，又鼓捣出了新玩意儿，把滑冰场搬进了商场里，六楼一半的场地都被玻璃护栏围了起来，一地的干冰冷飕飕地冒着凉气。高知冬坐在玻璃护栏外的台阶上，看着场地里几个小孩在教练的带领下练习，一遍一遍地绕圈子，没有个尽头。

他看着无聊，也是坐久了，台阶太硬，屁股生疼，站起身伸了伸懒腰，准备离开，忽然听到有人在身后叫他的名字。"高知冬？"不是肯定的语气，带着猜测。

他回过头，认出那个青年，叫薛凯。薛凯也认出了他，说："我看着像你，还真是。"

高知冬看着他一身滑冰服，问："你来这儿滑冰？"

薛凯说："上班，我在这儿当教练。你呢，来玩啊？"

高知冬说："玩啥啊，死拉贵的，一个小时一两百呢。"

薛凯说："进去滑两圈吧，我请你，我是教练，有内部价。"

高知冬摆着手说："算了算了，好多年没滑了，再摔个好歹的。哎？你不是去省队了吗？啥时回来的？"

薛凯说："退役了。"

高知冬说:"才多大就退役啊?"

薛凯说:"能力不够,也没啥天分,滑不出啥成绩来,就早早退了。"

高知冬一时也不知道该接啥话,两人就陷入了短暂的沉默,目光都散漫地落到了场地内那些绕圈子的孩子身上。

薛凯说:"你看现在的小孩多幸福,都在商场里滑冰,舒舒服服的,不像咱们那时候,大冬天的就在江面上滑,一冬天下来,手上脸上全都是冻疮。"

高知冬被他的话带起了些回忆,在三九天的大烟儿炮里,教练带着他们一帮小屁孩,在江面上排成队滑行,风像刀子似的割在脸上,他们只能低头看着前方队员的屁股,双腿蹬紧,左右摆臂,看不到终点在哪里。

高知冬说:"是啊,那时真没法和现在比。"

薛凯说:"你还记得那谁吗?那个叫陆小景的。"

高知冬想了想说:"记得,小个不高,挺娇气的,一摔倒就哭,她咋啦?"

薛凯说:"她进国家队了,听说还是北京冬奥会重点培养队员。"

高知冬说:"真没想到,她能滑出来。"

薛凯说:"是啊,谁能想到她那么有尿性,当年我们和教练都以为滑出来的会是你呢。"

高知冬脸上拂过一瞬的阴霾,随即苦笑道:"以前的事就别提了。"

薛凯看出了他的别扭,就转了话题,说:"你现在做啥工作呢?"

高知冬脸色又有些尴尬,薛凯有眼力见儿,急忙说:"不跟你聊了,我这上班都要迟到了,改天有空了喝点。"

高知冬说:"好的好的,你去忙。"

薛凯推开玻璃护栏的门,走进了滑冰场。

高知冬又看着滑冰场出了会儿神,眼里有了些落寞,接着调整了下情绪,看了看手表,这个时间,母亲高美珍应该出门了。

城西的活动中心,太阳斜照进屋子里,一群老年人排成排,沐浴在这尘埃飘浮的柔光中,舒缓地唱着:"当你老了,头发白了,睡意昏沉……"每个人脸上都流露着祥和与宁静,似乎只要坠入这诗意的表达里,现实的生活也就能跟着一起美化。

"啪!啪!啪!啪!"领唱的高美珍突然猛拍手,打断了合唱:"精神点!精神点!怎么都带死不拉活的!"她指了指队伍里的一个老大爷:"老刘大哥不是我说你,你那眼睛怎么都睁不开了?"

老刘不服气:"嘴巴能张开就行呗,我昨天打了半宿麻将,闭目养神一会儿。"

高美珍也没好气:"要睡觉回家睡去,一星期大家就聚这一次,不想好好练就退团,没人拦着你!"

"凭什么让我退!活动费我都交了的,你高美珍算个什么东西,在这儿冲我吆五喝六的!"老刘叉着腰给自己提气,这下倒是一点也不困了。

"我是团长!"高美珍理直气壮。

"代理的。"老刘立马揭老底。

"团长不在就得听我的,现在大家投票。"高美珍目光扫视其他人,"你们同意不同意让老刘退团?"

"我不同意!"老刘第一个举手。

"你不算数,其他人呢?"高美珍看向孙芸芸,她为人正派,但没什么主见,一向都听自己的。"你觉得呢?"

孙芸芸搓着手,不敢抬眼睛:"我……我觉得啊,其实这个事也不能怪老刘大哥,是我们这个歌选得不好,又打盹儿又睡意昏沉的,

003

唱着唱着就确实想睡觉……"

孙芸芸这么一说，其他人都附和："是啊，都唱几十遍了，没意思了。""对啊，一星期一次，几十次就一年了。""我本来都不觉得自己老，硬是让这歌给唱老的。"

老刘得到支持，有点小得意："美珍啊，不是我说你，你的领导能力，看来遭到了很大的质疑，我建议今天别投票让我退团了，改投票让你退位吧！"

高美珍脸上挂不住，气得脸色煞白："歌出了问题你们也不能全怪我啊！这是团长选的歌。"

众人一听，也是真的不能怪她，便转向埋怨团长："其实我早觉得团长选歌有毛病，总想着排点现代的歌，可我们都这把年纪了，在歌唱方面，还与时俱进个什么劲啊？"

"对呗，你们记不记得，他之前有段时间还让我们学 rap，我回家偷着练习，让我孙子一顿 diss。"[1]

"是，还有一回是电音舞曲，没什么歌词，我一共就分到一句。"

"你分到一句话就不错了，我就分到两字，一个是'嗯——'一个是'哦——'。"

大家说得正来劲，门前站着的人却黑了脸。团长拎着个小行李包，直勾勾地等着大家发现他。高美珍眼尖，看到他新剃了个寸头，但也不提醒其他人，只是直勾勾地看着团长，一副"看吧，这群老家伙都不是什么好东西"的表情。可团长等不下去了，其实是听不下去了，很刻意地咳嗽了两声，空气突然安静下来。

一群人都愣住了，面面相觑，背地里说人坏话被发现了，好尴尬，但人老了，脸皮厚了，便任由尴尬蔓延。

---

[1] rap，说唱；diss，此语境中意为怼人，用言语攻击别人。

还是高美珍打破了尴尬，假装也是刚发现团长戳在那儿："秦大哥回来啦，给我们从北京带什么好东西了？"她朝团长走去，很自然地把手伸向小行李包。

"也没什么，就是一些北京小吃。"团长拉开行李包，拿出一盒稻香村糕点给高美珍。高美珍很夸张地"哇"了一声，把糕点抱在怀里。其他老人一看有礼物，也都忘了尴尬，团团围上来。

"团长你去北京看儿子，怎么一去半个多月，回来也没个信儿啊！"

"是啊，我儿子新买了车，可以去车站接你的。"

"去什么车站啊，人家儿子不给买飞机票？你是坐飞机回来的吧？"

"那飞机飞那么老高，心脏没难受吧？"

团长仍旧黑着一张脸，唐突地冒出一句："来不及了。"

众人一愣，什么来不及了？

"你们背地里埋汰我，我都听见了，我不会给你们礼物的。"团长的一头白发，在阳光下闪着银光。

"喊！我们还不稀罕要呢！"一个老头子知道得不到，便有了骨气。

"是，这玩意儿在网上哪儿不能买到？还坐飞机拎回来？没超重吧？"另一个老太太顺便酸一酸。

团长明显被酸到了，拎起行李包，气呼呼地走了。

闹出这么个小插曲，也不用再排练了，其他老人三言两语说着关于团长的闲话，又三三两两离开。只有高美珍一人，抱着一盒稻香村，像抱着胜利似的挺直腰板，走到活动室门前，看一眼天空，挺高远的。

她叫住了要走的孙芸芸："哎，你刚才怎么不帮我说话？"

孙芸芸支支吾吾，高美珍的目光就瞟向老刘的背影："你是不是和老刘在搞黄昏恋?"

孙芸芸脸红了:"你瞎说什么啊。"

"看,你这样就是了。"高美珍把稻香村递给孙芸芸,"这个拿回家给你孙子吃吧。"孙芸芸推托,高美珍就硬塞。"拿回去堵你儿媳的嘴,要不又该说你老蹄子骚了骚了的,就知道往外蹽。"

孙芸芸被这么一说,就默默地接过了那盒稻香村。

高美珍接着道:"老刘这人虽然贱嗖嗖了一点,但老光棍都这样,没结过婚就成熟得慢,可也有好处,没有儿女的牵绊,能攒点小钱,你要是真看准了就从你儿子家搬出来,别受那份气了。"

"搬出来和他一起住吗?"孙芸芸惊讶,"是不是太快了?"

"再慢就得一起搬进棺材里了。"高美珍很潇洒地点了一根烟。

"你少抽点烟吧。"孙芸芸劝她。

高美珍顺势又拿出一根递给她:"你也抽一根?"

没想到孙芸芸却接了,像是下狠心一样:"一辈子就快过去了,我也叛逆一回。"

高美珍呵呵笑着,给她点着了烟,两个人望着天空,各自抽着心事。

黄昏,脚边有了些凉意,高美珍穿着老年款的七分裤,骑着"小绵羊"摩托车,风就会显得更大一些,飕飕往裤腿里钻。她半个月没染发了,有些白发就忍不住冒了出来,幸好有头盔挡着,不然那老态就追了上来。

"小绵羊"穿过半个城市,在一栋老式居民楼前停下来,五层高,以前外墙是红砖,前两年刷了一层白漆,看起来新了很多。高美珍爬上三楼,掏钥匙刚要开门,就发现门竟然虚掩着。她侧耳听了听,门里有窸窸窣窣的动静,她警惕了起来,在楼道里找到一根木棍,攥在手里，轻轻推门进屋。

两室一厅的屋子，六十多平方米，窗台上有几盆花，蔫了吧唧的。本该是茶几的位置摆着餐桌，餐桌上的水壶空了，她记得走之前水还剩下一半。高美珍环视一圈，没人，就又蹑手蹑脚地走向自己的卧室，一个男人的背影，撅着屁股在床头柜里翻找着什么。

咣当一声，男人吓了一跳，回过身，是高知冬。他看到高美珍把木棍扔在地上，气呼呼地盯着他，他有点胆怯，急忙解释："妈，你别误会，我就回来拿点自己的东西。"

"别和我扯犊子，拿你的东西跑我屋子干什么？"高美珍说着走出去，推开对面的房间，里面除了一张床，空空荡荡。"你的屋子早就让你搬空了，连个床垫子都没剩！"

高知冬被揭穿了，也无所谓，反而更死皮赖脸："要不是你把床腿用铁链子拴上，我早连床都搬走卖了！"

"滚。"高美珍指了指门口。

"给我点钱就滚，实在交不上房租了，过两天钱到账了就还你。"高知冬走到客厅，找了一圈，回身伸手在高美珍胸前的口袋里找到了烟，"黄鹤楼，抽的烟比我的都好。"

高知冬抽出一根，刚要点，高美珍一把抢了回来："你二十多岁的人了，连个正经工作都没有，就知道到处混，到头来连个房租都混不到，砢碜不砢碜？我要是你就躺火车道上等着碾死算了！"

高知冬从自己口袋里掏出烟，十块的红塔山，点上，慢悠悠地抽了一口："我上回有个哥们儿想不开，就去躺火车道了，结果没碾死，高位截瘫，他爸妈把退休金都搭医药费里了，也请不起护工，两人轮班伺候，跟伺候祖宗似的……"

"不要脸，我怎么生了你这么一个玩意儿！"高美珍气得浑身颤抖。

"我怎么生出来的你最清楚。要不你告诉我，我爸是谁，我管他要钱去，保证再也不打扰您。"高知冬抽了一口烟，用心地吐出一个大烟圈。

高美珍突然就沉默了，眼神中的怒气变成了低落。"行了。"高美珍弱弱回了一句，折身又进了卧室。

高知冬一脸赢了的表情，又吐了个大烟圈，抖着腿等着拿钱。可等来的却是拿着木棍的高美珍，举得高高地朝他打来："小王八羔子！你还敢欺负到我头上了！"

高知冬眼看木棍就要挥过来，侧身躲开，但腿上还是挨了一下，老太太劲不大，可也生疼。

"行了行了，别打啦，脾气这么大，小心脑血栓，半身不遂没人伺候你！"高知冬捂着腿蹦跶。

"我半身不遂之前先把你打残废了！"高美珍不罢休，一棍子又冲他挥去，高知冬蹦跳着夺门而逃，下楼的脚步声跌跌撞撞传了回来。

高美珍握着木棍站在原地，把气喘匀了，走到餐桌边，想给自己倒杯水，拿起来才后知后觉水壶都空了。她无力地坐在沙发上，看着半开的门，楼道里空空荡荡，终于没了回响。她翻出手机，拨了一个号码出去："喂？王师傅吗？我要换门锁。"挂了电话，才发现手里还握着木棍，叹了口气，把它扔在了地上。

高知冬在楼下揉着被打的腿，卷起裤腿看，青了一小块，不碍事。放下裤脚，从裤兜里掏出一条手链，红绳编的，上面有两条黄金的小鱼，刚才在高美珍卧室翻到的，这一趟算是没白来。看着这两条小金鱼，他就觉得腿也不太疼了。

高知冬来到杂货铺，这里杂七杂八啥都卖，也啥都收。高知冬把小金鱼丢进窗口，动作熟练，一看就是常客。他每每想拿东西换钱，都不是去直接卖,而是来这儿让老板暂时保管,说是保管,其实就是典当,以后还有赎回来的机会。

老板六十来岁,用放大镜看了看手链,给出报价"三百七十五"。

高知冬奇怪:"怎么还有零有整的?"

老板也实在:"这样显得不像在瞎报压价。"

"那你就是在压价呗?"高知冬隔着玻璃盯着老板看。

老板又看了看手链:"压谁的价也不能压你的啊,你是常客,整天缺钱,拿过来的也都是些破烂……"

"你看好了!"高知冬打断老板的话,这是他来这么多次,最有底气的一回,上次卖宋朝留声机时最没底气,可那回自己也是被骗了……说来话长,他不想说,只说:"这回可是小金鱼,我拿到金店按克卖也比你给得多!"

老板一副诚诚恳恳的样子。"我劝你还是别拿去金店丢人了,这条小金鱼是镀金的。"他摩挲着小金鱼,"我都不敢使劲摸,怕把金磨没了。"

高知冬愣住了,随即懊丧了,他信得过老板不会骗自己,却也没心情和老板闲扯了,签了个字,拿着三百七十五块钱走了。临走老板冲着背影喊了他一句:"哎!"高知冬不耐烦地停住:"行啦,别以为自己守着个小杂货铺就是成功人士了,再给我讲大道理,下回人家收你保护费我可不管了。"

老板把话憋了回去,摆了摆手:"再见。"

"别诅咒我了,总和你再见,只能说明我越混越惨。"高知冬虽这么说着,但仍旧故作洒脱,背对着老板挥了挥手。

高知冬走到街边,青了的腿又有点隐隐作痛,他拦了辆出租车回出租屋,上了车坐在副驾,却发现后座还坐了一个人,是拼车。司机咧嘴一笑,说:"顺道。"高知冬说:"我去哪儿你都不知道吧?"司机说:"去哪儿都顺道。"

高知冬想想,也是,这么大点的城市,当然怎么走都顺道。

出租屋在七楼,整栋楼也就七层高,高知冬刚爬到六楼,一个行李箱的滑轮,从楼梯一路滚到了脚前,他俯身捡起滑轮,觉得不妙,三两步跑了上去,就在转角处看到了女朋友嘉嘉拖着掉了一个滑轮的行李箱,艰难地往下挪着。

嘉嘉看到高知冬,脸上的表情更艰难了,俯瞰着他,张了张嘴巴,像是有一肚子话要说,可又都不想说了,嘴里嚼着的泡泡糖吐出一个大泡泡,然后大泡泡瘪了,她又嚼了嚼,伸出手,说:"把轱辘给我。"

高知冬仰着头看嘉嘉,说给了也安不上了。嘉嘉倔强,也不要了,搬着瘸腿的行李箱硬往下走,三两个台阶后就被高知冬挡住了。嘉嘉往左,高知冬也往左,嘉嘉往右,高知冬也往右。嘉嘉狠狠地推了高知冬一把,没推动,就火了:"滚!别挡道!"

高知冬倒有忍耐性,心平气和道:"你要去哪儿啊?"

"去找幸福。"嘉嘉高傲地又吹了一个大泡泡,还抖腿。

高知冬就明白了,也笑了:"是开奥拓的那个野男人吧?"

"是谁和你有啥关系?我正式通知你,我们分手了!请不要再纠缠我!"嘉嘉又要撞高知冬,高知冬却轻盈地一躲,嘉嘉猝不及防,连人带行李箱一起滚下了楼梯,虽只有三四级,但也把嘉嘉吓得够呛,嗷嗷叫了几声,不知是因为气还是因为疼。

高知冬倒是得意,哈哈哈哈笑了一阵,看着嘉嘉爬起,朝他冲过来,他以为嘉嘉要打他,下意识地缩头要躲,嘉嘉扬起的手却停了下来,忍了忍,没落下。"高知冬,你就这么混下去吧,有你后悔的那一天!"嘉嘉的声音里带着颤抖,是最后的心疼,也是最后的失望。

嘉嘉说完拖起行李箱就走。高知冬不知见好就收，也是心里还有气，冲着嘉嘉的背影说："你也好自为之，听说那个男人的车不是自己的，就是个卖手腕子的司机，有处女情结，还有性功能障碍……"

"呸！"嘉嘉厌恶地回头，把泡泡糖吐在了高知冬的脸上，高知冬愣住，也就没了话，看着嘉嘉的背影消失，可那瘸腿行李箱敲打楼梯的声音还在，他把粘在脸上的泡泡糖拿下来，在拇指和食指间，想要弹掉，却越弹越黏，粘了一手。

高知冬回到出租屋里，瞥了一眼这个大开间，嘉嘉的东西搬走后，这开间空了，也乱了一大半，和他此刻的心一样，不能说是没有半点的难受。这半年相处的场景，能记住的都在脑子里迅速过了一遍，坏的要多于好的，糟糕的多于欢喜的，虽没啥深刻的感情，但偏偏某几个温情的时刻最尖锐、最刺眼，在心里、在眼里胡乱扎了一通。

他摇了摇脑袋，想甩掉，想如这一手的黏腻般用水冲洗掉，可洗手间偏偏又停水了，是碰巧，也是捉弄，或许理由也可以更简单一点，是贫穷，是一事无成。他从柜子里找了瓶矿泉水，用半瓶水把手洗了，挽起的袖子就露出了个蝴蝶文身，但仔细瞧，那文身也不是真的一针一针扎进去的，而是贴了个文身纸，一出汗，搓两下，就掉色了。

高知冬盯着那蝴蝶看了一会儿，心思游走了一番，回过神来，把剩下的半瓶矿泉水喝掉，这时手机就响了，是小兄弟张合打来的，神神秘秘又有点紧张兮兮地问："你在哪儿呢？超哥找你。"高知冬一听，皱了皱眉头："超哥在哪儿呢？"

"台北，不见不散。"张合挂了电话。

天空黑得特别快，特别是在明亮的夜晚。

高知冬走进台北纯 K，轻车熟路地上了二楼，左边第三间，就是不见不散包厢，第四间是好聚好散，还有不欢而散、一哄而散。

他推开门走进去，昏暗的包厢里，先看到两个小流氓在唱："我们都是好孩子，最最善良的孩子……"再仔细打量，沙发上坐着一群男人和一个女人，女人旁边的中年男人就是超哥，看起来很不起眼，要不是因为旁边有包厢里唯一的女性，不会有人觉得他是这群人里的大哥。

超哥看高知冬进来，招了招手，女人就站了起来，拽了拽超短裙，给高知冬让出了位置，自己坐到了点歌机旁。

高知冬坐在超哥身边，有些紧张，超哥又摆了摆手，张合赶紧过来，给高知冬倒了杯酒，并忙用眼神示意高知冬，敬超哥一杯。高知冬就把酒杯端了起来，刚要说话，超哥却不给他说话的机会，直接把酒喝了。高知冬有些尴尬，但也硬着头皮，给超哥又倒了一杯，超哥把酒杯啪地扔在了地上，可唱歌的人声音太大，杯子碎裂的声音没人听见，超哥气势没起来，狠狠地瞪向了唱歌的人，张合眼尖，立马按下了静音键。

唱歌的人不爽："谁他妈的……"回头一看，超哥脸色凝重，都憋了回去。

包厢里一片死寂，高知冬知道自己要完了，握着啤酒瓶子的手，又用力握了握。

超哥不急不缓地叼了根烟，张合立马蹲下来给他点烟，手哆哆嗦嗦的，不是为自己哆嗦，都是为了朋友。"超哥您别急，都是兄弟，有话咱们慢慢说。"烟点着了，他回头看高知冬："你怎么还在那儿戳着，快给超哥表态啊。"

"超哥，我保证下个星期就能把钱要回来。"说完高知冬又没底气了，补了一句，"最起码利息能要回来……"

超哥比了个OK的手势，张合和高知冬都松了口气。"快点，超哥都OK了，快再敬超哥一杯。"张合急忙招呼，两人刚要动，却见超哥脸色并没有缓和。

"三个月了。"超哥缓缓说道，他的手势还没收回去，原来不是OK，而是数字3，"放出去的钱三个月了，到现在一分钱回款没见到，我记得咱们的规矩是二十一天回利息吧？"

"是，二十一天无抵押贷款……"高知冬声音越来越弱。

"无抵押贷款的风险是很大的，我们一不小心就会变成慈善机构，那阻止我们变成慈善机构的方法是什么？谁能告诉我？"超哥环顾四周。

"是我们！"一群兄弟齐声回答。

"对，是你们。在外人眼里，你们可能被看成流氓、混混，但那都是偏见，是戴着有色眼镜看人。你们在我眼里，都是信用的监督员，专门督促那些不守信的人，只不过方法极端了点，上个月小方是不是打断了人一条腿？"超哥看向刚才唱歌的男生。

"后来接上了。"小方回答。

"很好。"超哥拍了拍手，又看向高知冬："那你做了什么？"

"我……我去催了两趟，他说他家孩子出事了……"高知冬自己都说不下去了，当时确实就是心软了。

"你是在向我展示你的善良吗？"超哥抽了一口烟，烟雾迷住了脸，眯眯着眼睛看人。

"不敢。"高知冬知道超哥真的怒了，上回他这样看人，后来那人的手指断了一根，没接上。"超哥，我保证一个星期，肯定能拿回钱来。"

"拿什么保证？"超哥握了握拳头。

高知冬心里微微一颤，手中的瓶子握得更紧了，他猛地抬起手，瓶子砸在了自己的头上，碎了。

"我靠！吓我一大跳！和我来这套！"超哥迅速往后躲，可裤子上还是被崩了些玻璃碴子。

张合也吓了一跳，但也不忘随时巴结超哥："超哥真厉害，一句话三押！"

"三押你妈啊！"超哥气急败坏，看着头上已经流出血的高知冬，抄起个瓶子就想再砸他，这时包厢的门被撞开，有个小弟急匆匆地跑进来："超哥，不好了，警察来临检了。"超哥停下动作，看了看高知冬，又听见门口警察的说话声。穿超短裙的女人反应最快，把裙子用力往下一拉，变成了过膝长裙。超哥急忙让人把高知冬塞进沙发底下。

高知冬躺在沙发底下，透过那条缝隙，看着外面一双双鞋子，接着门打开，又进来几双鞋子，警察询问怎么一地的玻璃碴子，超哥说兄弟聚会，喝多了碰碎的。再接着，《我们都是好孩子》的歌声又响了起来："我们都是好孩子，最最可爱的孩子，在一起，为幸福落泪啊……"

高知冬头顶的血缓缓地滑进眼睛里，视线里那窄窄的一条缝隙，也逐渐模糊，猩红一片，他此刻才感觉到头疼，真他妈疼。

清早，起了雾。

高美珍骑着小摩托去菜市场，停好车上好锁，走到里面第三间卖调料的铺子，把盖着的塑料布都掀开，用鸡毛掸子扫了扫灰，准备营业。这间铺子开了好多年了，生意稳定，赚钱却不多，但好在是自己的生意，自由些，想开就开，想走就走，但除了周末去合唱团的下午，她还真没怎么离开过。

过了一会儿，送豆腐乳的小伙子把货卸下，高美珍付钱时才知道每箱又涨了三块钱，她拿出记账本记下这价钱，分摊到每瓶的话，也就几毛钱。以前这几毛钱，通常抹零就抹没了，现在都微信、支付宝付钱了，一毛钱也能收到，这么说来，生意算是比之前好做一些。

高美珍想着这也算是科技改变了生活，自己当初刚用的时候还不习惯，不相信那数字真能当成钱去花。现在习惯后再回头看，原来日子就是这么一点一点被改变的。她正琢磨着这些的时候，一抬头，便看到孙芸芸站在了面前，拉着一张脸，手里还拎着昨天那盒稻香村。

"怎么了？又被你儿媳欺负啦？"高美珍一边摆货一边问道。

孙芸芸提了提手里的稻香村，小声说："她怀疑这点心是老刘给我的，我说是你给的，她还不信。我儿子说话更难听，说我和老刘出去耍一下午，就赚了一盒点心，比钟点工还不值钱。"

"那你就听着啊？那嘴巴是干什么用的？骂他们啊！这些年你又做饭又看孩子的，你不欠他们的，就不能硬气点？"高美珍每次听到孙芸芸家里的事，就生气，主要是气孙芸芸太软弱不争气，小一辈浑蛋就浑蛋了，但当长辈的不能被浑蛋欺负。

"我寻思，这不一把年纪了嘛，现在年轻人心狠，万一再闹得断绝关系，我这一辈子到头来，啥都没落下。"孙芸芸低着头，一副自己做错了的样子。

高美珍也很无奈，停下手中的活："那你实在不行，搬我家住几天吧，没人给他们当保姆，他们就知道不顺手了，等到时再把你接回去，态度肯定就不一样了。"

孙芸芸点了点头，没说行也没说不行，然后猛地反应过来："你儿子还没回家住啊？"

"昨天回来偷钱，让我给打出去了，没出息，死外面才好。"高美珍说起这些就又气不打一处来，便转移了心思，伸手拿过孙芸芸手中的稻香村，"你咋又拿回来了？还没吃早饭吧？这点心咱俩吃了，也别惦记给哪个小瘪犊子了。"

"咱俩也别吃了,这点心过期了。"孙芸芸指了指盒子上的生产日期。

高美珍仔细看了看生产日期,脸色就变了:"这团长也太抠了!怎么从北京带过期的点心回来?"

"可能买的时候被骗了吧。"孙芸芸道。

"他那么精,买面包隔天的不要,谁能骗得了他。"高美珍正说着,就看到团长走了过来,她和孙芸芸对视了一眼,团长家离这菜市场远,要转好几路公交,怎么都不会顺路来这儿买菜。她俩觉得蹊跷,急忙把稻香村藏了起来。

团长穿着一身李宁牌运动服,溜光水滑的,一打眼就能看出是新买的。高美珍把稻香村过期的事藏心里,问:"秦大哥来买菜啊?"

团长笑了笑,笑里有些羞赧,像是有事相求。"我不买菜,我有点事和你说。"团长说道,看到孙芸芸也在,他冲着她点了点头。

孙芸芸起身:"用我回避吗?"

"不用不用,也没啥隐私。"团长摆了摆手。

"那你坐,秦大哥。"高美珍搬了把椅子,团长又是摆了摆手。

"不坐了,还有事,说完就走。"他搓了搓手,"那个,我这几天就要去北京了,这回是长住,没啥事就不回来了。但心里有点放不下咱们的合唱团,美珍啊,你以后能代我当这个团长吗?"

高美珍有点惊愕,没想到团长刚回来又要走,还不打算回来了,这突然的离别,让她有点难受。

"我知道这个团长也不是啥正经的官,也不赚钱,还要经常搭钱,可要是因为我这么一走,合唱团就解散了,我心里实在过意不去,毕竟,这个合唱团是很多老伙伴心里的一个寄托。"团长说着也有些难过,"所以就想着,你来当这个团长最合适,毕竟你有这个实力,年轻时还当过歌手……"

"那算啥歌手啊……"高美珍反倒不好意思了。

"你就答应我吧，回头我和大伙也说一下，没人会有意见的。"团长看了看高美珍，又看了看孙芸芸。孙芸芸急忙点头："我肯定没意见。那秦大哥，你啥时去北京啊？我们给你送个行呗？"

团长嘿嘿一笑："不麻烦大家了，我这两天就走。"

"这么急啊？"

"急什么急啊，秦大哥都等了这么多年了，终于能和儿子住一块了，坐火箭都嫌慢呢！"高美珍用这打趣来缓解离别的感伤。

团长笑了笑："那我就当你答应了啊。"

"你放心吧，我一定带大家好好唱。"高美珍也笑了笑，对于唱歌这件事，她确实有信心。

"你有空就回来看看大伙。"孙芸芸也有些不舍。

团长使劲地点了点头，说："会的会的。"便离开了。

孙芸芸看着他的背影道："你说人家的儿子怎么就那么有出息？这老秦一辈子没吃过啥苦吧？净享福了！"

"咋的？羡慕了，还是嫉妒了？"高美珍问她。孙芸芸摇摇头，答不上来。

"每个人头上一片云，都各有各的天气，各有各的命。"高美珍又拿起那盒稻香村，看了看，丢在了垃圾桶边。

高知冬头上缠着纱布，昨晚被打的伤口还隐隐地疼。他手里拎着根铁棍子，坐在张合的摩托车后座。摩托车太破，不配拥有安全帽，张合的头发被风吹得立了起来，一张嘴灌一口风，可还在迎着风说话："这回你到那儿就狠点，拿出点放高利贷的气质，他一个五十来岁的老家伙，你还怕打不过他？俗话说后生可畏，你就让他见识见识你这个后生有多可畏！"

高知冬有点为难，说："我也不是怕他，我就是看他那样可怜……"

张合说："你脑瓜子都开瓢了，还可怜别人呢？女朋友和别人跑了，房租也交不上，我要是你，照镜子都想哭，你还是先可怜可怜你自己吧！"

高知冬不爱听，说："行啦，别磨叽了，我这回保证不心软了！"说着故意把手里的铁棍放下，与地面摩擦冒出火星子，就这么一路风风火火地去要债了。

摩托车一路到了郊区，停在一处平房前。院子是木栅栏，还刷了蓝油漆，蓝油漆早已褪色，多年没补过了，斑驳得像一块块皮癣。高知冬和张合下车，还没推开院门，就先听到了口琴的声音，循着声音望过去，一个五十多岁的男人，坐在院子里的树下，吹着口琴，曲调悠扬，是一首熟悉却又叫不出名字的老歌。

张合一看就来气了："就是他吧？还他妈有心情搞音乐呢！"说着就要推开院子的门进去。这时，一个五十多岁的女人从屋子里冲了出来，气呼呼地骂男人："吹吹吹！天天就知道吹，给你儿子吹丧呢还是能吹出钱来啊？我告诉你赵凌峰，现在这家里就剩咱两人了，你不想好好过那就彻底玩完！"

男人不理会女人，但也收起了口琴，起身往门外走，张合和高知冬就推门走了进来，男人一愣，认出来了，很勉强地笑了一下。

高知冬走过去，还保持着基本的克制："我上回来，你说是你儿子头七，我没难为你，这回你也别难为我。"

张合愣住，小声询问高知冬："他儿子死啦？"但这声音谁都能听见。

男人不吭声，女人气呼呼地走了过来："死了，比你们小不了几岁，你们也小心点，别到处混了。"

张合不爱听:"你儿子死了是他命短,和我们有什么关系!"他看向高知冬:"别和他们废话了。"又看向男人:"痛快还钱!"

男人搓着脸,搓下一手的为难:"你们早来几天好了,那时手里还有点钱,后来被别人要走了。"

女人补充道:"都是我儿子在外面欠的,他就是个无底洞。"

高知冬气不过:"你这是在怪我们来晚了呗?"他举起铁棍,指着男人的胸口,不停地点着:"你手里有钱了,不知道给我打个电话啊?你是不是觉得我好糊弄啊!"

男人也不躲,衣服上被捅了一圈圈的铁锈:"小兄弟,真不是,那伙人来得太突然了,下手也狠……"

高知冬猛地扬起一棍子,抽在了男人的腰上:"我狠不狠?"

男人闷哼一声,踉跄了一下,没倒。

"啊!不好啦!打人啦!杀人啦!"女人一屁股坐在地上开始号叫,撒泼打滚。

张合看得烦,吓唬她:"你这个死老娘们儿痛快闭嘴,不然我连你也打!"

"你打啊!小瘪犊子,打我啊!打死我啊!反正我也不想活了!"女人爬起来就往张合身上撞。

张合打男人不手软,打老娘们儿,没尝试过,也不敢尝试,只得往后躲:"你别过来啊,我没碰你啊,别想讹人!"

"你别号了!"男人厌烦地冲女人发狠。女人不往张合身上撞了,又坐回了地上,继续哀号:"老天爷啊,开开眼吧!把我也带走吧,我活不下去了……"

女人这么一闹,男人脸上更挂不住了,诚恳地看着高知冬:"小兄弟,我不骗你,我是真的没钱了,我明天就出去打工给你赚去,肯定能把钱连本带利地还给你。"

高知冬不信："忽悠谁呢？你靠打工赚钱，打到猴年马月去？"

男人说："给我半年时间，半年就能还上你，半年不行一年肯定行。"

高知冬摇了摇头："不行，我现在就要。"

男人近乎乞求："你就是再逼我我也没招啊，要不你看我这院子里，有什么能抵押给你的，你都拿去，哎，那辆车行不行？我还有辆车。"

顺着男人手指的方向，高知冬和张合看到了一辆破旧的桑塔纳。

张合说："你扯什么犊子呢？这辆车早就报废了吧？"

"没报废，还有几个月才到年限，还能开。"男人走到车边，掏钥匙打开车门，"你们看，里面还挺干净的，算是抵押给你们吧。"

张合看了看车："那也不行啊，再过几个月，报废年限一到，卖也卖不出去，自己开交警还抓，你以为我们是玩贪吃蛇吃罚单啊？"

男人搓着手："你们要是害怕上路被交警抓，那就还停在我这儿……"

"你拿我们当弱智啊？停在你这儿，那还算是抵押吗？"高知冬一把抢过钥匙。他看了看男人，又看了看张合："先开走吧，总比什么都没要着强。"

张合说："我告诉你啊，这次先放过你，我们顶多再给你一个星期时间，钱凑不够，你的房子就没了。"张合冲男人做了个打火机打火的动作。

男人说着"明白明白"，一个劲地点着头。女人看着院子里最后一点值钱的东西被开走了，也不号了，拍了拍屁股站起来，冲车开走的方向狠狠骂道："小流氓，早晚车毁人亡！"

男人说："你留点口德。"女人斜楞他一眼，"呸"，一口唾沫吐在他脚下。

破旧的桑塔纳慢悠悠地开在路上，车门叮当乱响，它仿佛是从时间的缝隙里钻了过来，身上还带着遗老风光，可惜如今这世界琳琅满目，它的荣光早已不在，孩子们叫不出它的名字，于是只喊出两个字："破车！"并追着打。

　　张合点了根烟，递给开车的高知冬，又点了一根自己抽，抽得一脸焦躁："你开快点，一会儿车再让这些小屁孩打坏了。"说完伸出头去骂："别他妈追着打了！打坏了你们赔不起！"

　　高知冬也无奈："我这油门都踩到底了，可能是挡出了问题，等我回去好好研究研究。"

　　张合不耐烦："行啦，你就别研究了，你不会真把这车做抵押吧？就这车，拆零件卖废铁，最多就能卖两千。"

　　高知冬抽了一口烟："卖两千也是钱啊，给超哥大头，算是补贴点利息，剩下的还能够我这头上的医药费。"

　　张合吐出一口烟，叹了口气："唉，遇到这样的，也是没招，你之前说他们可怜，我还真当是你心软，没想到还真够惨的，两口子都五十来岁了，儿子怎么还死了？"

　　高知冬说："他儿子和咱们一样，之前也是小混混，后来混不下去了，想干点正事，买了个手机架子搞起了直播，直播吃饭，可是小身板子吃不下去多少，吃点就得催吐，然后噎死在厕所了。"

　　高知冬说完想叹口气，张合却扑哧笑了，笑得前仰后合，把高知冬的叹气给憋了回去。

　　高知冬推了推张合，张合还在笑，笑得喘不过气来了。

　　"你怎么这么缺德？有没有点同情心？"高知冬不理他了。

　　"停车！"张合猛地不笑了，大喊道。

　　高知冬一脚刹车踩下去："咋啦？"

　　张合说："妈的！我摩托车落赵凌峰家院门口了！"

"你别急，我送你回去取。"高知冬说着想掉转车头，可是车突然熄火了，再怎么打也打不着了。

两人对视一眼，都很无奈。

"妈的！"张合骂了一句。

高知冬说："骂也没用，下来推吧。"

张合说："等等，别急，我先来看一下是回赵凌峰家近还是到你家近。"他掏出手机，研究起了地图。

高知冬和张合推着那辆破车到高知冬家楼下时，天都黑了好半天了，两人都累得骂骂咧咧。张合埋怨高知冬缺心眼，不该要破车；高知冬骂张合狗记性，摩托车还能落下。两人互相埋怨着埋怨着，就没了力气，肚子瘪了，赶紧在附近找了个面馆吃面。

狼吞虎咽地各吃了一大碗油泼面，又为了解辣各喝了三瓶啤酒，结账的时候有力气掰扯了，他俩都说应该对方结账，可也就那么点事，争了半天，老板娘都看不下去了，说："要不你俩大小伙子别磨叽了，自个掏自个的吧。"

两人都觉得被撅了面子，但也都老实地 AA 了饭钱。出了面馆，张合还觉得不划算，自己明明是去帮忙的，怎么伙食费还得自费。高知冬说："我知道你心里不舒服，但是哥们儿最近有难处，你不帮就算了，就别让我多承担一份了。"

张合听着这话也在理，说："行，那明天你陪我去取摩托车吧，那夫妻俩要是要起赖来，合起来打我，我还真怕打不过。"高知冬答应着，张合便离开了。

高知冬酒足饭饱，困了，小跑着回家，楼梯间的感应灯都不如他心急，齐刷刷慢亮了半步。可到了门口，他却发现钥匙插不进锁孔，抬头看一眼，没走错门，再低头确认一眼，锁孔被胶水堵死了。

高知冬眉头紧皱，但并不慌，这情况常见，欠房租时间长就这样。他给房东打电话，电话响了好久才接通，那边传来稀里哗啦的搓麻将声。还没等高知冬开口，房东先说话了，五十多岁女人的声音："你还知道来电话啊？一整天死哪儿去了？再不交房租，你那点破烂都给你扔出去！"

高知冬低声下气："大姨，您别这样……"

"别攀亲戚，咱俩没有一点血缘关系，我这半辈子净被亲戚坑来着，最硌硬亲戚……哎哎哎，碰碰碰，手怎么那么快呢，上辈子是小偷啊……"房东那头，麻将打得一片火热，隔着电话都能闻到活动室里十几种牌子的烟味。

高知冬被呛到了，可还得求："不是，大姨，您要对年轻人多一点耐心……"

"我更年期七八年了，早没耐心了，你也别磨叽了，再吧啦吧啦的，下回把胶水抹你嘴上。"房东说着挂了电话。

"大姨，大姨……"高知冬发现对方挂了，"大姨妈的！"他骂了一句，也不解气，窝火地收起了手机，往楼下走。这一路，脚步沉，声控灯都不知道该不该灭。

走出楼道，风一吹，本来就没太多的醉意，又清醒了些许，但却更蒙了，不知道脚该往哪边走。女朋友跑了，知道去向，也找不了。母亲家呢，刚偷了小金鱼，不敢再去，怕有大棒子等着。琢磨了半天，七八个狐朋狗友都被自己否了。去小旅馆吧，五十块一宿也挺心疼的。天大地大，今晚真没容身之处了，他难免有些悲哀，苦兮兮地笑了笑，算是给自己解嘲，年轻人没什么难关是真的难关，他掏钥匙开了那辆破车的门，坐进去，打算对付一宿算了。

车子和外面比，还算挡风，高知冬开着窗户抽了根烟，看天边的月亮清亮，月亮旁边有一大片黑云，似乎要慢慢把月光覆盖了。

高知冬打了个哆嗦，可能是穿得少，他关上车窗，合了合衣服，椅背放倒，准备睡觉，但是翻来覆去的，就是睡不着，又玩了会儿手机，还是没有睡意。

他想靠音乐酝酿一下睡意，便坐直身子看了看车子的音响设备，这车子太旧了，还是播磁带的，磁带这东西，十几年没见过了。无奈，他便扭开了收音机，电台这玩意儿古老又长情，刺啦刺啦的声音很快传来，在那刺啦刺啦的声音里，还有歌声，听不出是哪个歌手，但是旋律熟悉："今夜微风轻送，把我的心吹动，多少尘封的往日情，重回到我心中……"

听到这音乐，高知冬的心渐渐熨帖起来，缓缓地躺回椅背，闭上眼睛，小声地跟着哼唱："往事随风飘送，把我的心刺痛，你是那美梦难忘记，深藏在记忆中……"

初秋的月亮，似乎比其他季节的都清亮一些，弯弯绕绕地照在铁轨上。这座小城去年刚通了高铁，车次不多，早一班，晚一班，每次经过时，都会把铁路两旁的居民吵醒，但这噪声也就是呼啸的一瞬，人们刚从睡梦中惊醒，睁开眼，就过去了，满是超速的虚幻感，似一场惊梦。

月亮旁边的那一大片黑云突然迅速地翻滚了起来，把月光都遮住了，那急速翻滚的样子，如风暴如滚水，透着阴森的质感。

晚班的高铁，这个时候也要进站了，一个老人，颤颤巍巍地在铁路上走着，路有些难走，但也走得坚决，唯一的犹豫，似乎是对这秋天夜晚的眷恋。北方的秋天太短，如人的壮年，几次弯腰就过了。

老人抬起头，远处楼宇摇晃的射灯照在了他的脸上，是秦团长。他似乎走到铁轨这里也走累了，就躺了下来，枕着铁轨，漫天的星斗收进视线里，于是眼里就有了光，湿润的光。

远方，有更亮的光急速驶来，秦团长刚感受到这束光，还没来得及有更多的反应，高铁已经呼啸驶过。

一瞬间，人世嘈杂；一瞬间，万籁俱寂。

轰隆隆的声音，把高知冬吵醒，他坐起身，看着车窗外，不远处一列绿皮火车缓慢地驶过，他愣住了，自己不是在小区里吗？怎么来到这铁路边了？他急忙下车，看着前方铁路道口的火车和身后那些矮小的建筑，都满是陈旧和陌生的气息。

高知冬疑惑地四下看着，远处钢铁厂的大烟囱还高高耸立着，还是这座城市，他稍微有些心安。

可这里到底是哪里？他看着前方不远处，有个灯火通明的地方，他朝那边走去，想弄个明白。途经一处关掉的门店，那门店的墙上，开年时贴的"新春快乐"大红字还没完全掉光，在"新春快乐"前面，还有"1996"四个数字。

第二章

"1996"那四个数字,高知冬看了一眼没当回事,可忍不住又看了一眼,他愣住了:"1996?妈的,谁家这么穷,一个红字贴了二十多年。"他刚要走近去看个究竟,一辆交警的摩托车从身后驶过,他看了一眼,觉得有点别扭,那摩托车和制服款式都和这1996一样老旧,他正纳闷着,却远远看到交警的摩托车停在了他的车旁边,正在开罚单。

高知冬大叫一声不好,撒腿就往回跑,可交警是个干练的人,迅速开完罚单夹在雨刷上,跨上摩托车离开了。高知冬跑到车边,连摩托车尾气都没闻到。他气得也不去管那个罚单,直接开门坐回车里,发现下车时没拔钥匙,那汽车里电台还在播放着歌曲,那个女人还在唱着:"是否还记得我,还是已忘了我,今夜微风轻轻送,吹散了我的梦……"

高知冬因罚单的事情影响了心情,本来好好的歌曲越听越烦躁,一生气,把音响关了,在歌声戛然而止的瞬间,高知冬也如同挨了一记闷棍般,昏了过去。

再醒来,天已蒙蒙亮,高知冬迷迷糊糊地睁开眼睛,抱着胳膊打了个哆嗦,初秋的清晨还是有些凉,他又合了合衣服,看向车窗外,还是自己家小区,门口那个卖豆浆油条的小摊都支起来了,油锅已经冒热气了，就等着油条下锅了。

高知冬揉了揉后脖颈，又伸了个懒腰，把昨夜那一场梦琢磨了一下，虚惊一场，就抛脑后了。代替思考的是肚子的咕咕叫，他下车来到小摊前，抄着手等着老大爷炸油条。头道油的油条最黄亮、最干净，他一连吃了两根，又买了杯豆浆，自己加了勺白糖，边喝边回到车边。刚要上车，视线突然被什么吸引，看过去，是前风挡的雨刷，下面压着张纸，他抬起雨刷，抽出纸，看了一眼，吓得一蹦，纸和豆浆都掉地上了。他回头看大爷还在专心炸油条，没看自己，便又壮胆似的，缓缓蹲下身子，捡起那张纸，仔细看了看。

他没看错，是一张违规停车的罚款单，年份是1996年。

高美珍这个清晨没什么胃口，心里总像有事似的来回翻腾，昨天秦大哥在菜市场离开的背影不时在脑子里闪一下，她纳闷：这是怎么了？难道自己也要黄昏恋了？可认识大半辈子了没对他有啥特殊感情啊？她一边寻思着，一边把昨夜的剩饭添水热成粥，然后呆呆地看着那粥在锅里冒泡，又想着一会儿再煎个鸡蛋，煎全熟，不要溏心的。

这么想着就回身去冰箱里翻，可鸡蛋又没了，怪自己记性差，昨天晚上收摊时忘记买几个回来。她有些生自己气地关上了冰箱的门，这时手机就响了，是孙芸芸打来的，高美珍接起电话，连"喂"都没说，孙芸芸就先大呼小叫起来了："不好了！秦大哥死了！"

高美珍一下没反应过来："你说什么？"

"秦大哥死了！昨天晚上躺火车道了！"

高美珍这下是听得明明白白的，也忘记是怎么挂的电话，穿了鞋就往外跑，跑了两步又想起煤气没关，回来关上煤气倒是冷静了一些，再次想起从昨天到今早脑子里闪过的那些背影，算是找到了答案。那不是黄昏恋，那是不祥的预感，预感这东西，高美珍年轻时不太相信，可老了老了，倒是越来越信了，就好像是在生活里打了这么多年的弯弯，终于肯相信有命运这一说了。

高美珍点了一根烟，看着窗外刚刚露头的太阳，这座城市又一次活了过来，几十年如一日地活了过来，但也几十年如一日地有人死去，死在那些夏热或秋凉的夜里，都波澜不惊。

高美珍抽完了那根烟，才想起该再给孙芸芸打一个电话，问问她现在在哪儿。

高知冬和张合坐在一辆敞篷的三蹦子上，他陪着张合去取摩托车。开三蹦子的司机拉了十多年客，对自己的手把很自信，每条路也都熟，开得飞快，噪声也大，高知冬和张合只能抻着脖子喊着说话。

张合拉着一张脸："我昨天一宿没睡好，就担心摩托车让那两口子卖了。"

高知冬安慰他："你别担心，那两口子是穷又不是贼，不会乱碰你的摩托车的。"

"但愿吧，在我看来，穷和贼只有一线之隔。"张合还是板着一张脸，几缕头发被风吹得老高。

高知冬头上的纱布还没拆，于是戴了个帽子挡着，他一只手压着帽子，另一只手捅了捅张合的胳膊，很神秘的样子："我给你说个事啊？"

张合不看他："啥事非要在这车上说啊，一大早上的，一口饭没吃，倒是灌了一肚子风。"

高知冬的表情更加神秘，这下张合来了兴趣。

高知冬嘀咕："我昨天晚上穿越了。"

张合没听清，大吼："你说啥？"

高知冬加大音量："我说，我昨天晚上穿越了！"

张合一听，气得冒火，觉得被耍了："别他妈扯犊子了，你要是能穿越，我都能穿墙！"

高知冬说："我骗你干啥？能当饭吃吗？"

张合嘴一撇说："没屁搁楞嗓子，逗我玩呗。"

"一大早上的，我逗你玩干啥？你不信我有证据！"高知冬说着掏出了那张罚单，递给张合，"你看！我真没骗你。"

张合头一扭："不看。"

高知冬把罚款单又往前递了递："你看啊，我真没骗你。"

张合又挪了挪屁股："不看，我说不看就不看。"

高知冬又硬往前递了递。

"不看，你怎么这么贱呢！"张合恼了，一挥手，打到了高知冬的手，高知冬手中的罚单也飞了出去。

高知冬大叫："停车！停车！"

司机师傅头也不回："这条路不让停车，你没看交警在那儿转悠呢吗？"

高知冬看向路边的交警，新式的摩托和制服，和昨夜的隔着一个时代的面容。他又看了看罚单远去的方向，一眨眼，罚单消失在了视线里。他回过头来看了看张合，又气又无奈，张了张嘴巴，没说出啥来，真的只灌了一肚子的风。

殡仪馆的小礼堂里，秦团长的遗体盖着白布躺在正中央，被花圈、纸钱和一些杂七杂八的亲戚包围着，高美珍、孙芸芸等一众合唱团的老人也围聚在一起，有些人刚哭过一阵，现在眼眶还红着，也有些人没掉眼泪，面色沉重，心情难以猜测。

高美珍一直盯着那片白布看，她想知道秦大哥为什么要自杀，却没勇气去掀开来看一眼那好不容易拼凑起来的身体，只是不断地回想着，昨天他来菜市场，让自己接替团长的职位，以为是托付，没想到是遗嘱，她怎么就没察觉出些永别的味道呢？还是说这永别和人世间的千百种告别一样，都再普通不过了？

孙芸芸拉了拉高美珍，她才回过神来，看到秦大哥的儿子，带着媳妇和小孩慌里慌张地跑了进来，近乎连滚带爬地跪倒在了遗体前，痛哭起来。

这场面孙芸芸受不了，又跟着抹起了眼泪，一屋子的人刚收起的情绪，也被激了起来。

高美珍眼眶也发热，看着跪在地上的秦大哥的儿子，想起上次见到还是两年前的春节，他开了车回来，车标是四个圈，好不风光。秦大哥放着鞭炮在小区门口接。一下车他媳妇就直喊太冷了，没过几天在街上遇见，就已经穿了一件貂皮大衣。时间再往前，就是他考上大学时，秦大哥也在小区门口放鞭炮，好不热闹，后来升学宴是在家里办的，就两桌，一群老朋友，儿子穿着一身新衣服，给秦大哥鞠了个躬，鞠得秦大哥的眼泪都出来了。

高美珍自己的眼泪也落了下来，掏出手绢擦了擦。秦大哥儿子一家被亲戚们搀扶了起来，说了些话，又有很多手续要办，就被领着都出了小礼堂。

接着又有主事的进来，带大家去吃饭。一群人呼呼啦啦来到了饭店，葬礼和婚礼都差不太多，吃吃喝喝，闲言碎语，家长里短，唉声叹气，醉生梦死。

老年合唱团这一桌，难免还是要感慨秦大哥就这么走了，好日子明明才刚开始，怎么就想不开了呢？

想不开的事情就容易多想，于是就有人提出，秦大哥可能不是自杀，是他杀。有人就反驳，杀一个老头图什么啊？他身上的钱都在啊！有人说，可能凶手就是反社会人格。大家就撇撇嘴。又有人提出,秦大哥可能就是喝多了去溜达,根本就是一场意外。又有人反驳,谁大半夜去火车道溜达啊?大郊区的,有啥好逛的?

众人就着话下饭,有的人也下酒,几个老头就喝多了,老刘喝得最多。孙芸芸听他说话舌头都大了,就有意劝他少喝点,可两人的关系也没公开,不敢明劝,只得一劝劝一群,说:"你们都少喝点吧,别喝多了脑血栓,葬礼还得连着办。"老头们一听不高兴了,说:"就算脑血栓也不一定百分百死人啊!"一个得过轻度脑血栓的,哆嗦着端起酒杯,说:"死了就死了呗,像我这样活着更遭罪。"

老刘又喝了一口,杯子就见底了,他什么都懂,冲孙芸芸说:"你别劝我,什么时候轮到你管我了?"

这话把孙芸芸闹了个大红脸,但更多的是生气,可没名没分的,也不敢太生气,只打圆场似的说:"谁管你了?你爱喝就喝,关我什么事!"

高美珍看孙芸芸有点下不来台,就拿过酒瓶,给她倒了点酒:"别管人家的事了,他们喝,咱们也喝点。"说着给自己也倒了点酒,和孙芸芸碰了碰杯,喝了一口,从喉咙一路辣到心头。

孙芸芸没喝酒,而是起身说她得去接孩子放学了,带着些怨气匆匆走了。这一走,倒是给剩下的人带来了些启示,于是这群人又说了些不管谁死了,活着的人日子还得照常过之类的话,把剩下的酒喝光菜吃凉后,也就都散了。

高美珍有些晕乎乎地回到家中,刚倒了杯水便听到儿子的房间有响动,她几乎是下意识地就冲了过去,推开门的刹那不能说是没有期待的,但只看到一只小老鼠,迅速地钻进了窗台下暖气片的木挡板里。

整个房间,又变成空空荡荡的了。

高美珍露出个自讨没趣的表情,喝光了杯子里的水。

高知冬和张合来到赵凌峰家，一切都晚了，赵凌峰带着老婆跑了，临走前，把张合的摩托车卖了当路费，但还不算太缺德，在门框子上用飞镖扎了个字条，写着摩托车算是借的，他们去南方赚了钱就还。

　　高知冬给赵凌峰打了个电话，关机。

　　张合气得当场就要把字条撕了，高知冬一把拦住，说："别冲动，这个至少算是个借条。"

　　张合说："摩托车停在他家门前，不打声招呼说卖就给卖了，就这人的借条你还能信？"

　　高知冬给他分析："能，至少能信一半，他要是真不想给钱，还留字条干什么？"

　　张合说："你的脑子是不是真的坏了啊？他留字条就是怕我报警啊！不行，我现在就要报警！"说着掏出手机，想了想，又收回了手机，说："不行，我这个摩托车车牌是假的，没法和警察说啊……"这么一嘀咕，整个人颓了，蹲在地上，懊恼地挠头，接着抬起头看了看眼前的房子，心里有底了："没事，跑得了苍蝇跑不了屎尿！他的房子不还在这儿吗？"

　　"房子是租的，我早就查过了。"高知冬回答道。

　　"那就去找他爸妈？"张合又想到个主意。

　　"他那么大岁数，爸妈早都死了。"高知冬冷静地说道。

　　张合几乎要哭了，可怜巴巴地抬眼看高知冬："你要账，要了辆破车回去，连开都不能开。我呢，帮你要账，最后把自己的摩托车搭里面了。你说，咱俩是不是不适合干这一行啊？"

　　"先别急着否定自己，冷静，越着急时就越要冷静。"高知冬想了想说，"这个人不会人间蒸发的，我们肯定能找到他。"

张合猛地站起来，说："怎么找啊？人家去南方了。"他跺了跺脚，说："从这儿往南都算南方，那么大，上哪儿找？"

高知冬托着下巴眯着眼睛分析："一般人去陌生的地方，都会先找熟人落脚……"

张合眼里有了希望："那你知道他有什么熟人在南方吗？"

高知冬立刻摇了摇头。

张合说："那你这瞎分析了一堆，还不都是废话！"他已经放弃了，率先离开了这个小院子，走了几步却被高知冬叫住，回过头，看到高知冬在一片逆光里，有种莫名其妙的帅气。

高知冬用低沉的声音缓缓地开口道："张合，你相信我能穿越吗？"

张合愣了一下，缓缓地朝着那片逆光走去，来到高知冬身边。

"我相信。"张合说着，轻轻拍了拍高知冬的脸颊，"我相信你的手指头就要没了！"他气急败坏地吼道："高知冬，我劝你别净整这些三吹六哨的，你现在首要任务是痛快把那辆破车卖了，超哥可不是光靠嘴吓唬人的，你手指头真不想要了？"

张合说完转身就走了，高知冬揉了揉脸，心中已经有了计划，这计划他不再与张合说，说了他也不信，他要去1996年找赵凌峰。

天空中还是那清澈的月亮和卷曲的云朵。

高知冬坐进车里，打开收音机，电台的频率是96.8，片刻，刺刺啦啦的声音就传了出来。他一切都按照昨晚的样子，调低了椅背，躺下去，电台里就传来了歌声，竟然是和昨天一样的歌曲："今夜微风轻送，把我的心吹动，多少尘封的往日情，重回到我心中……"高知冬没多想，缓缓地闭上眼睛，但却没有彻底地放松，而是屏息凝神，想感受一下穿越的瞬间，到底是怎么样一种常人体会不到的感觉。

突然,他的耳畔传来"嘭嘭嘭"的叩击声,这应该是穿越的前兆,如同催眠的水滴声,一下一下敲打着意识。接着,叩击声越来越强烈,还伴随着"哎!小伙儿!醒醒!醒醒!"的呼喊声。

高知冬觉得不对劲,猛地睁开眼睛,看到车窗外的一张老脸,穿着保安服,直勾勾地盯着自己。高知冬坐起身,摇下车窗,没好气地说:"干啥啊?没看见我睡觉呢吗?"

老保安也没好气:"不睡觉还抓不着你呢!你这车把人家业主车位都占了,痛快给我挪车!"

高知冬听到"业主"俩字,立马觉得被歧视了:"什么业主不业主的,我也住在这儿啊!"

老保安不耐烦:"我知道你住这儿,但你是租户,也没车位,这个车位是人家C栋303的,他家里人这两天开车去外地了,不然早就自己来找你了,还用得着我?"

高知冬一听不对劲:"哎?人家都不在家,你瞎管什么闲事啊?"

"这怎么叫管闲事呢?这是我的工作!无论业主在不在家,这车位都是人家的,你就是不能乱停,痛快挪车。"老保安义正词严。

"车坏了,挪不了。"高知冬虽然说的是实情,但也是故意和老保安抬杠。

"那你什么时候能修好啊?"老保安皱着眉头询问。

"你别来烦我,没准明天就修好了。"高知冬没好气,怒火都写在脸上。

"那停一宿十块钱。"老保安伸手要钱。

高知冬终于明白了,这人根本不是什么认真工作,就是想捞外快,便皮着一张脸说:"我要是不给呢?"

"不给就报警,我知道你是干什么的,小混混,这车可能都不是正路来的。"老保安抱着胳膊,一副老赖的样子。

这下高知冬倒是笑了,懒得惹麻烦了:"八块行不行啊?我多停两天。"

老保安翻着眼珠子嘀咕,这下倒是显出不太聪明的样子:"一八得八,二八一十六,三八二十四……行,业主回来时我提前和你打招呼。"说着掏出手机:"我加你个微信。"

两人加成了好友,老保安微信名叫旺旺,高知冬心里嘀咕,这名也太"狗"了。老保安就把自己本名发了过来,孔新旺。

高知冬给孔新旺发了个红包,这才算是把他打发走了,他摇上车窗,躺回椅背,继续等待穿越。此时那歌声唱道:"总是要历经百转和千回才知情深意浓,总是要走遍千山和万水才知何去何从……"

夜里,高美珍的腿隐隐地疼了起来,可能是站久了,也可能是要变天了,她找出艾灸来,点着后对着膝盖给自己治疗。这艾灸有点潮了,冒出的烟呛得她直咳嗽,但也算有些用处,那丝丝热气顺着骨头缝往里钻。

这时,敲门声响了,高美珍纳闷这么晚了谁会来,在床上也没挪窝,抻着脖子问了一声:"谁啊?"

"我。"孙芸芸诺诺的声音传来。

高美珍知道肯定有事,急忙收起艾灸,放下裤脚,下床出来开门,把一脸苦相的孙芸芸让进屋。孙芸芸屁股刚挨着椅子,高美珍就问:"怎么了?儿子儿媳又欺负你了?"

孙芸芸摇了摇头,高美珍纳闷:"那是怎么了?"

孙芸芸缓了缓才开口:"其实不是我的事。"

高美珍一听更纳闷了,问:"那是谁的事?"

孙芸芸说:"能给我倒杯水吗?"

高美珍把水端过来,孙芸芸又问:"你这屋子里怎么一股艾草味?"

熏蚊子了吗?"

高美珍急了,说:"你别磨叽了,痛快说到底怎么了?"

孙芸芸喝了一口水:"是老刘的事。"

"你和老刘吵架了?"高美珍也给自己倒了杯水。

孙芸芸又摇头,想开口却又止住了,看着高美珍:"老刘不让我和别人说。"

"行了,别整景了,你要是真想替他保密,那大晚上的来找我干啥?"高美珍把孙芸芸看得透彻。

可孙芸芸还在犹豫:"我也是寻思了一路,好几次想要回去的,可是不说心里又憋不住。"

高美珍说:"放心,只要他没杀人放火,我肯定替你保密。"这一句让孙芸芸把到嘴边的话又憋了回去。高美珍看在眼里,脸色一变:"怎么?老刘还真杀人了?"

孙芸芸点了点头:"老刘今天喝多了给我打电话,说秦大哥是他害死的。"

高美珍一听,愣住了,也有点慌:"他说是他把秦大哥推火车道上的?"

"不是,不是,不是这么个害法。"孙芸芸急忙否认。

"那到底是什么啊?你真是急死我了!"高美珍急得点了根烟。

"你别急嘛,听我慢慢说。"孙芸芸又喝了一口水,终于开始说了。

"前天晚上,秦大哥找老刘去喝酒,拎了一些熟食和一瓶五粮液,这不是要去北京了嘛,开心。老刘也替他开心,恭维了秦大哥几句,说他儿子有出息,在北京都开公司了,这次把他接去养老,一家人就算是团聚了。

"秦大哥听着受用,话也就说得开明。他说其实自己岁数还不算大,身体也挺好的,不能这么早就指望儿子,就是去了北京,也得帮儿子做点什么。老刘说这话说得对,别看自己单身了一辈子,没有做过父母,可道理也都懂,孩子不管多大多有出息,在父母眼里也都是孩子,能帮着分担点就得分担点。

"秦大哥说这话没错,但他儿子是另外一种考虑,他儿子说本想让他去了北京就什么都别干了,闲着没事跳跳广场舞,接送一下孩子,安度晚年。可又觉得老年人也该生活得有自己的价值,有点事做也老得慢一点,于是琢磨了半天,想在公司里给秦大哥安排一个职位,秦大哥退休前在厂子里是干人事的,他儿子就准备给他一个人事部经理的职位。

"老刘一听,说:'那我知道啊,HR[1]嘛。'秦大哥说:'对,那边就是这么个叫法。'老刘有些担忧,说:'咱们在厂子里那老一套,拿到那边还能用吗?'秦大哥说:'我儿子也想到了,怕我的经验过时,就让我先去上个老年大学,学习一些先进的管理经验,等毕业了再去公司。老年大学都给我选好了,在三亚,又暖和风景又好。'

"秦大哥喜滋滋地喝了一杯酒,老刘听到这里脸色却变了,也陪着喝了一口,却有点喝不下了。秦大哥看在眼里,有些纳闷,问怎么了,老刘犹豫再三,还是说了:'大哥啊,我怎么听说三亚的老年大学其实不是真的大学。'秦大哥疑惑,说:'那都叫大学了,不是大学能是啥?'老刘说:'我听说那就是个养老院。'

"秦大哥一听脸色变了,却也不相信,手一挥说:'不可能,老刘你别瞎说,我儿子在北京的房子可大了,不可能把我送进养老院的!'说着掏出手机,给老刘看照片,是一张老年大学录取通知书,像模像样的。

---

[1] HR,全称 Human Resources,此处指人力资源管理。

"老刘当时也是酒精上头,看秦大哥亮有证据,自己也杠上了,就用手机搜索了一下那个老年大学,把结果递给他看。秦大哥一看,那真是一个打着大学名义的养老院,脸上立马挂不住了,之后的酒桌上,没有再提过这件事,只和老刘说了些儿子小时候的事情。

"那天酒喝到半夜,秦大哥摇摇晃晃地走了,老刘本来还挺担心,可第二天看他也没啥事,逢人就说要去北京了,老刘一颗心便放进肚子里了。谁能想到,他当晚就躺火车道了。"

孙芸芸说完,高美珍手中的那根烟也抽完了,她又给自己续上一根。孙芸芸说少抽点烟吧,高美珍没理她,静静地抽着,孙芸芸也就没再说话,只是叹了口气。

一轮明月又在看不见的天地里穿过了云朵,比昨晚铁道上的昏黄了些许,窗外的夜被玻璃挡着钻不进来,头顶那一盏灯泻下的光把屋子笼罩住,两个人就那么静静地坐着,挨着各自的情绪。

良久,高美珍似想起了什么,缓缓地开口:"哎?秦大哥他老婆是哪一年死的来着?"

孙芸芸歪着头想了想:"好像是九几年吧,我记得那年王军霞在奥运会上拿了金牌,还披着国旗跑呢。"

"哦,1996年。"高美珍想起来了,手中那根烟,也终于了抽完了。

1996年,好遥远的岁月了,那一年除了亚特兰大奥运会,还发生了很多大事,克林顿连任美国总统,世界上第一只克隆羊多利诞生,王菲成为首位登上《时代周刊》封面的华人歌手,《实话实说》栏目正式开播,距离香港回归还有一年,距离高知冬的出生,还有两年。

因此,发生在1996年的那些事情,对高知冬来说,都只是一则则古老的新闻,没有任何的感情依附,也因没有依附从而并不想了解。

这一年在他之前的人生里,和无数课本里没有特殊记录的年份一样,近乎等同于不存在。

　　但此刻,他却阴差阳错地来到了这里,看着这城市破旧的街道和昏沉的夜幕,却又并不觉得完全陌生,他带着21世纪20年代的视角,能看到这座城市的发展,是如何在一朝一暮之间,完成了那缓慢的蜕变,在这岁月的河流中,有些东西留下了,留下的就有机会长久,有机会被铭记,而那些淘汰掉的,就是人类前进的代价,或是臃肿的枷锁。

　　可惜,高知冬此时并不会想那么多,他的车子还是停在了铁路边,车里的音乐还在开着,他记得上一次,音乐一停,他就回到了未来,他琢磨着,这应该就是自己遇到的规则,于是他开始研究这规则,为何是穿越到1996年呢?

　　他的目光落在电台的调频上,96.8,音量上的数字是16,难道和这个有关?他让音乐一直播放着,然后下车四处张望,穿过铁道有个报刊亭,他快步走过去,假装买报纸,翻看了当天的报纸,日期是1996年8月16日。他明白了,这个调频的数字,或许就是穿越的时间调节器。

　　他想验证一下自己的假设,快速跑回车里,准备按停音乐,但突然又怕这破车穿越不太稳定,回去后再也回不来了,便住了手,抱着不能白来一次的念头,还是要先去寻找赵凌峰。

　　可是去哪儿找呢?以他对赵凌峰的了解,能掌握的信息极少,只知道他1996年时还不住在现在的出租房里。还有就是,他曾经是钢铁厂的职工。高知冬想到这里,明朗了,下意识想驱车前往钢铁厂,扭动钥匙时才想起车子是坏的,便只得把车停在这路边,交警贴罚单就贴吧,反正也不用真交罚款。

　　他下了车,朝着钢铁厂的方向走去,小城市真好,去哪儿都不

039

远，钢铁厂的大烟囱，在夜里仍旧冒着白气，它就是这座城市的标志。

高知冬来到钢铁厂门前，大门还是2021年那个大门，但是不区分机动车和人行道，也少了电动栏杆，只有两扇铁门，两个门垛子，上面插着红旗，那红旗都褪色了，在夜里也蔫了吧唧的。

他敲了敲门卫的窗子，一个三十多岁的男人不耐烦地拉开小窗口，高知冬愣住了，这人看着眼熟，再细看，原来是年轻时的孔新旺，高知冬下意识地想打招呼，立马又意识到，这是1996年，只得老老实实地说："师傅，我想和您打听个人。"

孔新旺打量了一下高知冬，看不出这人什么路子，就带着谨慎不卑不亢地问："谁啊？"高知冬报出了赵凌峰的名字，孔新旺不冷不淡地说："这厂子二十多万人，光说名字没法找，再说你找的又不是大领导。"

高知冬想了想，记得赵凌峰提过自己是干电焊的，就又把这情况说了出来。孔新旺一听，眼珠子一转，物以类聚，找一个电焊工，那眼前这人也没啥身份，便拿起了架势："电焊工属于维修车间，这个维修车间也有好几百号人，我也不能挨个都记住啊。"

高知冬刚和老孔新旺打过交道，知道这个人什么德行，把手伸进口袋，掏出十块钱，递过去："您买盒烟抽，麻烦您帮着打听打听。"

孔新旺接过钱看了一眼脸色立马变了，把钱又扔了出来："这他妈是哪国钱？你当我这儿是坟头来烧纸啊？"

高知冬随即明白过来，手里的钱是新版的人民币，在这里还没流通，孔新旺把它当冥币了。可也没法解释，只能尴尬地道歉："对不起，对不起，拿错了。"孔新旺白了他一眼，"啪"地把窗户关上了。

高知冬浑身上下摸了一遍，没啥能用的东西了，身上就一点现金和一个手机,他把手机在手里转了两圈,突然有主意了。他又敲了敲保安室的窗户,孔新旺冷着脸打开窗户,就直勾勾地看着他,也不说话。

高知冬赔着笑,说:"师傅,我找赵凌峰真有急事,您就帮帮忙吧,我这次来得匆忙,没带什么东西,但我带了照相机来,要不我给您拍张照吧?"

孔新旺又上下打量了一下高知冬,目光里满是怀疑:"相机在哪儿呢?"高知冬亮出了手机,这东西孔新旺没见过,但能确定不是自己认识的相机,就又要关窗户,高知冬急忙拦住,打开手机的照相机,"咔嚓"给孔新旺拍了一张照片。

孔新旺听到"咔嚓"声,这倒是相机的声音,便有些好奇。高知冬把屏幕转给孔新旺看,孔新旺更是惊奇。高知冬解释这是国外的高科技,国内还没流通。孔新旺面对活生生的照片,没有理由不信服,人凭机贵,对高知冬的态度立马有了转变。他冲手掌吐了口唾沫,理了理头发,又正了正衣服:"你再给我拍一张,刚才那张没拍好。"

高知冬"咔嚓咔嚓"给孔新旺一连拍了十几张,孔新旺看了一遍,挑了一张满意的,嘱咐高知冬照片洗出来后给他送过来。高知冬答应下来后说:"那您现在能帮我打听一下赵凌峰了吗?"

孔新旺点着头说:"当然可以,只是今天不行,太晚了,车间都下班了。"这话语气诚恳还带着歉意,听着不是推诿。但孔新旺又怕高知冬觉得自己在推诿,便向他保证:"明天,你明天来,我保证给你打听到这个人。"

高知冬想了想,也没有其他的办法了,便和孔新旺约定好,明天再来找他。

告别孔新旺,高知冬心里有了盼头,便不急了,优哉游哉地往回走,闻着90年代也不算清爽的空气,把这浓重的夜景看了一遍,只见前面一处灯火明亮,有霓虹灯在闪烁,土 low[1] 土 low 的,他被这复古的情调吸引,走过去,抬头看,霓虹灯拼凑出几个字——"水晶宫歌舞厅"。

此时,一辆重型摩托车呼啸着开了过来,停在了歌舞厅门前,骑车人穿着牛仔裤和皮夹克下车,从身形能看出是个女的,她摘下头盔弄了弄被压扁的女式短发,高知冬又愣住了,这不是高美珍吗?他下意识地叫了一声:"妈!"

那女人本已经朝舞厅门口走去,听到这一声"妈",回过头来。这下高知冬更确定了,这人就是年轻的高美珍。

高美珍回头好奇地看着高知冬,高知冬急忙追了上去,但是眼看就来到高美珍面前时,突然停住了,走不动了,周围的一切都静止了,霓虹灯也不闪烁了,高知冬和高美珍就隔着一米远的距离,高知冬都能看清高美珍那年轻的脸颊上,微蹙的眉头。

两人就那么僵住了,却又像是在这 90 年代的晚风里对望着,高知冬的车子还停在路边,电台里的歌播放到了另一首:"不要问我太阳有多高,我会告诉你我有多真,不要问我星星有几颗,我会告诉你很多,很多……"

但唱完这两句,音响就关掉了,歌声也终止了。

水晶宫歌舞厅门前的高美珍,看着眼前的年轻人,倏忽一下,消失了。她揉了揉眼睛,又晃了晃脑袋,觉得是自己眼花了,便纳着闷地转身走进了歌舞厅。

那霓虹灯又恢复了闪烁,吸引着所有夜归人。

---

[1] low,低级。

第三章

秦团长的儿子在城郊西山买了块墓地，还挺贵的，秦团长火化后，就准备埋在那里。

下葬当天，飘起了大雾，初秋的清晨，已经有点凉飕飕的了。高美珍、孙芸芸、老刘等合唱团的人都来了，要送秦大哥最后一程，他们还准备了一个小节目，站成两排，哆哆嗦嗦地唱了首《送别》："草碧色，水绿波，南浦伤如何？人生难得是欢聚，唯有别离多。情千缕，酒一杯，声声离笛催……"唱着唱着，有些老人就哭了。

秦团长的儿子，拉着媳妇和小儿子，一起给合唱团的老人们鞠了一躬。秦团长的儿子说："谢谢叔叔阿姨大爷大妈们来送我爸，但也不能让大家白来一趟，我给大家准备了些伴手礼，一会儿你们走时，去我车上拿一下。"

这话大家听着都有些不舒服，好像大家来唱这一曲《送别》，都是为了图他的东西似的。高美珍之前听孙芸芸说了三亚老年大学的事情后，就一直对秦大哥的儿子心怀抵触，忍了一早上，终于忍不住了，阴阳怪气地说了一句："我们可不敢收，怕拿回去一看又是过期货。"

孙芸芸偷偷拉了拉高美珍，示意她别说了，但话已经说完了，秦大哥的儿子儿媳也都听见了，两人稍微愣了一下，也想明白了是在说稻香村。儿子看向儿媳，儿媳的目光迎了上去，几乎是在瞪眼了，也就等于承认了过期货是她买的。儿子抿了抿嘴唇，想说些什么，但忍了下去，他是怕她的。

高美珍把这看在眼里，想起之前就有传言，说秦大哥的儿子是靠北京的老婆才开上公司的，这几个细微的动作，多少已经能证实，傍人门户，都有苦楚。高美珍也是有儿子的人，身体里母亲的本性怂恿着她，理解并多少原谅了秦大哥的儿子，话也就不再说。

但老刘打了一辈子光棍，独自生活久了，人就自私了些，缺了点同理心。他看着秦大哥儿子怕媳妇，本来不顺的气就更气了，猛地上前，抽了秦大哥儿子一耳光。所有人都愣住了，老刘自己也愣住了，但抽出去的耳光收不回，他硬顶了口气吼着："你知不知道你爸为啥自杀?!"

秦大哥的儿子揉了揉脸，被打火了："关你他妈啥事!"他把对媳妇忍下的脾气，都发了出来。

"就关我的事!"老刘扬手又要打人，高美珍眼疾手快，一把给拉了回来，孙芸芸也从身后拽住老刘："好了，你别吵吵了!"高美珍拍了拍老刘的胳膊："别闹了，再闹下去，秦大哥该走得不安生了。"

"是啊，快下葬吧。"

"一会儿好时辰就过了。"

"你心里难受，那人家孩子心里肯定比你更难受。"

其他人七嘴八舌地打圆场，场面也就被圆住了。秦大哥的儿子就按下了脾气，转身去安排下葬。

一生慌张，骨灰一盒，墓碑一块，就是所有了。在骨灰下葬后，秦大哥的儿子拿出了一串长长的鞭炮，以前他考大学，他荣归故里，父亲都会放一串鞭炮。他觉得父亲喜欢鞭炮，喜欢热闹，喜欢喜庆，那父亲离开时，也不能凄凄凉凉的，人生有很多无奈的事情，可能会因为身不由己辜负了他人,但鞭炮这点小小的事情,还在他的掌控之中。

他蹲下身,用打火机去点燃炮捻子,点了几下,火都被风吹灭了,他的眼泪突然就落了下来。但他擦了擦,没让人看见,点了根烟,抽了两口,把鞭炮点着了。

噼里啪啦的鞭炮声,似乎把浓雾都穿破了,这声音听起来就满是喜乐,能把人间的悲苦都掩盖。老刘听着这鞭炮声,也恍然明白了,高美珍和孙芸芸为什么拦着自己说出真相。

人活久了,也就通透了,但这通透也不是透明清澈,而是万事皆混沌,很多事心里明白就行了,不必说破。人已经走了,无法挽回,日子是留给活人的。说破了,心里就留下一道疤和一道道扎脊梁骨的目光,往后的日子,所有的动作都要经过他人的检验,都抬不起头来。不说破,心里还是有一道疤,睡不着的夜里,辗转几番,自己煎熬,一觉醒来,日子还能照常过。

老刘想明白后,再去看秦大哥的儿子,只见他在鞭炮声里,在硝烟与浓雾里,默默地抽着烟。老刘突然就觉得揪心般难受,他懊悔自己前后两次的多言,他愧疚,他无从自洽,他蹲在地上,猛地大哭了起来。

老刘一哭,秦大哥的小孙子也跟着哭了起来,不知道是被老刘吓着了还是被鞭炮崩着了,秦大哥的儿子和儿媳,急忙把孩子围住,焦急地查看怎么了,小家伙在父母中间,满脸的委屈,眼泪扑簌扑簌地掉在圆嘟嘟的小脸上。

高美珍被这画面吸引住了,情不自禁露出疼爱的表情,这人啊,永远都喜欢新鲜、可爱的事物,一辈看一辈,把所有心血和精力都往下放,目光也永远在往前看。

而像她们这样的老人,就在光阴与人情的风尘里,被落下,被嫌弃，被遗忘了。

那天离开时，这群老人还是拿了秦大哥儿子给的伴手礼，每人两瓶蜂蜜，大家仔细看了看，这回没过期。

张合一大早上，又来帮高知冬推车了，迷瞪着眼睛，好大的不情愿。

昨天夜里这车的电瓶没电了，歌也停止了，高知冬就不受控制地从过去穿越了回来。

高知冬家附近就有个修车铺子，两人费劲巴拉把车推到这儿，张合拍了拍手，说："不是让你痛快把车卖了吗？怎么还搭钱送来修了？"

高知冬说："不修好怎么卖？人家一看，外表这么破，火也打不着，哪个冤大头会买？买回去当摆设啊？"

张合想了想，也是这么个理，拿出手机，"咔嚓咔嚓"，围着车子照了几张相。"就这车，弄到二手车市场都费劲，我给你挂到网上，看有没有哪个傻子主动找上门。"张合拍完又开始 P 照片，"我给它美颜一下。"

高知冬也不拦他，蹲下身和修车工有一搭没一搭地说话："师傅，您看这车哪儿出毛病了？"

修车工一边检查一边回答："哪儿哪儿都是毛病，轮胎、刹车片、风挡玻璃、后备厢……"

高知冬打断他："这听起来也没多大毛病啊！"

修车工白了他一眼："我是说，除了这些地方，全都有毛病。"

高知冬有点尴尬："那这车还能修好吗？"

"修好没问题，但就算修好了也不能跑远道儿，零件都老化了，说不定哪儿突然就出问题，给你撂道上。"修车工掀开了发动机盖子，继续查看。

高知冬跟了过来，小心地试探着问："师傅，那你有没有觉得，这车哪里不对劲？"师傅没听明白，高知冬进一步解释："就是说，以你修了这么多年车的经验来看，这个车子，有没有和别的车子特别不一样的地方？"

师傅搓着脸，又绕着车子看了一圈："有！这车子被改装过。"

高知冬露出期待："怎么改装的？"

师傅在车后蹲下来，指着车屁股："你看这后保险杠，焊了两根钢筋，我从来没见过这么整的车。"

高知冬追问："那你觉得，之前的车主这么弄的原因是什么？是不是和物理学什么的有关？"

师傅又搓了搓脸，感觉就要搓出皱来了："物理学什么的我倒是不懂，我自个分析吧，应该是被追尾追多了，自己做了个加强的防护措施。"

高知冬泄了气，起身说："师傅，我还有事要忙，车修好了你给我打电话。"

师傅应声着，却不紧不慢地点了根烟。高知冬看张合还在P图，就拉他走，说："别P了，再P也P不成劳斯莱斯。"

张合问："去哪儿？"

高知冬把帽子一摘，露出头上的纱布，说："陪我去拆纱布。"

张合说："拆纱布还让人陪？你害怕啊？"

高知冬说："缝针我都不怕，拆纱布我怕什么怕？"

张合说："那缝针时你嗷嗷叫什么？人家缝针的小姑娘都嫌弃你一个大老爷们儿像个尖叫鸡。"

高知冬说："滚一边去，还小姑娘呢，比我都大，你真不陪我去啊？"

张合说:"不陪,我一会儿要去相亲呢,我妈给我介绍了个对象,说是干化妆的,长得老漂亮了。"

高知冬说:"那你最好看看她卸了妆的样子,别被人家的专业技术骗了。"

张合说:"滚。"

两个人就散开了。

天气很好,高知冬溜溜达达来到了医院,找到之前缝针医生的办公室,刚到门口,就看到一个老头在门前转悠,想进又不敢进的样子。高知冬上上下下打量了老头一番,说:"大爷,我看你浑身上下哪儿也没伤啊,在这外科门口转悠什么啊?"

老头听到有人和他说话,立马把身子站直了,不敢抬眼看高知冬,只说:"我不是来看病的,我来找我闺女。"

这时办公室的门打开了,走出来一个年轻的女医生,戴着口罩,看到老头,露出的半张脸冷了下来:"你来干什么?"语气也是冷冰冰的。

老头还是不敢抬头看人,像是回答领导训话般,说:"我就是想来看看你。"

女医生把口罩一摘,接着又马上戴上,说:"现在看完了,走吧。"

女医生说完,老头没动身,女医生就径直离开了。高知冬看了看女医生的背影,又看了看立在原地的老头,不明白这对父女间发生了什么样的纠葛,他朝女医生追了过去,和女医生并排走着。

女医生疑惑地看着他,问他:"干什么?"

高知冬把帽子一摘,说:"我来拆线,你不记得我啦?"

女医生这才想起来,说:"哦,记得,你是缝针时嗷嗷叫那个人。"

高知冬有些难堪,说:"我保证拆线时一声不吭。"

女医生冷笑了一声："好坚强哟！"

说是一声不吭，但拆线时高知冬还是有些龇牙咧嘴，为了转移注意力，他开始找话题和女医生闲聊，他看到女医生胸牌上的名字，"沈向真"，就说："医生，原来你姓沈啊。"

沈向真点了点头。

高知冬说："我叫高知冬。"

沈向真又点了点头。

高知冬问："那你是跟你爸姓还是跟你妈姓？我是跟我妈姓。"

沈向真说："我妈姓王。"

高知冬说："哦，那刚才门口那个老头就是你爸吧？"

沈向真又点了点头。

高知冬就问："你们看起来关系不太好啊。"

沈向真不耐烦了，说："和你无关。"

高知冬听不出好赖话，还说："你爸那个样子，像是在监狱里待过……哗！"沈向真使劲拽了一下线，高知冬疼得抽了口凉气。"你轻点！"沈向真又使劲拽了一下。"哗！行了行了，不问了，我什么都不问了，您手下留情。"高知冬求饶了。

拆好线后，沈向真摘下口罩，坐回了办公位，叮嘱了一些拆线后的注意事项。高知冬点头听着，却一句话都没听进去，他发觉口罩后面的那张脸，虽然冷冷的，但有种稀缺鸟类的高贵感，有些动人。上次缝针时太疼，没注意到，只觉得她比自己大。这回线拆了，眼神也好了，适当的疼痛激发了力比多，他全都看清楚了，也走了神，以至于回到家才发觉，帽子落在她的办公室了，他觉得这是个兆头，命运和力比多都想让他再去找她。

高美珍参加完葬礼后，又回市场出了半天的摊，老年人闲不住，怕冷清,特别是刚参加完葬礼后,看别人走时凄凄凉凉的,就也觉得自己到那天也会凄凄凉凉的,看别人儿孙齐聚,就担心自己会孑然一人。

这半天实际也没卖出什么东西,高美珍也没太和市场里的人闲聊天,只是就那么守在一堆酱料中,时不时拿苍蝇拍打打,闻着市场里独有的新鲜与腐烂混杂的味道,闻了好多年,反而闻出了安心,心里再乱,在这儿坐一坐,也能平静下来。

黄昏已过,各家的晚餐都有了着落,市场也就该关门了。高美珍临走买了一把青菜和几个鸡蛋,想着家里的冰箱里还有一把挂面,回去做个青菜鸡蛋面,就把晚餐打发了。

她仍旧骑着小摩托,路过小广场,一些老年人早早跳起了广场舞,她停下摩托,在那儿驻足了一会儿,曾经也闪过这样的念头,加入进去,跳跳舞,嘻嘻哈哈地把晚餐后睡觉前无聊的时间打发了,可心里又多少有些不知哪里来的羞赧,或是说不甘。

她从来不觉得兴趣有高低之分,但心里还是更甘愿和合唱团那群老朋友混在一起,哪怕孤独多一些,也觉得心里更辽阔些,还在做着自己年轻时喜欢做的事情,这点要时常强调,在别人质疑或自我质疑的时候。

高美珍回到家时,天已经黑了,她摸索着按下灯的开关,灯却没有亮起来。自己生活久了,所有的用度心里都有个数,她琢磨着差不多是欠电费了,就用手机照亮去找电卡,小区门口的超市能代充水电费,每交一百块收一块钱的手续费。

高美珍拉开床头柜,找到了电卡却发现里面好像缺了点什么,那条小金鱼手链不见了,她又翻了翻,没有,再去另一头的床头柜翻了一遍,还是没有,心里就起了疑,冷静片刻后,想明白了,气呼呼地出门,电也不充了。

高知冬今夜又要面临何处容身的难题，他从天一黑就开始琢磨，在网上搜了好多如何开锁的视频，却都难度太大，全是多年盗窃老手的技能，研究了好久，才终于找到了一个凭自己的能力比较容易实现的。

　　他用打火机，把门锁里的胶水烤化，再用根铁丝一点点地抠出来，整个过程长达一个多小时，这需要很大的耐心，好在因为没钱他拥有了这个品质。

　　胶水终于差不多弄出来后，他自信地把钥匙往里一插，钥匙却瞬间又粘在里面拔不出来了，原来胶水并没有弄净。他深吸一口气，让烦躁的心平复下来，然后又开始耐心地烤钥匙。

　　又反复折腾了半个小时，门终于打开了，这漫长的时间，也抵消了这小聪明的快感，他略显疲惫地倒在床上，想着眯一觉，意识刚有些朦胧感时，敲门声就响了，"嘭嘭嘭嘭"，隔着门就能感受到愤怒。

　　高知冬以为是房东大姨找上门来了，还纳闷屋里难道装了监控？怎么他前脚刚进来后脚就被发现了呢？他蹑手蹑脚地走到门前，透过猫眼看出去，高美珍的大脸贴在门前，他松了口气，但也有些不耐烦地把门打开："你来干什么？"

　　高美珍也不进屋，直接伸手："小金鱼还我。"

　　高知冬愣了一下，知道被发现了，但也不承认："你说什么呢？什么小金鱼？"

　　"别装傻充愣，小金鱼手链，床头柜里的，镀金的。"高美珍描述得非常简洁。

　　高知冬也回答得非常简洁："没装傻充愣，没看见，没拿。"

　　高美珍疑惑地问："你确定？"

　　高知冬眼睛都不眨："确定！"

高美珍说:"那我放心了。"掏出手机,按下110。高知冬眼疾手快,一把把手机抢了过去,没脸没皮,嘿嘿一笑,就算是承认了。高美珍板着一张脸,继续伸出手,高知冬不还手机,只说小金鱼卖了。

高美珍一听,更生气了,接连拍打了高知冬十多下,高知冬往屋里躲,高美珍打着打着就进了屋子:"卖哪儿去了?痛快给我买回来!"

高知冬说:"一个镀金的,也不值几个钱,等我赚钱了还你一个纯金的!"

高美珍说:"等你赚到钱?下辈子吧!"

高知冬说:"要不这样吧,我手头现在有辆车,算你个亲情价,五千,你那条手链我就卖了三百多块钱,你再找我四千七,把车开走,划算吧?"

高美珍说:"划算你奶奶个腿!快告诉我把手链卖哪儿去了!我自己去买回来!"

高知冬这时猛地察觉到高美珍对这条手链的执着,也就开始纳闷:"这条手链对你这么重要吗?是谁送给你的?是我爸吗?"

这问题把高美珍问了个猝不及防,她愣了一下说:"你管不着!"

高知冬说:"那就差不多是了。"他狡黠地一笑,说:"妈,要不咱俩做个交易,你告诉我,我爸是谁,我就告诉你手链卖给谁了。"

高美珍脸冷了下来:"不用了,我不要了。"她转身就往门外走。

高知冬快步拦在了她身前:"你为什么不告诉我?我爸到底是谁?是死是活,总得有这么个人吧?我为什么没有权利知道自己的亲生父亲是谁?"

高美珍深吸了一口气,说:"你知道这些要干什么?"

高知冬说:"我看过一本书,说人要知道自己的来处,才能知道去处,所以我就想问问。他如果死了,那我逢年过节去给他上个坟,他要是还活着，那我就去替你管他要点抚养费。"

高美珍一听，本来有点动容的情绪又沉了下来："整这些没用的干啥？还不是为了钱？我劝你就死了这条心吧，你爸早就死了！"高美珍推开高知冬，走了，"咚咚咚"的脚步声在楼梯间渐行渐弱。

高知冬等那脚步声消失了，还站在原地，对高美珍最后的话，他抱有怀疑，这疑惑从有记忆起就存留着，这些年逐步累加，偶尔也会淡忘，但终究还是一寸寸地在心头堆起了一座山，在每个松柏青翠或雪漫四野的日子里，都想探究。

隔天那辆破桑塔纳修好了，高知冬去取车，却没有钱，随身带了个欠条，像支票似的，填上金额就可以，可修车师傅却没接这欠条，蹲在地上想了会儿说："别整这些没用的，没钱就别取车。"

高知冬说："我保证一星期内就把钱还你。"

修车师傅说："咱俩就过面的交情，不值一星期。"

高知冬说："那三天总够吧？"

修车师傅说："虽然咱俩只是过面的交情，但我也知道你是一个小混混，小混混我了解，没什么信誉的。"他说着撸起裤腿，小腿上有一条蛇的文身，还有英文 Danger[1]。

高知冬说："你也混过？"

修车师傅云淡风轻地笑了笑，拿起扳手，说："我以前用这个。"

高知冬咽了咽口水，萎了，说："师傅，车子在你这儿先放几天，我弄到钱再来取。"

修车师傅放下扳手，说："Waiting for you.[2]"

1　Danger，危险。
2　Waiting for you，等你。

高知冬心里骂了句"Waiting你妈",然后吹着口哨回家,也并不急着筹钱,挨到天黑,再来到修车铺,店门已关。他弄了根铁丝,捅进卷帘门的锁孔,稍微一操弄,打开了,这也是昨天看开锁视频学到的技能。

人啊,啥时都不能停止学习。高知冬得意地左右观望,确定没人,拉开卷帘门,进去了,车子就停在里面。他又找到了挂在墙上的车钥匙,翻出来半桶汽油,咕咚咕咚加进了油箱里,接着钻进了车里,启动了车子,但想了想,并没有把车开走,而是下车,在里面把卷帘门又拉了下来。他觉得,自己可以偷着进来用一用车,但不能真的把车偷走,那个修车师傅知道自己的住处,公办还是私了自己都斗不过他,他决不能吃这面上的亏,这是底线。

高知冬坐回车里,打开电台,还是那个调频96.8,他手欠地扭了扭按钮,一直扭到98.5,然后就扭不动了,再往回扭,却停在了96.9,回不到96.8了。他有点慌了,琢磨着规则,这个时间调节,应该是只能调节没去过的时间段,去过的话就不能再回去了,这倒也符合时间只能一直向前流动的规律。

想到这里,他不敢乱动了,老老实实地躺在椅背上,听着那首老歌在唱:"今夜微风轻送,把我的心吹动,多少尘封的往日情,重回到我心中……"

他缓缓地闭上了眼睛,似乎只是一个恍神间,就又来到了1996年。

这回,他直接把车子开到了钢铁厂门前,还没下车,保安孔新旺就伸出脖子看,一看车上下来的是高知冬,愣了好半天,才认出来,热情地招着手喊:"你可来了!我等你一个月了!"

高知冬想着,果然是到9月了。可这一个月到底发生了啥,让孔新旺一下子对他这么热情?

他走到跟前来随口说这一个月是有事情耽搁了。孔新旺的眼睛不离开车子："你那是最新款的桑塔纳吧？多少钱？"

高知冬明白过来了，孔新旺的热情是献给那车的，这辆在未来的老破车，回到了属于它的岁月后，就满身光彩了。

高知冬的虚荣心一下子被提了起来，清了清嗓子说："没几个钱。"

孔新旺一听更艳羡："还没几个钱，这口气一看就是做大生意的。"

高知冬口气也不谦卑了，说："我托你的事你办了吗？"

孔新旺点着头说："办了办了。维修车间确实有这么一个人。"

高知冬问："你打听到他的联系方式了吗？"

孔新旺问："啥联系方式？传呼机？"

高知冬一想，传呼机那玩意儿太费事，就直接问："他住在哪儿你知道吗？"

孔新旺说："他住员工宿舍。"

高知冬问："宿舍在哪儿？"

孔新旺说："你知道了也见不着人，他现在没在宿舍。"

高知冬说："那你痛快说，他在哪儿？"

孔新旺说："他下班的时候从门口过，我听见他和同事说夜里要出去玩，好像是去什么水晶宫。"

"水晶宫？"高知冬愣住了，想起上次来时，在那霓虹灯下见到了年轻时的高美珍。

孔新旺问："你去过水晶宫？"高知冬摇了摇头。孔新旺说："我也没去过，听说那儿光门票就要十块钱，里面的酒更贵了，我这种人喝不起……"

高知冬一听，十块钱倒是不贵，可是这旧版的钱自己也没有。他看了看孔新旺，说："我今天出门急，没带钱，你能借我一百块吗？我明天就还你。"

孔新旺脸色为难。

高知冬说:"你要是不信任我,我把车押你这儿吧。"这话不是诚心话,就是在忽悠他,押了也白押,音乐一关就蹽了。

孔新旺说:"我不是不信任你,你这么个大老板,不会差我这一百块钱,我只是兜里没那么多。"他掏出一把零钱,数了数,一共八十三。

"那就借八十吧,给你留三块压兜,我给你打张欠条。"高知冬说着掏出了那张本来要给修车师傅的欠条,孔新旺拿笔填上了数额,高知冬说了声"谢谢",抓起钱转身就要走。

孔新旺突然想起了什么,叫住高知冬,说:"我的照片洗出来了吗?"

高知冬说:"洗出来了,但我忘拿了,下次来带给你。"

孔新旺点了点头,看着高知冬上车离开,吸了吸鼻子,连那尾气都觉得很好闻。

水晶宫歌舞厅,霓虹灯仍旧闪烁着,让这四周的夜,都有了些靡靡的味道。

高知冬把车停在门前,下了车,但没有熄火,怕电瓶又没电,于是那电台里的歌声就仍旧响着,已经唱到了另一首老歌:"你温柔的甜美,好像鸟儿天上飞,只因为,我和你相爱相拥相依偎……"

高知冬买了门票走进歌舞厅,视线一下子没能适应那黑暗,片刻后才看清,那旋转的迪斯科球把大个的光斑一个个地送过来,闪过他的脸颊与身躯,与此同时,送过来的还有那歌声,与刚刚车里的歌声衔接上了:"你的眼,我的泪,就算痛苦也珍贵,只因为,是你在我身边伴随……"

高知冬循着歌声望去,年轻的高美珍,顶着一头大波浪的劣质假发，浓妆艳抹得像个鬼，半真半假半沉醉地唱着，台下的人喝着啤酒，听着歌，闲聊着，似乎也不太陶醉。

唯独最前排，一个穿着老式白衬衫的男人，衬衫里面的蓝背心都透了出来，但也不耽误他目不斜视地盯着舞台，从侧面望过去，都能看到他那眼眸里的，只属于年轻男人的光亮，如深夜里的繁星。

高知冬缓缓地走过去，在男人旁边的座位坐了下来，只是一坐下的刹那，就认出了这个人就是年轻的赵凌峰。他一下子紧张起来，有种撞破了某件史事的慌张感。

他顺着赵凌峰的脸颊看下去，他的手指上因每日做电焊，充满轻微烧焦的粗糙感。再往前探头，细看一下，手腕就稍微好一点了，没有那么粗糙，但也没有很细嫩。有个东西遮挡住了他的手腕，那是一条红色线绳编织的手链，上面有两条小金鱼，轻微地晃荡着。

高知冬深吸一口气，收回探出的头，坐直了身子，服务员走过来，他点了一瓶啤酒，服务员送了他一盘瓜子。他喝了口啤酒，看着赵凌峰，只见赵凌峰仍旧盯着台上的高美珍，腿在轻微地抖着，除了眼里的繁星，嘴角也有了微笑。高知冬看向舞台，发现高美珍也很明确地对着赵凌峰扬起了嘴角，他们是在用嘴角打招呼，好细腻。

高知冬那一刻忘记了高美珍是自己的母亲，也忘记了赵凌峰欠自己的钱，他看到的只是两个与自己无关的人，在那陈旧的时代里，在满是煤烟气味的小城里，在迪斯科球旋转的舞厅里，在这岁月的一角里，彼此凝视着，温润着。

舞台上，高美珍收起嘴角继续唱道："我说我的眼里只有你，你是我生命中的奇迹，但愿我们感动天，我们能感动地，让我们生死在一起，永不分离……"

第四章

夜里，吃过晚饭，高美珍给自己又温了一壶酒，那酒是药酒，泡了些人参枸杞五加皮什么的，是用来治腿疼的，再多喝一点，也能治疗心烦。她坐在餐桌前，下酒菜是一盘花生米，浇上了点陈醋。吃几粒花生米，喝一小口酒，停一会儿，想一些心事。那些心事都过于久远，可能也算不上心事了，只能说是某一段回忆，被岁月风干后，有了嚼劲，单单是它，也可以下酒了。

她今天从菜市场回来，本来常走的路在施工，便稍微绕了一点远，路过了一家生鲜超市，那家超市刚开没多久，最大的噱头是没有收银员，全都是自助结账。结果一个月抓了几十个逃单的，无奈，只得在门前安排了一个检查员，挨个核对购买的东西是否结账了。

高美珍又喝了一口酒，寻思着怎么就想起这个生鲜超市了？但其实她心里明白为什么，那家生鲜超市开业之前，那个店面是个火锅店，再往前是韩式烤肉店，再往前她不记得了，那地方杂七杂八开过很多店，但都干不长，那栋楼也有些年头了，可也迟迟没拆迁。如果说一栋楼也像人的一生般，有高峰和低谷的话，那它的光辉岁月早就过了。那里曾经开过一家全市最有名的歌舞厅，开始叫火焰山，开业没多久，就着了一场火，找大师算了一下，说是名字不好，便改成了水晶宫。高美珍在那里当过一年多的驻唱歌手，没赚到什么钱，就改行了。

回忆好像会说谎,高美珍多喝了几杯,有些事情就变了模样,或是懒得去厘清了,可今夜,有个段落总是在她脑子里绕啊绕的。那天她戴着一顶大波浪假发,在水晶宫的舞台上唱完了一首《我的眼里只有你》,收获了一些稀稀拉拉的掌声,然后到了客人点歌环节,有个喝多了的土老板,胖乎乎的,冲上台,抢过了话筒,说刚才那首歌让他想起了自己的情伤,他已经多年不再相信女人,特别是这种风骚的女人。他指了指高美珍。

高美珍年轻气盛,但保持礼貌,只是微笑着说:"大哥,您喝多了。"

土老板说:"我没喝多,我还能喝十瓶。"

高美珍说:"那大哥您就赶紧下去喝吧。"

"你撵我是吧?你这种骚货有什么资格撵我?我最恶心你这种大波浪的女人!"土老板说着动手去拉高美珍的头发,一拉,一顶假发抓在了手里。

高美珍摸着自己的短发,有些尴尬地看着土老板,说:"大哥,你看吧,我不是伤害你的那种骚货,我把头发再剪短点,咱俩都能当哥们儿了,要不咱俩对瓶吹一个?"

台下的观众都笑了,土老板脸上挂不住了,把假发往地上一摔,一时又想不到该说什么。台下就有人起哄,说:"你上台是要点歌吗?到底点不点啊?不点我们还要点呢!"

土老板说:"点!当然要点,要点我就点一首可爱小女人的歌曲,《你的甜蜜》!"说完掏出两百块钱,丢在高美珍面前。

高美珍看着那地上的钱,觉得受了侮辱,可还是忍了忍,没捡钱,脸色努力保持平静,说:"对不起大哥,这歌我不会唱。"

土老板冷笑一声,又掏了两百扔在地上。高美珍说:"大哥,我不是这意思，我真不会唱。"

土老板现金带得不多，没钱眼神就狠了，说："瞧不起我是不是？"

高美珍醉鬼见多了，也没耐心了，说："你故意为难我是不是？"

土老板说："为难你怎么的！"

高美珍一步跳下舞台，捡起一个啤酒瓶子就冲了回去，瓶底对着土老板："你有完没完？"

土老板冷笑一声，有了阴冷的气息，慢慢腾腾地从裤腰上解开钥匙扣，上面挂着一把水果刀。高美珍没料到，有些慌了，她并不想把事情惹大。

一双手拉住了土老板："大哥哥，别生气嘛，不就是一首歌吗？她不会唱我给您唱。"甜美得近乎娃娃音的女声，一声大哥哥，把土老板的心叫软了。他回过头，看到是个可爱的年轻女孩，穿着粉粉嫩嫩的裙子，头上还别着蝴蝶结发卡，大眼睛忽闪忽闪，近乎乞求地看着他。

高美珍放下酒瓶，说："云蓉，你别在这儿添乱。"

云蓉是今天新来的驻唱歌手，老板听了她的歌声后，觉得太娃娃音了，这里是歌舞厅不是游乐园，不想用。云蓉说："让我试试吧，试用期一个月，不要钱。"老板觉得这是个便宜，有便宜不占不是人，就留下了。没想到，此时却有了用处，这个便宜值钱了。

云蓉说："美珍姐，我没添乱，我真会唱。"接着蹲在地上捡起钱，小心翼翼地折好，塞进口袋里。又回身对土老板说："大哥哥，您坐回座位吧，我要开始给您甜蜜喽！"土老板被整蒙了，稀里糊涂就坐回了座位，高美珍捡起假发拎着啤酒瓶子走到后台。

水晶宫的老板周源靠了过来，他三十出头，可看起来也饱经历练，他把高美珍拉到一边说："下次别这么刚了，处理事情要柔一点。"

高美珍说:"你躲在这里就是柔了?"

周源说:"不是我不想帮你,这事我不出面,就是你俩之间的矛盾,但我要出面了,事件就升级了,变成咱们舞厅和他的矛盾了,现在这年头,鱼龙混杂的,是骡子是马都看不透,不敢惹。"

高美珍说:"行了,知道了,别磨叽了,听歌吧。"

两人把目光投向舞台,云蓉在蹦蹦跳跳地唱着:"喔!你的甜蜜打动了我的心,虽然人家说甜蜜甜蜜,只是肤浅的东西。喔!你的眼睛是闪烁的星星,是那么样地 shining[1] shining,吸引我所有的注意……"

土老板在台下甜蜜且陶醉地挥舞着胳膊,一脸的蠢相,周源用胳膊碰了碰高美珍,说:"看吧,男人有时候就是这么好对付,可爱点,撒撒娇,总比抡酒瓶子省力气吧?"

高美珍把大波浪假发递给他:"什么话都让你说了,这假发不也是你硬让我戴的吗?说有女人味,招男人,果然好使,招了个男人上台差点捅了我一刀。"

周源说:"你这人心理有问题,就光盯着那不好的事情看,台下有个穿白衬衫的男的,不是一直在冲你笑吗?你怎么不懂得冲人家挥挥手?"

高美珍烦了:"我不是冲他笑了吗?还想让我怎么着?"说着不理会周源了,拿起一瓶啤酒,咕咚咕咚地对瓶喝起来。

周源也无奈,说:"你少喝点,骑摩托车不怕摔着啊?"

高美珍听出这话像是关心,想了想说:"没事,上回把马路牙子刮冒火星子了都没事。"她说着,目光看向白衬衫男人所在的方向,但不知何时他已经不在座位上了。

---

[1] shining,闪烁。

高知冬和赵凌峰在水晶宫门前,已经抽完了一根烟,在土老板冲上舞台前,高知冬就把赵凌峰叫了出来,屋子里的那场冲突,他俩都错过了。

赵凌峰打量着高知冬,高知冬也打量着赵凌峰。赵凌峰疑惑地挠了挠头:"哥们儿,你是谁啊?我真不记得了。"

高知冬说:"你不记得我没关系,以后总会记得的。"

他这话看似有点奥义,但实际上是不知道怎么回答自己是谁,于是趁赵凌峰咂摸这句话的当口,掏出烟来,递给他一根,自己也点了一根。

高知冬抽着烟,又看了看赵凌峰手腕上的小金鱼,开口问道:"哥们儿,你是不是喜欢台上那个大波浪的女的?"

赵凌峰连忙摆手:"没有没有。"

高知冬说:"你怎么还抹不开面呢?"

赵凌峰说:"真没有,我骗你干啥?"说着还警惕地回头看向门口,怕有人听到似的。

高知冬本想继续说"没有意思你们对着笑干啥呢?",但也害怕赵凌峰真是自己的亲生父亲,到头来却因为自己的几句话,让两人没走到一起,那自己就被自己给说没了。他于是收住嘴巴,把自己的身世之谜放到了一边,找回最初来这儿的目的,他想了想开口道:"哥们儿,你在南方有什么亲戚吗?"

赵凌峰把烟头丢在地上,也想了想:"有个二姨在安徽亳州那边,你问这个干啥?"

高知冬仍旧不回答,继续问:"确定就这一个南方亲戚吗?"

赵凌峰点了点头:"我爸说了,如果我下岗了,就让我去安徽找我二姨,她家在那边包工程,我这电焊手艺能有用处。"高知冬又追问了些他二姨的姓名和具体地址之类的,赵凌峰也都老实回答了,但越回答越疑惑:"哥们儿,你问了这么多我二姨,你到底和她什么关系啊?"

高知冬眼珠子一转,装出些神秘的样子说:"这个关系现在还不能告诉你,但是总有一天你会明白的。"

赵凌峰更迷糊了,说:"哥们儿,你到底是谁啊?说话舞舞玄玄的,让人听不明白,以前怎么没见过你,你不是本地人吧?"

高知冬带着全知视角的优越感,说:"我不但不是本地人,我还不是这个世界的人。"

赵凌峰看着这个奇怪的人,摸不着头脑,但那个年代这种怪人多,练气功的,研究伽马射线的,宣称是紫微星传人的,所以他也没太在意,就不想理他了,说:"那我先进去了。"

高知冬说:"好的。"本还想说"等我找不到你二姨咱俩再见",但这话听着别扭,就改成了"有缘再见"。

赵凌峰进了水晶宫,高知冬就回了车里,车子今天的油很足,歌曲还在播放着,高知冬刚想熄灭车子,回到未来,就看到高美珍走出了水晶宫,靠在摩托车旁抽起了烟,一边抽一边抓了抓头发,高知冬突然觉得母亲年轻时还挺酷的,是那种没有被世故侵袭的酷,眼睛里哪怕有忧愁,也是种清澈的忧愁。

水晶宫的门再次打开,云蓉和赵凌峰一同走了出来,云蓉蹦蹦跳跳,很开心的样子。两人经过高美珍身旁,云蓉仍旧用娃娃音开心地介绍说:"美珍姐姐,这是我男朋友,赵凌峰。"高美珍点了点头,看着赵凌峰,原来他是来看她的。

"今天谢谢你,帮我解围。"高美珍对云蓉说。

云蓉说:"美珍姐姐你太客气了,咱们是同事,当然要互相帮忙啦。"高美珍笑了笑,这时赵凌峰把自行车推了过来,云蓉就上了赵凌峰的自行车后座,冲高美珍挥手:"美珍姐姐,明天见!"高美珍冲他俩挥了挥手。

赵凌峰和云蓉的自行车渐行渐远,云蓉在后座还在快乐地哼唱着:"喔!你的甜蜜,打动了我的心,虽然人家说甜蜜甜蜜,只是肤浅的东西。喔!你的眼睛是闪烁的星星,是那么样地 shining shining,吸引我所有的注意……"

高知冬看着这一幕,有点出乎意料,也有点耐人寻味,这可能是个三角恋的故事,也可能是别的千百万种故事之一,他都不得而知。他看着高美珍仍旧在摩托车前抽着烟,那水晶宫的霓虹灯在这深夜里越盛大,她的身影就显得越孤独。

修车铺的卷帘门从里面被一只手缓缓托起,高知冬整个身子还没完全钻出来,就被晨光洒了满身,他眯着眼睛看着那晨光,温柔宽广,似乎能包容下半生的错误。他的心竟也有种难得的轻盈,回身把卷帘门拉了下来,趁修车师傅到来之前,逃回了家。

他经过楼下的早餐摊,买了两根油条一杯豆浆,多加了点糖,拎着上了楼,边吃边给张合打电话。张合还没醒,迷迷糊糊地问他一大早干啥,高知冬不说,倒是先问张合相亲相得怎么样。

张合说:"相得稀碎,那个女的说是搞化妆的,却是给死人化妆的,我也不是有职业歧视,但就是觉得阴森森的。可去都去了,也不能直接把人攮出去,我俩就一起吃了点饭,我又想,饭都吃了,也不差喝点酒了,就试探地问她能喝点吗,她说每次给死人化完妆自己都喝点。我就说那来一打雪花,她却说自己习惯喝白酒,驱寒。我一想,太平间那地方确实冷,就陪着她喝了点白酒。可没想到她那么能喝,也不是大口喝,而是小口抿,抿一口点点头,咂巴咂巴嘴,再吃一口菜,一喝就喝了一斤多,我都陪不了了,到后来是拿啤酒溜的。"

高知冬说:"这听起来挺厉害啊,那喝了一斤多她不走样啊?"

张合说:"也迷糊,但话不多,她说自己不爱和活人说话,爱和死人唠嗑。我一听,这挺邪乎啊,就问都和死人聊啥啊。她说一听我的语气就是不信她,说算了,就当她没说过。我说,是啊,量子卫星都上天了,这迷信的事谁他妈能信啊。她听了也不生气,反倒说我俩没准挺合适的。我都蒙了,问为啥啊。她说'你相信科学,我爱说鬼话,这就是互补'。我一听,这姑娘挺敞亮的,不假假咕咕的,就提起精神,又和她喝了几杯,然后我就喝多了,到现在头还嗡嗡疼,想吐。"

高知冬说:"你先别吐,听你这话你是看上她了?"

张合说:"准确点说是她看上我了。"

高知冬问:"那你啥感觉?"

张合说:"昨天喝到最后看着有点顺眼了,可酒醒了想到那职业还是害怕。"

高知冬说:"这我能理解,那你就好好考虑考虑吧。"

张合说:"你这么早找我就是为了打听这事啊?太八卦了吧?"

高知冬说:"这算是一件,但还有一件事。"

张合说:"你说。"

高知冬吃完了油条,擦了擦手,点了一根烟,说:"我知道赵凌峰去哪儿了。"

张合一听,来了精神,问:"去哪儿了?你怎么知道的?"

高知冬说:"你别管我怎么知道的,赵凌峰有个二姨在安徽亳州,他二姨二十多年前是在亳州干工程的,赵凌峰会电焊,他很可能去那儿投奔他二姨了。"

张合说:"二十多年前在亳州,现在没准早搬家了,这怎么找?"

高知冬说:"不管怎么说,这也是个线索,我记得你和我说过,你有个三舅在河南商丘对吧,能拜托他去帮忙打听一下吗?"

张合说:"他二姨在安徽,我三舅在河南,哪有托人跨省打听的啊?"

高知冬说:"你打开地图看看,商丘虽然在河南,但和亳州挨得老他妈近了,一个多小时的车就到了。再说亳州是个小地方,二十多年前干过工程的,不出意外的话,都会比较有钱,不难打听的。"

张合说:"那我试试吧。"

高知冬说:"你也别觉得勉强,这不光是我一个人的事。"

张合说:"我的摩托车才几千块钱,他欠你几万块呢。"

高知冬说:"也不是欠我的,主要是欠超哥的。"

张合说:"行了吧,别提超哥了,一提我都替你头疼。"

两人就挂了电话,高知冬摸了摸头,拆线后留了个小疤痕,就顺着想起了自己的帽子还落在沈向真那儿,他看着时间,想着等她上班了就去拿回来。

但在拿之前,得先眯一觉,这一个身体两边忙活,还挺累的。他就倒在了床上,眼睛将闭未闭之时,看到衣柜下面有双滑冰鞋,落了一层灰,他的心动了一下,想要下床把它们拿出来,最终因为懒,没动,困意很快就来了,遮掩住一切的不安。

早晨还晴朗的天,一阵疾风过后,竟下起了雨,高美珍这几天的腿疼,就有了着落,不是无缘无故,也不是年老体衰,而是在预报天气。把身体的不适归结到自然现象上,就不能算是病了,这倒也是一种机智的宽慰。

下起了雨,市场没什么生意,其实也怪不到天气,主要是新开的生鲜超市能送货,满四十九还免跑腿费。人啊,都这样,晴天时去市场挑挑拣拣就当散散步了,雨天就懒了些,窝在家里,手机滑一滑,不沾半点雨,菜就送到了,也就断了菜市场的财路。

市场里的人各自百无聊赖着，卖菜的扒一扒烂菜叶，卖生鲜的赶一赶苍蝇。高美珍靠在柜台前，用手机看着宫廷剧，这一集没死人，有点无聊。她就时不时地把目光投到门边，屋檐落水，滴滴答答，引人发困，双眼迷离之际，看到屋外走进来两个人。走在前面的先把雨伞收了，是孙芸芸，她满是兴奋地来到柜台前，说："美珍！你看谁回来了！"

　　高美珍还没完全清醒，疑惑地看着后面那个人，收起雨伞，雨伞上的水落了一地，从下往上看，灰色的高跟鞋，米色的风衣，咖啡色的长发，墨镜遮住了半个不太年轻的脸颊。那人叫了一声："美珍姐。"声音还是娃娃音，但已有了老年的味道，少了些可爱，多了些柔情。她摘下墨镜，是老了的云蓉，她冲高美珍笑了，又叫了声："美珍姐！"那笑容里全是多年不见的感慨。

　　高美珍愣住了，条件反射地站起身："你怎么回来了？"这话是疑惑，还有责怪，不等云蓉开口，她已说出了自己的态度，不是久别重逢的欣喜，也不是物是人非的感慨，而是斩钉截铁的"我不想见你"。她说着就要往外走。

　　云蓉有点难堪，孙芸芸拉住高美珍说："你怎么啦？有啥过节这么多年都过不去啊？"高美珍不理会孙芸芸，想挣脱她的拉扯，硬往外闯，市场里其他人的目光都聚了过来，雨天适合看好戏。

　　云蓉也过来拉高美珍，说："美珍姐，我们能坐下来好好聊聊吗？"

　　高美珍说："我和你没话说。"说完接着往外走，这一下挣脱得有些狠，孙芸芸和云蓉都没准备，都脱了手，高美珍也没防备，加上腿本来就疼，一个趔趄，倒在了地上，头就撞在了卖菜的柜台下方。

　　卖菜的是个闲不住的男人，前些天也是下雨天，他看柜台下边的木板开了，就找来钉子，把木板钉上了，可是他眼神不好，没看到钉子没全都钉进去，还露在外面一小截。高美珍这一撞，正好撞在了钉子上，钉子倾斜有角度，贴着头皮划了一道，血哗啦啦地流了出来。

卖菜的吓坏了，连忙掏出手机拍照说不关自己的事。孙芸芸和云蓉也吓坏了，愣了片刻才想着把高美珍扶起，她头上的血已经流进了左眼。高美珍就睁一只眼闭一只眼地甩开二人朝外面走，二人急忙追了上去。

外面的雨下得可真大，雨水把血都冲掉了，高美珍的左眼就又能睁开了，可她视线里的前方，仍旧是一片模糊。她抬起头看天，也如命运的诡谲，苍茫一片，接着一把雨伞落在了头顶，挡住了苍茫，孙芸芸和云蓉追了上来，强行把高美珍送去了医院。

高知冬撑着雨伞，溜达着来到医院，来的路上他就想着，在这东北的一个雨天，也不知道医院的工作会不会受天气变幻的影响，也能分出个忙闲。如果沈向真不忙的话，就争取把她约出来，去新开的咖啡公社喝杯咖啡。

那家咖啡馆很有特色，是倒闭的面粉厂改建的，建筑还是当年的老建筑，也没翻新，走楼梯上去，墙皮斑驳，绿色的踢脚线也褪了色，玻璃碎裂，木质的窗框随风摇曳。屋子里倒是重新弄了弄，干净整洁。他去过那里一次，靠在窗边，听着雨声，似乎就回到了那悠远的时代，虽然他没有经历过那些时代，但也大约明白，那时的人们团结一心共同建设，把私心都藏在红心里。

但此时，他的心只剩下一个念头，怎么把沈向真约出来，从之前两次的接触来看，她对自己的态度并不友善，而她本身也不是个好惹的女人，面相冷冷的，父女关系也闹得很僵，没准心理还会很扭曲……他正瞎琢磨着，人已经到了医院门前，却见一辆出租车忙三火四地从身边开过，车轮溅起的水落了他一身，溅到身上倒是没什么，也能理解，只是溅到了自己最喜欢的衬衫上，这可是他最后一件拿得出手的衣服了。他因贫穷而火大，冲过去要和司机理论，却见出租车停在了医院门前，车门一开，下来三个老太太，两个搀扶一个，被搀扶的那个头上流着血，和自己前些天被酒瓶子开瓢时一样。

他寻思着，这一把年纪了下手也挺猛啊，刚想到这儿，已经分辨出，受伤的人是自己妈，他虽然平时和高美珍关系不好，但此时也一激灵，追了上去。刚进医院，却被拦了下来，因为雨伞滴滴答答滴水，保安让他在机器上给雨伞套个袋子，可机器出了点问题，怎么套也套不上。他急了，把伞一扔，和保安说"送你了"，撒腿跑了进去。

高知冬找到高美珍时，沈向真已经在给她处理伤口了，他就躲在门边，没进去，像贼一样偷听。从偷听到的对话中得知，高美珍只是摔倒撞了一下，没什么大碍。沈向真仍旧保持着没有温度的语调，高美珍时不时嗯嗯几声，是疼的，倒是旁边的陌生阿姨，一开口的娃娃音引人侧目。

"出了这么多血，得多疼啊！"云蓉揪心地看着高美珍。

"你快点走，我不想看见你。"高美珍冷冷地回答道。

云蓉被撑了，却也不动地方，高知冬再细看几眼，认出了，这人是当年唱《你的甜蜜》的云蓉。高知冬纳闷她怎么突然出现了，看穿着打扮还挺有钱的，他从小到大都没见过这人，那应该是从外地回来的。

孙芸芸从背后喊了高知冬一声，高知冬收回思绪，回头看她手里拿着单子，交费刚回来。"冬啊，来看你妈啊？怎么不进去呢？"孙芸芸的话把屋内三人的目光都揪了过来，三人看到高知冬都愣住了。

高知冬有些尴尬，孙芸芸接着说："是不是市场的人给你打的电话？顶着这么大的雨就跑来了，看来还是惦记你妈啊！"她知道这母子俩闹矛盾，找这个机会来修修补补。

高美珍听了,心里也有点安慰,但说出来的话却另一个味:"他还能有这心?是你给他打的电话吧?"她看着孙芸芸。

孙芸芸急忙反驳:"不是我,我这一路你都看着呢,哪有空打电话啊?"

"那就是发的微信。"说完这一句,高美珍已经不计较了,在看高知冬了,下一句就该是"你找地方坐一会儿吧,别担心,我没事"。

但话还没说出来,高知冬就先开口了:"不是孙姨叫我来的,我也不是来看你的,我是来找她的。"他看向沈向真。

沈向真疑惑了,不知道这里面关自己什么事:"找我?"

高知冬说:"对,我上次来拆线,帽子落你这儿了。"

沈向真想起来了:"哦,是有这么回事,我收起来了,一会儿给你拿。"

高知冬不想等,也突然没了约她的心情,说:"不用了,我还有事,下回路过再来找你拿吧。"说完,径自离开了。

高美珍和孙芸芸对视了一眼,眼里都有埋怨。高美珍收回目光,问沈向真:"他真来拆过线?"

沈向真点了点头,说:"和你一样,也是头受伤了,比你严重一些。"

高美珍又问:"那你知不知道他是怎么受伤的?"

沈向真摇了摇头,接着很气人地补了一句:"你当妈的都不知道,我怎么知道?"

这句话不是故意气高美珍的,但也把她胸口堵住了。云蓉这时不合时宜地开口道:"美珍姐,没想到你还有个儿子,都这么大了。"

"用你管,你痛快滚,怎么这么没脸没皮呢?"她把火都发在了云蓉身上。

云蓉被骂了,很尴尬,走也不是,不走也不是,这时手机响了,她才算得救了，走出去接电话。

孙芸芸看云蓉走出去，悄声对高美珍说："你干吗啊？她大老远回来的，半辈子都过去了，还有啥事是过不去的？"

高美珍说："是啊，我半辈子都没过去，就是过不去了。你也是，明知道我不想见她，还非带她来见我。"

孙芸芸有些委屈："可是她来求我啊，她一早去找我，给我孙子买了一大堆玩具，我也没啥理由拒绝……"

"行了，也不怪你。"高美珍打断孙芸芸的话，深吸了一口气，也不说话了。

云蓉打完电话回来，说："老刘大哥听说我回来了，想要大家晚上一起聚一聚。"

高美珍刚要开口说"我不去！"，云蓉却先开口说："老刘大哥说谁不去谁是王八犊子。"

高美珍话到嘴边，活生生憋了回去。

沈向真把这一切看在眼里，扑哧笑了出来，处理伤口的手就重了一点，高美珍疼得咧了咧嘴，说："你这小姑娘干几年医生了？下手怎么没轻没重的，我这老皮可经不起你瞎折腾！"她把气都撒在了沈向真身上。

沈向真忍了忍，说了声："不好意思。"

高知冬走到医院门口，看到自己的雨伞已经套好套子立在墙边，他四下看了一眼，保安在不远处背对着身子，他想着偷偷摸摸拿起雨伞就跑，可刚伸出手身后就传来保安的声音："拿走吧。"

高知冬不好意思了，扭过身摸出烟，递给保安一根，说："这雨真能下，要是停了我肯定说话算话，这伞就给你了。"

保安接过烟，别在耳朵后面，说："一把破伞我也没想要。"接着掏出一张名片给高知冬，说："以后有需要找我。"

高知冬接过名片，上面写着专家挂号、特护病房、转院接送等项目。高知冬说："没问题，你这么敞亮，我就算没需要，朋友有需要我也给你介绍。"保安一看他也是明白人，还加了个高知冬的微信，然后一路把高知冬送出了医院。

高知冬刚和保安告别，手机就响了，进来一笔转账，一千块钱，是之前放的一笔贷款到了二十一天。这个贷款人比赵凌峰讲信用，每次到日子也不用他催，就主动把钱打过来，当时借了一万块钱，大半年过去了，光利息就还了八千，弄得高知冬都不好意思了，催他快把本金还了吧。他却说这钱是背着老婆借给初恋的，老婆一个月给的零花钱就两千，一时也攒不出这一万，就先这样吧，不急着还了，这差不多每月一千块，就当给青春烧的纸钱吧。

高知冬把这一千块钱转给超哥，超哥收了，又转回二百来，高知冬也默默收了，干他们这行的没工资，都是拿提成的。他说了声"谢谢超哥"。超哥收了钱，脾气好了点，说赵凌峰那笔钱还得抓紧点。高知冬回说放心超哥，快了。

高知冬的心情稍微轻松了点，刚要收起手机，张合的电话就打来了，说赵凌峰的二姨找到了。高知冬说见面聊。

张合说："哪儿见面，去吃麻辣烫啊？"

高知冬说："不想吃，咱们去咖啡公社吧。"

张合说："行啊，我路过好几次都没进去过，这次正好踩踩点，以后带霉霉去。"

高知冬问："霉霉是谁？"

张合说："给死人化妆那个。"

高知冬说："哦，那她叫你合合吗？"

张合说："滚。"

两人坐在咖啡馆靠窗的位置，每人点了一杯越南滴漏咖啡，咖啡在那儿缓慢地滴着，窗外的雨已经有了颓势，落在那一片等待拆迁的红瓦之上，几多浸润，几多滑落。

张合从兜里掏出几个文身贴，都是蝴蝶的，递给高知冬，说："你胳膊上那个色都快掉光了，赶紧换换吧。"

高知冬接过来说："谢谢啊，成长挺快啊，都知道送我礼物了。"

张合说："你改天也去文一个真的吧，总贴这玩意儿明眼人一下就看出来了，唬不住人。"

高知冬笑笑说："算了，先贴着吧。"

张合说："哦，我知道了，你是怕疼。"

这回高知冬也不否认了，张合又说："可就算贴这玩意儿，人家也是贴个龙贴个虎的，你贴个花蝴蝶干啥？娘们儿唧唧的。"

高知冬说："滚，别闲扯犊子了，说正事。之前听你说过，你三舅不是一个挺磨叽的人吗？吃碗烩面，你舅妈让他剥瓣蒜，等他剥好蒜了，你舅妈的面都坨了。这次办事咋这么快？"

张合说："那面坨了也不能全怪我三舅，是那蒜护皮不好剥。但我三舅这人确实挺磨叽的，后来我三舅妈和他过不下去，离婚了，前两年他又找了一个老娘们儿，这老娘们儿体格好脾气大，动不动就拿笤帚打我三舅，我三舅经过这两年的历练，已经有了特种兵的素质，干什么都特别麻利，以前剥蒜的时间，现在都能做成蒜泥了。"

高知冬说："那你三舅是怎么找到赵凌峰他二姨的？"

张合说："我三舅没亲自去找，他认识一个开大车的司机，那司机专门给各个工地送沙子，送了二十来年，去澡堂子搓澡，别人身上搓下来的是泥，他搓下来的都是沙子。"

高知冬说："行了行了，别扯犊子了，快说重点。"

张合说："我三舅和这个人一打听，那人想都没想就说：'有啊，亳州丁二娘，干工程的没人不知道，我给她家送过好几年沙子，给钱可他妈费劲了。'我三舅就问，那她现在还干工程吗？那人说早不干了，有一年亳州地震，3.2级，新闻不报都没人有感觉，但她盖的一栋楼却裂了个大缝子，这不明显的豆腐渣工程嘛，然后她两口子都被抓进去了，她去年才被放出来。"

高知冬听了也不知道该怎么表达这复杂的情绪，就说："然后呢？"

张合说："然后我三舅就要到了丁二娘家的地址，现在正从商丘往亳州赶呢。"他看了看时间说："按照我三舅现在这急性子，应该快到了。"

滴漏咖啡又滴了几滴，高知冬叫来服务员，说："怎么回事？都滴这么长时间了，才滴这么一点。"

女服务员看了看，说："哎呀妈呀，不好意思啊，我也是刚来的，弄不懂这玩意儿，好像是滤纸放错了。"然后也没有什么歉意，把两杯咖啡端走了。

张合瞥了一眼服务员，嘀咕："这服务员二了吧唧的。"

高知冬说："可能是昨天喝多了还没醒酒呢。"

又过了一会儿，张合的手机响了，是视频通话，接起来，他三舅的大脸就贴在屏幕上，大到只能看到眼睛和鼻子。

张合说："三舅，你把手机拿远点。"

三舅带着一口河南腔，说："中，中。"画面就拉远了，他旁边出现了个老阿姨。三舅说："这就是恁们要找的他二姨。"画面再拉远，旁边还站个中年男人。

张合说："没猜错的话，这个是二姨夫吗？"

三舅说："那咋可能嘞，他二姨夫还搁牢里头蹲着哩，这个是二姨的翻译。"

张合和高知冬都纳闷怎么还有个翻译，三舅已经把手机给翻译了，说："恁们慢慢喷[1]，俺出去吃口晌午饭。"

三舅走了，视频画面里只剩下了二姨和翻译，二姨对着镜头端坐着，虽然在监狱关了几年，但仪态还保持得不错。高知冬先套近乎，说："您是赵凌峰的二姨，那按照辈分我们得叫您一声奶奶了。"

二姨就笑了，利落地打起了手语。翻译倒没什么口音，翻译道："她说别叫奶奶，显老。"

高知冬和张合对视了一眼，嘀咕："这二姨原来是个聋哑人。"

这话却被二姨听到了，在那边急忙比画。翻译说："她说自己不是聋哑人，只是嗓子坏了，在监狱里这几年，为了减刑，努力表现，参加各种活动。去年春节为了准备独唱曲目《万物生》，还是梵语版的，没日没夜地飙高音，声带就撕裂了。"

高知冬和张合一下子都不知该如何回应，只是尴尬地笑了笑，张合还安慰说："那养养过段时间就好了。"

二姨双手合十，张了张嘴，感觉要说"阿弥陀佛"，但是却发出了"阿门"的气声。高知冬和张合就更混乱了，也不知道她的信仰到底是什么，还是精神错乱了。

高知冬不想闲聊，就直奔主题："赵凌峰最近来找过您吗？"

二姨比画了一阵，表情忽喜忽悲忽愤怒，感觉是好一场大戏。但比画完翻译却不吭声，两地三人都等着他，他回过神来，说："不好意思，刚才走神了，二姨，您再比画一遍？"

二姨恼了，扬手就要打翻译，从这一个动作就能看出她年轻时的火暴脾气。但手在半空中收回来了，明显能看到她深呼吸了几下，接着又双手合十"阿门"，靠着混合型信仰平复了心情。然后重新比画了一阵，表情仍旧是忽喜忽悲忽愤怒。

---

1 喷，河南方言，聊天。

翻译这下没走神,看得真切,说:"她说赵凌峰前几天来过,带着媳妇来的,说是来看望她。这是她出狱以来,第一个来看她的亲戚,还是离得那么老远的,她自然很感动,还好好地招待他们。他们待了两天就问她能不能给他们找点活干。她就说自己不是以前了,呼风唤雨的,要是十年前,别说找活干了,就是给他在建设局安排个工作都不是事。他们听出了找活没希望,就提出借钱。她就说自己不是以前了,把钱不当钱,要是十年前,别说借了,就他这么一个外甥,给他一兜子都没问题。他们一听,知道借钱也没希望了,连夜就走了,还顺手把床头柜里一个金的泰国象神拿走了,她这个气啊,人穷志短也不能当贼啊,再说那玩意儿也不值钱,就是个镀金的……"

　　高知冬听到这里,心里突然开始毛躁,面红耳赤,觉得字字在说自己,都是偷,都是床头柜,都是镀金。更刺耳的还是那个"贼"字,以前自我欺骗,不敢正视,不敢去寻思,可能他在母亲眼里,也早已是个贼了。

　　视频挂断了,赵凌峰的线索也断了,高知冬喝了服务员之后端上来的咖啡,这回滴漏得很快,他没来得及搅拌杯子底部的炼乳,一口下去,苦苦的。张合倒是搅拌得均匀,小口品着,也在感慨着:"这个二姨虽然是个奸商,但也不容易,这个赵凌峰呢,就是个完完全全的浑蛋了,连老太太的东西都偷,丧良心。"

　　这话又把高知冬刺了一下,他条件反射般说了句:"没那么夸张吧,镀金的也不值多少钱。"

　　张合说:"不值钱还偷,更完犊子。"

　　他一听还想和张合争两句,他知道这是在替自己说话,但别人并不知道内情,听起来都像是在替赵凌峰辩解,那别人就会觉得更奇怪,他只好收住嘴,学着丁二娘,深呼吸了几口气,又喝了口咖啡,还是苦苦的。

张合看着他有心事，就问他："想什么呢？"

高知冬说："当然是在琢磨怎么再找这赵凌峰啊。"

张合就问："哎？你到底是怎么打听到赵凌峰他二姨的？"

高知冬一时语塞，不想再提穿越的事，就想起刚见过的云蓉来，便随口说："我妈的一个朋友认识赵凌峰，跟她打听的。"

张合想了想："那你让你妈那个朋友，直接联系赵凌峰，把他在哪儿套出来不更方便吗？"

高知冬说："是以前的朋友了，可能也多年没联系了吧。"

张合说："别可能啊，现在这通信工具这么发达，多少年没联系上的人，找着找着就联系上了，我妈上个月就联系上了一个三十多年没见的老战友，两人前几天还视频喝酒呢。"

高知冬其实在刚刚想起云蓉的那一刻，就已经做好了下一步的打算，于是做出了考虑一番的假动作后，举起咖啡杯和张合碰杯："就这么办吧。"

张合看着他杯底的一层炼乳，说："你搁楞搁楞再喝！"高知冬拿搅拌棒在杯子里搅了搅，炼乳和咖啡交融了，他喝了一口，又觉得甜得发腻。

"为什么不去问问高美珍呢？"高知冬离开咖啡馆的时候这么想着。

"问了也不会告诉自己吧？"他这么回答着自己。她那人从来都是这样，不把她的事情讲给自己听，就连她年轻时是唱歌的这件事，也从不曾提起，像是怕丢人似的。但是她唱歌好听这件事，高知冬倒是一直知道，小时候，只从她做家务时偶尔哼唱的歌声中，就能听出一二，所以当她后来去了老年合唱团时，他也没有丝毫的惊讶。倒是小金鱼手链是赵凌峰的这件事，让他十足地意外。在1996年的时候，赵凌峰在和云蓉谈恋爱，但从现在的情况来看，后来不知道发生了什么，让两人分开了，那条小金鱼手链到了高美珍手上。云蓉去了外地，赵凌峰和现在的老婆结了婚，而高美珍和云蓉之间似乎有了很大的矛盾，这个矛盾的核心是赵凌峰吗？

他统统不得而知，这些年高美珍和赵凌峰虽然在一座城市的两端，但却从来没见他们联系过，活得和陌生人一样，那高美珍应该也不会知道赵凌峰跑哪儿去了吧？

高知冬想到这里，一个更大的疑团再次被提了起来，赵凌峰会是自己的父亲吗？这两个疑问，他都要问一问云蓉。

他抬起头看天空，乌云都被雨下薄了，天又亮了一点。

第五章

本该停的雨，到了傍晚还稀稀拉拉地下着，一场秋雨一场凉，但还好老刘把吃饭的地方定在了韩式烤肉店里，一进门就热烘烘的，老板娘站在门口迎接客人，九十度鞠躬说："呃塞吾塞呦[1]！"

云蓉愣了，问："这老板娘是韩国人啊？"

老刘说："不是韩国人，是朝鲜族的，你还记得不，就是城北那边有个朝鲜族屯。"

云蓉想起来了，说："记得记得，咱们以前还骑自行车去那儿买过打糕和米肠呢。"

老刘说："对对，后来他们那个屯子的人很多都去了韩国打工。"

老板娘就接话说："嗯呢，我也是前两年才从韩国回来，现在那边打工赚得也不多了，就回来开个店。"

老板娘说着把二人领到预订的位置，已经有几个老朋友坐在那里了，见了云蓉后都先是客套，然后点评彼此容貌的改变，接着再各自感慨了一番。虽然表面热情，但人世匆匆，更多的仍旧是生疏。

云蓉落座后，目光不住地往门口瞟，老刘看在眼里，说："你别急，我让孙芸芸去找高美珍了，就算是硬拉也会把她拉来的。"

---

[1] 呃塞吾塞呦，朝鲜语"欢迎光临"的发音。

云蓉心里有了底,就把话题岔开了,她说:"老刘大哥,这些年你还一直单着呢?"

老刘还没回答,就有人先说了:"是啊,他年轻时不是追过你吗?你没同意,他就一直在等你!这下可算等回来了。"

老刘也不恼,说:"别瞎说话,这玩笑可不能乱开。"

另一个人就说:"对对,可别乱说话,一会儿孙芸芸来了听见了,老刘这晚年的幸福就泡汤了。"

老刘说:"什么幸福不幸福的,人老了,就怕孤单了,找个伴嘛。哎,你们喝什么酒?"他把话岔开。

云蓉知道他和孙芸芸的关系,所以就痴痴地笑,她隐约记得老刘年轻时谈过一个女朋友,那女的爸妈是上海来的知青,后来全家都回上海了,老刘以后就再也没找过女朋友,相亲也不去。她正寻思着,店门就开了,孙芸芸连拖带拽地把头上粘着纱布的高美珍弄了进来。

高美珍身子都进屋了,还在说:"我不和她吃饭,要吃你们吃。"

老刘说:"高美珍你都到门口了,还整什么景啊!"

老板娘说:"呃塞吾塞呦,来都来了,先暖和暖和呗。"她也搞不清状况,就帮着孙芸芸把高美珍拉到了座位旁。

孙芸芸先坐下,高美珍也坐下了,和云蓉之间隔着孙芸芸,她把身子往外侧一扭,用肢体语言表达了自己的态度,有两个人不知道高美珍和孙芸芸之间的矛盾,一个说:"高美珍你怎么带着气来的?"另一个说:"你的头怎么了?"

高美珍白了他们一眼说:"和你们有什么关系?怎么那么爱打听别人的事?"

老刘打圆场说:"人家哪是在打听你啊?人家是在担心你今天能不能喝酒!"

那两人就急忙顺坡下驴,说:"是啊,是啊!你这头受伤了还能喝酒吗？"

高美珍又白了他们一眼，拿过一个杯子往桌子上狠狠地一放，咣当一声："喝酒我什么时候差过事！"

孙芸芸用胳膊肘碰了碰云蓉，嘀咕："看吧，还和年轻时一样。"云蓉就笑了。

高美珍年轻时喝起酒来是什么样呢？云蓉想起了有年元旦下大雪，他们在一家烤肉店跨年。那烤肉店很简陋，四面墙都透风，他们穿着棉衣围坐在炉子边，红通通的炭火上放着一个铁制的盖帘子，她小心翼翼地把肉一片片放上去，稍微不注意，肉就煳了。

赵凌峰爱吃，说就爱吃肉的煳味，高美珍爱喝酒，喝那大瓶的啤酒，也不用杯子，对着瓶吹，时不时打个长酒嗝，一派豪爽。云蓉就说："你别光一个人喝，咱们一起喝。"众人就碰杯，这一碰杯把隔壁桌一个男人招来了，一瞧，也算是老熟人，是之前在水晶宫难为过高美珍的胖乎乎的老板万顺才。

万顺才被大雪封住了路，回不了外地的家，一个人吃点烤肉就算是过节了。人寂寞了就会善良，他这回不找碴了，想要找朋友，靦着脸把凳子挪过来，又一盘一盘把自己的菜端过来，最后叫服务员搬来一大箱啤酒，用牙咬开一瓶，把瓶底往桌子上一撞，啤酒沫子冒了出来，他仰起脖子把一瓶啤酒吹了，吹完亮了亮瓶底对高美珍说："这算我给你道个歉，上次喝多了，有点飘。"

云蓉和赵凌峰一看他也是实在人，便等着高美珍说场面话，可高美珍也拿出一瓶啤酒，拿起打火机，利落地一撬，瓶盖飞了出去，然后也把瓶底往桌子上一撞，啤酒沫子冒了出来，她仰起脖子，也把一瓶酒吹了，说："我不原谅。"

万顺才愣了，又拿出一瓶酒，吹了一瓶，高美珍也不服气，两人对着连吹了三瓶，都吹不动了，站着直打嗝。可已经杠到这份儿上了,谁也不认输,就换成用大碗喝,一喝又是好几个来回。

云蓉和赵凌峰虽然是看热闹,但时不时也陪着喝两杯,渐渐地就都有些喝多了。

酒一多,话就多,大家吵闹成一团,万顺才和高美珍也不说什么道歉和原谅的话了,好像是完成了和解,也好像是不需要和解了。

万顺才说:"以后谁要是去了我家那边,有事找我好使。"

赵凌峰就说:"兄弟说话敞亮,那以后这边你也多了我们几个朋友。"

大家笑着又喝了一杯,云蓉就有点迷离了,看着高美珍突然起身往外面跑,以为她要吐,赶忙追了上去,推门出去,外面的雪还在下着,路上已经积了厚厚的一层,高美珍没有吐,而是在雪地里来回奔跑跳跃着,云蓉怕她摔倒,说:"你慢点,小心点。"高美珍不听,像个玩疯了的孩子似的,把雪往云蓉身上扬,云蓉躲开,高美珍继续扬雪,可是脚下一滑,还是摔倒了。她躺在雪地里,一动不动。

云蓉看了几秒,怕她出事,就来到她身边蹲下,说:"美珍姐,你没事吧?"

只见高美珍躺在地上,眼里满是亮光地看着天空,她说:"云蓉,我要离开这里。"

云蓉问去哪儿,高美珍说去南方。云蓉问为什么要去南方啊,此时远处传来烟花绽放的声音,如春雷般把大地震得颤动,高美珍没有回答,只是看着那夜空中的烟花说:"新年快乐。"云蓉懵懵懂懂地回答:"哦,新年快乐。"

赵凌峰和万顺才两人也走了出来,万顺才看着高美珍躺在地上,说:"怎么着?还喝倒了呢?"

高美珍一个翻身站起来,说:"谁倒了?继续喝啊!谁怕谁!"

万顺才笑呵呵地揉了揉肚子,说:"妹子,我服了行吧?我服了还不行吗？"却猛地被赵凌峰一推，倒在了地上。高美珍第一个冲过去，把雪往他身上埋，赵凌峰也过去帮忙。万顺才叫唤着："哎！都挺大个人了，闹什么啊！哎！别把雪弄衣服里了，拔凉！"

云蓉站在原地，笑着看这一群酒醉的人，在新年的雪夜里长成了孩子，天空中的烟花还在开着，一朵一朵，随风坠落。

云蓉的思绪收了回来，嘴边的笑意还在，心里却多了些沉淀。她的目光扫过这一桌子的人，笑容里就有了乡愁。乡愁这东西，承载它的永远不是一个地名，一片土地，一座城市，而是确切的一群人，他们陪伴过你，目送过你，最后留守在了这里。

她倒了一杯烧酒，站起身，说："我敬大家一杯。"

老刘急忙把她拦下："你是客人，我们得先敬你。"说着端起酒杯："咱们第一杯先欢迎云蓉回家！"

众人应和着举杯，干了，高美珍没有喝。云蓉就又给自己倒了一杯，看着高美珍说："美珍姐，我单独敬你一杯，以前有些事情是我做得不对，我给你道个歉。"

云蓉干了杯中酒，看着高美珍，大家也都看着高美珍，寻思着她到底喝不喝。高美珍端起酒杯，没说接受道歉，也没说不接受，只是喝干了杯里的酒。其他人就赶忙起哄，说"美珍这人不但有酒量，还有度量"，说"对啊，姐妹一场，有啥过不去的坎呢"。高美珍也没理会这些起哄，默默地又给自己倒了一杯酒。

其他人看在眼里，也都纷纷端起了杯。孙芸芸起身敬云蓉，问云蓉这次回来准备待多长时间，云蓉说还没想好。孙芸芸说那就多待一段时间，老姐妹热闹热闹。

众人就又干了一杯，高美珍仍旧是独自喝了一杯，喝完放下酒杯起身走到吧台前，和朝鲜族老板娘说："你这个月在我那儿欠的账得清一清了吧？"

老板娘说："哦哦，你不提我都忘了。"

高美珍说："你欠钱当然记性不好了。"

老板娘一脸的窘色。

老刘不远不近看着，说："这高美珍就是厉害，来喝酒都不忘要账。"

孙芸芸说："要不是想着要账，她根本就不来。"这话一说，云蓉又有点尴尬了，孙芸芸也自知是说漏了嘴，急忙打圆场："咱们不管她了，咱们喝咱们的。"有人圆场总好过冷场，大家就把尴尬都埋进酒里，再干一杯。

朝鲜族老板娘结账磨叽，对账单对了好一阵，一会儿说辣酱多算了一瓶，一会儿又说酱油价钱不对劲，高美珍耐住性子和她磨，总算把钱拿到手了。钱一到手，她脸色就变了："给点钱这么费劲，就你这样还做买卖呢。我告诉你，以后再想拿货都用现钱，赊账的话就滚蛋！"

老板娘脸也挂不住了，说："为啥不让对账啊？没毛病对一百遍也不会出错！你不卖我拉倒，我以后在网上买！"正说着有客人叫老板，说："你家的炭咋蔫了吧唧的，肉都烤不熟。"老板娘应了一声，白了高美珍一眼，扭着身子离开了。

高美珍胸口又窝了一口火，看向孙芸芸和老刘他们，那群人正喝得起兴，个个面色绯红，吵吵嚷嚷的。高美珍本想叫孙芸芸早点回家，别又被儿子儿媳骂了，可看她今天高兴，也就没提醒，人越老越糟心，能遇到的高兴事太少，热闹也是，欢腾一场赚一场。

于是她不想扫大家的兴，但也融入不进去，看到云蓉心里就别扭，她转身出了门。外面的雨倒是停了，她站在门口抽了根烟，把一些心事都抽了出来，然后默默地走进深夜里，往事如风，她被包裹着,凉凉的。

  云蓉今晚有些喝多了,一群人走出烤肉店,却又在门口说了好长时间的话,其实也没说什么特别的,只是几瓶酒让人都荒唐了,开了好多清醒时不会开的玩笑,也有好多这个年纪不该开的玩笑,然后小风一吹有人吐了,朝鲜族老板娘不耐烦地嘟囔了几句民族语,听语气就能听出是骂人的,这群人又回了几句,才纷纷离开。

  云蓉看着其他人都上了车,自己转身往别处走,她在这座城市没有家,父母早年去世了,还有个弟弟,前些年也搬走了,前方那栋明亮的酒店,只是她暂时的居所。

  望山跑死马,夜里的灯光也一样,看着挺近,可是怎么走也走不到。但她不心急,也不累,在这秋凉的风里吹一吹,酒倒是醒了大半,望着冷寂下来的街道,试图找回一些当年的气息,可是,除了陌生,都没了。她努力回想着,这一片之前好像是纺织厂吧?高美珍之前就是在这里上班的,可怎么拆迁拆得一块砖都不剩了?

  她惶惑着继续走,前方的灯光又近了一些,但某个若隐若现的脚步声也突然清晰了,她放慢脚步辨别了一下,声音来自身后,她微微侧头不被察觉地看了眼后面,是一个帽衫罩住脑袋的男人,看不太清脸颊,但形体像个年轻人。

  她的心咯噔一下,她了解这座城市的脾性,90年代下岗大潮后,就业率一直不高,年轻人没什么出路,所以坏掉的一批一批年轻人从未断过。她掂量了一下包里的现金和身上的首饰,应该能填满这年轻人的欲望和难处,但她也没把握,老实把这些交出来,是否就能保住这条老命。她对年轻的罪犯向来没有信心,他们不解人间苦难,也没尝过人间好滋味,所以最心狠。

  她的手紧紧攥住了皮包的带子,再微微侧头看,身后的男人已从袖口里亮出了扳手。此处四下无人,是个动手的好机会。云蓉想快跑,可腿脚已经不听使唤了,便咬了咬牙,赌一把,猛地转过身,直勾勾地看着男人,是个清瘦的初长成的青年,眼里还有清澈。男人愣了一下,扳手已在手中,也不好假装是路过,只好坦然相见了。

云蓉说:"我把钱和首饰都给你,你别伤害我。"声音里满是颤抖。

男人又是一愣,说:"不行,你都看见我的脸了。"

云蓉说:"我保证不报警。"

"年纪大的人最不可信了。年轻人和老人之间,都没有信任。"男人扬起了扳手。

云蓉没办法了,只剩一招,高喊:"救命啊!"

深夜,四处空旷,本该徒劳的,可真的就蹦出一个人来,从不远处撒腿往这边跑。男人手中的扳手一抖,没有砸下去,踟蹰了片刻,放弃了到手边的钱财,转身跑掉了,三五步消失在了夜里。

云蓉腿一软,坐在了地上。远处的人跑来,蹲下来说:"阿姨您没事吧?"云蓉抬眼一看,竟是高知冬,这个白天刚打过一次照面的年轻人,此时一下子变成了亲人,云蓉的心终于安了,哇的一声,哭了出来。

云蓉住的酒店,是近两年新盖的大楼,二十多层,已经是这座小城最高的楼了。站在二十二楼的窗前,一眼就能把这座城市望到边,那渐渐弱下去的灯火悄悄地潜入了一片广袤的黑暗中,寂静无声。

高知冬站在窗前看着这一切,才意识到自己还从来没离开过这座城市,十多年前本来有次机会的,可后来没成,就再也没了出去看看的心思,但在那时也并不会觉得自己错过了什么,人年少时,心智不成熟,遗憾这东西也跟着不成熟,便没有在心里引起太大的震荡。近几年偶尔想起这件事,心头才有了隐隐的怨念,特别是当不如意的时候,那遗憾与愤怒就把人煎熬得遍体鳞伤。

玻璃窗反射出云蓉的身影,高知冬回过头来,云蓉从洗手间出来,用纸巾擦着嘴,满脸的抱歉:"年纪大了,多喝了两杯,就吐了。"

高知冬一脸的明白:"您刚才可能也是受到惊吓了。"

云蓉坐在沙发上,也指了指沙发的另一侧,让高知冬也坐下,然后给他倒了杯水说:"今天真是谢谢你,不然我这条老命可能就搭进去了,这么晚了,还麻烦你陪我去派出所报警……"

高知冬说:"阿姨,您别客气,别说您是我妈的朋友了,就算您是个陌生人,我也不能见死不救啊!"

云蓉从这些话里试图慢慢了解高知冬,她说:"我白天时见到你,觉得你和你妈之间好像有点矛盾?"

高知冬不想说这事,就囫囵地回了句:"父母和孩子多少都有点矛盾的。"

云蓉知道这是不让深问,就随口聊家常:"你现在做什么工作啊?"

这个问题又把高知冬问愣住了,他不好意思直接说是混混放高利贷,便想了个文明一点的说辞:"信用贷款。"

云蓉说:"哦,在银行工作啊,不错不错。"高知冬也懒得解释,云蓉就又想起什么事歪着头,说:"我十多年前回来过一趟,换身份证,那时本来想去找你妈,但太急了,就没去成,离开的路上路过一个露天的滑冰场,我在车里看到你妈在陪一个小孩练滑冰,那个小孩就是你吧?"

高知冬点了点头。

云蓉说:"那你后来怎么没滑冰了?"

高知冬心里有一丝痛划过,但却满不在乎地说:"没天分,滑不出来呗。"

云蓉也没太在意,说:"我还挺喜欢滑冰的,哪天你有空陪我滑一滑呗。"

高知冬应和着说"好的好的",两人就没了话。高知冬喝了一口水,云蓉打了个哈欠,以为高知冬该知趣地离开了,可高知冬却没有走的意思,他说:"云蓉阿姨,我今天来找您还有点别的事。"云蓉有些疑惑地看着他,他掏出烟,说:"我能抽根烟吗?"

云蓉拿起一个杯子,放了张纸巾进去,又倒了点水,一个烟灰缸做好了。

高知冬掏出一包烟,还没拆封,他说:"我打听到您的地址,今晚一直在酒店的大堂等您,可是干等您也不回来,后来烟抽光了,就去附近的商店买烟,买了烟出来,就听见您喊救命,接着又陪您去了派出所,一直忙到现在,这包烟终于有空抽了。"

这话一说,不管有没有要人情的意思,云蓉都有点不好意思了,她不禁搓了搓手,说:"那你等我到这么晚,到底有什么事啊?"

高知冬把那根烟点着,说:"您认识赵凌峰吗?"

云蓉愣了一下,说:"认识啊。"然后疑惑地看着高知冬。

高知冬就把和赵凌峰的纠缠简单描述了一下,只是把高利贷变成了个人借款,穿越这事自然也是按下不表,最后说自己也是实在没招了,才来向云蓉打听的。

云蓉听了有些惊讶,没想到他们那一代的纠葛,延续到下一代了。剩下的情绪就是为难了,她说:"我和赵凌峰也好多年没联系了。"

高知冬问:"那你们有什么共同的朋友能联系上吗?"

云蓉想了想,又摇了摇头,说:"我听朋友们讲,在我去南方的第二年,赵凌峰就离开了这里,再也没了消息,也不知道去哪儿了。"云蓉对这件事似乎有些忧伤,末了感叹一句:"没想到他后来又回来了，现在生活得还这么困难。"

又白忙活一场，高知冬也有点忧伤。云蓉看着他，突然觉得有些不对劲，说："你怎么知道我认识赵凌峰？是你妈和你说的吗？"高知冬本来的打算也是如果云蓉问起，这事就推到高美珍身上，于是此时他便不否认，只说小时候听到过几耳朵，便把名字记住了。

云蓉被忽悠住了，接着问："那这事你问过你妈了吗？"

高知冬心里想：当然没问啊，她要是知道我在外面放高利贷，就算知道也不会告诉我。但说出口的话变成了："我从小到大也没看她和赵凌峰联系过，她估计也和您一样，早就跟赵凌峰断了联络吧。"

云蓉点了点头，两人的话就说到了尽头。高知冬说："时间不早了，云蓉阿姨您早点休息吧。"高知冬起身要走，云蓉急忙叫住了他，从包里拿出所有的现金，也没数，差不多有一万，直接塞进高知冬手里。

高知冬愣住了，说："阿姨您大晚上在酒店给我这么多钱是什么意思？"

云蓉说："没什么意思，算我替赵凌峰还你的。"

高知冬心里一动，真是意外收获，虽然不能全还上，但缓解一下燃眉之急也行。可嘴里却说着："云蓉阿姨，这不合适吧。"

云蓉说："这钱也不是白给你的，如果你真的找到赵凌峰，就把他领到我面前来，不管他那个时候有没有钱还你，我都会替他把剩下的钱全都还上。"

高知冬有了收下钱的理由，他说："云蓉阿姨您放心，我一找到他，就立马把他揪到您面前来。"

云蓉说："那我就等你的消息了。"

"那阿姨晚安。"他走到门前，却又停下了脚步，回过头来，犹豫了一下，还是没忍住问了出来，"云蓉阿姨，您记不记得，赵凌峰有条小金鱼的手链？"

云蓉又愣了一下，说："当然记得，那是我送给他的。"说完反应过来，情绪有些复杂："他现在还戴着吗？"

看来她并不知道小金鱼手链后来的下落，高知冬没回答云蓉，而是问了下一句："云蓉阿姨，您知道我爸是谁吗？"

云蓉听了这话，奇怪地看着高知冬。

高知冬把那奇怪看在眼里，紧张地咽了咽口水，命运那道白墙，在他面前裂开了一道口子。

云蓉片刻才开口："你没见过你爸吗？"

高知冬点了点头："从小就没见过，我妈也不告诉我。"

云蓉又愣了一下，寻思了半天说："这个我也不知道，我离开的时候，你妈还单身呢。"

高知冬眼里的光瞬间灭了。

云蓉疑惑："你没问过孙芸芸吗？她一直和你妈走得很近。"

高知冬摇了摇头，说："小时候就问过了，她每次回答都是'问你妈去'。"

云蓉"哦"了一声，除了疑惑，也只剩下无能为力了。

高知冬这回也真的该走了，他再次和云蓉道了晚安，从二十二楼一路降落到一层，走进深沉的黑夜里。

高美珍昨夜没睡好，应该是喝了两杯酒的缘故，头上的伤口疼了一宿，翻出两片止痛药吃了也没见效，临天亮时，才迷迷糊糊睡了一小会儿，醒来后，头就疼得轻了点，她强撑着去了菜市场。

今天有几样货送来，价格又涨了点，她纳闷怎么老涨价，送货的人说是正常通货膨胀，她嘟囔了句"钱越来越不值钱了"，付钱把送货的打发走。刚转身收拾东西，背后就传来一个女人的声音："高姨，忙着呢?"

高美珍回过头,是孙芸芸的儿媳在叫她,孙芸芸的儿子也在,正拿了根竹签子逗水产店水箱里的小龙虾玩,儿媳拉了拉他,他直起身,两人一起来到高美珍的面前。

"来买菜啊?"高美珍问完,就看他们两手空空的,看来不是来买菜的。

"啊,不是,我俩就是上班路过,来看看您。"儿媳的语气一听就是在说场面话。

高美珍说:"去钢厂好像不路过这儿吧?"

孙芸芸儿子有些尴尬地挠了挠后脑勺,儿媳倒是能直面尴尬,说:"那高姨我就不拐弯抹角了,我们来就是想和您说一声,您以后能不能别再领着我妈到处疯了?"

高美珍一听,疑惑了:"我领你妈干啥啦?"

儿媳说:"我妈昨天是不是和您去喝酒了?喝到半夜回来,又唱又笑又吐的,把孩子吓得哇哇哭,有这么当奶奶的吗?"

高美珍有点后悔昨天没有阻止孙芸芸,但面对这儿媳满口指责的态度,就想和她掰扯掰扯:"这怎么就不是当奶奶的了?和老朋友出去喝点酒,一开心,喝多了,有什么大不了的。谁没喝多过?你们没喝多过啊?"

儿媳说:"喝多了也不能什么都不管了啊,现在还躺着呢,早饭也不做,孩子去幼儿园也是我俩送的……"

高美珍打断她的话:"不就是没做一顿早饭,没送孩子去一次幼儿园吗?就算她没喝多,那谁还没有个头疼脑热啊,你们不能把她当机器人!"

儿媳听到这儿脸色变了:"高姨您怎么能这么说话呢?谁把她当机器人了?帮我们在家做做饭带带孩子怎么了?谁家老人不这样啊?"

孙芸芸儿子比儿媳冷静一点,他往前站了站说:"高姨,您一个人吃饱全家不饿,可能不理解我们这种家庭,一家子的花销全指我俩那点死工资,眼看孩子一天天长大了,压力就特别大,我妈呢,也没有退休金,那她既然不赚钱,就多帮家里干干活吧,可是她呢,老和您出去混,又是喝酒又是唱歌的!"

高美珍听到这儿,头上的伤口吱儿地狠狠疼了一下:"你媳妇一个外人什么都不知道就算了,你呢?还有没有良心?你妈为啥没有退休金你不知道吗?她当年提前办了退休,工龄一次性买断,那钱一部分给你办了工作,另一部分给你结婚用了。现在你嫌她不赚钱了?你是只狼啊,肉都吃光了,还要把她的骨头砸碎了熬汤喝?她出去唱唱歌喝喝酒怎么了?她辛苦大半辈子了,就不能有个轻松点的晚年生活吗?"

高美珍的话让儿子脸上也挂不住了,面色通红,被她怼得有点结巴:"那……那……那她也不能和别的老头胡搞啊!"

"什么叫胡搞?你会不会说人话!老年人就不能谈恋爱了?是不是在你们眼里,老年人除了做饭看孩子就剩下等死了!"高美珍越发火大。

"也……也不是那个意思……"孙芸芸儿子越说越虚。这时儿媳倒是缓过来了,拉住儿子的胳膊:"咱们走,老太太不讲理,不和她废话了!"两人转身离去,临了还嘟囔了一句:"真能吱哇乱叫,生了个没爹的杂种,有什么好嚣张的……"

"你们说什么呢!"高美珍拿起手边的一个玻璃罐子就扔了过去,没砸准,落在了地上,碎了。孙芸芸儿子儿媳吓了一大跳,撒腿跑走了。

碎了的那罐是臭豆腐,臭气在市场里弥漫开来,周围刚刚在看好戏的商贩们,捏住了鼻子,目光都投向高美珍,全都是等待。高美珍深呼吸了一口气,走过去,蹲下身,去清理那一小块肮脏:"真他妈臭。"

云蓉给高知冬的这笔钱,让他的生活一下子没那么窘迫了,似乎还有了些短暂性的曙光与未来顺遂的假象。他先把房租钱给转了过去,房东大姨收了钱态度也就好了一些,说打完这四圈麻将就去给他换个锁,她还一直以为锁孔里满是胶水。高知冬说不麻烦大姨了,他自己找人修一下就行了。房东大姨说:"那也行,先不和你说了,他妈的,我刚点了个大炮。"

挂了电话,高知冬去修车铺取车,可到了一看,修车铺大门紧锁。他瞄了眼时间,平常这点早该开门了,又俯身拉了拉卷帘门,锁得安好,就蹲在门前抽了根烟等了一会儿,又等了一会儿,还不见人来,自己也没修车铺老板的电话,想着老板可能被什么私事耽搁了,便站起身离开。走了几步,抬头看日光明晃晃的,心里突然冒出些难得的轻松,就又想起了沈向真来,也想起了帽子还在那里,也不知道她扔没扔,便抬脚朝医院走去。

高知冬来到沈向真办公室门前,门虚掩着,里面传来了争执的声音,透过门缝看进去,一对中年夫妇站在沈向真面前,都身材肥胖,都一脸横肉。

女人说:"你就说,我爸伤口感染是不是你故意弄的?"

沈向真耐心地解释:"伤口感染是经常发生的情况……"

女人说:"那我爸同病房的老太太怎么没感染?"

沈向真说:"每个人的体质不同,家属护理的精细程度也不同,你不能把这全赖在我们医生头上。"

女人说:"你别给我扯这些没用的,是不是就因为我们没给你红包?"

沈向真很无奈地笑了，说："这感染和红包有什么关系？"

女人说："你别以为我们啥都不知道，我在网上看过，有个病人家属没给医生红包，医生心里有怨气，手术结束后，摘下手套，用手在伤口上轻轻一抹，隔天病人伤口就感染了。"

沈向真忍着气说："你可以怀疑我，但我只能和你保证，作为一名医生，我不会那么做。"

女人说："你拿什么保证？我凭什么信你？我告诉你，这件事，你们必须给个说法！"

沈向真深吸了一口气，站起身，说："你要说法的话，没问题，那我把这事去和我们主任汇报一下。"

她说着要往外走，女人和男人一挪身子，把她拦住了："汇报什么汇报啊？手术是你做的，就你负责！"

沈向真不理会他们了，执意要出去，却一把被男人拉拽住："想跑是不是？"

"您别急，我不跑。"沈向真态度冷静，微微挣脱了一下，挣脱不开。

"你松开她！"门砰的一声被推开，高知冬出现在门前，仰着下巴，目光凶恶，手里还拎着根木棍，一副流氓架势，"医闹是不是？"他用木棍指了指那对夫妻。

沈向真看着高知冬，有些惊讶，那对夫妻也愣住了，上下打量了一下高知冬，似乎在对他进行分析，分析过后，一点都不害怕，表情变成了不屑。

女人说："你他妈谁啊？在这儿多管闲事。"

男人松开了沈向真，来到高知冬面前："你想咋的？想打我啊？"这下换高知冬愣住了，没想到对方也不是善茬。女人也靠了过来，两人加起来有四个高知冬那么宽，女人对男人说："你看他这小鸡崽子样,能打过谁啊。"

高知冬有点胆战,但也不能就这么怂下去,他又扬了扬下巴,换了种战略:"我是这儿的保安,请你们出去,不要在这儿胡闹。"话刚落地,就见那边沈向真悄悄地对着电话说:"喂,保安吗?我这儿有人闹事。"

这句话一下子激起两种反应,女的回身一把抢过沈向真的电话:"你还敢偷着叫保安!"男的对着高知冬大吼一声:"你他妈还在这儿装保安!"一拳头就挥了过去,还好大家伙动作慢,高知冬一侧头,躲了过去,绕到了男人身后,一棍子挥在了男人的脖子上。

男人常年低头打麻将,脖后颈有一大块富贵包,挨了一棍子,没啥感觉,他回手一挥,把高知冬抡倒了。女人照着高知冬的后腰就踢了一脚:"小兔崽子下手还挺狠啊!"

"你们别打他,他不是我们医院的!"沈向真去拉女人,女人一抡胳膊,沈向真猝不及防,一个趔趄,头撞在了墙上。高知冬爬起来,看沈向真鼻子出血了,急忙把站不稳的沈向真扶住,从桌上抽了几张面巾纸给她擦血。

女人看到流血了,气焰下去了一点,说:"别赖我啊,是你自己没站稳。"两人晃着身子离开了,走到门口,几个保安挡住了他们的去路,高知冬冲着保安喊:"抓住他们,就是他俩闹事!"

这两人也不怵,女人说:"我俩可没闹事,我俩最讲理。"男人说:"对,带我去见你们领导,看你们领导怎么处理!"两人和一群保安离开了,高知冬和沈向真这才松了口气。

沈向真在医院走廊尽头的洗手间里,把脸上的血洗干净,鼻子还有点出血,弄了张纸巾团成团,对着镜子塞进鼻子里。镜子里透出高知冬的身影,他一直在看她。沈向真冲着镜子里的高知冬说了声:

"谢谢你。"不冷不淡的。

高知冬被这一声谢谢弄得有点心虚，不敢大大方方应承下来，毕竟没救成人，还让人打趴在地上了，太丢人。于是只得搓搓后脖颈，说："你没事吧？"沈向真说："没事，一会儿就好了。"她把剩下的纸扔进了垃圾桶，往外走，高知冬跟了上去，看她情绪冷静，这件事似乎并没有给她造成太大的影响，就问："这种事你总遇到吗？"

沈向真不说话，停下脚步，指了指高知冬站的地方，说："上个月，有个医生就在这儿被捅死了。"高知冬本能地看了看脚下，地面整洁，都隐隐约约能看到自己的倒影了，但地砖间的缝隙里，似乎还有猩红的血液，或许也只是幻觉。

"你不怕吗？"高知冬问沈向真。沈向真说："怕有什么用？每个行业都有每个行业的痛点，找到一个相对合理的处理方式就行了。"

"什么是合理的处理方式？"高知冬不明白。沈向真说："有人闹就让他闹，说话再难听也别生气，要保持不激怒他们的态度，然后把处理问题的责任推给领导，这样，至少自己不会受到伤害。"沈向真顿了顿，看着高知冬懵懂的表情，把话挑明了："所以，今天如果你不拎着棍子冒出来的话，我不会受伤。"

高知冬完全明白了，她并不领自己的情，那声谢谢只是礼貌，他尴尬地搓了搓脸，说了声："对不起。"沈向真说："你的帽子在我办公室靠墙第三个柜子里，你自己去拿吧，我要去开会了。"她说着径直向前走去，那背影全都写着"我很酷，别烦我"，高知冬解读了出来，心里的一朵花，蔫了。

他在沈向真的办公室拿了帽子，扣在脑袋上对着窗玻璃正了正，刚要离开，门被推开了，沈向真的父亲拘谨地走了进来，看到高知冬，一愣。高知冬冲他点了点头，就要离开，可擦身而过后，却被叫住了。

沈向真的父亲问高知冬："你是我女儿的朋友吗？"高知冬脑子里先是闪过了这或许是个机会，围魏救赵，曲线救国，但又想到了沈向真刚刚的那个背影，蔫了的花里长出了自尊心，他顿了顿，下了决心说："不是。"

面前的老头，哑巴了哑巴嘴，露出一脸的失望："哦，本来还想请你帮忙劝劝她。"

劝什么？高知冬好奇了，但也仅仅是好奇，人间值得探索的事情千百万种，他很忙，没有那心力。他又冲沈向真的父亲点了点头，大步地离开了。如果在一条错误道路上行走的话，半途而废这个词，就也有了褒义的一面。

高知冬走出医院，想着这儿女情长就先放一边吧，找赵凌峰才是要紧的事，正琢磨着晚上再去1996年探听消息时，张合就打来了电话，兴奋地告诉他："那辆破车卖出去了！"

高知冬一愣，问："卖哪儿去了？"

张合却语带神秘，说："你来火葬场就知道了，但你得来快点，不然就看不到了。"

高知冬心里一惊。

第六章

高知冬挂了电话，拦了辆出租车直奔火葬场，并一路催促司机快点开。可司机不紧不慢，说："哥们儿，你别着急，去年我老丈人死时我比你还急呢，可急有啥用啊，人都到那地方了，再急也活不过来了。"

高知冬说："我不是冲人去的，我去那儿办点别的事。"

司机说："那就更不用急了，哥们儿你还没看明白吗？人这一辈子着急忙慌地奔啥呢？到最后就是在奔火葬场呢！"

高知冬急了，说："你别叨叨了，要不就快点开，要不就停车。"

司机看了高知冬一眼，知道是真有急事，但也不能这么丢了面子，嘟囔了一句："我他妈的要不是为了赚钱，就你这态度，我早一脚把你踹下去了！"司机说完并没有抬脚，而是一脚油门，车子飞奔而去，高知冬一个晃动，赶紧系上安全带。

高知冬来到火葬场，远远地就看到了那冒着烟的大烟囱，像是大地上插的一支香，在为人间祈福，但烧的不是香火，而是人骨，一缕烟飘向空中，人间就换了心事。

大烟囱旁边有块空地，他的车就停在那里，围着三五个人，其中一个从油箱里接了根水管子，把油抽出来，往车上淋。高知冬下了出租车就往这边跑，到跟前一把抢过水管子，说："你们要干啥？哪有用汽油洗车的？"

那个人说："兄弟你挺搞笑啊？这哪是洗车啊？这他妈叫自焚！"

高知冬听明白了，也火了，说："谁让你烧我车的？"

那人说："我二哥啊。"

这时旁边走过来一个披麻戴孝的中年男人，问："这是你的车？"

高知冬点了点头，问："你是买我车的人？"

二哥皱了皱眉头，回头冲屋子里喊："卖车那小子，姓张那个，你出来！看看这是咋回事！"

张合屁颠屁颠地跑了出来，身后还跟着修车的师傅，他看到高知冬后，冲二哥嘻嘻一笑，抱了抱拳，说："二哥你等会儿啊，少安毋躁。"

张合把高知冬拉到一边，高知冬问："咋回事？"

张合说："你还记得我上回相亲那个霉霉吗？"

高知冬说："记得啊，给死人化妆那个。"

张合指了指身后的屋子，说："对，就是在这儿工作的。"

高知冬说："那和卖车有啥关系？"

张合说："你还记得她说自己能和死人对话这事吗？"

高知冬说："这么扯犊子的事情能不记得吗？"

张合说："嘘，你小点声。今天你那破车能卖掉，还多亏这扯犊子的事情呢。"

高知冬更纳闷了，说："到底咋回事啊？"

张合说："你别急，听我慢慢说，霉霉她今天给一个老太太整理仪容，然后就和这老太太的魂对上话了，老太太和她说，自己想要一辆车，让儿子弄台真车烧给她，她要开着车过奈何桥。霉霉就把这话和老太太的儿子，就是那个叫二哥的说了。二哥这人虽然叫二哥，但不是混社会的，而是卖北欧风家具的，人呢也不迷信，但是一听到霉霉这么说，哇的一声就哭出来了，霉霉安慰了他好半天，才从号啕变成了抽泣，然后断断续续给霉霉讲了个故事。

"二哥说自己爸去世得早，全靠母亲一个人把他拉扯大，等他成家后，母亲又找了个老伴，两人本来过得挺好的，但是前几年，这个后老伴跳广场舞跳出轨了，母亲一下子就崩溃了，把自己关在屋里三天没出门，等再一出来，整个人都变了，女性主义觉醒了，说自己辛苦了大半辈子，要从现在开始做自己了，不再做男人的附属品，要做自己的女王。于是第一件事，就是和后老伴离了婚，第二件事就是文眉文唇，第三件事是想要买汽车。可要买车得先有驾照，她年龄过七十了，考不了驾照，二哥就给她买了个小电瓶三轮车，也算满足了半个心愿。从那以后，老太太就整天戴着墨镜开着小三轮车，风风火火地过了几年自由的日子，就连最后去世都是在蹦迪时心脏病发作走的，也算是在晚年找回了自我。

"二哥说以为老太太走得没有遗憾了，可没想到，她对汽车的执念这么深，作为儿子，生前没能满足她的愿望，那遗愿就一定要帮她完成，于是他便琢磨去哪儿买一辆车来烧。霉霉便给出主意，说他的孝心谁都能看到，但也没有必要买一台新车来烧，太奢侈了。她有个朋友有台要报废的车，就卖几千块钱，买来烧了，既完成了遗愿，也不用浪费太多钱。二哥一想也对，正好最近公司现金流也出了点问题，便顺坡下驴，让霉霉联系她朋友。

"然后霉霉就给我打了电话，再然后给老太太改了个妆容，从原来的慈祥妆变成了烟熏妆，说这更符合她的心愿。"

张合说完，高知冬还没搭话，修车师傅却先感慨了，说："这霉霉真是个好姑娘。"

高知冬说："不管这是不是老太太的真遗愿，霉霉这个人情我领了，但车子我不卖。"

张合蒙了:"为啥啊?"

高知冬说:"不想让这车子就这么烧了。"

张合更纳闷了:"烧了咋啦?你和这破车还产生感情啦?你是卖老牛不卖杀口[1]?"

高知冬说:"这车我留着还有用。"

张合问:"有啥用?"

高知冬说不出口,只说:"和你说你也不明白,反正这车我不卖了,你把人家给的钱掏出来。"

张合扭脸不给,高知冬就自己掏,从张合兜里翻出了一沓钱,数了数,说:"就这么多?"

修车师傅说:"我拿走了五百块的修车钱,这钱进了我兜了,是不能还你的,我大老远把车送过来,就是为了这笔账别瞎了。"

高知冬说:"师傅没事,这钱是你应该拿的。"说着从自己兜里掏出五百块钱,两把钱合起来,走到二哥面前,说:"二哥,实在不好意思,我兄弟不知道内情,这车我不能卖。"

二哥的脸就耷拉了下来,他的跟班过来说:"不能卖你不早说?在这儿折腾我们玩呢?"二哥抬了抬手,示意跟班别说话,他缓缓开口说:"折腾我们倒不怕,人活着这辈子不就是瞎折腾吗,但这车一会儿烧一会儿又不让烧的,我怕我妈经不起这情绪过山车,她本来就有心脏病,这么折磨一个已经去世的老太太,不太好吧?你说呢兄弟?"

一个披麻戴孝的中年人,直勾勾地盯着你看,难免让人瘆得慌。高知冬急忙摆出赔笑的脸,说:"二哥,您别急,让老太太空欢喜一场确实不妥,但兄弟这边也是为难,这辆车您别看它破,但它是我妈的心头肉,是她人生的第一辆车,快报废了也没送废车场,就在家当纪

---

1 卖老牛不卖杀口,意为老牛累了一辈子,主人卖的时候,不想将其卖给肉贩子。

101

念品摆着，时不时还得保养一下，说不准我妈哪天心血来潮了还要开着去兜风。"

高知冬说到这儿摆出一副哀求的表情，说："二哥，咱们都是个有孝心的人，老妈养咱们都不容易，咱们就互相理解理解呗。"二哥的眼眸里有了动容，侧过脸为难地叹了口气。高知冬一看有苗头，接着说："二哥，我今天把车开走，保证明天再给您弄来一台同等价位的车，绝不让您多搭钱。"

二哥终于松口了，说："兄弟，那我和我妈就一起等你把车弄来了，千万别出什么岔子，我人到中年，耐心有限。"

高知冬说："二哥您放一百个心，保证不耽误老妈上路。"接着又掏出两百块钱，塞进二哥手里，说："今天撞见这事了，也算是缘分，这点钱您拿着，给老妈买点纸钱金元宝。"

二哥推却两番，还是收了，又说了些客套话，诸如多认识了个朋友，以后一起喝酒之类的。高知冬就开着那被汽油浇了满身的车子，拉着张合和修车师傅离开了，先去修车师傅那儿把车子又洗了一通，转天又让修车师傅帮忙找了辆差不多的破车，给二哥送去了火葬场，亲自淋上汽油，把车烧了。

滚滚的浓烟中，一群人站在远处，二哥给大家挨个发了根烟，大家都用衣服挡着风点着了烟。二哥说："这抽烟也是给自己上根香，有啥心事，都跟烟说了。"于是一群人就站在阴霾天空下，头发被风吹得凌乱，一口一口抽着，等烟抽完，心事好像都更多了。

高知冬活着的这二十多年里，有过很多的心事，少年的烦恼，青春期的忧伤都没逃掉，现在回想起来，竟也都变成了一团棉絮，埋在了春风里，揪不出头绪。倒是年龄越大，心事越具体了，今天的饭钱，下个月的房租，下半年的网费……当然也有一些虚的，什么未来啊、出人头地等词，也会偶尔冒出来，让心焦灼一下，可心焦有什么办法呢，遥远的规划永远遥远，人能做的也只是眼前的事。

高知冬目前最大的烦心事当然还是寻找赵凌峰，这件事未来和当下都帮他解决不了，过去倒是还有一线希望，因有希望，过去对于高知冬就有了诱惑。于是从火葬场一回来，他就急匆匆钻进了车里，收音机打开，老歌飘了出来，他放下座椅靠背，躺下调整好姿势，闭上眼睛，等待过去的召唤。

可过了好一会儿，他缓缓地睁开眼睛，却发现自己还是在21世纪的阳光下，树影婆娑，没穿越成。他心里一惊，这是怎么回事？难道是汽油给浇坏了？还是穿越次数没了？他猜不准原因，也厘不清个头绪，便又试了一下，还是不行，心就有些焦躁了，想了半天，琢磨出了个方法，打开手机，找到了个专门讨论穿越小说的论坛，把自己的问题比较详尽地发了上去，接着自然是引起了一番嘲笑的回复，有人回复："你要是写小说就瞎编呗，还请教什么？"有人回复："车穿这个点子不错，我下回写个婴儿车穿。"还有人回复："又一个人写小说写疯了，我是精神科护士，胸大无脑，需要上门服务吗……"

高知冬一边看一边骂，但也有几个人在嘲笑中给出了些解决方法，有的说："你之前是月圆才穿越的，下次也要等到月圆才能穿。"有的说："你之前是头上有伤才穿的，你再给自己开瓢试试？"高知冬回复："开你妈的瓢！"骂完又觉得万一真管用呢，就真去买了两瓶啤酒，"咚咚咚"喝了一瓶，拿着酒瓶想往脑瓜子上砸，可挥了两下，还是没狠下心，便又钻进车里，把剩下的一瓶喝了。喝完有点困，他干脆眯了一觉。

等高知冬醒来，天都黑了，他又去那论坛看了一眼，没啥有启发的回复，便叹了口气，抱着再试试的心态，打开了收音机，音量又调大一些："今夜微风轻送，把我的心吹动，多少尘封的往日情，重回到我心中……"

高知冬靠在椅背上,听着这歌曲,竟多了份伤感,那过去的日子,真的要与之告别了吗?他苦笑着闭上了眼睛。熟悉的感觉回来了,他一哆嗦,再睁开眼睛,已来到了1996年。

高知冬惊喜地坐直了身子,对于这穿越的规则有了新的了解,原来只有夜里才行,那就把自己当成一只夜行的动物吧,反正干的也都是偷偷摸摸的事情。

一到夜里,水晶宫的霓虹灯就开始闪烁,高知冬车开到了门口,才想起自己没有旧钱,上次骗孔新旺的钱,都在上次花光了。他想了想,只得问门前的女服务员:"请问赵凌峰在里面吗?"

女服务员嗑着瓜子,没好气地问:"赵凌峰是谁?"

高知冬便知道她不认识,就又问:"那唱歌的云蓉在吗?"

服务员说:"她今天休息。"

高知冬只得问:"那高美珍呢?你别说她不在,里面她唱歌的声音我都听见了。"

女服务员说:"你这人有毛病,我说她不在了吗?你怎么能随便揣测人呢?心理阴暗。"

高知冬说:"对不起,我向你道歉,那你能帮我叫她出来一下吗?我找她有点事。"

女服务员很勉强地答应了,说:"行吧,我们两小时一换班,等我换进去了就帮你叫。"

高知冬说:"那你距离两小时还有多长时间?"

女服务员看了看手表,说:"还有一个半小时。"

高知冬说:"这也太长时间了。"

女服务员说:"嫌时间长自己进去叫啊!"

高知冬说："进去不得买门票吗？"

女服务员说："连十块钱都不舍得花，一看也不是什么急事，你就在这儿等着吧。"

高知冬说："我不是不舍得花，我是没带钱。"

女服务员嗤鼻："我看是没钱吧。"

高知冬就气了，指着车给她看，说："你看，我的车都停在那儿了，像是没钱的人吗？"

女服务员看了眼车，撇了撇嘴说："车倒是个好车，你给哪个大老板当司机啊？"

高知冬想说"滚犊子"，但还得求人办事，不敢放肆，只得无奈地回到车里，直勾勾地盯着那服务员，看她一口一颗瓜子，嗑得真香。

过了一会儿，服务员拍了拍手掌，扭身走进去，高知冬赶紧下车，跑回门口，片刻，高美珍走了出来，疑惑地看着高知冬，问："你找我？"高知冬头一次与高美珍正式地面对面，这感觉很奇怪，看着自己妈突然变年轻，和看到自己的孩子突然成年，自己的恋人突然变老一样，都有些陌生和不知所措。

今天高美珍没戴假发，利落的短发看起来有点硬朗，让人不太敢靠近。高知冬在心里给自己打了股气，差点用力跺了跺脚才能直视她的眼睛。

他说："是。"

高美珍问："我们认识吗？"

高知冬说："现在不认识，但以后会认识的。"说完自己都想抽自己大嘴巴。

高美珍被整蒙了，问："你到底找我干什么？"

高知冬说："妈，哦，不是……"

高美珍说:"你管谁叫妈?"

高知冬说:"你听错了,我说的是哎呀妈呀,你这么年轻,我最多管你叫大姐。那个大姐,我其实不是来找你的,我是来找赵凌峰的。"

高美珍终于不疑惑了,说:"赵凌峰今晚没来,你是他朋友?"

高知冬说:"是的,你知道他在哪儿吗?"

高美珍说:"你呼他啊,他新买了 BP 机。"

高知冬心想,BP 机,好古老的东西,幸亏电视里看到过,不然都不知道她在说啥。接着为难地说:"可是我不知道他的号。"

高美珍说:"我给你,你有笔吗?记一下。"

高知冬心想,我记下用啥呼啊,自己的手机一到这儿就没了信号,变成照相机了,去公用电话亭又没能用的钱。便说:"我出门太急没带钱,你帮我呼一下就完了。"他拍了拍口袋,这话说得理直气壮,说完才反应过来,这是平时对自己妈的语气,不太友好,便紧接着做了一个乞求的手势。

高美珍想了想,说:"好吧,你跟我进来吧。"

高知冬跟着高美珍进入水晶宫。今天客人不多,两人穿过三三两两的座位区,来到吧台前,高美珍进去,拿出一台电话座机,说:"赵凌峰的 BP 机是汉显的,你要留什么言?"

高知冬说:"你就留'速来水晶宫,有朋友找'。"

高美珍一手拿着听筒一手拨电话,水晶宫的老板周源走过来,看了看高知冬说:"美珍,这是你新泡上的小白脸吗?"

高美珍说:"你滚一边去,我不喜欢比我年纪小的。"

周源说:"你也不大啊,过了年三十?"

高美珍说:"女人和男人不一样,三十还不大啊?"

周源说:"那你这就有点偏见了,三十岁大不大,主要取决于活得长不长。"

高美珍说:"我抽烟喝酒熬夜,觉得自己活不长。"

周源说:"那更应该及时行乐了。"

高知冬听别人怀疑他和自己妈是一对,有点如坐针毡,不想让他们继续聊下去,急忙解释:"我是来找美珍姐帮忙的……"

周源嗤笑说:"先叫姐,后叫妹,最后直接叫宝贝。"

高美珍笑了,一手缠着电话线一手拍打周源,周源拿着几瓶啤酒离开了。传呼台的电话也接通了,高美珍说:"请帮我呼25072332……"

高美珍挂了电话,启开两瓶啤酒,一瓶递给高知冬。高知冬不喝,推托说自己没带钱。高美珍说:"我请你的,虽然我和赵凌峰也才认识没多久,但朋友的朋友都是朋友。"

看高美珍这么敞亮,高知冬也不客气了,拿起啤酒和高美珍撞瓶,一口气吹了半瓶。高美珍笑了,说:"你慢点喝,我可不能这么陪你,我一会儿还得上台唱歌。"

高知冬问:"你除了在这儿唱歌,还有别的工作吗?"

高美珍说:"我本来在纺织厂上班,后来厂子效益不好,我停薪留职了。"

高知冬猛地就想起小时候家里的相册,有过母亲在纺织厂门前的照片,那照片里她穿着工作服,戴着工作帽,老实,寻常,和其他女工千篇一律,不及在这里万分之一有个性。

高美珍反问高知冬:"你在哪儿上班啊?我以前怎么没见过你?"

高知冬一瞬间慌了,但随即冷静下来,说:"我是从外地来的。"说完又怕高美珍追问,急忙岔开话题,说:"这个赵凌峰怎么还不来?"

高美珍也纳闷,说:"是啊,最起码也得回个电话啊。"

高知冬便催她再帮忙呼一下。

高美珍拿起电话，问："这回留什么言？"

高知冬说："就留'你二姨死了，速来水晶宫'。"

高美珍停下拨号的手，说："真的假的？他二姨真的死了？"

高知冬说："当然是骗他的。"

高美珍说："这样不好吧？"

高知冬说："没事，这是我俩的暗号，他看到就懂了。"

高美珍将信将疑地呼了出去。高知冬怕高美珍一会儿接着打听自己的事，便借口去外面等赵凌峰，一口气喝完了酒瓶里剩下的酒，出门了。

高美珍看着高知冬出了门，还是觉得疑惑，这个人的穿着打扮，行为方式，甚至面对自己的态度，都让她觉得有点奇怪。她喝了一口酒，正想细琢磨呢，周源又走过来，递给她一盘磁带，说："你听听里面有首歌，叫《为爱痴狂》，特别好听，看能不能学会。"

高美珍看了看磁带盒，上面是一个长相普通但很文艺的女生，高美珍打趣老板："又为谁痴狂了？"

周源没理她，哼着："想要问问你敢不敢，像你说过那样的爱我……"拎起空酒瓶，摇晃着身子走开了。

高知冬在门前等了一会儿，还真等来了赵凌峰，但并不是他一个人，而是一群。赵凌峰在前面跑，三男一女在后面追，一看就是遇到了麻烦，高知冬赶忙迎了上去，拦住了赵凌峰，看他一头的肥皂泡，问："怎么了？"赵凌峰还没来得及回答，三男一女已经追了上来，不由分说就开始打赵凌峰，高知冬自然要出手相救，但双拳难敌四腿，他俩迅速被打趴下了，高知冬脸上还让女人挠了好几道。

女人气喘吁吁地指着赵凌峰，说："让你再他妈跑！洗头敢不给钱？你也不打听打听，在这一片你红姐是吃素的？"赵凌峰不情愿地从兜里掏出了一百块钱,递给女人,女人把钱抽走,又冲赵凌峰脚下吐了口唾沫,离开了。

高知冬说:"你原来是要洗霸王头啊,那我替你挨这顿揍也太不值得了。"

赵凌峰一脸委屈,说:"什么霸王头啊,是我遇到黑店了,进门时说洗头五块,洗到一半说一百块,我问为啥涨价了,她非说我摸她大腿了。"

高知冬说:"那你到底摸没摸啊?"

赵凌峰说:"要是真摸了,我还跑什么啊?我趁着有人呼我,说我二姨去世了,水都不冲,扔下五块钱就跑出来了,没想到还是被追上了。"赵凌峰看了一眼高知冬,脸上好几条血印子,说:"不管怎么样,谢谢你帮我,本来该请你吃顿饭的,但我有急事,改天的吧。"赵凌峰说完起身要进水晶宫。

高知冬叫住他,说:"你别进去了,呼你的人就是我。"

赵凌峰愣住了,说:"你和我二姨认识?"又想了一下,说:"不对啊,你之前还和我打听我二姨呢,按理来说你们不认识啊。"

高知冬说:"行了,你别想了,想了你也想不明白,你二姨没死,活得好好的,我第一遍呼你,你不回来,我才这么说的。"

赵凌峰听到二姨没死,松了口气,问找自己什么事情,高知冬此时有点饿了,说:"你刚才不是说要请我吃饭吗?咱们边吃边说吧。"

赵凌峰说:"行,那我先找个地方把头上的泡沫冲了,这洗发水好像是假的,太刺挠了。"他抓了抓头发,一手黏黏的。

秋风萧瑟,特别是夜晚,处理了伤口也冲完了头发的两个人,坐在了路边的烧烤摊位上,小地桌,矮椅子,坐下去衣服就遮不住后腰,小风一吹,有点凉,但还好烧烤摊摆在塑料布搭的棚子里,两人稍微往角落挪了挪,避开门口,风就吹不到了。

109

可赵凌峰还是打了个喷嚏,刚才逃跑,冒了一身汗,头上又冲了凉水,可能感冒了。高知冬说:"要不你喝点白的?驱驱寒?"赵凌峰说:"不用,吃两瓣蒜就能好。"说着招手点单。一个女人走了过来,三十出头的样子,体形干瘦,头发凌乱,一脸的憔悴,背上还背着个几个月大的孩子,那孩子已经啃着大拇指睡了。再仔细看,女人胳膊上还有块黑布,应该是家里最近有人去世了。

这黑布让人难免再多看她几眼,这几眼高知冬才觉得面熟,可也想不起来到底是谁。女人点单离开后,又自己到棚子外面烤串,用扇子扇着火炭,被烟呛得直咳嗽。

赵凌峰看着高知冬一直盯着那个女人看,问:"认识啊?"高知冬摇了摇头。赵凌峰又问:"那是看上了?"

高知冬说:"上一边去。"

赵凌峰这才想起正事来:"你到底找我什么事啊?"

高知冬也收回心,说:"你在南方除了你二姨还有什么亲戚吗?"

赵凌峰想了想,说:"真没有了。"

高知冬又问:"那假如,我是说假如啊,你在本地欠了人很多钱,混不下去了,你要跑去南方躲债,你会去哪儿?"

赵凌峰琢磨了一下,说:"我去广州,听说那边乱,好赚钱,我估摸去干个几年就能把债还上。"

高知冬点了点头,说:"哦,那你想过去广州做什么吗?"

赵凌峰说:"那就得看欠多少钱了,欠得少就打工,欠得多一点就倒腾服装,再多一点去深圳,走罗湖口岸带货。"

高知冬问:"那五万算多吗?"

赵凌峰吓了一跳,说:"我一个月工资才几百块钱,你说算不算多?"

高知冬想着怎么和他解释一下通货膨胀,在未来五万块的概念和现在是不一样的。他说:"假如你的工资比现在翻了十倍,你还觉得五万块多吗?"

赵凌峰想了想,说:"还是多啊!也不能因为我赚的钱多了,这钱就不值钱了吧?"

高知冬说:"如果就真的是不像现在那么值钱了呢?"

赵凌峰问:"钱不值钱那什么值钱?"

高知冬抓了抓头发,心里憋着一股火,但也没处发,也怪不着赵凌峰,让人接受一个理解范畴外的事物,确实太难。他换位思考了一下,如果自己是活在这个年代的人,有人和他说买东西不用现金,刷个二维码就行了,他肯定也觉得糊弄鬼呢!

高知冬耐下心来,说:"行,那如果欠了五万块,你会去哪儿?"

赵凌峰也认真想了想,说:"不知道,我真不知道这么多钱去哪儿能挣回来,我要是欠了这么多钱,我都不知道怎么活了。"

高知冬一听就气不打一处来,说:"你怎么这么没出息啊!"

赵凌峰入了戏,说:"欠钱的不是你,你倒是说得轻松!"

这时,背孩子的女人端来了烧烤和啤酒,高知冬打开一瓶咕咚咕咚喝了起来,希望能浇灭自己胸口窝的火。赵凌峰也打开了一瓶啤酒,说:"别自个喝啊,来,碰一个。"高知冬喝了酒看他还不顺眼,斜着眼睛和他碰了一下,却没喝,而是放下酒瓶吃了一串肉,有点烫嘴,但入味,咸辣正好。

人只有一张嘴,两人就被酒和食物打断了说话,看样子都饿了,连吃带喝,几瓶酒下肚,渐渐饱了,也有了五分醉意,赵凌峰掏出烟,递给高知冬一根,又把自己的点着,深深地吸了一口,缓缓地吐出后,把话题续上了:"哥们儿,你上次找我,打听了我二姨,这次又说什么我欠债了怎么办,听得人都稀里糊涂的,你能不能给我撂个准话,你到底想找我干啥?"

111

高知冬搓了搓额头，谎话说到头了，就只剩真言了，再加上多喝了点酒，反正总得吐出点东西才好受，于是他冲赵凌峰勾了勾手，赵凌峰头贴过来，他神神秘秘地说：“你相信我是从未来过来的吗？”

赵凌峰愣了一下，缩回头，指着高知冬，嘿嘿一笑，说：“你喝多了。”

高知冬说：“我没喝多，我很清醒。”说完意识到，这句话就代表着喝多了，郁闷地又喝了一口，说：“你爱信不信。”

赵凌峰喝多了酒，人就笑眯眯的，身子斜靠着，胳膊支在桌子上，饶有兴致地说：“你如果真的是从未来来的，那你来找我干什么啊？”

高知冬说：“你在未来欠了我五万块钱，人跑了，不知道去哪儿了，我就跑到这边来找你，想看看能不能打听到你的下落。上回你说你南方有个二姨，我就去找到了，可是你二姨说你去是去了，但偷了点东西又走了。”

赵凌峰说：“行了行了，别编故事埋汰我了，我就算再穷也不能偷东西啊。”

高知冬说：“我没骗你，是你二姨说的。”

赵凌峰说：“我二姨那人做生意的，嘴巴没个准。”

高知冬说：“这么说你是相信我是从未来过来的啦？”

赵凌峰说：“相信个屁！我现在是看明白了，你就是个骗子，先玄玄乎乎不急不慢地弄一套东西，然后把人套进去，最后还不是为了要钱？之前有人找我练气功时就这样，拜师免费，然后头顶给我扣了一个高压锅，说是能接收到外太空信号，最后那个高压锅收费两千。”

高知冬说：“那你是活该被骗。”

赵凌峰说：“我这回绝对不会再被你骗了。”

高知冬说：“我真没骗你，你是在未来欠了我钱，但我来到这儿也没管你要啊，还帮你打了一架。"

赵凌峰说："你真不管我要钱？"

高知冬说："我真不管你要。"

赵凌峰放下了警惕心，说："不提钱的话都好说，你说得对，你帮我打了一架，所以我也不管你是从哪里来的了，我就把你当朋友了。"

高知冬想了想，说："也行吧，那你帮我找到未来的你可以吗？"

赵凌峰头疼，他觉得和高知冬说话也费劲，他说："我说的哪儿来的，是指地域，而不是别的……"话音刚落，身后却传来咣当一声酒瓶子摔碎的声音。

两人循着声音望去，塑料棚子外面，几个小混混模样的人，把背着孩子的女人围住了，领头的中年男人，穿着西装梳着个马尾，头发好像焗过油，非常顺滑。他也不说话，俯身又从啤酒箱子里，拿出一瓶啤酒，缓慢地抬高胳膊，然后一松手，啤酒瓶子掉在了地上，酒花四溅。

女人背上的孩子被吵醒了，哇哇大哭。女人顾不得孩子哭，只是一味地乞求："我丈夫死了，他欠下的赌债我实在没钱还了，求求你们放过我们娘俩吧。"

领头的男人根本不理会她的请求，冲身后的小弟扬了扬下巴，小弟一脚把烤串的炉子踹倒了，乌烟瘴气。几个客人看情况不妙，逃单跑了。领头男人伸手把女人凌乱的头发捋了捋，女人吓得不敢动。领头男人又把目光锁定在了她背上的孩子，问："男孩女孩？"

女人哆嗦着后退，说："别打我孩子的主意，别碰我孩子。"

领头男人却硬是往前逼近，女人身后是一张台面，已无路可退，台面上放着一把切肉的尖刀，女人的手触碰到了尖刀，目光里满是恐惧与愤怒。

领头男人的手伸向了孩子，孩子还在哭，女人的愤怒占了上风，她的手紧紧地攥住了刀柄。

"住手！"高知冬站起身猛地喊了一句。

两只手都停了下来，所有人的目光都聚了过来。

赵凌峰拉了拉高知冬，小声说："你快坐下啊，管什么闲事？真看上那寡妇啦？"

高知冬不动，领头男人饶有兴致地看着他，说："怎么着？遇到这事还不赶紧跑？饭钱不想省，非得出点血才老实？"

高知冬咽了咽口水，说："你们不能这么欺负人家孤儿寡母的。"

领头男人说："欠债还钱，天经地义，我吃的就是这碗饭，你看不惯你替她还。"

高知冬说："我没钱。"这话由于说得太理直气壮，把领头男人弄蒙了一下，随即摸了摸下巴，冲身后的小弟又扬了扬下巴。几个小弟冲高知冬过来，赵凌峰一看不妙，急忙站起来打圆场，说："别动手嘛，不至于。"

小弟们不听，已经挥拳，高知冬这些年混迹流氓圈，也打过不少架，一躲一闪再一出拳，就打倒了一个，可也就这么点能耐，第二拳打不出去了，被两个小弟控住了腿脚，另一个抬起一脚，就照着他的肚子飞来，赵凌峰实在看不下去了，一个飞身，隔空抱住了飞来的腿，再用力一抬，给那人来了个后仰脖，那人重心不稳，摔在了地上。赵凌峰再接着一个回身，两拳同时向中间挥去，击中一左一右控制住高知冬两人的太阳穴。两人应声倒地，高知冬得以解救，惊讶地看着赵凌峰，问："你会功夫啊？"

赵凌峰说："小时候离家出走，在庙里待过两年，学了点拳脚。"

两人背对背，做好继续迎战的准备。领头的男人摇晃着走过来，说："拳脚功夫我也练过几年，但再厉害的拳脚也敌不过兵器，你们知道为什么吗？因为人都怕疼。"他说着撩开西服后摆，从裤腰上抽出一把三棱刺，摆弄着，说："见过这玩意儿吗？噗地捅进肚子里，血顺着凹槽就出来了，止都止不住。"

有个小弟插嘴说："知道前些日子北大桥底死了一个人吗？就是死在这玩意儿手上。"

另一个小弟继续说："知道去年南平里烂尾楼被捅死两个人吗？就是我大哥干的。"

高知冬一听，就觉得是胡扯，说："那你知道前两天就你站这地儿也死了一个人吗？我干的。"

领头男人嗤笑，说："那看来咱们旗鼓相当了，就不承让了。"说着那把三棱刺就朝高知冬刺去，但三棱刺在半路停了下来，高知冬和赵凌峰都愣住了，再一看，领头男人也愣住了，但不像是发呆，而是像在仔细听什么。片刻，他收回了三棱刺，说："我之前不但练过武功，还练过耳力，今天算你们走运，我下回再来收拾你们！"他用力地指了指高知冬和赵凌峰以及背着孩子的女人，一挥手，和小弟们跑了。

背孩子的女人，拍着胸脯喘着气，说："谢谢你们。"

话音还没落，高知冬和赵凌峰就听到了警笛声。赵凌峰说："不好，有人报警了，怪不得他们跑了。"

高知冬说："那我们也快跑吧！"不由分说拉着赵凌峰就跑。

赵凌峰来不及细想，就跟着跑出了摊位，一路奔跑到个昏暗的巷子里，才停下来。他气喘吁吁地回过味来，问："我们跑什么啊？我们这是见义勇为啊！"

高知冬瘫坐在地上，说："见义勇为和打架斗殴就在毫厘之间，再说了，我是未来的人，警察盘问我身份，我怎么说啊？"

赵凌峰说："你这人真是的，咱俩今天这也算生死之交了吧，你怎么还不能说点实在话呢？"赵凌峰说完，突然觉得难受，俯身在墙边，

115

吐了出来。

高知冬拍了拍他的背,他吐完用袖子擦了擦嘴,说:"喝多了。"

高知冬说:"你真不相信我是从未来来的吗?"

赵凌峰说:"死都不相信,你就说说你是怎么来的。"

高知冬说:"那我带你去未来看看,你就相信了。"

赵凌峰有点好奇了,问:"怎么带我去?"

高知冬就把赵凌峰带到了自己的车里,他坐在驾驶位,赵凌峰坐在副驾,车上的电台仍旧在放着歌:"我的未来不是梦,我认真地过每一分钟,我的未来不是梦,我的心跟着希望在动……"

高知冬说:"我就是坐这辆车来的,只要我把这车一熄火,这歌一停,我就会回到未来。"

不知怎的,赵凌峰的眼神竟有点认真了,他四下看了看这辆车,目光坚定地看着前方,说:"如果真像你说的那样,我在未来混成了那个熊样,那我见到了未来的自己,一定狠狠揍他两拳。"

每个人,在人生的各个阶段,都有对未来的幻想,可未来究竟是什么样的呢?又没有一个肯定的答案,于是所有的幻想便都是美好的,光明的,大有可期的。

那样美好的幻想,高知冬也有过啊,那个意气风发的少年,如果看到现在的自己,也会想着揍两拳吧?

高知冬看着赵凌峰突然就笑了,说:"如果真能找到他,我也帮你揍两拳。"

他收回目光,坚定地看着前方,旋转钥匙,熄灭了车子。

音乐停止,这夜多静啊。

第七章

夜里，一对小情侣在牵着手散步，昏黄的路灯一盏一盏地后退。

女的说："你妈真抠门，第一次上你家就给我做烀苞米烀茄子吃，连块肉都没见着。"

男的说："我妈本来买了排骨要炖豆角的，可半路遇到一条疯狗追她，排骨都掉地上了。"

女的说："别忽悠我了，你妈就是半拉眼睛都看不上我。"

男的说："哪有，我妈可喜欢你了，说你脸蛋红扑扑的，一看就是老实人家的。"

女的扑哧一笑，说："她看错了，我可是个坏女人。"

两人说笑着路过高知冬的车旁，刚要绕过去走，可一个晃神，那车不见了，只见一个男人坐在了地上。

两人以为眼花了，揉了揉，确实没有车，只有一个男人坐在地上，想要站却站不起来。两人急忙靠过去，把男人扶起来，说："你没事吧？"

赵凌峰一身的酒气，整个人也蒙了，刚才只感觉一阵疾风刮过，自己一个趔趄，就坐在了地上，屁股摔得生疼。

他环顾四周，空空如也，高知冬和那辆车子，都不见了。

他问那对小情侣："你们刚才看见这儿有辆车吗？"

那对小情侣点了点头,说:"有,但是开得太快,一眨眼就不见了。"

赵凌峰想了想,再次环顾四周,陷入了一片恍惚之中,世界在眼前如泡影般真假难辨,他揉了揉脑袋,头真疼,他走了几步,俯下身,又吐了。

为了迎接市里的卫生防疫检查,菜市场今天做消毒,高美珍把自己摊位处理完后,就去附近的便利店买了杯速溶咖啡,坐回市场门口的椅子上,慢慢地喝。天气一天比一天凉了,她多穿了件外套,刚好可以御寒,于是那阳光落在脸颊上,就暖洋洋的,喝口咖啡,也热乎乎的,就连捧住杯子的双手,都多了些温度,这可能就是幸福的感觉吧。她虽没想得这么具体,但也把心里的忧愁放了放,只是放空地望着路人,在眼前来来去去,营营役役。

"发什么呆呢?"一个女人的声音让高美珍的目光聚了焦,她转过头看,孙芸芸拎着个用来买菜的帆布袋子,笑盈盈地看着她。

"送完孩子了?"高美珍问她。

她点了点头,说:"顺道回来买点菜。"

高美珍说:"菜市场回你家可不顺道。"虽这么说着,但还是挪了挪屁股,孙芸芸就坐下了。

"听说我儿子儿媳来找你了?"孙芸芸问得怯怯懦懦。

高美珍说:"是,让我一瓶臭豆腐给砸跑了,那个臭味啊,飘得满市场都是。"说完自己先笑了起来,孙芸芸也跟着笑了,本来要说的道歉话,也不用说了,多年的老朋友了,她总是会站在自己这边。

两人笑了一阵后,就都沉默了,一同呆呆地看着前方。高美珍突然感慨,说:"时间过得真快啊,一晃这么多年都过去了,我记得刚认识你那阵儿,你儿子还在背上背着呢。"

孙芸芸说:"是啊,真快,那时我家那口子刚走,留给我一大笔饥荒,我白天在厂子里上班,孩子放在厂里的托儿所,晚上在路边支了个烧烤摊,孩子就在我后背上背着,到半夜收了摊回家,睡觉时我后背都平躺不下来,那真不是人过的日子。"

高美珍说:"那几年你是受了不少苦。"

孙芸芸说:"我受点苦倒没什么,最苦的是孩子,那时奶粉都喝不起,好不容易买了一罐都得兑着小米粥喂。他夜里还得跟着我在烧烤摊烟熏火燎的,那些喝酒的人喝多了嗓门也大,孩子本来都睡了,可是一吵吵,又醒了,一晚上就睡一会儿、哭一会儿的。"

高美珍说:"看,从来都是妈心疼孩子,就没见孩子心疼妈的。"

孙芸芸说:"那时他小啊,不记事,但不记事也好,心里头就没留啥阴影。那几年的日子多难啊,我都不知道自己是怎么熬过来的。"她叹了口气,又说:"有一次,要债的要到我的小烧烤摊了,那是笔赌债,我实在没钱还了,他们就要抢孩子,我当时怕得直哆嗦,就想和他们拼了,刀都握手里了,幸亏两个在那儿喝酒的小伙子冲出来,和他们打了一架,算是拦住了他们,也拦住了我。现在想想都后怕,当时要不是他们,我现在可能还在笆篱子里呢。"

高美珍把手里的咖啡递给孙芸芸,孙芸芸喝了一口,接着说:"从那以后,那群要赌债的人再也没来过,听说领头的那个人,因为严打,被抓起来了,好像手里还握着两条人命呢。之后我四处找那两个帮了我的小伙子,在水晶宫找到了一个,就是赵凌峰,也是在那儿认识的你和云蓉。另一个没找到,赵凌峰也不知道他去哪儿了。"

高美珍说:"咱们那个年代的人,经常说不见就不见了,水晶宫的那个老板周源你还记得吧?水晶宫关了之后,说去南方闯荡,这些年也就再没了音讯。"

孙芸芸仍旧想着救她的人,说:"我现在影影绰绰记得那个小伙子的长相,好像和你家高知冬有点像。"

高美珍就挺无奈地笑了,说:"我家高知冬倒是能打架,但他打的从来都不是好架。"

孙芸芸说:"我记得小时候他挺听话的,还懂事,好像是六七岁吧,你整天骑着小摩托车带他去进货,你搬货他就老老实实地坐在摩托车上等你,太阳把他的脸晒得通红也不哭不闹。"

高美珍听着这话,似乎陷入了久远的回忆之中,丰盛的夏季里,树荫与冰棍,微风与摩托车的尾气,穿素色裙子的年轻的女人载着穿短裤的小男孩,他们就这么一起过了很多年。

很多年以后,男孩长大了,在酒醉的清晨醒来,晨光透过车窗落在眼前,有了种新生的错觉。他侧头看向副驾的位置,空空如也,那个想要到未来揍他自个两拳的人,也没能带回来。

世间一切奇妙的东西,都有它自身的逻辑吧,这辆车可以从过去带回一些轻飘飘的物件,比如一张罚单,但却带不回来一个满身酒气沉甸甸的人。

高知冬下车,照旧去买了豆浆和油条当早餐,囫囵着吃了个饱,还是想要补个觉,躺在床上等着睡意降临,就又看到了柜子底下那双落了灰的滑冰鞋,好多年没滑过了,鞋都小了,怎么从原来的家里带过来的也有点模糊了,好像是母亲拿滑冰鞋从楼上往下砸自己,自己嬉皮笑脸地一伸手就接住了。

他犹豫了一下,下床趴在地上,把那双滑冰鞋够了出来,拂去上面的灰尘,掂量了几下,久违的熟悉感。这时手机响了,是个陌生的号码,他放下滑冰鞋接起电话,那头传来一个女人的声音:"喂,请问是高知冬吗?"

高知冬说:"我是,你是哪位?"

那头说:"我是沈向真。"高知冬愣住了。

那头继续说:"你之前在我这儿缝针,留了紧急联系的号码,我就拨过来看是不是你。"

高知冬不清楚她为何突然找自己,心里虽有些难以自制的欢喜,但却仍旧对她之前的态度有点生气,所以语调也就生硬了五六分,他问:"你找我什么事?"

那头似乎听出来了这五六分,回来的语调也有了三四分的尴尬,她说:"其实也没什么事,就是想和你道个歉,那天在医院你帮了我,我不该那么说话的。"

高知冬疑惑了,问:"我不是帮了个倒忙吗?"

沈向真说:"当时我以为是倒忙,但后来那对夫妻去了院长办公室,把我们院长给打了,头发都薅掉了一把,我们院长头发本来就不多……唉,这个也不是重点,我其实是想说,那天要不是你出手救了我,我真的就挨揍了。"

高知冬面对这迟来的感谢,想要说些大度又宽厚的话,把自己的人设趁机拔高一筹,但脑子却因嗅到了爱情回马枪的苗头而瞬间短路,只结结巴巴地回了一句:"那……那就好。"

沈向真问:"你今天晚上有空吗?我请你吃饭。"

高知冬脑子的短路这回接上了,说:"好啊好啊,我正好没事。"

沈向真说:"那一会儿我定好地方发给你。"

高知冬说:"你不介意我带两个朋友去吧?"

沈向真说:"当然不介意啊,人多热闹,就咱俩也挺尴尬的。"

两人挂了电话,高知冬握着手机的手心都出汗了,他放下手机,倒在床上,激动得蹬了几下腿,然后给张合打了个电话,把沈向真找他吃饭这事说了一遍,末了叫张合带着霉霉一起来,张合听说有免费的饭局,蹦着高都要来,但还是疑惑,这么好的二人独处机会,为什么还要带上别人?

高知冬说:"第一是两人不熟,怕没话说太尴尬,尴尬这事余味很大,第二回就不太好约了,你们要是来了,你一言我一语的,气氛能活跃些。第二是希望你能在饭桌上捧着点我说话。"

张合说:"这个我知道,给你当僚机[1]嘛,这个我熟,但是真的要叫霉霉来吗?她万一又开始讲那些鬼啊神啊的,我怕沈向真她一个凡事讲科学的医生不爱听。"

高知冬说:"没事,不同的性格和喜好才有更多的话题聊。叫她来主要是为了烘托一下气氛,四个人约会,两男两女,其中有一对是情侣的话,另外两个心里或多或少都会有点想法和别扭,这别扭就是暧昧。"

张合说:"行啊,懂得挺多啊,之前那个嘉嘉也是这么拿下的吗?"

高知冬说:"那个嘉嘉是她追的我,我没费啥心思,所以走了也没太多留恋。"

张合说:"那倒也是,被人甩了留恋也没用。"

高知冬说:"你滚一边去!"

两人又扯了些有的没的,沈向真就发来了晚上吃饭的地方,高知冬转发给了张合,就挂了电话,对着镜子照了照自己,出门理了理发,还被忽悠做了个小气泡美容,又买了件新衣服套上,在路边吃了个冰淇淋,太阳才缓慢地西落。

这一天也太漫长了,干等也不天黑。

---

[1] 僚机,空中编队飞行时跟随长机的飞机,后用作网络用语,有助攻、辅助的意思。

  高知冬踩着最后一抹余晖到了约好的餐厅门前,是一家最近新开的蒸汽海鲜,他心急,比约定的时间早来了半小时,但又怕让人知道自己心急,便在门口转悠了几圈,又坐在花坛边点了根烟,就看到路对面一辆公交车停了下来,等再开走的时候,沈向真出现在视野里,左右查看了一下,谨慎地过马路,表情里并没有任何与高知冬心情所匹配的期待神色。

  待她走到马路这边,高知冬站起身掐灭了烟,她才望见高知冬,露出了恰到好处的笑容,问:"你等很久了吗?"

  高知冬忙说:"没有,也是刚来。"

  沈向真问:"你朋友到了吗?"

  高知冬说:"还没。"

  沈向真说:"那我们进去等吧。"不待高知冬回应,便率先走了进去。

  两人进了餐厅,在靠窗的位置坐下,高知冬才平静下来打量沈向真,穿着普通衣服的她,要比穿白大褂时柔和了不少。沈向真把菜单递过来,让高知冬点菜,高知冬说自己吃什么都行,让她点。

  她说:"我这人也嫌点菜麻烦,那就点套餐吧,就要这个四到六人套餐。"然后她抬起头问高知冬喝什么酒,高知冬说啤酒。沈向真说:"吃海鲜喝啤酒嘌呤太高,容易痛风,不如喝红酒吧?"

  高知冬平时根本不喝红酒,毕竟小流氓和红酒不太搭,但此刻他不自觉地理了理领子,说:"随你。"

  沈向真又问:"那你对口味和品牌有要求吗?"

  高知冬不懂,只能说:"都行。"心里却已经有了点不自在,他挺了挺腰板,坐得更直了。

  等菜上来的空当里,两个人闲聊,沈向真问高知冬是做什么工作的,高知冬犹豫了三秒,没想出个合适的答案。沈向真就看出他的为难，便说："如果不方便的话你不用回答我。"这反倒逼着高知冬不得不说了，于是他便说："我是做小额贷款的。"

沈向真说："哦，我知道，民间借贷。"

这话听不出褒贬，高知冬心里没底，就问："你对这个职业有什么看法？"

沈向真说："没什么看法，什么职业都是为了赚钱嘛，不犯法就行。"

这话里有份人世间难得的通透，这种通透高知冬没见过，他盯着沈向真，想说的很多，却莫名其妙地说了声："谢谢。"

沈向真很懂这"谢谢"两字所包含的内容，便接着说："我在北京待了好几年，发现这世界上的人千奇百态，遇见什么奇怪的事情都不用惊讶。"

高知冬惊讶她之前在北京生活过，便问为什么回来了，沈向真说自己在北京上的医科大学，毕业后在那儿工作了两年，待得越久越不喜欢那座城市，太多诱惑和欲望了，每个人早晨睁开眼睛就开始为了名利在奔波，睡觉时梦里都是工作和 social[1]，太疲惫了，那不是自己想要的生活，所以就回来了。

高知冬面对这样的话题，接不下去话，他没离开过这座城市，也不知道外面的世界是何种状态，那里或许是精彩的、危险的、捉摸不定的，他之前看到过一句话，一个人无论现在过着怎样的日子，过去一定要是辽阔的。现在沈向真就坐在他的面前，她藏在背后的辽阔，自己只初见了一二，便有些难以自洽了，确切点说是自卑了。

高知冬不太想再聊这个话题了，越聊越显得自己人生狭隘，正想着怎么岔开话题时，张合和霉霉就来了，算是拯救了高知冬。

---

[1] social，社交。

高知冬起身给沈向真介绍，还没等开口，霉霉却先惊叫了起来，一把搂住沈向真，说："就听张合说要和医生吃饭，没想到是你。"她冲着张合和高知冬解释："我俩是高中同学，好几年没见了。"随即又问沈向真："光听说你从北京回来了，回来多久了？怎么没和大家联系呢，聚一聚啊！"

沈向真的态度明显不如霉霉热情，她稍稍用力挣脱开霉霉，尽量保持礼貌地说："回来一年多了，之前的手机丢了，就没了大家的联系方式。"

霉霉看不出这冷淡，继续关心，说："你现在当医生了，挺厉害啊，你之前在北京时不是在整容医院当护士吗？"

沈向真捋了捋耳后的头发，说："以前的事先别聊了。"

这回霉霉总算是听话会听音，说："哦，那行，那咱们吃饭吧，哇，这蒸汽海鲜我还是头一回吃。"

四人边吃边喝，因霉霉和沈向真是同学这事，就没了之前高知冬所担心的冷场尴尬，但也因为这件事，让张合没地方插嘴来捧高知冬，这也让高知冬松了口气，在经历了之前那段谈话所萌生的自卑感后，张合的每一句吹嘘，都会如同一根针刺入自己的后背，张合话多，他会受重伤的。

接下来的整个饭局，都是霉霉和沈向真在叙旧，大多都是学生时代的往事，霉霉话也挺多，沈向真时不时回应一下，脸上始终挂着礼貌但生疏的微笑，也时不时看高知冬一眼，那抬眼和低眉间，有了些不想聊下去的无奈。但怎奈往事比酒都容易上头，霉霉越说脸越红扑扑的，在干了杯中的红酒后，话题就从学生时代转到了工作的时期，她说差不多三年前，自己在石家庄学化妆时，有次学院组织去北京参观学习，她就联系上了沈向真……

沈向真明显不想聊这个话题，就举杯说："霉霉咱俩再干一杯，别老聊以前的事了，他俩都插不上嘴。"

高知冬和张合就赶快应和，说："是啊，聊点我俩能参与的话题呗。"

可霉霉根本不听，她喝得眼神都发直了，直勾勾地看着沈向真，掏心掏肺地说："向真，看到你现在这么好，我真为你感到高兴，我觉得你从北京回来这一步走得非常对，你之前在北京住的那个半地下室，我看着都心酸啊，我去看你那回，你感冒了，还赶上下大雨，那水哗哗地灌了一屋子，你合租的那三个室友，就知道抢自己的东西，都不管你，还是我帮你把被子抢出来的呢……你说，那时候多难啊。"

沈向真眼里露出了一丝不悦，但仍旧保持了语调的克制，说："是啊，那时是挺难的，霉霉你其实也挺不容易的，你那时学化妆，把自己化得跟个坐台小姐似的，没想到你还能毕业，还能找到工作，虽然是给死人化妆，可专业也算对口。再说给死人化妆总比给活人轻松，至少死人不乱动啊。"

霉霉听了也不恼，说："是啊，这个工作竞争压力也挺大的，光面试的时候，就有五六个人呢，但还好，我没找人没托关系，全凭自己的本事被录用的，火葬场那也算是个国企，福利待遇还挺好的。"

沈向真脸色就更难看了，她起身说去趟洗手间，就离开了座位。霉霉一只手撑着脑袋，看着沈向真的背影哼了一下，说最看不惯她那拿腔拿调的死样子。接着转头问高知冬，说："她是不是和你聊什么自己离开北京是厌倦了，那不是自己想要的生活方式之类的？屁！就是混不下去了才回来的。我听其他同学说，她回来了工作都找不着，她妈又花钱又托关系，才把她弄进医院的，但也就是个合同工。"

张合问："真的假的？"

霉霉说："要是假的，我能一说这事她就坐不住了？这是抹不开面，躲着去了。她这人从小我就看不惯，不合群，我们一群丫头在一起疯玩，她从来都不掺和。可能是因为她爸在她很小的时候就进监狱了，人孤僻吧。但孤僻也用不着假清高啊，我们那时候追星追飞轮海，她不参与就算了，非要说我们低级，还帮着老师没收我们的周边呢。"

张合问："她爸进监狱了，犯的什么罪啊？"

霉霉说："听说是挪用公款。"

张合问："那她妈是做什么的？"

霉霉说："她妈没啥工作，到处当保洁，去年心脏病发作走了。"

张合说："那这个沈向真也挺可怜的。"

霉霉说："你心疼她啦？"

张合反应快，说："心疼也轮不到我啊。"他看向高知冬，高知冬没有理会他。

高知冬此时脑子里全都是那个在医院里遇见过的老头，沈向真的父亲，看样子是刚从监狱里放出来没多久。

张合看高知冬发呆，问他："干什么呢？沈医生去了洗手间这么久，你要不要去看看？"

高知冬回过神来，刚要起身，手机里进来一条信息，是沈向真发来的："我有事先走了，已经买过单了，你们慢慢吃。"

高知冬把手机亮给张合和霉霉看，说："不用去看了，她走了。"

张合有点担忧，说："那你俩还有戏吗？"

高知冬摇了摇头，说："不知道。"

霉霉说："有戏没戏都别怪我啊，我就是说了实话而已，再说是你们非叫我来的，我可不落埋怨。"

高知冬没说话，把杯子里的半杯红酒干了。然后给沈向真发了好几条信息，她都没再回。

高知冬的心，沉了下去。

高知冬摇晃着身子回到家楼下，顺着楼梯往上爬，一盏一盏的感应灯亮起，可到了自家楼层那盏却漆黑，他在转角处用力跺了跺脚，又使劲咳嗽了一声，灯亮了，高美珍坐在最后一级台阶上，俯瞰着他。

高知冬吓了一跳，说："妈你大晚上坐这儿干啥啊？把我心脏病吓出来了还不得你花钱治。"

高美珍站起身，拍了拍屁股，看他醉态，说："你又去哪儿灌尿水子去了？"

高知冬故意抖着腿往上走，来到高美珍旁边，说："朋友请客，吃海鲜去了。"

高美珍说："猫啊狗啊都是朋友，一天天的，就不能学点好吗？就不能干点正经事吗？"

高知冬皱眉，说："你啥都不知道怎么就说我没干正经事？"

高美珍说："那你说说，你最近在干啥工作？"

高知冬想了想，只说："用不着你管。"然后掏钥匙开门，问："你进来坐一会儿啊？"

高美珍扭身进去了，看一屋子的窝囊，又气不打一处来，说："你瞅瞅你这地方，跟个狗窝似的。"

高知冬喝了半瓶矿泉水，说："看不惯你就掏钱给我租个好点的。"

高美珍忍了忍，没发火，手伸进口袋里，掏出张纸递给高知冬。高知冬狐疑地接过去，问："啥啊？支票啊？"打开来看却是一则招聘，商场里那个滑冰场，在招滑冰教练呢。

高美珍说："我今天逛商场时看到的，你去试试吧。"

高知冬把纸往桌子上一拍，说："不去！"然后在床边拿起那双旧的滑冰鞋，说："你看，这滑冰鞋都小了。"

高美珍说："我给你买双新的。"

高知冬说:"新的也穿不进去了。"

高美珍说:"怎么穿不进去?只要你想穿!"

高知冬说:"那要是我不想穿呢?"

高美珍说:"那你想干什么?就这么整天混日子,连个正经工作也不找,没钱了就去借,就去家里偷,你早晚走下道蹲笆篱子!"

高知冬说:"这就不用你管了,我自己的人生我自己做主。"

高美珍说:"你做主个屁,你是我生的,我就要管你!你现在就跟我走,商场还没关门,咱们现在就买滑冰鞋去!"她不由分说地拉住了高知冬,高知冬却狠狠地甩开了手。

高知冬吼着说:"我不想滑冰,我不爱滑冰,我再也不要滑冰了!你别逼我了行吗?你这么做到底图什么啊?"

高美珍说:"当妈的能图什么?还不是图你能好!图你能有出息!"

高知冬说:"用不着!别老拿为我好当话头,自己年轻时想当歌星想出人头地没成功,就从小逼我上进,你生孩子是不是就是为了来给你圆梦的?早知道这样,我真希望你当年把我给堕掉了!"

啪!高美珍一个耳光呼在了他脸上,高知冬闭嘴了。

高美珍怒视着高知冬,咬着后槽牙字字真切地说:"是啊,我真后悔当年没把你堕掉!"

她说完转身离开了,高知冬站在原地,门就那么敞开着,高美珍的脚步逐级而下,重到不用咳嗽,那一路的感应灯都会乖乖地亮起。

高知冬揉了揉被打的脸颊,不可理喻又无奈地笑了笑,把手里的那双滑冰鞋狠狠地塞进了柜子下面。

团长秦大哥去世后,老年合唱团休息了一阵子,现在终于又开始组织排练了。高美珍自然地就接过了团长的位置,带着大家把排练厅从头到尾打扫一遍,有人还迷信地烧了点纸,让秦大哥别回来吓唬大家,那纸灰就顺风飘了回来,把刚拖的地又弄脏了。老刘就说:"看,秦大哥回来了。"烧纸那人就吓坏了,急忙把纸灰往外扫。老刘还逗他,说:"别把秦大哥赶出去啊,让他听我们唱两首再走。"

孙芸芸就扔给老刘一块抹布,说:"别耍嘴皮子了,帮着干点活。"

老刘老老实实去擦灰了。有人就说:"老刘这打了一辈子光棍的人,到头来还是怕老婆。"大家就笑了,把孙芸芸笑得不好意思。

老刘说:"我这不是怕,我这是尊重。"

有人又问:"你俩到底啥时搬一块住去啊?都说春光不等人,咱这秋光也等不起啊!"

这一句话又把孙芸芸说忧愁了。老刘没看见,只说:"我听她的,她说了算。"

高美珍看见了,冲那些人嚷嚷,说:"怎么一到一块就扯老婆舌呢,不管咋的,人家要在一起,要结婚,也是一件大事,哪能说搬就搬呢!"

那些人一听觉得也是,就各自嘀咕,确实是大事,从一家门到另一家门,哪那么容易啊。另一个人说:"就是,咱们现在虽然老了,没有父母管着,可还是得看儿女脸色啊。"

这话说到了孙芸芸的心坎上,她就稍微愣了下神,手里擦着的话筒架子,就倒在了地上,话筒落地,发出刺耳的啸音,一时众人都淹没在这声音里,没了动静,高美珍急忙过去把话筒捡起来,声音顺着墙角消散了。孙芸芸这才回过神来,要再去擦那话筒架子。高美珍却拍了拍手,说:"好了好了,打扫得差不多了,咱们开始排练。"

为了庆祝合唱团的重新开始,高美珍选了一首比较有意义的歌曲《从头再来》,她把打印好的歌词发放给大家。有人一看歌名就反对,说:"一听到这歌脑瓜子就嗡嗡的,总想起下岗那几年,那个心情啊,别提了。"有人附和说："是啊，我到现在都记得，我接到下岗通知那天，下着大雪，我从厂里出来，骑着自行车往家走，可是干蹬也蹬不动啊，累得我满头大汗，在雪天里脑瓜子都冒烟了，然后有个小孩在我身后一直冲我喊：'哎！别蹬了，轮胎都瘪了，别蹬了！'"

高美珍说："怎么这么多事呢，不就是一首歌吗，我觉得挺适合我们唱的。"

老刘说："是啊，我觉得这歌挺好的，多励志啊，你看这歌词，'昨天所有的荣誉，已变成遥远的回忆。辛辛苦苦已度过半生，今夜重又走进风雨'。"

有人就说："都辛辛苦苦度过半生了，我可不想再走进风雨。"

高美珍说："你这不是在较真吗？那走不走得进风雨，是你能说了算的？"

孙芸芸说："是啊，人这一辈子，能走到哪一步，也不是自己能决定的啊，那天灾人祸的，谁能防得了啊。"

其他人就渐渐不再反对，高美珍说："那我先给大家唱一遍，会的在心里默默跟着唱，不会的就学着点。"高美珍走到话筒架前，拿起话筒清了清嗓子，唱起来："昨天所有的荣誉，已变成遥远的回忆。辛辛苦苦已度过半生，今夜重又走进风雨。我不能随波浮沉，为了我挚爱的亲人。再苦再难也要坚强，只为那些期待眼神……"

高美珍唱着唱着，也晃了神，那些久远的记忆，又零碎地被歌声唤了回来。虽然自己在纺织厂早早地办理了停薪留职，但真正从厂子离开那天，她还是一个人躲在车间里，从这头走到那头，把机器挨个抚摸了一遍。她也不清楚自己为什么要这么做，她那时有更好的前程要去奔赴，她不知道自己在眷恋什么，是倾注在一件事上的时间过多，便对这件事有了感情，还是因为自己全部的青春，都停驻在了这里，更或许，那只是一种正确性的情感，好让自己不觉得自己冷酷。

这些，在那时的高美珍统统不得而知。

但在此刻，在很多年过去后，当她再唱起这首歌时，她突然明白了。在时代轰隆隆车轮下的人们，虽还未完全察觉到，但已隐约觉得不会再回头了，那车间里微微的一声叹息和夕阳里落下的尘埃，都是对一个时代的结束所产生的眷恋，过去了就再也没有了。

一曲唱了，"啪啪啪啪"零碎的掌声响起，听声音就能判断出是一个人的掌声，高美珍和其他人都循着声音望去，看到门前不知何时进来了一个三十多岁的男人，穿着普通，戴着银框眼镜，看起来像个小领导，他一步一步朝高美珍走过来，身后就闪出了另一个人的身影，云蓉穿着风衣，系着丝巾，戴着墨镜，款款地走了进来，那些和云蓉不熟但是知道她曾是名人的老人间有了些骚动。

领导模样的人来到高美珍身边，先赞叹这歌唱得太好了，说："早有耳闻，咱们区有一支老年合唱团，团长的歌艺那是非常了得，今天一听，真是余音绕梁，名不虚传。"

高美珍听不惯这虚头巴脑的话，再加上能看出这是云蓉带来的人，就更不舒服，话一出口就冷冰冰的："我今天是第一天当团长，你之前有耳闻那个前段时间卧轨了。"

领导模样的人有些尴尬，但也急忙自打圆场，笑着说："误会了，误会了，都是团长，一时也分辨不出来。"

高美珍说："有啥不好分辨的，之前的团长是个男的，我是个女的。"领导模样的人就又尴尬了，还没想好怎么再次圆过去，高美珍就又开口了："你是谁？来干什么？"

领导模样的人清了清嗓子，自我介绍是市委宣传部的，姓王。

老刘说："那叫你王部长吗？"

他说他是王主任。

高美珍就问："那王主任，你来我们这儿有什么事？"

王主任说:"其实本来也不是来找你们的,我是来找云蓉老师的。这不还有几个月就春节了吗,市里已经开始筹备春节联欢晚会了,正好听说云蓉老师回来了,我就想着请老师在晚会上唱两首歌,毕竟她是咱们家乡走出去的第一位歌星啊。"

云蓉摆了摆手,说:"什么歌星不歌星的,都好多年不唱了。"

王主任说:"您可别这么说,您虽然已经告别舞台多年了,但我家现在还有您的磁带呢,我爸当年很喜欢您。"

高美珍脸色更难看了,说:"王主任,你要找你的云蓉老师,你们就出去聊,别耽误我们大伙排练,我们这帮老年人时间很宝贵,没准下星期又有人死了。"

王主任说:"这位团长您别急嘛,我话还没说完呢,我本来是请云蓉老师的,但是老师不肯自己上,她说自己的几个老朋友弄了一个合唱团,她想要大家一起去参加晚会。"

这话一说,那群老人更骚动了,能登上市里的春节晚会,光宗耀祖谈不上,但后半辈子的谈资是有了。

王主任就接着说:"所以我就来找各位叔叔阿姨商量一下,你们愿意不愿意让云蓉老师带着大家一起排练,一起上春节晚会啊?"

"愿意!"异口同声,毫不意外,除了孙芸芸和老刘。他俩担忧地看着高美珍,高美珍这刚当上半天的团长,似乎要立马被卸任了。

高美珍板着脸,看了看那群老人,又看了看孙芸芸和老刘,最后看向王主任,说:"好啊,让她带吧,我把团长的位置现在就让给她。"她说完,大步朝门口走去,与云蓉擦身而过,连看都不看她一眼,那走路带过的风,把云蓉胸前的丝巾扬了起来。

排练厅楼房的侧面,每到下午都会有一大片的阴影,高美珍在阴影里,靠着墙壁掏出了根烟,可是打火机在她颤抖的手里怎么打都打

133

不着，她气得把打火机狠狠地摔在地上，那火机却也仍旧如憋了口闷气般，没声响，摔不碎。

啪的一声脆响，一个点燃的Zippo打火机递到她面前，高美珍看到火苗后面是云蓉的脸。她把手里的烟撅成了两截，丢在地上，狠狠地看着云蓉，说："你到底要干什么？我本来想着大家都老了，我也不想再和你计较了，那顿饭我也去吃了，你还想怎么样？为什么又来招惹我？"

云蓉无辜，说："美珍姐，我没有来招惹你，我就是想带着大家一起上晚会。"

高美珍说："我年轻时喜欢唱歌，想去南方没有去成，老了老了，自我安慰弄了个合唱团团长，你又来横插一杠，你怎么什么都要和我抢？"

云蓉说："我没有要和你抢，我带着排练就是个由头，我还不是希望大家一起上晚会，顺便和市里宣传部搞好关系，这样以后就能多参加点演出，大家还能拿点演出费，又陶冶了情操，又有钱赚，这不好吗？"

高美珍说："好，非常好，但我不稀罕！"

云蓉说："美珍姐，你不能这样……"

高美珍说："我怎么样了？我需要你的施舍吗？你心里有没有点数，你现在所有的名声，所拥有的尊重，你这一身不愁吃喝的打扮，还有你那当歌星的机会，到底是怎么来的？是抢的，是偷的，是靠不要脸得来的！"

高美珍浑身颤抖着，狠狠地盯着云蓉，却因对方戴着墨镜，只能在那黑漆漆的镜片里，看到自己那衰老的脸。她突然有些泄气了，争一些改变不了的东西，有什么用呢？她转身要离开，可刚走了几步，就听到云蓉在身后，声音不大不小地说道："如果时光可以倒流，我愿意把这一切都还给你。"

高美珍没有回头,"哼"了一声,说:"没有如果,过去了就是过去了。"

她继续迈步向前走去,三五步后就走出了阴影,头顶的阳光灿烂。

云蓉仍旧站在原地,那一大片阴影,如同她的人生一样,都是自己走进去的,从最灿烂的阳光中走进去的。

第八章

　　秋天的雨，一场接着一场，下着下着，一不留神溜进了冬天，人生也许也是这样的，也没多少个秋天，过着过着，就到了严冬，就到了白雪，就到了一片空无。

　　沈向真站在医院门前的屋檐下，呆呆地看着那丝丝落下的雨，脑子里飘过了些无用的感想，她晃了晃头，让眼睛聚焦起来，看了看手表，24路公交车还有五分钟才到，下雨天会更慢一点，她可以等一会儿再出去。

　　在这里工作一年多了，在不值班的情况下，都是乘坐这班公交车回家的。当然早晨来上班时也一样，她和公交车都准点，从来没有谁错过谁。她还记得头一天来上班时，冬日的清早起了大雾，她站在公交站点，等待那辆从雾中驶来的公交车，一声气刹停了下来，她和一群也不知是因天气冷，还是因为没睡醒而神情呆滞的人一同挤上车，汽车一个摇晃，就又驶进了雾中，她握着扶手站好，侧着头看向窗外，只有一片灰蒙蒙的混沌，让人胸口憋闷，和生活一样，找不到出口。

　　一转眼到如今，生活中的那个出口似乎仍旧没有出现，或是她也忘记了去寻找，日子就这么按部就班地过来了，也挺好的，一切都有了自己的节奏，焦虑和慌张都少了很多。她在去年冬天的傍晚出门散步，闻着供暖后整座城市的煤烟味，突然有了份久违的踏实感，她想，或许生活中并没有什么所谓出口，当她决定从北京回来那一刻起，当她从列车上下来，回到这座多煤烟和雾气的城市时，她就把那出口亲手关闭了。她心甘情愿走进这浓雾中，因为这浓雾让人安全，一切也都不必看得太清。

她揉了揉眼睛，再看了看时间，该出去了，可是脚刚探出一步，雨伞还没撑起来，一辆车就停在面前。这车子太老了，但却有种复古的质感，似乎是从过去朦胧间的岁月中开过来的。

她又揉了揉眼睛，看到车窗落下来，一个男人冲她露出灿烂又纯净的笑容，他说："愣着干什么呢？快上车啊！这儿不让停车，一会儿又该贴条了！"

她有些不耐烦地笑了。

高知冬开着车子，沈向真坐在副驾，黄昏的街道上，车有些多，雨也有些多，车子和雨水就一同挤到了红灯前。高知冬问沈向真："这两天怎么不接电话也不回信息？"其实高知冬不傻，本也能猜出个大概，但也总要为突然来接她这事谋个由头。

沈向真不回答，只是说过了红灯往右转，但高知冬偏偏直行，一路就开到了咖啡公社，车停下来，他才问沈向真："进去坐一坐？"

沈向真说："这个点喝咖啡的话，我一夜都睡不着。"

高知冬说："那就喝点果汁。"

两人坐到了靠窗的位置上，和上次高知冬与张合来时同一个位置，也没啥特别的原因，只是因为这个位置看到的风景好，可惜两次都是雨天，但那昏黄雨幕下的城市，也算是别有一番古早的风味，让人稍不留意就愣了神。

高知冬点了一杯滴漏咖啡，沈向真点了苹果汁，两杯饮品端上来时，沈向真已经看着窗外发了一会儿呆，服务员放杯子的声音稍微大了一点，沈向真才回过神来。高知冬问她："想什么呢？"

沈向真摇了摇头，说："没什么。"然后环顾了一下这间咖啡馆，说："这家店新开的吧？你经常来吗？"

高知冬说："我也是第二次来，上次也是下雨，本来也想约你的，但是没约成。"

沈向真说："哦，我记得，是你妈头受伤那次吧？"

高知冬点了点头，然后说："我今天是来向你道歉的，我那天不该叫霉霉来的。"

沈向真说："没事，不怪你，你也不知道我俩是同学。"

高知冬说："你走了之后我把霉霉说了一顿，我觉得她不该老提那些事……"

沈向真打断了高知冬，说："她没做错，她只是讲了些实话罢了。"

高知冬说："就算是实话也不能不分场合地讲啊，多尴尬啊！"

这话一说，沈向真的脸色有点变了，她说："你觉得尴尬吗？"

高知冬结巴了，说："还……还好吧。"

沈向真说："尴尬也正常，刚吹完牛就打脸了，遇到这事谁都尴尬。"

高知冬说："但是你没吹牛啊。"

沈向真说："虽然不是吹牛，但你现在回忆一下我之前和你说的那些话，什么不喜欢北京的生活，什么厌倦了名利和欲望之类的，是不是特别像在说谎，像在装腔，像一些北漂回到老家的人在'晒'优越感。"

高知冬似乎被她说中了，一时不知道该怎么回答。

沈向真说："我知道这不好，这是个毛病，但我一时还改不过来，想想也好笑，都回来一年多了，还总觉得自己不是本地人，觉得自己不属于这里。"她有些自嘲地喝了口果汁。

高知冬问:"现在这些话也算是装腔吗?"

沈向真一愣,笑了,说:"你说算就算。"

沈向真这一笑,让高知冬感觉两个人之间的距离拉近了一些,但话题却又中断了,他低头一边搅拌着咖啡,一边焦急地想着新的话题,于是那个老头的身影就又出现在了脑子里,他心里有了着落,不急了,缓缓地喝了口咖啡问道:"我在医院遇到两次的那个老大爷,是你爸爸吧?"

沈向真没想到他会问这个,点了点头说:"是的。"

高知冬说:"你看起来和他关系不是太好。"

沈向真有点想回避这个话题了,她又喝了口果汁,说:"我们不聊这个了吧。哎,你那个车是哪儿弄来的,看起来有些年头了。"

高知冬不想聊车,他觉得聊父亲这个话题显得更亲密,他想要更了解她。他说:"其实你爸爸他找过我。"

沈向真一愣:"他找你干什么?"

高知冬说:"他也没说什么具体的,就是说想让我劝劝你。"

沈向真脸色一变,说:"你最好少管闲事。"

高知冬虽不知沈向真与父亲生疏的具体缘由,但也按自己的想法推测出了一套合理的解释,便"圣母"上身,想要帮着化解,或者是弄清原因。用的方法稍显老套,是先剥开自己的伤口,以换取对方的坦白。于是,他把身子往椅背上一靠,说:"咱俩其实挺像的,我也特别恨我爸。"

这话多少引起了些沈向真的好奇,她问高知冬:"你为什么恨他?"

高知冬知道自己的策略成功了,但真要开口对她说这件事,突然又有些难开口,他不曾对几人交过心。

他喝了口咖啡说:"我其实没见过我爸,从小就是我妈一个人带着我，我妈也从来没有给我讲过我爸这个人，就算我问她也不说。按理说我不应该恨这个从未谋面，甚至说没有具体形象的人，但当小时候我被大同学欺负却无力还手时，当我妈打我没人出来阻拦时，当我在澡堂洗澡搓不到后背而看到别的父亲给孩子搓澡时，当一场聚会上别人亲切或埋怨地聊起父亲时，甚至当我遇到困难不知道该怎么办，不知道未来该往哪儿走时，我都会不由自主地想到他，也想去找到他，想问他为什么要抛下我们母子？为什么我不能得到别人都有的父爱？在我遇到难事时，为什么没人来拉我一把？在我迷惑时，为什么没人来给我指条路？我越这么想就越恨他，就更会想着，要是他没消失的话，我或许不会变成现在这个样子！"

高知冬一口气说完，悲愤都融进了表情里，他有些颤抖地掏出了根烟，咖啡馆不禁烟，服务员还送来了一个烟灰缸，里面满是咖啡渣滓。

沈向真看着他狠狠地抽了一大口，有种吐露心事后的快感。她换了个坐姿后问道："你抱怨完了？"高知冬没明白她在说什么。沈向真正色道："首先，我和你不一样，我不恨我爸，从我记事起他就在监狱里待着，他对我来说，和一个普通的犯人没什么两样，我就是单纯地不喜欢他，厌恶他。其次，我最瞧不起你这种爱抱怨爱自怨自艾的人，这世界上单亲或是父母双亡的人多着呢，比你过得不像样的也多着呢。每个人都有属于自己的命运，谁都别去怪，你要是有想要的生活那就靠自己的努力去追求，好的未来从来都是掌握在当下的自己手中的，关不着别人的事！"

沈向真说完就起身离开了，高知冬蒙了，这反应完全出乎他的预料，他起身追出去，说："你等等！"刚到门口，却被服务员拦住了，说："先生，还没结账呢。"高知冬掏出一百元扔给服务员就跑，却又被服务员拉住，她说："你别跑，还没找你钱。"高知冬气急败坏地说：

"不用找了，给你当小费。"服务员说："我们老板不让收小费。"高知冬怒吼一声："滚！"服务员吓到了，才松了手。但待高知冬顺着楼梯跑出咖啡馆，沈向真的身影已经不见了。

他气喘吁吁地站在原地，看着雨就要停了，最后一抹夕阳已经从乌云底下泻了出来，是种被压抑的万丈光芒。他踟蹰了一会儿，想着要不要给她打个电话，但也没想明白该表达什么，便只得放弃了。

他迈步走进最后的几滴雨里，当那车子又行驶在涤清的街道上时，夕阳那短暂的光芒收敛了，只剩下缥缈却沉重的压抑之感，在天边，也在高知冬心中盘旋着。

旧货店下雨天生意不好，按理说这生意不该受天气的影响，但偏偏雨雪的日子里，就是没什么人来，可能是这样的天气里，人心都柔软了些，不舍得把旧物卖掉。这个道理不知道准不准确，但旧货店的老板是这么想的，于是天还没完全黑下来，他便打烊了，蹲下身给卷帘门上锁，想着晚餐炒点小菜喝点小酒，一个人的日子，也有绷有松。可当他刚站起身转过来时，就看到高知冬的车子停在了面前，人一下车，不看脸色，光是听摔车门声，就知道他心情不好。

旧货店老板说："下班了，想卖什么留着明天再卖吧。"

高知冬说："我今天不卖东西，我来找你买点东西。"

旧货店老板刚要冒出一句类似"太阳打西边出来"的俗语，但看到高知冬的脸色，把话憋了回去，他笑了笑说："你先说说要买什么东西，我看我这儿有没有。"

高知冬只蹦出了一个字："钱。"

老板没弄明白，听着倒像是要打劫，手里的钥匙攥得紧了些。

高知冬接着说："我想要买在20世纪90年代能用的钱，我以前在你这儿好像看到过。"

旧货店老板哗啦一声，松开了手里的钥匙，钥匙环套在手指上，转身蹲下开门，说："20世纪90年代能用的钱，那就是第四套人民币呗。"

高知冬说："你拿给我看看我就知道了。"

进了屋子，老板把几套完整的第四套人民币放在了高知冬面前，说："你看看你想要哪套？不同版本价钱也不一样，最贵的是这套，值一千多块钱，当然，以后会越放越值钱。"

高知冬对贵的没兴趣，问："那最便宜的多少钱？"

老板指了指另外一套，说："这套最便宜，票面的金额加起来是一百六十八块八，现在卖也只能卖到二百多。"

高知冬说："二百多多少？"

老板说："我要价二百八，你能给多少？"

高知冬说："二百一。"

老板说："这价收都收不来，你给二百六吧。"

两人磨了一番，最后二百三十五成交了。

两人交换了人民币，高知冬掂量着手里的钱，还开玩笑说："二百三十五换了一百六十八块八，这钱真是越来越不值钱了，这就是明显的通货膨胀吧？"

老板没有接住这个笑话，只是问："你买这个干什么啊？收藏吗？要是收藏你可得保存好了，不能这么一卷就揣兜里。"

高知冬说："这你就别操心了，我当然是有自己的用处。"

老板说："你以前都是来我这儿卖东西，这还是第一次在我这儿买东西，我心里还挺替你高兴的，我刚才看你兜里还有不少钱，看来你最近混得挺好，你要不要把上次那条镀金手链赎回去？"

高知冬说："那手链还没卖出去呢？"

老板说："镀金的玩意儿，不好卖。"

高知冬想了想说:"那给我吧。"

老板说:"行,那我也不多管你要,就在原来的价钱上多加一百块钱保管费吧。"老板说完就觉得有点要多了,想改口说五十也行,但没想到高知冬却没有还价,直接把钱数了数递给了他。

老板愣了一下,盯着高知冬看了几秒,不知怎的,今天竟觉得这个从前只会混日子的小伙子,哪里有了变化。但这变化说也说不清楚,便转身从柜子里,拿出那条小金鱼手链,递给高知冬。

高知冬拿起手链,看了看,问:"你这儿有盒子之类的吗?"

老板说:"盒子没有,倒是有个装首饰的绒布袋。"说着拿给高知冬。

高知冬问:"这个要钱吗?"

老板摆了摆手,说:"送你的。"

高知冬道了声"谢谢",转身就走了。

老板本来还想像之前那样,冲着他的背影叮嘱几声人生哲理,可今天突然就觉得算了,没必要了。他熄灭了屋子的灯,再出门,天已经完全黑了下来。他继续蹲在地上锁卷帘门,一边锁一边继续想着,回家炒点小菜喝点小酒,再听点老歌,寂寞的夜就混过去了。

高知冬的车子停回小区里,他坐在车上,缓缓地闭上眼睛,电台里又在播放老歌了:"今夜微风轻送,把我的心吹动,多少尘封的往日情,重回到我心中……"

这歌今夜听着格外伤情,他虽没有那尘封的往日情,但微风把心吹动的感受倒是有了些了然,那并不是一种单一的情感,而是诸多复杂的情绪堆积到一块的拥堵,让人有些憋闷,他想要找个地方透口气。

于是回到过去那个年代,就成了最好的选择,那里能让他逃脱掉当下这个世界的现实与疲惫，他可以换一种身份和状态出现，可以一身轻松没有怨念，可以扮成自己想成为的样子。这么说来，那里似乎并不是过去，而是另一种理想中的未来。

但他也知道，那里不允许久留，那里就是一场旧梦，他要在这旧梦里，找到赵凌峰，幸运的话还能找到自己的亲生父亲，这些是改变现在的世界的钥匙。

1996年的夜，也下着雨，和现在的雨一样黏稠，高知冬找了一家小商店，用那里的公用电话给赵凌峰打了一个传呼，内容是让他回电话。不一会儿，赵凌峰把电话打了回来，询问他在哪儿，高知冬反问回去，赵凌峰说自己在水晶宫呢，让他过去。

高知冬付了电话费，直奔水晶宫，但今晚水晶宫的霓虹灯却没有闪烁，导致四周也少了些光亮，只剩下路灯黑漆漆地照着。他在门前也没有遇到服务员收入场费，有些纳闷，推门进去，看到里面灰暗暗的，没有客人，也没有在营业的样子，他想，莫非是要倒闭了？

这时前方的黑暗处，亮了一道光，是一扇门开了，有个声音传来："你可算来了！"高知冬听出是赵凌峰的声音，循着声音走过去，才看清他是从洗手间里出来的，满身的酒气。赵凌峰一把揽住高知冬的肩膀，说："大家都等你呢！"

高知冬纳闷，跟着赵凌峰往里走，推开一扇门，是员工餐厅，一群人围坐在最里面的圆桌旁，喝着酒。高知冬眼睛一扫过，认出了一半，高美珍、云蓉、水晶宫的老板周源，还有一个人很眼熟，仔细辨认了一下，竟然是年轻时的旧货店老板，剩下的三五个年轻人，他再也认不出了。

赵凌峰把高知冬介绍给大家，说："这就是我刚才和你们说的那个朋友，哎？你叫什么来着？"高知冬被问住了，一愣，觉得不能说真名，急忙编了一个，说自己叫"陈海"。这些人都喝得有些多了，一个个挂着笑容，也不客套，直接把他拉坐下来，水晶宫的老板递给他一个杯子，酒就倒满了，说："这朋友我之前见过，这次就算是认识了，来，我们欢迎新朋友！"

一群人共同碰了一杯，说了"欢迎"，然后又各自做了自我介绍，高美珍、云蓉等人不用介绍高知冬也知道，旧货店的老板高知冬以前只知道姓宋，现在也只知道大家叫他"宋哥"，另外的三男两女喝得说话大舌头了，高知冬没记住，但也都哥哥妹妹地叫着。高知冬纳闷水晶宫今天怎么没营业，周源就说倒闭了。

高知冬惊讶道："怎么这么突然？"

周源就说："哈哈，开玩笑的，是昨天防火检查没合格，停业了三天，让整改。"

高知冬就笑了，说："我就说不会这么突然嘛，我看之前生意还挺好的。"

周源说："生意也不好做了，我也在琢磨着些新路子呢。"

赵凌峰说："新路子你问陈海啊，他说自己是从未来穿过来的，你问问他未来啥赚钱？"

高知冬愣住了，面对一群人投来的好奇眼光，一时不知道该怎么处理这情况，他没喝多，不想在这么多人面前暴露自己，更不想惹麻烦。

"你们还真信啊！"赵凌峰笑着说，他给高知冬带来的麻烦，又自己解决掉了，"上回我俩喝酒，他非说自己是从未来来的，还说要带我穿到未来看一看，可是车门没关紧，一脚油门就给我甩地上了，我的屁股现在还肿着呢！"

赵凌峰说着撅起屁股，周源踹了他屁股一脚，众人嘻嘻笑笑一番，把高知冬是未来的人这件事，就当成了赵凌峰酒后的笑话。可赵凌峰还不依不饶，讲上次高知冬说自己未来欠了他钱，有五万块那么多，跑得人影都没了。"大家就又笑他，说："就你那点工资，欠了五万块当然就跑了啊！"

赵凌峰叹了口气，语调里突然有了些忧愁，他说："是啊，那么多钱，我不跑拿啥还？可是，我能跑哪儿去呢？"他看着高知冬，又扫了一圈众人，说："我从小到大，哪儿也没去过，我就是想跑，能跑哪儿去呢？"

他说完自己喝了口酒，似有无限的愁情在心中，那酒就近似于闷酒了。高知冬听完，也郁闷地喝了一口，听赵凌峰那话，从他这里，应该是找不到什么线索了，虽说是同一个人，生命与时间也是连续的，可过去与未来之间，又似乎在天涯的两端，望不到前方，也看不清来路。高知冬拍了拍赵凌峰的肩膀，看似宽慰，但心里想的都是掐死他，关于寻找未来的赵凌峰这件事，他不得不另做打算了。

众人因赵凌峰的一口闷酒，都陷入了无可名状的彷徨里，每个年代的青春都雷同，都会因一句话，一杯酒，一首歌而惆怅。

云蓉想要活跃活跃气氛，她又把刚才的话题捡回来了，她半开玩笑地问高知冬："你说你是从未来过来的？那你说说，我和赵凌峰后来在一起了吗？"这话一出口，气氛又被调节了起来，高美珍拍着手和周源一起发出"哦哦"的起哄声。

众人一起看着高知冬，倒也不是真心期待他能说出什么答案，但高知冬却因知道那未来的不遂人愿，不敢轻易开口了，他摆出一副不可思议的表情，说："你们还真相信赵凌峰的话啊？我那是逗他玩的！"他把话说得好大声，心虚全都藏在了里面。

赵凌峰一听这话也笑了，说："我就说我未来不会混得那么惨嘛！我今天就把话撂这儿，我赵凌峰，以后肯定是个大富豪，到时你们都要去我的庄园做客，我给你们每个人都留个房间！"

云蓉说："好啊好啊，你要是大富豪，那我应该就是一个国际巨星，开世界巡回演唱会的那种。"

周源说："那我未来，应该会移民国外，在东南亚的某个小岛上，和自己喜欢的人，遛着狗，晒着日光浴。"他用胳膊碰了碰宋哥，说："你呢？"

宋哥认真地想了想，说："我现在是在钢厂里开小火车的，那我未来应该能开大火车吧，把全国都跑个遍。"

另外的一男一女大着舌头说："我俩是摆地摊卖服装的，未来当然是希望开个大商场了！"

云蓉拍了拍高美珍，说："美珍姐，你呢？你觉得自己未来会是什么样的？"

高美珍淡淡地笑了笑，微醺的她双颊有些红晕，透出了些娇俏的可爱。高知冬盯着她，看她似少女般一只手托着脸颊，思索着，说："未来啊，我没你们想得那么细，但只要一想到，就觉得它肯定是宽广的、闪亮的，那时的世界也是清新又干净的，我们虽然年纪都大了，但还是健康从容地活着，然后在很明媚的日子里，我还在唱着歌。"

她的这番话，让大家都陷入到了对于未来的遐想中，那里不再是空泛的、缥缈的，而是都有了一个个具象的画面，上演着万种的人生。

高知冬看着高美珍，这张脸慢慢地成熟、衰老，成为自己未来的母亲。不知道她后来所处的未来，是否和此时幻想的一样？还是说她早就在漫长岁月里，失望了。

突然，悠扬的口琴声响起，赵凌峰不知何时吹起了口琴，听起来是首很忧伤的老歌，云蓉把头靠在赵凌峰的肩膀上，眯着眼睛，似梦似醒。高美珍听着这琴声，晃着身子，小声地跟着哼唱着："午夜的收音机，轻轻传来一首歌，那是你我都已熟悉的旋律，在你遗忘的时候，我依然还记得，明天你是否依然爱我……"

这首老歌高知冬听过，只是用口琴演奏后，多出了些浓重的情绪，或许是这夜微醺，也或许是他知道故事后来的走向，这关于未来的歌此时就成了谶语，在他心里软绵绵地捶了一下，他就想出去抽根烟透透气。

高知冬在门前抽了两根烟，折身回来，看到洗手间的门开着，一束柔光中站着两个人，周源似乎喝醉了，腿脚站不稳，他的头抵在宋哥胸前，摇摇晃晃在说些什么，宋哥轻轻地拍了拍他的背，又轻轻地拍了拍。

高知冬停下脚步，让自己尽量隐藏在这黑暗中，赵凌峰的口琴还在吹着，那琴声婉转，把一切孤独都标记上了柔情。高知冬突然就想起那歌后面有几句歌词是这样的："我早已经了解，追逐爱情的规则，虽然不能爱你，却又不知该如何，相信总会有一天，你一定会离去，但明天你是否依然爱我……"

明天，在哪里呢？

明天在少年的眼睛里，在 11 月的日光里，在下一个滑冰场里。

少年的高知冬，穿着新羽绒服，背着训练包，骑着自行车，穿梭在一棵又一棵高大的树木间，迎面吹来的风，虽有些凉飕飕的，却正能吹一吹他内心的灼热。

他刚在市里的短道速滑五百米比赛中，打败了他的宿敌——一个人送外号"小胳膊肘"，爱使阴招怼人的男生——获得了冠军。而比冠军更让他兴奋的是，在颁奖仪式上，是省队的教练给他颁发的奖牌，颁完还用力拍了拍他的肩膀，表示赞赏，并说会在寒假安排他去省里集训一段时间。

一条宽阔的道路就此在高知冬眼前展开，市队，省队，国家队，亚运会，奥运会。每一个学习滑冰的孩子，都在盯着这一条路，天分、努力、时间、精力，融会在一起，然后如上高速之前的车辆般，小心翼翼地在匝道上并行着，等待着一个机遇，一个开口，就冲了上去。虽然在那条高速路上，会有更多的艰难困苦伤病，也或许最终不会有最理想的结果，草草收兵，但这条路是标准，是节点，是要么上去，要么结束的简单选择，是之前无数个黑夜的总和。

现在，高知冬终于摸爬滚打到了黑夜的边缘，启明星闪烁了第一次光芒，他要抓住，天要破晓。

一个红灯挡住了他的去路，他双脚撑地，等待着红灯，平复着呼吸，也想着一会儿高美珍听到这个消息，该是如何开心，会不会直接收了摊，带他去吃比萨庆祝一下。

他稍微多想了一下，比萨该选择什么口味的，就在这个思维的罅隙里，他听到一声轰鸣，接着感觉身子被什么东西往左边用力一拽，连人带车倒在了地上，才看清一辆摩托车从身边驶过，车上坐着两个人，自己的训练装备，已经落在后座那人手里了。高知冬知道遇到了飞车党，爬起来就追，可是刚跑了两步，就觉得左脚针扎似的疼，低头看才发现，白色的鞋面上，有半个车胎印，那摩托车原来是从左脚上碾轧了过去。

高知冬不追了，瘸着只脚，又跨上了自行车，心里想着训练包里的东西价值小几千，一会儿怎么也得报个案，不知道能不能找得回来，也不知道高美珍知道了，会不会怪自己不细心，这小几千，她还得攒两个月。

他到了菜市场，脚已经肿了起来，单腿蹦着去找高美珍，高美珍一看，脸色变了，拉着他就去了医院。医生拍了个片子，问题不算大，骨折了，养几个月就能好。

高美珍又把警察拉到了病房里，给高知冬录口供，警察问高知冬："记不记得摩托车牌号？"

高知冬说："没车牌号。"

警察问："那长相记得吗？"

高知冬说："也不记得，只隐约看到后座那人穿着黑夹克，夹克短，露出一截后腰，腰上有个蝴蝶文身。"

警察录完口供就走了，一走就再也没了消息，那些年社会不稳定，罪犯太多，许多还是因生活一时困境出手，作案一次后也就收了手，要抓住太难。高美珍和高知冬也都没抱太大希望。

一个月后，高知冬的骨头长好了，看起来没什么大问题，可在训练场上滑了几圈，就觉得不对劲了，左脚怎么都软绵绵的使不上劲。省里的教练也来看他了，带着队医给他检查了一下左脚，队医看了看后，起身来到教练身边，两人背对着高知冬聊了几句，高知冬虽然没听到具体内容，但当教练回头看他时，他从那目光里读出了惋惜的成分，高知冬眼前一黑，知道自己的明天没了。

十多年后的高知冬从梦中醒来，他透过车窗，看着新一轮的太阳又升起了，心中的那个少年却远去了，那满是愤懑与不甘的背影，他许久没有想起了，就连这一整件事情，他也很久没有去梳理过了。不知为何，在这个酒醉的夜里，它们又猛地钻了出来。

可能是1996年那帮老家伙非要聊什么未来，勾起了他的思绪，这本该尘封的往事就又刺痛了他一下。他闭上眼睛，让那些复杂的心潮缓慢地平复，再平复，一切就可以当作都没发生过，他可以埋怨，但不想悲伤，他要嬉皮笑脸地面对这个世界，只要他不较真，就可以不是真的。

他推开车门，下了车，伸了伸懒腰，露出手臂上的蝴蝶贴纸，又褪色了，过两天该再贴个新的了。

他溜达到早餐摊买豆浆油条，今天在车里睡得久，早餐快卖光了，豆浆只剩下半杯，那老板说："豆浆就不收你钱了。"

高知冬说着"谢谢"，付了其他的钱，拿着油条要走，身后就传来了孔新旺的声音："你别走！"高知冬回头看到他，有种恍如隔世之感，想起在1996年，还欠他几张照片和小一百块钱，突然有点心虚。

孔新旺看到高知冬时，也愣了一下，不知是不是也有了恍惚之感。高知冬问他："干什么？"

他这才像刚想起来似的说："该交停车费了，前几天就想和你说，总抓不到你。"

高知冬问："那车位的户主还没回来啊？"他猜测那户主或许根本不存在，那只是孔新旺收停车费的借口。

孔新旺果然又愣了一下，然后说："怎么着？你还希望他们早点回来？"

高知冬故意逗他，说："你希望吗？"

孔新旺一下子没反应过来，高知冬就笑了笑，从兜里掏出了几十块钱，塞给了孔新旺。

高知冬回到家里，吃光了油条，一手的油。在洗手的时候，手机响了，一看，是超哥打来的，他心里一沉，犹豫了几秒，还是甩着手接通了。超哥的电话内容简洁明了，最近资金周转困难，把赵凌峰的那笔钱全收回来，时限是一星期。

高知冬嘴里答应着"好的好的"，心里却一点底都没有，想起上次在KTV里那一瓶子，虽然是自己打自己，但还是挺疼的，心有余悸。他挂了电话，又洗了把脸，看着镜子中湿漉漉的面容，思忖了几秒，从兜里摸出了那条小金鱼手链，在手里转了转。

形势所迫，虽不情愿，但也劝自己，暂且不把她当妈，先当个线索吧。

菜市场附近新开了一家体检机构，老板以前也是在菜市场卖菜的，后来去韩国和日本打工，赚了些钱，加盟了这个机构。一开始没什么生意，便想着拉菜市场里的人去做，也不收费，就为了能帮着传传口碑，打打广告。

高美珍这天也被拉去做了体检，体检之后机构里的小姑娘给她推销了一堆保健品，高美珍心眼多，只买了一点点，心里也是想着不能白占人便宜，毕竟那体检项目看起来还挺正规的，血也是一管一管地抽。

她提着一点保健品，又买了两个包子回到菜市场，为了体检没吃早饭，现在肚子知道饿了。她吃过两个包子，又抽了根烟，市场里开始上人了，她坐进摊位里，一边收拾一边开始营业。

高知冬来到市场，他几年没来过了，但因小时候总在这边玩，市场的老人都认识他，一进来辨认了一下就热情地和他打招呼。

"冬子来啦，好长时间没见过你啦！"

"是小高吗？都长这么高啦。"

"呀！冬冬啊，还认识你松芝姨吗？你还记得不，你小时候总爱趴在我摊前写作业？"

高知冬堆着笑脸，对不管认识还是不认识的人都点头答应着，穿过一路的家常，来到了高美珍的摊位前，看到高美珍正在把一箱酱料往货架上搬，她站在凳子上，双手托着箱子，有些吃力，摇摇晃晃。高知冬赶紧冲过去，扶住了高美珍的身子。高美珍把箱子放了上去，回头一看是高知冬，脸色就变了，她从凳子上下来，不理会他，又去搬另一个箱子。

"我来！我来！"高知冬抢在她之前，把箱子搬起来放到了货架上。

高美珍又去拿另一个，高知冬又抢先一步，高美珍急了："这个不放这边!"

"那放哪边?"高知冬把箱子又拿了下来。

"放哪边不用你管!"高美珍气呼呼地坐在了椅子上,高知冬把手中的箱子随便放在了地上,从兜里掏出了一瓶可乐,递给高美珍,高美珍看了一眼,一手推开,"我不喝那带气的玩意儿!"

"那你喝啥,我给你买去。"高知冬讨好地看着高美珍。

高美珍白了他一眼,接过了可乐说:"你又遇到什么事了?"

高知冬说:"我没事还不能来看看你啊?"高美珍喝了一口可乐,说:"那我可告诉你,要钱肯定没有。"

高知冬说:"你一个老太太别张口闭口钱钱钱的,把我当成什么人了?我告诉你,我今天真不是来要钱的,我是来给你送钱的!"他说着掏出了那条小金鱼手链,在高美珍眼前晃了晃,高美珍像是被催眠似的,愣住了几秒,突然伸出一只手抓了上来,高知冬眼疾手快,一抬手腕,手链攥在了手心,说:"想要吗?回答我一个问题,就还给你。"

高美珍脸色阴沉,目光已经在四处搜寻能抄起手的家伙了,看了一圈,没趁摸着,心里的气也往下忍了忍,说:"你问吧。"

高知冬一看有戏,就说:"这手链是一个叫赵凌峰的人的吧?"

高美珍听了一愣,说:"你怎么知道?"

这一反问,就算是肯定了。但高知冬也不需要这肯定,他早就知道了,可他也不能说,只说:"你别管我怎么知道的,我要问的是,你和他还有联系吗?"

高美珍认真地想了想,说:"二十多年没联系了。"

高知冬不惊讶,这和他之前推测的差不多,但还要探听,便说:"那你怎么还留着他的手链?"

"这是我自己的事,用不着你管,告诉你没联系就是没联系。"高美珍说到这儿，寻思过味来，问："你找他干什么？"

高知冬说："这也是我自己的事，不用你管。"

高美珍说："可以，那手链给我吧。"

高知冬说："给你什么给你，什么都没问出来呢！"

高美珍说："那你还想问什么？"

高知冬说："你虽然和他二十多年没联系了，那你有没有什么朋友能联系上他的？"

高美珍心里第一个闪过的人就是云蓉，但她当即又否定了，他们是不会再联络的。她心里又闪过几个人，也都随即摇了摇头，那些年轻时的朋友，有的半路离开再也没回来，有的三年五载，兜兜转转又露面，有的得幸陪着一起走到了老年，有时聚会，无论清醒或酒醉时，谁都没有再提起过赵凌峰。在人们的心里，他可能去了远方，可能发了大财，也可能死了，可这些又都不能确定。唯一确定的是，他没有再和任何人联系过。

高美珍冲高知冬认真地摇了摇头，高知冬不敢相信，说："那么一个大活人，你们干啥就不联系了？你们是不是朋友啊？还有没有一点人情味了？"

高美珍说："那个年代的人，走了就走了，他不回来，不主动联系我们，我们上哪儿找他去？"

高知冬还想说什么，可也无话可说了，用手用力搓着脸颊，心里窝了一团火。

高美珍趁他不注意，一把把手链抢了回来，高知冬要再抢回去，高美珍背着手不给。高知冬说："你玩赖！"

高美珍说："我玩什么赖了？我该回答的都回答了。"

高知冬说："你一问三不知还叫回答？"

高美珍说："谁叫你问的都是我不知道的事？"说完这话，突然意识到，他们这已经是在拌嘴了，她看着高知冬两只红红的耳朵，眼前猛地跃起他小时候的样子，只要一气急了，耳朵就是这样子，她看着看着，就出了神，脸上浮起了久违的慈爱，嘴角不经意地扬起了。

高知冬看着高美珍的样子，也愣住了，觉得这老太太有问题，怎么突然就有笑模样了。他把手在高美珍眼前晃了晃，说："喂，你怎么了？笑什么啊？怪吓人的。"

高美珍回过神来，仍旧看着高知冬，心里升起久违的温情，她认真地问："你告诉我，你找赵凌峰到底干什么？你和他认识吗？你怎么知道手链是他的？"

高知冬被问蒙了，这问题从头到脚都不好回答，说和赵凌峰是放高利贷认识的，那就是在找揍，高美珍下一刻大棒子就该挥过来了，甚至都敢报警给他送进监狱。说自己是穿越看到手链的，那高美珍大嘴巴也得呼上来，还得拉着自己去精神病院。还好他来之前有准备，虽不是什么好招，但可能会有用，他说："你别问了，现在不方便告诉你，但以后肯定会和你说的。"高知冬用完这招拖延战术，转身就走，生怕高美珍不吃这套。

果然，高美珍一把拉住了他的胳膊。高知冬眼一闭，完了，还得想新招，或者干脆挣脱跑掉。但却听她在身后说："你别费功夫找赵凌峰了。"高知冬愣住了，转过身直勾勾地看着高美珍，唯恐下一句就是"赵凌峰已经死了"。

高知冬结结巴巴地问："为……为什么？"

高美珍顿了顿说："他不是你爸。"

高知冬明白了，原来在高美珍心里，他做这些是为了找父亲。高美珍并没有全猜错，但也没有全猜对，她这个儿子，最近经历的事情，可比她想象中要复杂多了。

高知冬冲高美珍笑了笑，打蛇随棍上，说："好的，我知道赵凌峰

155

不是我爸了,那你告诉我,我爸到底是谁?"

高美珍没想到问题又绕到自己身上,她似乎被噎了一下,之后重复了一遍高知冬的话:"你别问了,现在不方便告诉你,但以后肯定会和你说的。"然后松开高知冬的胳膊,说:"滚吧,别耽误我做生意了。"

高知冬莫名其妙地走出菜市场,走到门口,看到一堵白墙,上面全都是黑道道。想起小时候有段时间,自己沉迷于武侠电视剧,总爱拿个小木棍瞎比画,也在这堵墙上留下过很多道道,有的道道叫独孤九剑,有的叫天外飞仙,但他始终觉得最厉害的招数是,以其人之道还治其人之身。

高美珍这一招,结结实实打得他哑口无言。

第九章

秋高气爽天转凉，季节的转变最容易让人生病，旧货店老板今天就有点小感冒，嗓子发炎，用手揪了揪，就揪紫了。他又喝了包感冒灵，出了点汗，稍微舒服了一点，就看到一辆破车停在了门前，高知冬拎着东西从车上走了下来。

高知冬推门进来，老板问他："今天来卖什么啊？"

高知冬嬉皮笑脸，说："卖早餐。"说着把手里的东西放在了柜台前。

老板一看，是豆浆、包子、油条和茶叶蛋。他有点惊讶，说："给我的？"

高知冬左右看了看，说："这屋里还有别人吗？"

老板困惑了，说："你是有啥事要求我帮忙吗？"想了想又说："借钱肯定是不行的，就没有这先例，你这叫空手套白狼……"

高知冬说："停停停，你可别瞎猜了，我这还啥都没说呢，你就开始给我扣帽子了，给你带早餐你就吃，哪来那么多话。"

老板看了看早餐，说："我还真没吃早饭。"打开了又停住，说："你真不管我借钱？"

高知冬说："真不借。"

老板这才安心，拿了个包子咬了一口。说："你瞅我这嗓子，发炎了，咽口唾沫都疼。"

高知冬说："你咋啦，上这么大火？"

老板说："不是上火，估计是流感，你离我远一点，别传染了。"高知冬就真的往外挪了挪椅子。老板又喝了口豆浆，说："我还是纳闷，你为啥突然给我带早餐了，咱俩没这交情啊。"

高知冬说："那是以前，现在有了，宋大爷。"

老板疑惑，说："你咋知道我姓宋？"

高知冬说："我妈告诉我的啊。"

老板说："你妈是谁？"

高知冬说："我妈姓高，就是在菜市场卖调料那个。"

老板想起来了，把包子一放，说："你妈是高美珍？"

高知冬说："对，现在想起来了？"

"想起来了，想起来了。"老板随即叹了口气说，"我和你妈都好些年没见过面了，她现在还挺好的吧？"

高知冬说："好着呢，身体挺好，力气挺大，脾气不小。"

老板呵呵一笑，说："那就和年轻时一个样，哎，你说这城市也不大，两个人咋就能十来年都没见过面呢？"

他说完，目光停留在高知冬身上，头一次认真打量了一番，说："真巧啊，咱俩竟能认识。"然后想了想说："我记得十来年前吧，我遇见过你妈一次，大冬天的，她在江边站着，我问她：'大妹子，这大冷天的，你在这儿站着干啥呢？不会是想不开要跳江吧？'你妈斜楞了我一眼说：'我陪我儿子练滑冰呢。'我说：'你儿子在哪儿呢？'你妈就指了指江面，我顺着手指头看过去，一群小孩跟着个教练，在江中间滑呢，一整排齐齐的。那里面就有你吧？"

高知冬点了点头，说："是的，我练过几年滑冰。"

老板问："那你后来咋不练了？"

高知冬嘿嘿一笑,说:"练不好就不练了呗。"

老板点了点头,说:"那你和你妈现在日子过得挺苦吧?要不然你咋总来卖东西?"

高知冬不想聊这个话题,就说:"宋大爷,我和我妈日子过得还行,爱卖东西那都是我个人行为。"

老板说:"我猜也是这样的,你妈那人年轻时就活得劲儿劲儿的,日子不会差的。"

高知冬心想,"你瞧不起谁呢",但也不想继续和他闲扯了,就直奔重点,说:"宋大爷,我今天来是想和您打听个人,赵凌峰您认识吗?"

老板仰着头想了想,说:"认识,年轻时我俩都在钢厂上班,他干电焊的,我是开小火车的,我们还在水晶宫喝过几次酒。"

高知冬问:"那最近这几年,你们有过联系吗?"

老板又想了想,然后摇了摇头,说:"没有过,我是2000年下的岗,在那之前几年,他就自己办了下岗去了南方,一走就再也没了消息。"

高知冬心想,完了,又一条死胡同。可老板又缓缓开口说:"不过后来,我好像听人提起过他,也忘了是谁了,说他从南方回来了,找了个挺泼的女的结婚了,那个女人家是在铁西开寿材店的,好像姓一个挺稀罕的姓,姓什么答禄。"

高知冬嘀咕着"答禄",眼睛亮了,这么特别的名字,应该不难找。他起身告辞。

老板问他:"找赵凌峰干什么啊?"

高知冬说:"是帮别人找。"

老板问:"帮谁?"

高知冬说:"云蓉阿姨。"

老板惊讶地说:"云蓉回来了?"

高知冬说:"是的,回来好一阵了,你们要是想聚聚,我就帮着传个话。"

老板说:"好的好的。"然后看着高知冬出门,开着那辆破旧的车子消失了。他的目光落在那空了的门前,心思却走了神。回来了,又一个老朋友回来了,年纪大了,也都该回来了吧。

从二十二楼的窗前望出去,整个城市的秋天清丽地在眼前铺陈开来,可在一个老人的眼里,这画卷过于清澈了,与记忆中那份混沌画不上等号,她只能在边边角角里,找到一些过去的动容,山水之色,最经得起光阴的侵蚀。

云蓉忧愁地收回目光,搅动着杯中的速溶咖啡,喝了一口,就觉得太甜了,她多年来都喜欢喝无糖的咖啡,确切地说是去了南方的多年之后,日子终于变甜了,人却喜欢起苦滋味了。

在她纠结着要不要继续把这杯甜腻的咖啡喝完时,敲门声响了,她以为是打扫房间的,便没管,没人开门,保洁就会自己用门卡开门了。可门外这个保洁好像死心眼,敲了几下不开门就继续敲,从那敲门声,还听出了些不耐烦。云蓉就皱着眉头来到了门前,门一拉开,却见是高美珍站在门前。

云蓉一愣,说:"美珍姐,你怎么找来的?"

高美珍说:"孙芸芸告诉我你住在这儿。"

云蓉急忙把门开大,让高美珍进来。高美珍犹豫了一下,走了进去。打量了一下房间,挺敞亮挺豪华的,就是没啥人情味。

云蓉说:"美珍姐你坐,我给你弄点喝的,你喝茶还是喝咖啡?"

高美珍没坐,说:"你别折腾了,我给你送个东西,马上就走。"她从包里把那条小金鱼手链拿了出来,递到云蓉面前。

云蓉不可思议地看着那手链，一时间竟不敢伸手去拿，如阔别多年的老友般，要几番打量才能确认。她终于颤抖着伸出手，越接近越觉得灼热，那炙烤她的除了岁月，还有年少的爱恋，这些东西都抛下了她，或是被她抛下。

终于，她还是把手链攥在了手中，眼眶也随之湿润了。

"行了，别演戏了，要哭等我走了再哭。"高美珍看不下去，可话虽这么说，眼眶却也有点不由自主地想红，人老了，就是看不得别人哭。

云蓉控制了下情绪，再看向高美珍，说："美珍姐，这条手链怎么会在你这儿？"

高美珍说："这条手链是赵凌峰寄存在我这儿的，说是以后如果能见到你，就交给你。"

"他什么时候给你的？"云蓉问道。

高美珍想了想说："这手链在我这儿都放了二十来年了。"

云蓉脸上有了愁容："我听说当年我去南方后，隔年他也下岗了，然后就去外地了。"

高美珍说："是，我还以为他要去找你呢，可是他临走时却把手链交给了我，还让我有机会转交给你，我就知道，他没有去找你的打算。"

"那他给你手链时，还说什么了吗？"云蓉的眼里有着模糊的期待。

"你指望他能说什么？当年你就那么拍拍屁股走人了，你的心也是真够狠的！"高美珍直勾勾地看着云蓉，看了两眼当年的愤怒就又回来了，她一扭头，不看云蓉了。

"我知道，我对不起赵凌峰，我也对不起你……"云蓉紧紧攥着手链，低着头喃喃地说道，"当时日子不好过，我也太年轻了……"

"后悔了？太晚了，土都埋半截了！"高美珍努力压下怒火，"算了，该说的我也都说了，手链也给你了，我走了，我看到你就来气。"说完向门前走去。

云蓉拉住了高美珍的胳膊，说："美珍姐，你等一下，我还有件事要问你。"

高美珍问："啥事？"

云蓉说："就是赵凌峰这两年和你联系过吗？"

高美珍摇了摇头："当年走了之后就再也没联系过。"

云蓉犹豫了一下说道："可是，你儿子说前段时间还见过他，他还在你儿子那里弄了贷款……"

高美珍一愣："贷款？什么贷款？"

云蓉也疑惑了："你儿子不是在银行上班吗？那当然就是银行的贷款啊。"

高美珍的脸色越来越凝重了，高知冬当然不在银行上班，那不是银行的贷款，在她心里就都是高利贷。原来高知冬在做这个，果然是走了下道。她的心狠狠地抽了一下，下意识地握紧拳头。

云蓉看高美珍不对劲，说："美珍姐，你怎么了？"

高美珍不回答，打开门快步走了出去。门砰的一声关了，吓了云蓉一跳。

高知冬行动迅速，开着小车直奔铁西，铁西再往西就是火葬场，所以街道上就遍布着丧葬品店。高知冬瞄准几家老店，进去打听了一番，还真打听到了。

有个阿姨很热情，坐在一堆骨灰盒中间叠金元宝，抬头看了看高知冬，说："老答家啊，我知道，我和他家闺女从小一起长大的，后来她嫁给个姓赵的男的，那男的以前是在钢厂干电焊的，婚礼我还去参加了呢，那男的一看就不行，瘦得干巴的，没福，那手指头又细又长，搂不住钱。可我当时啥也没说，人家都结婚了，说这话不是遭人碴硬吗？你看现在怎么着了，这么多年了，还租房子住呢，听说前段时间孩子都死了，那么大个小伙子，白瞎了……"

高知冬寻思，这阿姨嘴怎么这么碎啊，人家都这么惨了，还讲人闲话。就说："阿姨，那您能带我去见见她家老爷子吗？"

阿姨说："那咋不行呢，我现在就带你过去。"她说着站起身，扑喽了扑喽身上的纸屑，说："走吧小伙子，老爷子住得离这儿不远。"

高知冬一路跟随着阿姨，从大道往小巷子里钻，阿姨一路嘴也不闲着，说："这答禄老爷子，以前是木匠，专门做寿材的，那手艺杠杠的，十里八乡的都来找他，他那时可牛了，来买寿材都得预订，请他和请祖宗似的，三请四让的，又送礼又包红包的，就差磕头……你猜后来咋样了？国家不让土葬了，人死了往炼人炉一推，一把灰装小匣了，寿材做得再好有啥用，没人找他了。要我说吧，人到啥时候都不能太猖狂，别人都说他这是遭报应了。我告诉你小伙子，咱俩这话哪儿说哪儿了，你可别往外说啊，姨是看你人挺老实的，给你讲讲，不然我说这些人家的事干啥啊，我这人嘴最严了，从来不传那些闲话。"

高知冬点了点头，说："姨，您放心。"

阿姨说："那你告诉姨，你找老爷子干啥？他闺女是不是欠你钱了？"高知冬又点了点头。阿姨手一拍，说："看吧，就算你不说我都心明镜的，我听说他两口子欠一屁股饥荒跑了。"

两人说着到了一栋老旧的居民楼下，阿姨带着高知冬往上爬，一路走得呼哧带喘的，到了顶楼，阿姨敲了敲左边那户人家的门，片刻后，门开了，一个中年女人伸出了头，看起来老实巴交的，问："你们找谁？"

阿姨说:"答禄老爷子在家吗?"她侧身指了指高知冬,说:"这个小伙子找老爷子有事。"

高知冬冲老实女人点了点头,说来向老爷子打听个人。阿姨插嘴说:"就是打听他女婿赵凌峰。"老实女人就开了门,有点为难地把两人让进了屋子。高知冬扫视屋子,四五十平方米,屋子摆设简陋但也还算干净,因为是顶楼,屋顶是斜坡的,该高的地方不高,不该低的地方贼低,高知冬猫腰跟着老实女人进了卧室,一张铁床上坐着个老头子,看起来八十多岁,整个人也要佝偻成圈了。

老实女人说:"大舅,有人来看你了。"

老头子听了晃了晃身子,口齿不清地嘀咕着:"daluwa,babadedaluwa。"

高知冬听不懂,说:"他说什么呢?"

老头子又嘀咕:"daluwa,babadedaluwa。"

阿姨听明白了,说:"这老爷子是开心啦?怎么还唱起歌了呢。你们听是不是,就是有首歌唱什么娜鲁湾娜鲁湾的。"

老实女人说:"你们误会他了,他没在唱歌,他是在说'答禄娃,爸爸的答禄娃'。"

阿姨又一拍大腿,说:"对呀,可不是吗,他闺女就叫答禄娃,你瞧我这记性,都给忘了,老爷子这是想闺女了吧。"

高知冬看着老头子还在嘀咕,满心的疑惑,他问老实女人:"老爷子看起来脑子不太正常,这是得了什么病吗?"

老实女人说:"没得啥病,就是岁数大了,老糊涂了。"

阿姨问:"那还记事认人吗?"

老实女人说:"一阵一阵的,每隔几天吧能好那么一会儿。"

阿姨说:"人啊,真是不能不服老,我去年在街上看见老爷子,还哇哇地和人唠嗑呢。"然后看向高知冬,说:"那你这看来是问不出啥来了。"

老实女人说:"小伙子,你来问啥事啊?"

高知冬刚要开口,阿姨又插话了,说:"他就是来找答禄娃的,答禄娃两口子欠他钱,人跑没影了。"

老实女人说:"哦,这样啊,可你看老爷子都这样了,你冲他要也要不出什么东西来啊。"

高知冬说:"我没打算管老爷子要,我就是想打听打听,他女儿和女婿离开后,有没有联系过他,留没留下电话号码啥的。"

老实女人想了想说:"打是打过来一回,但是用公用电话打的,电话是我接的,说他们在安徽亳州呢,但说准备要走,可也没说要去哪儿。"

高知冬一听,又是条死胡同,但这死胡同还算没全封死,还留了点缝隙,那会是光照进来的地方吗?他便说:"那下回他们要是再打来电话,能不能麻烦您转告一下赵凌峰,让他给我回个电话,您说我叫高知冬,他就知道了。"

老实女人点点头,说:"行,我记住了。"

高知冬就准备告辞,可那个阿姨却还不想走,拉住老实女人问:"我听你管老爷子叫大舅,你是他外甥女啊?"

老实女人说:"也不是亲的,拐好几个弯的亲戚。"

阿姨说:"那你这成天伺候他,给钱吗?"

老实女人说:"不给钱,小时候我家穷,我大舅帮衬过我家几回,现在他落了难,咱也不能没良心啊。"

阿姨说:"你这人心真善,从你面相就能看出来,那你整天在这儿伺候他,自己家不要啦?"

老实女人说:"我家就在前面那条街开了个旅馆,也没啥事,挺闲的,就一天过来给弄个三顿饭,打扫打扫卫生,我大舅他虽然脑子糊

165

涂,但个人生活还是能自理的,洗澡上厕所啥的,都不用人管。"

阿姨说:"你家旅馆叫啥名啊?"

老实女人说:"叫惠鑫。"

阿姨说:"哦,那家啊,我知道,从门口一过就能看出来比别人家都干净……"

高知冬听她这架势聊个没完,就说:"阿姨,要不您在这儿再唠一会儿,我先走了。"

"不唠了不唠了,也没啥唠的,就是闲说话。"阿姨冲老实女人说:"那姐们儿我先走啦,我是在前面开丧葬品店的,我这人也是热心,帮小伙子领个门,咱们以后多走动啊。"

高知冬和阿姨一路下了七楼,阿姨看高知冬只顾闷头走路,就说:"小伙子,你也别闹心,这要账从来都不是轻松事。但有句老话讲得好,'跑得了和尚跑不了庙',这他闺女跑了,老爷子不还在呢吗!这老爷子脑子糊涂了,那房子不还在呢吗!他们当时管你借钱时,有欠条吗?要是有好办,这房子落不到别人手里。"

两人走回了阿姨的店门口,高知冬说:"阿姨,今天谢谢您,我还有事就先走了。"

阿姨说:"谢啥谢,也没帮啥大忙,小伙子你快去忙吧,以后家里上坟烧纸啥的,记得来阿姨这儿买就行了,阿姨给你优惠。"

高知冬点了点头,快步离去,偷瞄身后的阿姨进了店里,才松了口气,比起没找到赵凌峰,这阿姨才更让人窒息。

他坐回车里,点了根烟,正寻思着下一步该怎么办时,电话响了,是张合打来的,说:"你在哪儿呢?超哥叫你过来一趟。"

高知冬夹着烟的手哆嗦了一下,每次超哥不亲自打电话给自己,而是让张合联系都不会有好事。他深呼吸了一口气,强装镇定地问:"说啥事了吗?"

张合说:"没说,就叫你快过来,还是在台北。"

高知冬问:"哪个房间啊?"

张合说:"旁边的废弃库房。"

高美珍站在高知冬租的房门前,嘭嘭嘭敲了好一阵门,里面都没动静。她站在门前打电话,一连打了几个都没人接,便翻找着手机通信录,看有没有间接认识的人。这一翻,就翻到了张合,这小伙子她就见过一回,是来家里帮着高知冬搬东西时见的,她背着高知冬偷偷留了他的联系方式,也是怕和儿子这单线的联系万一断了都没个备用的。

她拨通了张合的电话,没一会儿就接了,张合那边传来鬼鬼祟祟的声音,说:"喂,阿姨,您好。"

高美珍说:"小张啊,还记得阿姨呢。"

张合说:"给您号码存手机里了,忘不了。"

高美珍说:"阿姨给你打电话,就是想问问,我家高知冬和你在一起吗?我有事找他,可是他不在家,电话也打不通。"

张合说:"我俩在一起呢,他现在不太方便接电话。"

高美珍说:"你俩在哪儿呢?为啥不方便接电话?"

张合说:"我俩在一个 KTV 边上呢。"

高美珍说:"大白天去啥 KTV 啊。"

张合说:"这一时也和您说不清楚。"

高美珍说:"你们是不是在干坏事呢?"

张合说:"哪儿敢啊,坏事不干我们就不错了。"

高美珍说:"你们在哪个 KTV 呢?"

张合刚要说话,那头传来啪的一声响,电话就断了。高美珍再拨,就没人接了,只留下满心满脸的疑惑。

167

另一边，张合在一处废弃仓库墙边，捡起掉在地上的手机，刚才有人从身后一巴掌拍掉了他的手机，张合捡起手机回头看，是超哥的另一个小弟。张合说："你干什么玩意儿？吓我一跳，手机摔坏了你赔啊？"

小弟嘿嘿一笑，说："手劲没掌握住。"

张合看了看手机没啥问题，又赶紧系紧腰带，说："以后别开这种玩笑，尿都差点撒裤子上。"

小弟说："你尿尿时间真长，是不是前列腺出毛病了？"

张合说："滚，我是水喝多了。"

小弟说："快走吧，超哥叫大家集合呢，高知冬已经捆起来了。"

张合一个激灵，说："为啥捆起来，不是说训两句就完了吗？"

小弟说："那谁知道咋回事，超哥的心你别猜。"

张合觉得事情闹大了，急忙朝仓库中间跑去。

仓库中间有根铁柱子，高知冬被立着捆在上面，超哥和几个小弟站在他面前，超哥手里拿着把铁钳子，在高知冬面前晃了晃，说："赵凌峰的钱到底啥时能要回来？"

高知冬看着铁钳子咽了咽口水，说："快了，这回是真快了，我找到他老丈人了。"

超哥说："这个你刚才说过了，找了半天找到了个'老年痴呆'，你不觉得好笑吗？"

身后其他小兄弟都笑了，超哥白了他们一眼，他们齐刷刷闭上了嘴巴。

超哥说："我给过你机会了，你也别怪我了。"说着举起钳子就上前。

高知冬急呼："超哥别这样，你上次打电话不是说再给我一星期时间吗？这才过了两三天。"

超哥说:"对不住了兄弟,超哥食言了,本来想给你一星期,但最近小兄弟们催款都有点费劲,我一说吧,他们还总拿你当榜样,说'你看高知冬都催不上来,我们比高知冬强多了'。没办法,超哥做事也得服众啊,所以就杀你这只鸡,给这帮小猴子看看。"

　　超哥回过头,冲小弟们说:"你们不是都拿他当榜样吗?那就都好好看着!"他再一步上前,把钳子对准了高知冬的左手食指,高知冬一下子握紧了拳头。超哥说:"哎哟,和我玩这套?"他一挥手,两个小弟上来,使劲掰高知冬的拳头。

　　高知冬一边用力握紧一边咬着牙说:"超哥,放过我这一次,我保证明天就能把钱全都给你。"

　　超哥说:"明天给钱也不耽误今天断手指头。"

　　拳头被掰开了,钳子夹住了食指,高知冬心一横,也放弃了,剪就剪吧。

　　"超哥!钳下留人!"张合的一声大吼,把众人的目光都吸引了过去,他踉跄着跑来,一把抱住超哥的大腿,"超哥,念在好几年兄弟的分儿上,这次就放过高知冬吧,赵凌峰他这个月的利息钱,我替他还,你就再宽限段时间吧。"他说着从身上好几个口袋里往外掏钱,有千八百块的现金:"这些你先拿着,剩下的我一会儿转给你。"

　　超哥不耐烦地一脚把他踹开,说:"你怎么还不明白呢?现在不是钱的事了,一件事已经变成另一件事了。我在这儿和小兄弟们讲规矩呢,在杀一儆百呢!"

　　张合说:"我知道我知道,你这不是已经儆完了吗?兄弟们也都怕了,都知道超哥厉害了,就不用动真格的了吧?"他看向小兄弟们,问:"是不是?"

　　小兄弟们一个个当然都点头,都怕这回看热闹,那下回被捆在柱子上的就是自己了。超哥的目光扫过每个小兄弟的脸,说:"我这回要是这么轻易地放过高知冬,你们是不是就觉得下回也会轻易放过你们?"小兄弟们又急忙摇头。

呸,超哥一口唾沫吐在地上,说:"虚伪,没有立场。我现在是箭在弦上了,不得不发,你们谁都拦不住我。"

他用钳子再次夹住了高知冬的手指,张合再往上扑,被两个小兄弟按住了。高知冬感受到那钳子冰凉的触觉,绝望地闭上了眼睛,钳子在慢慢收紧,剧烈的疼痛即将到来,可又不知何时到来,如何剧烈,这未知让人恐惧,他身子发软,额头的汗缓缓滚落。

"住手!"一个熟悉的声音让高知冬睁开了眼睛,高美珍气势汹汹地走了进来。

超哥不耐烦地松开钳子,看着高美珍,说:"这他妈的就算是劫法场,也不能一拨一拨的啊!你又是谁啊?"

"我是你妈!"高美珍上前抽了超哥一个大嘴巴子。

张合头一次看超哥挨打,看蒙了,心想刚才给高美珍这定位发得真及时,她不来高知冬手指头就真没了。

超哥也被打蒙了,说:"我妈早就死了。"

高美珍说:"我就是你妈派来教你做人的!"

高知冬怕高美珍把事闹大,说:"妈,你快走,别在这儿添乱了。"

超哥一听这话,明白了人物关系,指着高知冬对高美珍说:"这是你儿子啊?"

高美珍说:"你痛快把我儿子放开。"

超哥讥笑:"老太太,你算老几啊,上我这儿来指手画脚的?各行有各行的规矩,你儿子要不回来账就该受到惩罚。"

高美珍说:"一帮小混混,什么规矩不规矩的,我告诉你,你敢动我儿子一个手指头试试!"

超哥笑了,贱贱地说:"我就偏要动他一个手指头,你能把我咋的?"但超哥没动钳子,而是给了高知冬一个耳光,说:"这是替你妈还的。"

高美珍急眼了,冲过去又要抽超哥耳光,这回超哥有防备,一把抓住了她的手腕,说:"老太太,你别给脸不要脸,痛快给我滚!"他用力一推,高美珍跌坐在了地上,一群小弟哄笑起来。

高知冬被抽红的脸颊更红了,说:"妈,你快走吧,别在这儿丢脸了。"

高美珍狠狠瞪了高知冬一眼,起身拍了拍身上的灰尘,冲超哥说:"好,你不放人是吧,那我就报警了!"她说着掏出手机。

超哥却一点都不怕,说:"老太太,你报警也没用的,你知道我上头的人是谁吗?是老厂长他儿子,就算警察今天把我请进去,明天照样乖乖把我送出来。"

高美珍听到老厂长儿子,眼里闪过一丝恍惚,要拨打电话的手也停了下来。

超哥说:"咋的,怕了吧?"

张合插话道:"阿姨,别报警了,真没用的,您还是想办法帮高知冬把钱还上吧。"

高知冬却吼着:"不用你还,我自己的事我自己处理!"

高美珍说:"你能处理个屁!能处理还用得着被人捆在那儿?我就说你天天不学好,早晚要走下道,你还真顺着就骨碌下去了,你是要一直骨碌进笆篱子吗?"

超哥说:"你教训儿子回家教训去,别在这儿一骂骂一群。"

高知冬说:"超哥你动手吧,别管她。"

超哥就再次要动手,高美珍又上前拦,门口却又响起一个声音:"不许动,谁都不许动!"

众人再次望向门前,云蓉缓缓走了过来。

超哥不耐烦了，说："怎么又来了一个老太太，我今天是捅了老太太窝吗？"

高美珍和高知冬对于云蓉的到来都感到意外，高美珍问："你咋来了？"

云蓉说："我刚才看你不对劲，就一路跟过来了。"

超哥说："你又是谁？"

云蓉说："你别管我是谁，赵凌峰的钱，我替他还了。"

超哥说："你来之前我都说了，今天已经不是钱的事了，我必须弄折他一个手指头。"

云蓉淡然一笑，说："小兄弟，我看你真是糊涂了，你们干这个不就是为了赚钱吗？还是说你的意思是，弄折一根手指头，就可以不要钱了？"

超哥说："我可没说这话啊。"

云蓉点了根烟，抽了一口，潇潇洒洒地说："那不还是为了钱吗？"她靠近超哥，掸了掸他肩膀上的灰尘，说："我劝你，能拿到钱时就乖乖地拿着，别不识相，到最后吃不了兜着走。"

超哥被这老太太的气势震慑住了，但还嘴硬，说："我……我上头有人，有啥兜不住的。"

云蓉说："有个成语叫丢卒保帅，你听过吗？"

超哥一愣，知道这是暗示，可玄玄乎乎的，也没个准话，但就是挺吓人的。

云蓉看出超哥的犹豫了，说："那我现在给你个选择，是去弄折他的手指头，还是现在跟我去银行，我把钱转给你？"

超哥愣愣的，扭头看了看小兄弟们，是希望能找个台阶下。

张合最有眼色，说："超哥，有钱咱就先拿着，这年头谁和钱过不去啊！"

超哥顺坡下驴，说："对，谁和钱过不去啊。"他扭过头对云蓉说："那阿姨，咱们走吧。"

云蓉说："先把人放了。"

超哥冲小兄弟使了个眼神，小兄弟去给高知冬松绑了。

超哥跟着云蓉往仓库外面走，边走边问："阿姨，你是赵凌峰啥人啊？"

云蓉很魅惑地吐了一个烟圈："老情人。"

超哥感受到了她身上那股属于江湖的风尘气，内心里有了种没来头的敬仰。

而身后的高美珍，看着云蓉的这一切，心里却有些疑惑，在她不曾参与的那些南方岁月里，云蓉到底经历了什么，才有了面对混混们时的这份镇定自若。

扑通一声，打乱了她的思绪，她回过头，看到松了绑的高知冬一屁股坐在了地上。

张合急忙扶起他，说："吓坏了吧？"

高知冬看了高美珍一眼，说："没有，腿麻了。"这话也不知道是真是假。

农家乐餐厅，大红大绿的装修配饰，一打眼就欢天喜地。铁锅里，咕嘟咕嘟地冒着热气，灶火坑里木材烧得噼里啪啦响，高美珍、高知冬和云蓉三人，围坐在桌边，等着锅里的大鹅炖熟。

高美珍给三人的杯子里都倒了白酒，然后碰了碰高知冬，说："还不快谢谢你云蓉阿姨。"

高知冬有些别扭地端起酒杯，说："云蓉阿姨，今天谢谢您。"

云蓉举起酒杯，说："谢什么谢啊，我又没帮你，我是帮赵凌峰还债。"她喝了口酒。

173

高知冬一仰脖都干了，说："都在酒里了。"

云蓉笑着对高知冬说："你瞧你这孩子，这事你真的不用有啥心理负担，我真是在帮赵凌峰，你可能不知道，我年轻时候和赵凌峰谈过恋爱，后来我做了些对不住他的事，今天也算还了份感情债。"她说到这儿，倒把自己说忧愁了，端起酒杯抿了一口。

关于她和赵凌峰后来的事情，高知冬自然是不知道发生了什么，但感情债嘛，大概分分合合四个字就能概括了。他的目光落到云蓉手上的小金鱼手链上，也就大概明白了今天的起承转合，高美珍突然来找自己，一定是云蓉和她提过自己的事。谎言这东西，永远是一层等待捅破的纸。

服务员过来，把铁锅掀开，热气把三人的视线都瞬间遮盖住，也把这话茬掩盖了，高知冬觉得今天这件丢人的事可以就此打住了，不聊了，可没想到热气一散尽，高美珍给云蓉和高知冬各夹了一筷子的鹅肉，又把话头接起来了。

高美珍说："我是真没想到你能混成这样，我寻思着，再差劲也就是没个正经工作，没想到去当了个小流氓，还到处忽悠人说是在银行上班，那怎么就有脸说的呢？"

高知冬脸色立马变得难看，低头啃着鹅肉，忍着不说话。

云蓉说："美珍姐，你别这么说，孩子这么大了，也是有自尊心的。"

高美珍说："有自尊心不学好？手指头都差点让人切掉了，还要什么脸啊！"

云蓉说："美珍姐，你消消气，你听听孩子怎么说，没准他也是有苦衷的。"

有苦衷吗？可能有吧。从小到大，学习一直不太好，便把希望都寄托在滑冰上，滑不了冰之后，勉勉强强考上了个市里最差的高中，身边没几个爱学习的同学，高考自然失利了。高美珍让他复读一年，可他了解自己的心性，就算复读十年也静不下心来学习。高美珍又想自费送他上一个大专，他一听是厨师、挖掘机、水电焊的专业选项，打心眼里就排斥。那时虽然也不清楚自己对于未来的规划到底是什么，于是只能明确自己不想要什么。高美珍急了，问他到底想要干什么。他答不上来，高美珍再逼问，他就火了，吵嚷着让高美珍别管了，自己的以后是死是活都不用她操心。高美珍在气头上，也是从来都不服软的人，说："那你滚，爱去哪儿死去哪儿死，别死在我眼前。"

高知冬就真的一摔门走了，大半夜的也不知道去哪儿，就在路上一直走着，心里憋着好大一口闷气，后知后觉自己的人生怎么就变成了这样，好像一瞬间，所有的路口都被堵死了，只剩下些不想要的、不明亮的小道在等着自己。于是他开始恨自己那天不该骑车在路上瞎嘚瑟，应该再机警点，这样就不会被抢了，脚也不会受伤了。他使劲跺着受伤的那只脚，怪它为什么不能争气地恢复正常，他跺麻了跺痛了，也跺没力气了，找了个网吧，囫囵对付了一宿。

转天高美珍找来，不吭声地领着他回家，像什么都没发生一样，两人相安无事度过几天，然后这份平静再如潮水退去，话头又冒了出来，再争吵，再摔门，再离家出走。像个诅咒般，循环往复，又找不到解除这诅咒的密钥，一个不懂，一个不愿说，两股洪流把沟壑冲洗得越来越深，直到精疲力竭，断港绝潢，高知冬便搬出了家门。

临走那天，高美珍也没拦他，给了他一个信封，只说让他自己闯一闯，别走下道。高知冬掂量着信封，看着高美珍转身上楼，只有种脱离管控的轻松。刚要跟着搬家车离开，高美珍却在头顶喊他的名字，他抬头，高美珍丢下一双滑冰鞋，那是横亘在他心头的诅咒，她又抛还给了他，他想要甩掉，却又牢牢地接在了手中。

高知冬回过神来，喝了口酒，说："我没啥苦衷。"

高美珍说:"看吧,年纪轻轻能有啥苦衷,就是懒,就是不想踏踏实实上班,就是想来快钱。"

来了,又来了,总是这一套说辞,高知冬不耐烦地回了一句:"对,你什么都知道。"

高美珍说:"我当然知道了,谁都是从年轻时走过来的,所以妈劝你,你要听,这都是怕你走歪路。"

高知冬彻底压不住火了,站起身说:"你年轻时做过什么厉害的事吗?你不是也放着好好的班不上,去当个卖唱的,还不知道和谁生了我这么一个野种,你有什么资格在这儿给我指点人生?"

高美珍愣了,随即站起来一个耳光扇了上去,却被高知冬抓住了手腕。高知冬盯着她,恶狠狠地说:"以后我的事,你少管!"

高知冬松开手,起身离开了,高美珍从他的目光里,看到了孤狼般的锋利与愤怒,高美珍跌坐在椅子上,一时没缓过来。

云蓉小心翼翼地询问她:"美珍姐,你没事吧?"

高美珍摇了摇头,拿起酒杯,干了杯里的酒。

真呛,和这人生一样。

第十章

夜色蔓延，把万物都笼罩了，忧愁却怎么也盖不住。

高美珍和云蓉面前那一大锅的炖大鹅几乎没动，酒倒是喝了一些，可也不知是在喝些什么滋味。从高知冬离开后，高美珍低沉着不爱说话，云蓉心里有一肚子狐疑，可也不太敢问，便只能陪着她，一小口一小口地抿酒。

高美珍的电话响了，是孙芸芸打来的，问她："在哪儿呢？"高美珍随手一个定位发过去，放下手机。

云蓉问："孙芸芸要过来吗？"

高美珍点了点头，说："大晚上的，估计又不是啥好事。"

云蓉看高美珍喝得眼睛都有点红了，便给她拿了瓶红牛解酒，高美珍喝了一大口，放下罐子却没好气地说："这么甜，你是想齁死我啊？"

云蓉说："不是你说的吗？日子苦的时候，就多吃点甜的。"

这话让高美珍一愣，想起二十多年前，在水晶宫唱歌的那些日子，有一天云蓉被喝多的客人欺负了，下班后坐在门前的台阶上哭。那是一个雪天，雪下得没了脚脖子，高美珍从兜里掏出一块糖，递给她说："日子苦的时候，就多吃点甜的。"

云蓉接过糖剥开放进嘴里，却发现糖是酸的，酸得她整个人打了个哆嗦。高美珍就笑了,云蓉才知道自己被耍了,却也破涕为笑。高美珍说:"不管遇到多大的事,只要能笑出来,就还不算事。"说着伸手把云蓉拉起来:"走吧,我请你吃好吃的。"

云蓉一听来了精神,忙问:"吃什么好吃的?"

高美珍说:"你想吃什么好吃的?"

云蓉说:"烤串!"

高美珍说:"行,但去吃烤串之前,我要先请你吃一个大跟头!"说着一个腿绊把云蓉撂倒。

云蓉摔在软绵绵的雪地上,也不觉得疼,可也佯装气急败坏地爬起来去追打高美珍,两个人的笑声响彻在寒夜的路灯底下,最后都被大雪没收了。

高美珍的思绪收了回来,再看着眼前的云蓉,心里就多了点情分,她又拿起那罐红牛喝了一口,然后对云蓉说:"你咋不吃点东西呢?这鹅肉都白瞎了,快啃一块。"

云蓉不吭声地夹了一块肉,却把鹅肉的皮扒下来后再吃,高美珍说:"你不吃肉皮这习惯,和万顺才一样。"

话一出口,自己都愣了,万顺才这个名字,好多年没在嘴里念叨过了。

她的思绪就顺着那鹅肉皮飘了回去,当年那个大雪天的酒醉过后,她便和土老板万顺才成了朋友,他时不时便会来水晶宫捧场,点歌让高美珍唱,然后请大家喝酒,喝多了也会觍着脸自己上台唱一首,唱完在大家的笑声中,红着脸下台。这场面看多了,高美珍竟也能从他那小圆脸上看出一份可爱来。

那年的春节仍旧下了大雪,高美珍和父母在准备年夜饭,那时他们住的还是平房,炉火一烧,暖烘烘的,哈气扑了一窗户,雪也在院子里铺了厚厚一层,挂在屋檐下的灯笼倒是被衬得更红了。

高美珍一家坐在炕上包饺子，一个擀皮两个包，合作得还挺顺手，很快就包了半盖帘。三人手不闲着嘴也不闲着。

父亲说："别整天搞不正经的东西了，唱歌当个业余爱好就行，过了年还是老老实实回厂子里上班。"

母亲说："正月里你这头发就别剪了，你就一个舅舅身体也不好，死了还得赖你身上。等你头发长了，让你梅姨安排一下，钢厂刚调来一个拨拉算盘的小年轻，你俩见一面。"

高美珍说："大过年的你俩可真会说话，净挑人不爱听的说。"

母亲说："你过了年就三十了。"

高美珍说："那是虚岁。"

父亲说："虚不了几天，你是正月的生日。"

高美珍把饺子皮一扔，不包了，拍了拍手走了出去，站在门边灯笼下抽烟。雪还在下，时不时有鞭炮声传来，也有小孩子在门口放蹿天猴和魔术弹，这小城的除夕夜热闹得没边，高美珍的心里却空落落的。

这时有敲门声响起，高美珍以为是串门的，一边问着"谁啊"，一边走向院门，雪地上就留下了一串脚印。门外没人吭声，高美珍拉开门，就看到万顺才穿着件大衣，雪落了一头一肩膀，冲她嘿嘿一笑，说："你家真不好找，打听了好几家才找着。"

高美珍一愣，万顺才就挤了进来，两手都拎满了，一手酒一手菜。

高美珍的母亲推门出来，问："谁来了？"

万顺才就先打招呼，说："阿姨好，我是美珍的朋友，下大雪路封了，回不去家了，您看看能不能收留我，在这儿过个年？"

高美珍母亲一看是个男的，立马说："快进来快进来，别在门口说话了，怪冷的。"

万顺才就大步流星地进了屋,高美珍跟了回去,心里还是一愣一愣的。院门和屋门都关上了,雪地里就有了两个人的脚印。

万顺才自来熟,进了屋子脱下大衣就炒菜,大鹅剁得叮叮咣咣响。高美珍的父母在屋子里互相递眼神,把事情猜了个囫囵,但也都没好意思细问。高美珍在厨房里给万顺才打下手,伸头看屋里父母在看电视,就借着菜下锅的爆油声问万顺才:"到底怎么回事?你不是上星期就回家了吗?"

万顺才不吭声。

高美珍就继续追问:"和老婆吵架了?"

万顺才说:"整天就知道打麻将,回家连口热乎饭都吃不上,日子过得没滋味。"

高美珍说:"那有钱人的老婆不都做美容打麻将吗,没人做饭就找个保姆呗。"

万顺才说:"她爸是当官的,瞧不上我,她当年也是觉得到岁数了,还没找到心仪的,和自己赌气才和我结婚的。"

高美珍说:"不管怎么样都是缘分,你大过年的把她和孩子抛家里,这就是你不对了。"

万顺才说:"是她们把我抛家里,人家带着孩子回娘家了,听说过几天还要一家人去新马泰。"

高美珍说:"那不看大人也得看孩子啊。"

万顺才说:"那孩子从小就和我不亲,现在也整天在姥姥家,不知道被谁影响的,连爸都不爱叫。"

高美珍说:"那你啥打算,是要离啊?"

万顺才说:"嗯,所以来找你了。"

高美珍的心猛地一跳,手中剥的蒜停住了,万顺才也没继续说话,利落地把菜弄出锅,端着进了里屋。高美珍透过玻璃看到他和自己的父母在寒暄,说尝尝他的拿手菜,红烧大鹅。

母亲说:"真不好意思,第一次来家里就让你下厨。"

万顺才说:"叔叔会喝酒吗?咱俩一会儿喝两口?"

父亲说:"我们一家子都能喝。"三个人就都笑了。

万顺才回到厨房,问高美珍:"蒜剥完了吗?"

高美珍"哦"了一声,收回心思,急忙把手里的蒜放在菜板上,切成蒜末,好几次都差点切到手。

那晚四个人把万顺才拎来的两瓶茅台都喝光了,万顺才的碗筷里剩了半碗的鹅肉皮,高美珍这算是记下了他不爱吃这东西。

零点的时候外面烟花的声音把玻璃震得嗡嗡响,高美珍家没人爱放炮,好多年没买过烟花了,万顺才摇摇晃晃地出去,过了会儿捧着一大堆各式各样的烟花回来,和高美珍在大门前放。有个小烟花潮了,没发射出去,原地爆炸了,高美珍吓得急忙闪躲,差一点就躲进了万顺才的怀里。

她急忙站直了身子,也把那一刻因触碰带来的心跳抚平了。万顺才抬头看着烟花升天,脸颊随着烟花的绽放忽明忽暗,高美珍也抬头看,却更多的是在看他的侧脸。快三十岁的她不是没经历过爱情,青春期的懵懂,成年后的爱恋,心动、甜蜜、苦涩,在那些或短暂或长久的关系中,都体会过了,却怎么也没想到,眼前这个人竟然以这种方式嚯地撞开了她的心。

此刻那些烟花落进了她的眼睛里,眼前人就也跟着明明亮亮,她说:"万顺才,和你认识其实也没多久,我一开始还挺讨厌你的,我所期待共度余生的人也不是你这个样子的,况且,你还有老婆有孩子……现在雪已经停了,天一亮你就走吧,回去好好和你老婆过日子,以后也不要来找我了。"

万顺才转过头看她,说:"你说什么?刚才烟花太震耳朵我没听清。"

高美珍叹了口气,掏出一根烟点上,狠狠地抽了一口,然后趴在万顺才耳边大声说:"带着离婚证来找我!"

万顺才就笑了。

丁零当啷的声音把高美珍的思绪拉了回来,孙芸芸推门进来,撞响了挂在门上的铃铛,她的眼睛蹚摸了一圈,落在了高美珍身上,紧接着又看到了云蓉,她有些惊讶,也有些琢磨不透,两人的关系怎么突然转变成私下约着喝酒了?可嘴里也不敢多问,怕是一多嘴,就把这河面刚结成的薄冰打碎了。但不管怎样,她对于这目测中关系的缓和是欣慰的,于是笑容便挂在了脸上,说:"你俩怎么跑这儿来喝酒了?我要是不打电话,是不是还不打算叫我?"

高美珍挪了挪身边的位置,也不回答她的话,只问:"你这大晚上的,不在家看孩子,来找我干啥?"

"孩子去她姥姥家了,我就难得清闲清闲。"她并不急着坐下,还故意轻轻跺了跺脚,高美珍和云蓉的目光就被吸引了过去。

"哟,新皮鞋,哪个批发市场买的啊?"高美珍揶揄孙芸芸。

云蓉眼尖识货:"这是小羊皮的吧?批发市场哪能买得到啊?"

高美珍一愣,说:"孙芸芸你是怎么了?中彩票啦?"

孙芸芸故弄玄虚地摇了摇头。

云蓉说:"那是老刘给你买的吧?看来老刘对你是动真心了,这钱都舍得花。"

孙芸芸又摇了摇头。

高美珍急了,说:"你快说啊,别假假咕咕的!"

孙芸芸终于开口了,语气里满是幸福:"我儿子给我买的。"

高美珍难以置信:"老天开眼了?你儿子竟然肯给你花钱?"

云蓉也纳闷:"你儿媳知道这事吗?两人别再为这事打架!"

"知道,都知道,两人一起当着面送给我的。"孙芸芸脸上藏不住的欣慰。

高美珍仍旧满是疑惑:"上回他俩来我这儿时,还是那个态度,被我用臭豆腐砸走了,这才过了几天啊,三十来岁的人了,也不能说转性就转性啊?"

孙芸芸不回答,只说:"这新鞋穿着还有点板脚。"

高美珍白了她一眼:"还学会卖关子了!"起身把她拉到自己身边坐下:"快说吧,别磨蹭了。"

孙芸芸在椅子上换了个坐姿,才缓缓开口道:"其实这事多亏了老刘,我儿子和儿媳来找过你之后,又去找了老刘,把老刘从里到外一顿埋汰,话可难听了,什么老光棍,老不正经,老处男的。我以为老刘会被气死,可他这次真是让我另眼相看,他不但没发火,反倒是心平气和地请我儿子和儿媳吃了顿饭,在吃饭时和他俩说:'你们可以瞧不上我,也可以反对我和你妈在一起,但你们不能对你妈不好。'然后把我儿子小时候,我带着他过的那些苦日子都说了一遍,最后把我儿子都说哭了,我儿媳也掉了几滴眼泪,从那以后,他俩对我的态度就转变了。给我送鞋的时候还和我道歉,说以后要好好对我,也不反对我和老刘在一起了。"

孙芸芸说到这儿叹了口气,眼里似有忧愁,但也是时过境迁的忧愁,她小心翼翼地问:"我的苦日子,这回算是真熬到头了吧?"她看向高美珍和云蓉,像在寻求认同。

熬了多年的苦难有了转机,就可以像从来没经历过一样吗?高美珍一时不知说什么好。

云蓉却激动地拉着孙芸芸的手,说:"当然是熬到头了!"因为喜悦,她的声音有了点青春时的清亮:"这是件开心的事情,我们应该庆祝一下！"

高美珍立马给孙芸芸倒了杯酒，说："来干一杯。"

孙芸芸说："好啊，好啊！我今天可算是没人管了！"

她端起酒杯就要喝，却被云蓉拦住了，说："别在这儿喝了，咱们换个地方，我请客！"

高美珍说："大晚上的换去哪儿啊？"

云蓉说："就去大晚上该去的地方。"她起身，一手拉住一个老姐妹，朝外面走去。

KTV 包厢里，斑斓的灯光旋转着，流动着，温温润润地把现实的世界隔绝在外，让内里自成一派地自在。没有人在唱歌，但是屏幕上音响里仍旧有歌声飘出，是一首让人们学会拒绝的歌："拒绝黄，拒绝赌，拒绝黄赌毒……"

在这歌声的环绕下，三个老太太围在矮桌前摇色子。"五个六！""六个六！""不信！""开！""哈哈哈！我就说你没有，喝！"

孙芸芸端起酒杯，喝了一半。高美珍说："你这养鱼哪？"

孙芸芸说："我实在喝不下去了，都一连喝好几瓶了。"

云蓉说："那你缓一缓，先欠半杯，美珍姐，咱俩碰一个。"

高美珍说："咱俩喝算啥啊？玩游戏就是要有个输赢。"

云蓉说："那行，我替她喝半杯。"说着端起酒杯喝了。

高美珍一看，说："你这不是将我呢吗，那我也替她喝半杯。"

孙芸芸迷离着眼睛，摇晃着脑袋说："我的两个好姐妹都替我喝酒，我真是太幸福了！"

云蓉说："美珍姐，我都不敢想咱们还能这样在一起喝酒，有那么一刹那，我觉得过去的日子又回来了。"

高美珍又自酌了一口，像问云蓉，也像是在问自己："过去的日子还能回来吗?"

孙芸芸叉起一块西瓜,说:"过日子是往前看,你们老往以前看干啥?"

可是没有以前,怎么能有以后呢?

当年万顺才在高美珍家过了年三十后,一过了正月十五,人又跑了回来,那时水晶宫已经开门营业了,他夜里跑到水晶宫,先在台下听高美珍和云蓉唱歌,然后等打烊后和大家一起喝酒。他没有暴露出和高美珍的关系,高美珍对于这场不道德的恋情,自然也不会主动披露,于是他们只是在眉眼间有过几个心照不宣的来回,等到了酒醉散场,两个人却又磨磨蹭蹭地最后离开。

在那深夜的街头,两个人终于有了说话的空间,高美珍问万顺才:"离婚了吗?"却也问得像是在开玩笑,怕让他觉得自己在催。

万顺才为难地搓了搓脸,说:"还没离,但是已经露话头了,她装没听懂,带着孩子回娘家了。"

高美珍理解这难处,说:"好的,我明白。"这话不咸不淡,没有情绪。

万顺才就有点慌了,说:"你别以为我在忽悠你,真的,我真的提了,你再等等,等她从娘家回来,我就正式提。"

高美珍说:"我不急,我也没觉得你忽悠我。就只是随口问问,我前面就到家了,你住哪儿啊?"

万顺才说:"我住在城西宾馆,离你家有点远,要不你送送我?"

高美珍太清楚他在想什么了,就一笑说:"其实送送也没什么大不了的,可我这人有点拧巴,这么远的道,这一路不黑不白的,我心里不舒服。"

万顺才也知道她在说什么,便也笑了,说:"道是挺远的,路是挺黑的,那就别送了,我自己能走。"

两人说了再见，在路中间就散了。高美珍到了家门口，回头看，还能看到万顺才的影子，在远处一点一点混进夜色里。

万顺才再回来，是一个多月后，又住进了城西的宾馆。他和高美珍说，他这回正式提出离婚了，老婆没哭没闹，也没带孩子回娘家，而是把他给撵出来了。他说正好，分居一段时间，回去方便打官司。高美珍听出他这是下定了决心，心里美滋滋的，话也软了些，关心他在这边长住了，公司咋办？万顺才撩起外套，露出裤腰带，上面别着一个新买的摩托罗拉手机，拍了拍说："怕啥，有这玩意儿了，以后我远程指挥就行。"

孙芸芸递过一杯酒来，把高美珍的思绪打断了，三人碰了碰杯，那思绪就顺着酒杯沿，传到了云蓉那里。

云蓉记得有段时间，万顺才别着新手机整天去水晶宫转悠，每个人都对这新手机好奇又羡慕，借过来摆弄又摆弄。云蓉还拿着手机给赵凌峰的厂子打过一个电话，赵凌峰从车间飞奔到收发室，得到的消息是云蓉怀孕了。赵凌峰撂了电话连假都没请，一路跑回水晶宫。

云蓉等在门前，以为待会儿赵凌峰会抱着她又哭又笑地转圈圈。可没想到赵凌峰蔫头蔫脑地来到她面前，第一句就是："咋办啊？"

云蓉懵懵懂懂说："啥咋办？"

赵凌峰说："怀孕了咋办啊？"

云蓉天真地说："结婚呗。"

赵凌峰说："咋结啊？往哪儿结啊？"

云蓉知道赵凌峰的难处，他父母住在单位多年前分配的房子里，四十几平方米，一室一厅。赵凌峰自己住在宿舍里，宿舍里还住着另外一个人，中间拉着一道帘，就是全部的隐私了。这种情况下，他俩要结婚，确实没地方结。

云蓉想了想，说："你也别太为难，要不咱们住我家吧，我家有个筒子楼还闲着。"

赵凌峰点了点头，算是看到了希望。

云蓉父母是开小卖铺的，家里环境不能说是优渥，但也算小康。云蓉回家把结婚的事情和父母一提，自然是没敢说怀孕，只说准备结婚，希望能结在那个筒子楼里。

父母一听，一百个反对，父亲说："结婚这事可不能马马虎虎，咱家祖籍在南方，你爷爷那辈逃荒才到东北的，但规矩还是要按老家的办，你让他老赵家先找个正经的媒人来提亲，接着过小礼过大礼定日子一样一样来。"

母亲说："你们结婚他老赵家不出房子，倒是盯上咱们家的屋子了，那是指定没门的，那个筒子楼是留给你弟弟结婚用的。"

云蓉说："我弟弟才上高中，有啥着急的？等他结婚时我给腾出来不就行了？"

母亲说："不行，到时腾不出来咋办？那赵凌峰一个干电焊的，看着也没啥出息，万一就赖在那儿一辈子呢？"

云蓉气得说不出话来，圆圆的小脸涨得通红，一个劲流眼泪。

父亲说："别哭了，这事也不怪我们，要怪就怪他老赵家穷。"

母亲说："你别在这儿给我哭丧，是不是赵凌峰给你出的主意？我把你养这么大，啥也没捞着，还想占我的房子，把我当囔囔踹[1]啊？他想得美！"

云蓉听到这儿，也知道肯定没戏了，便抹了一把眼泪，跑走了。她一路迎着寒风来到赵凌峰的车间，赵凌峰却不在，同事说是被领导叫走了，她就跑到办公楼前的台阶上坐着，看着天上的云一朵朵飘

---

1 囔囔踹，东北方言，原本指猪身上的肥肉，形容人时有窝囊、废物等意思。

走，想起了很多童年里自己因弟弟而受过的不公平待遇，也想起了很多赵凌峰对她的好。

也不知道过了多长时间，她听到脚步声回头，看到赵凌峰下来了。赵凌峰看到她一愣，问："你怎么在这儿？"问完才看清她哭红的眼睛，拉着她的手说："咋哭啦？"

云蓉瘪着嘴，眼泪又掉下来了，她扑进赵凌峰怀里，说："我们结婚吧，我们租房子结婚吧。"

赵凌峰本想抱住她的手，却僵在了半空中，极其缓慢地落在了她起伏的背上。

接下来两人去找房子，赵凌峰工资不高，她也没有稳定收入，在水晶宫唱歌赚的钱也就够个零花，以前没觉得钱重要，现在却要掰着手指头算计。两人一家一家地找，不是价钱不合适，就是实在看不上，找到中午，两人都饿了，去面馆吃面，她要了二两热面，赵凌峰要了三两，她不爱吃香菜，又忘了告诉服务员别加，赵凌峰就一点一点帮她挑出来，一边挑一边说："有个事我这两天一直想和你说。"

云蓉问："什么事啊？"

赵凌峰说："前两天你去厂子找我时，我不是被领导叫去了吗？领导说有一个去外地进修的机会想给我，但是他还在考虑，因为我们车间有几个年轻人都在被考查。我觉得这个机会挺难得的，我想努力一下。"

云蓉说："天哪，这真是件大好事！进修回来是不是就能不干电焊了？是不是就能转岗了？"

赵凌峰点了点头，香菜就挑完了。他把碗推回到云蓉面前，又问："你想加点醋吗？"

云蓉说："酸儿辣女吗？"

赵凌峰说："我不是这个意思，我这人不重男轻女。"

云蓉就笑了，说："你比我爸妈强多了。"

云蓉挑了一口面慢慢嚼，抬头看赵凌峰还不动筷子，也看不出他有心事，就问："你咋不吃呢？一会儿面该坨了。"

赵凌峰说："我的话还没说完。"

云蓉说："那你说啊，是不是还有别的开心事？"

赵凌峰喝了口茶水，挺为难似的，说："这次进修要两年的时间。"

云蓉说："那正好不用租房子了，我可以去陪你。"

赵凌峰说："领导的考查条件是没有拖累的，他怕有家属会分心。"

云蓉说："那没事，我不去陪你了，正好在家好好养胎生孩子。"

赵凌峰说："你怀孕这事瞒不住的，领导知道了可能就不会推荐我了。"

云蓉这才算听明白了，面也吃不下了，懦懦地问："你什么意思啊？"

赵凌峰低着头不敢看她，说："就是这么个实情，我没什么意思。"

云蓉"哦"了一声，难过得起身要走，却被赵凌峰拉住了胳膊。云蓉轻声说："你松开。"赵凌峰不松。

云蓉硬往外拽，赵凌峰死活就是不松，他说："求求你了，我也是没办法，我熬了这么多年，就这么一个机会，我不想失去。"赵凌峰说着眼眶就红了。

面店里其他的客人都盯着这对情侣看，云蓉低声说："你别这样，别人都看着呢。"

赵凌峰说："我这样就是为了以后别人能瞧得起我。"

云蓉说："可是我瞧不起你。"

赵凌峰一愣，云蓉把手抽了出去，跑出了面馆。

赵凌峰没追出来，云蓉独自走在街上，路上的冰雪刚开化，满是泥泞，风里已经有了些春天温润的味道，把她脸上的泪水都吹干了。

她走着走着,头顶一块冰溜子掉了下来,她一闪身,没砸着,但是却脚下一个不稳,跌倒在了雪水里,满身的肮脏,她还没来得及爬起来,已经心下一沉,知道有些东西挽回不来了。

一星期后,云蓉给高美珍讲了这一切,那时云蓉的孩子已经堕掉了,好在身体无大碍。高美珍帮着云蓉骂了几句"赵凌峰不是东西",云蓉倒是心软,说:"也不能全怪他,摔倒了只能怪自己,可能这孩子本来就不该留着吧。"

高美珍看她整个人没精神,就劝她:"也别太难过了,还年轻,孩子以后肯定会有的。"云蓉心不在焉地点了点头。高美珍又说:"那我带你去找点好吃的吧。"云蓉这才感觉到是有点饿,又点了点头。

高美珍和云蓉正琢磨去哪儿吃时,万顺才就呼高美珍,高美珍找了个公用电话亭回了过去,万顺才说要带高美珍去一家新开的饭店。高美珍跑回来,告诉云蓉有人请客,带着云蓉就去了。那家酒店叫富华大酒店,刚开业,宾客爆棚,推开四季青包厢,万顺才已经坐在了里面。

万顺才看到云蓉一愣,没想到高美珍会带人过来,但这个没想到也只是单纯的意外,没有任何多余的情绪。但云蓉看到万顺才那一刻的愣住,除了意外却有了很多层的猜疑。他为何单约高美珍?他们难道有私情?他们什么时候开始的?这一番寻思下来,笑容就有些僵了,接下来的时间里,她看到两人的任何举动,都觉得是在验证自己的猜测。

两人似乎也不需要她验证了,当万顺才喝多后,搂住高美珍的肩膀时,高美珍想躲但是没躲开,迎上云蓉吃惊的目光那一刻,她也放弃了。高美珍无奈地一笑,说:"算了,不藏了,我俩是过年那几天好上的,他正准备离婚呢。"

一句话,把云蓉的所有疑问都解答了。

万顺才听到这儿，才清醒了些，说："就这么捅出来了？"

高美珍端起酒杯，突然有了点女主人的感觉，说："这不是早晚的事吗？"她碰了碰云蓉装饮料的杯子，然后仰头干了。

云蓉面对这突如其来的变化，暂时忘记了自己心头的忧思，喝了口饮料，也不知道该不该为高美珍感到开心，于是便只弱弱地问了一句："你家里知道吗？"

高美珍摇了摇头，说："等他离了婚再说。"

云蓉也不知该再说些什么，便说："那你们要好好的。"

万顺才说："没问题，过几天你叫上赵凌峰，咱们一起喝酒！"

万顺才这人说话算话，也可能是在这边一个人过日子太清闲了，巴不得整天有人陪他喝酒，几天后他又约在了这个包厢里，这回是吃铜锅涮肉，他又是自己第一个到。接着高美珍和云蓉也来了，赵凌峰却迟迟没到。

万顺才问云蓉："这赵凌峰咋回事啊？再不来凉菜都热了！"

云蓉说："我和他说好时间了啊，那我下去看看。"正要起身出去，门开了，赵凌峰走了进来，冲大家抱歉地笑了笑，那笑容很勉强，再眼拙的人都能看出来，他有心事。

他坐在云蓉和万顺才中间，云蓉低声问他："怎么了？"他不回答，拿起桌上的白酒就往杯子里倒。

万顺才也看他不对劲，说："你也别自己喝闷酒啊，来，我陪你。"说着拿过酒瓶，先给他倒再给自己倒。然后举起酒杯和赵凌峰碰了碰，一声清脆的声响后，赵凌峰直接干了。万顺才和高美珍都看傻了，从来没见过他这么喝酒。

云蓉递给他一杯水，急了，说："你到底怎么了？"

赵凌峰还不说。

高美珍猜测，说："是因为孩子没了难受吗？"

191

赵凌峰不吭声。

万顺才说："我听美珍说了你们的事，她们女人觉得你做错了，我作为男人却觉得你没错。"他看了看高美珍和云蓉，说："这话你们别不爱听，现在你们说他自私没有责任心，可等到孩子生出来了，哪儿哪儿都用钱的时候，你们又会说他没出息没本事不赚钱。男人不管到什么时候，都是要有事业的！"

高美珍不爱听这话，拍了他一把，万顺才就嘻嘻一笑，说："我不说了，不说了行吧。"

赵凌峰可能最近几天压力太大，没有一个人站在他这边说过话，于是被万顺才帮了几句腔，心头一热，竟趴在桌子上呜呜地哭了起来。云蓉不想看他这副样子，说："你哭啥啊？别哭了，你再哭我也要哭了！"

赵凌峰一边哭一边嘟囔着："没了，都没了，孩子没了，事业也没了……"

云蓉心里一惊，说："你说什么？"

赵凌峰抬起头，满脸泪水地盯着云蓉："我说，我进修的机会没了，领导给别人了，我对不起你！"赵凌峰说着抓起云蓉的手往自己脸上抽，说："你打我吧，你打我吧，求你了，你打我吧，这样你心里能好受点，我也能好受点！"

云蓉也哭了，用尽全身的力气攥住赵凌峰的手，却颤抖着说不出一句话来。她的声音太可爱，太轻飘飘了，似乎能把所有的苦难都遮盖住，可是这眼前的糟粕，她无力收揽，只能把怀抱空出来，让赵凌峰短暂停靠。

云蓉收回思绪，KTV里的灯还在旋转着，孙芸芸在点唱机前寻找着歌曲，高美珍端着酒杯坐在那里，目光里也失了神，不知道是不是也和她一样，在想着什么过去的事情。

云蓉猜得没错，这样的夜里，灯火斑斓，酒至半酣，怎么能轻易放过过去呢？

高美珍想起二十多年前的一个春天，那个春天本来平淡无奇，和人生中许多个春天相比，并没有什么新意，风照刮，草照绿。可现在回过头来看，竟是命运的转折点。

她和万顺才的恋情，还是被父母知道了，或者确切地说，他们早就知道了，从除夕那天万顺才来做饭就瞅明白了。可那时他们并不知道万顺才已婚还有孩子，现在知道了，也不清楚他们是怎么知道的，但此刻这些都不重要了。

父亲坐在炕头阴着脸，一根接着一根地抽烟，母亲在一旁择着从野外采回来的婆婆丁，问她："是不是被骗了？我头一次见他，一打眼就看出来这人是个滑头！"

高美珍说："他没骗我，我早就知道。"

父母都一愣，没想到她这么坦白，此刻他们宁愿女儿傻一点，笨一点，不明真相一点，这样至少观念没问题。

母亲说："那你咋想的？真想给人当小三啊？"

高美珍说："我没想当小三，他已经准备离婚了，等离完了就和我结婚。"

母亲说："那也不行啊！离婚哪有那么容易啊，再说人家还有孩子，你第三者插足破坏人家婚姻，是要遭报应的！就你们厂子那个会唱戏的女的，好像叫什么小萍？她就是给人当小三，后来都让人泼硫酸了！"

高美珍说："我没破坏他的婚姻，他们是自己本来就感情不和。"

母亲说："我看你是被他蒙住了，他说啥你就信啥，闺女，听妈一句劝，趁还没陷得太深，就离开他吧，妈可不想哪天你因为这事被毁

193

了，你说那个叫小萍的，她妈在医院里看到女儿变成了那样，得多难受啊！"

母亲说着抹起了眼泪，父亲又抽完了一根烟，把烟头狠狠掐灭，说："你要是不想开口，我去找他谈谈，我有几个老战友身体还挺好，我们吓吓他。"

高美珍无奈又哭笑不得，她说："爸妈，你们就别管我了，我都这么大了，能处理好自己的事情。"

母亲说："是啊，你都这么大了，怎么还做糊涂事啊！"

父亲说："什么处理不处理的，就痛快给我断了！哪有那么多废话！"

高美珍从来都是顺毛驴，听父亲这么一说，就炴起来了："凭什么你们说断就断？你们说了这么多，不就是不想让我找个二婚的，怕我给你们丢人！"

父亲脖子一梗，说："找个二婚的本来就丢人！"

高美珍说："怎么就丢人啦？你就是保守，你就是老顽固！"

母亲一看这父女吵架，也急了，说："我们也不是说找个二婚的不行，可是你得等他离干净了看看情况啊，孩子要是跟了男方，你一过去就给人当后妈，你以为后妈那么好当吗？这些你都想过吗？"

高美珍说："想过，他说过孩子不会跟着他。"

母亲说："你看，又是他说，说，你没发现你都被他哄得团团转了吗？要不你把他领回家来吃顿饭，让我和你爸好好问问他，我们岁数大，见过的人多，他说的是真话假话我们一眼就能看出来。"

父亲说："你行了，还叫回来问问？问个屁！我不想见他，咱在屋里说的话谁能听见？外人只会看见他来咱家吃了顿饭，还以为我认下他这个姑爷子了呢！"

高美珍说："对，不用叫回来，省得给你们丢人。我今天就把话搁这儿，我肯定不会被耍的，你们也别瞎掺和了，我自己的事情我自己掂量着办！"

高美珍起身就离开，把门摔得叮咣响，然后骑着摩托车，风驰电掣地到了万顺才住的酒店，他却不在房间，她在前台打他的手机，打了好几次也没人接，她让前台带个话，说："等他回来了告诉他有个姓高的女的找他。"

前台是个阿姨，在嘲嘟根果丹皮，她说："我知道你，来过好多次了，你是他的什么人啊？"

高美珍愣了一下，说："女朋友。"

阿姨笑了一下，随即打量了打量高美珍，然后说："小姑娘，你别觉得我多管闲事，我可提醒你一句，他是有老婆的，我听到过他给他老婆打电话。"

高美珍的心又被刺了一下，但却酷酷地说："我知道，我无所谓。"然后扭着身子离开，在门前故意把摩托车拧得突突响。

万顺才是在两天后才终于出现的，这两天高美珍过得魂不守舍，她又给他打了好多次电话，可是都没人接，她一度觉得他不会再出现了。就像当初偶然相识一样，他不打一声招呼就来了，那走的时候也绝对突然，不会说一个缘由。

或许，她就是被骗了，她要认栽了。

所以，当那天万顺才夜里突然来到水晶宫时，她是满心雀跃的，像一样心爱的东西失而复得般欢喜，但心里又有些怨恨，怨他这些天跑哪儿去了，怎么不见了踪影，害得她陷入灰暗的境地。

她此刻的心思倒突然像个恋爱中的小女生了，纤细又敏感，纠结又矛盾。

直到万顺才拉着她在水晶宫的门前说自己离不了婚的时候，她才又恢复了理智，冰冷地看着他，问："为什么？"

万顺才说:"这女人太狠,一点情分都不讲,把我的一些事情捅出去了,我这几天就是回去处理这些事去了,可是处理不干净,现在已经有人在到处找我了。"

高美珍问:"什么人找你?"

万顺才说:"黑道白道都有,所以这里我也不能待了,我买了明天一早的票,我要去广州躲一躲,你和我一起去吧。"

高美珍问:"要去多久?"

万顺才说:"我不想骗你,我也不知道要躲多久,可能几个月,也可能几年,也可能再也不回来了。"

高美珍彻底呆住了,没想到等来等去等到的是这么一个结果,私奔、逃难、浪迹天涯、客死他乡。一系列危险的词汇在她脑子里跑过,她打了个寒战,几乎是当机立断地说:"不行,我不能和你走。"

万顺才说:"你不喜欢我吗?你不想和我在一起吗?"

高美珍说:"我喜欢你,我也想和你在一起,但不是这种方式的在一起。"

万顺才说:"你是觉得没名没分?你怕别人说你是小三?"

高美珍说:"你觉得对一个女人来说,这些不重要吗?"

万顺才说:"重要,但我认为在现在这种情况下,这些会变得不重要。"他苦笑一下,说:"我以为你会觉得不重要。"

本来一直在压抑的高美珍,一下子被惹火了,说:"万顺才,你他妈的别摆出一副受害者的姿态,你突然跑到我家说喜欢我,然后又说要离婚,拖拖拉拉离了好几个月也没离成,现在你又要我陪着你跑路,还有可能一辈子不回来,你他妈脑子是怎么想的?你有站在我的立场想过吗?如果咱俩现在是夫妻,我可以陪着我的丈夫四处逃命,可你现在是别人的丈夫,是别人的父亲,我抛弃父母背井离乡地陪着你亡命天涯算什么玩意儿?我连说服自己的理由都没有!"

万顺才被高美珍骂愣住了，一脸的羞愧，说："你说的在理，我是没有资格要求你，我其实也不想辜负你，我也有父母，我也不想离开这里，但我不走的话，可能就是死路一条。人这一辈子，有很多重要的事情，但活着永远是最重要的。"他伸出手，拉过高美珍的手说："那等你有一天，觉得一切都不重要的时候，你能过来看看我吗？我可以联系那边的朋友，帮你出唱片，捧你当歌手。"

高美珍觉得这是另一种说辞，她冷着脸说："不用了，我要是想去会自己去的。"她抽出了手，说："滚吧，王八蛋，我再也不想见到你！"

高美珍转过身，努力挺直自己的背，酷酷地走进水晶宫，一路穿过热闹的人群，走进洗手间，锁上门，蹲在地上哭了起来。

那晚高美珍喝了好多的酒，喝多了回到家里倒头就睡，父母感觉到出事了，但也不知道出了什么事，只得默默给她盖好被子，又放了杯水在床头。等高美珍口渴醒来时，天刚蒙蒙亮，她喝了口水，想着再眯一会儿，胃里却翻江倒海，她下床到厨房的垃圾桶旁，却也只吐出几口黄水，满嘴苦苦的。

她又喝了口水漱漱口，看着窗外的清晨，雾气灌进了院子，她推开门出去，站在院子里，吸了几口微凉的空气，昨夜的酒醉开始慢慢从身体里散去。她在那雾气里发了会儿呆，就想着再回屋睡个回笼觉，可脚下却踩到了什么，哗啦一声。她低头看，是一个信封，蹲下身捡起来，打开看里面竟是一个存折，存折里夹着一张字条，上面是密码。高美珍愣住了，再仔细看那存折的主人，没什么意外，是万顺才的名字，他应该是昨天深夜或今天凌晨，扔进这院子的。这算什么？赔偿？弥补？两清？无论是什么，大概都是这么个意图，无论是什么意图，高美珍都不想要。

高美珍回屋利落地穿好衣服，出门骑上摩托车直奔火车站，万顺才说过是今天早上的火车,他没说几点,但只要高美珍骑得快一点,日出之前赶到,就应该能看到。

早晨没风,早起的人家烧火做饭,烟囱冒出的烟直直冲天。可高美珍摩托骑得太快,凉风还是飕飕地刮着她的脸,有一点疼,但也能忍住。刮了一会儿,她更清醒了些,却也走了点神,这一遭死命追赶,真的只是为了把存折还给他吗?还是想着能再见一面,能再说两句话,有个稍显温情的告别,或是命运中会有那么一个不知从哪里冒出来的冲动,撇下摩托车,跟他踏上那南下的列车,头也不回,一条道跑到黑。

她不清楚,也都有可能,摩托车停在火车站前,茶叶蛋的香气不分昼夜都在飘散,她穿过不多的人潮,走进火车站,找了一圈,候车室里并没有看到万顺才,她看到有一列南下的火车已经进站,直觉万顺才乘坐的就是这一班,于是赶紧买了张月台票,挤过拎着大包小包满身家当的旅客,跑到了月台上。

小站的月台上人并不多,绿皮火车安稳地停在那里,顺着一条直线看过去,几眼就能把人看尽,并没有万顺才的人影。旅客陆陆续续上车,人已上尽,列车员在车门处挥着小旗子,问高美珍:"上不上车?"

高美珍说:"不上不上,我找人。"

列车员说:"没人了,回去吧。"

话音还没落,一个娃娃音的女声在身后响起:"等等!等等我们!"

高美珍回头看,云蓉一手拉着行李箱,另一只手拉着万顺才,两人气喘吁吁地朝着车门跑来。高美珍愣住了,一下子搞不清楚什么情况,云蓉和万顺才看到了高美珍,也愣住了。一瞬间沉默了,高美珍看明白了,云蓉那只突然松开万顺才的手和她闪躲自己的眼神,说明了一切。

她震惊,搞不清,不可思议,这些汹涌的情绪最终却被难受占了上风,彻骨地难受,入髓地冰凉。

云蓉说:"美珍姐,你怎么来了?你不是说不去广州吗?"

看,她什么都知道。

万顺才惊讶地看着高美珍,说:"你改变主意了?"

高美珍不看云蓉,也不回答万顺才,径直走过来,把存折往他手里一塞,转头走了。

万顺才要追,火车却鸣笛要出发了,列车员催促快上车,两头拉扯,只能选一边,万顺才一咬牙,拉着云蓉上了车,却也是一步三回头,再一回头,高美珍的影子已经不见了。

高美珍躲在月台的柱子后面,看着两人上了火车,片刻后,火车就哐当哐当地开走了,一路向南,二十多年来,再也没有回头。

那万顺才在车窗里趴着往外看的样子,是留给她最后的画面,在那隔着玻璃的空间里,满是大雾,他们的视线望着彼此的方向,却错过了,这一错过,就是一辈子。

一只话筒递到了高美珍眼前,她目光中的大雾就散去了。话筒的另一端是孙芸芸,她说:"我给你点了首歌,是你年轻时最爱的歌,都好多年没听你唱过了!"

高美珍木讷地接过话筒,又被孙芸芸拉到了包厢里简易的小舞台上,她握着话筒站在那里,歌曲的前奏就响了起来,只一个音符,高美珍就听出是什么歌了。她回过神来,握着话筒的手有些颤抖,两只手扶住了,声音却没什么能扶住的,一路颤抖地唱出:"今夜微风轻送,把我的心吹动,多少尘封的往日情,重回到我心中。往事随风飘送,把我的心刺痛,你是那美梦难忘记,深藏在记忆中……"

孙芸芸和云蓉坐在沙发上，手里拿着摇铃和沙锤，跟随着歌曲摇晃着身体，孙芸芸还时不时夸张地发出几声尖叫。

云蓉听着歌曲，这些年在南方的种种也都如烟云般在脑子里闪过，她端起酒杯喝了一大口，然后努力笑着冲高美珍喊道："美珍姐！你这些年过得好吗？"

高美珍还给了云蓉一个笑容，然后那问题就在心底蔓延。"我这些年过得好吗？"她似乎从来没问过自己，也从没系统地想过。年轻如一场烟火般，在最璀璨的时刻往下坠，摔得满身伤痕，于是接下来就要掩盖好伤痕走入寻常的日子，可命运又总是偏颇，拿走你的底气再送你一些慰藉。然后被年光裹挟着往前跑，以为小心翼翼终会取得圆满，可冷静下来却窥见只身一人于岁月的旷野，不再等候也无人来寻。

"所以，我过得好吗？"

高美珍唱不下去了，放下话筒去了洗手间，把门反锁，坐在马桶上，哭了起来。

第十一章

高知冬一觉醒来，已经是中午，昨天和张合喝酒喝到后半夜，断片了，咋回来的都不记得了。就记得断片之前一直在聊高美珍，说大前年，他和张合第一次去迪厅看场子，一下班就被带进派出所了，说是怀疑他俩吸毒。结果去派出所验了一下尿，阴性，又给放出来了。

张合说："那哪能忘呢，我爸大半夜去接我回家，一上车就给了我十来个嘴巴子，把我的脑瓜子干得嗡嗡的！"

高知冬说："那次就是我妈报的警，她也不知道从哪儿听说了我去给人看场子，就瞎报警，她这人最看不惯小混混了。"

张合说："咋的？你爸是小混混啊？"

高知冬说："这我哪儿知道啊。"

张合说："那现在咋办？你妈又知道你是小混混了，这混得比以前看场子可厉害多了，都放高利贷了。你是准备金盆洗手，和超哥 say goodbye [1] 了？"

高知冬说："洗个屁，我现在可不是当年了，我不怕她，她也管不着我，我俩以后就各过各的日子。"

张合说："我知道你在气头上，可话也别说这么绝，我这回见到你

1　say goodbye，说再见。

妈，和以前见到的感觉不太一样，她好像老了挺多……"

高知冬不爱听这话，心里说不清是啥滋味，就说："你痛快闭嘴，我家的事用不着你掺和。"

张合说："行，那咱俩就聊点工作上的事，那个叫云蓉的老太太把赵凌峰欠的钱还了，可我的摩托车钱她没出啊，你能不能替我去要要？"

高知冬有点为难，说："这咋要啊，人家还了那部分钱，都是情分不是本分了，我这也没法开口啊。"

张合说："你抹不开面我能，你带我去见她呗？"

高知冬想了想说："算了，还是我去吧，但我话可给你撂这儿，要不回来别怪我啊。"

张合说："行，实在要不回来你就多请我喝几顿酒，我就认倒霉了。"

高知冬白了他一眼，说："你这算是讹上我了。"

张合嘿嘿一笑，说："你帮我，我帮你，你不帮我，我还帮你，这才算朋友嘛。"

两人说着又碰了一杯，高知冬就断片了。

高知冬揉着脑袋在冰箱里拿了瓶矿泉水，咕咚咕咚喝了大半瓶，身体舒服了一些。坐回床边，拿起手机看到好几个未接来电，都是云蓉打来的。他纳闷云蓉找自己什么事，回拨了过去，云蓉却挂了电话，片刻后发了一个定位过来，说："来找我。"

高知冬看着那定位，是金泰城，他纳闷云蓉让自己过去干什么，陪她逛街？把自己当闺密了？他想不明白，但还是换了身干净衣服，到了金泰城给云蓉打电话，问她在哪儿。这回云蓉接了，让他上六楼。

高知冬到了六楼，远远就看到云蓉在滑冰场外面的台阶上冲他挥手,他预感不好,但还是走过去说:"云蓉阿姨,您怎么约我在这儿见面?"

云蓉说:"突然想滑冰,想起你之前学过,就叫你过来陪陪我。"

高知冬心里厌烦,觉得这是一场劝浪子回头的戏码,便说:"阿姨,我好多年都不滑了,陪不了您。"

云蓉说:"这滑冰和游泳一样,学会了就忘不了,不信你进来溜达两圈,感觉一下就找回来了。"

高知冬还是不动,说:"阿姨,我真不想滑。"

云蓉说:"那你不滑,进来扶着我滑行不行?"

高知冬没法再推辞,便跟着云蓉进去,看她交了钱,两人各得到一套装备,他把脚蹬进冰鞋里的瞬间,左脚没来头地疼了一下,但也只是一刹那,如偏头痛时的闪电划过。他定了定神,双脚就都已经钻进鞋里,他站起来,身子剧烈地晃动了几下,他稍稍把双腿摆成内八字,晃动消失了,他时隔多年又立在了冰场上。

可也没有太多感慨,结冻的内心和这脚下的冰面一样,不是轻轻一碰就能碎裂的,没有碎裂就没有缝隙,光也就无从照进来。

云蓉也穿好了鞋,刚站起来就差点摔了个跟头,还好高知冬眼疾手快,给扶住了。云蓉就笑着说:"叫你来陪我是对的。"

高知冬说:"您以前滑过吗?"

云蓉慢慢松开扶住高知冬的手,掌握了几下平衡,说:"十几岁时练过几天,有个老师还说我有练花滑的底子,建议我去省体校。我爸我妈嫌学费贵,就没让我去。"

高知冬说:"那您埋怨过您爸妈吗?"

云蓉说:"有一说一,这事绝对没埋怨过,我一点都不喜欢滑冰,我吃不了那苦,滑一会儿脚后跟就疼。"

云蓉说着,已经张着双臂,颤颤巍巍往前滑了,她说:"你在后面跟着我啊,别离我太远,我这一个大跟头摔倒了,老命就没了。"

高知冬想着这么惜命还来滑啥呀,但无奈还得跟着,自己的脚步倒是很熟悉,轻轻蹬一下,就能跟云蓉好一段。

云蓉滑了两圈,靠在玻璃隔板旁喝水,说:"人真奇怪,小时候不喜欢滑冰,老了老了,倒觉得这玩意儿挺有意思的。"

高知冬心想:"你要是有啥要说的,就赶紧进正题吧,要是再不进我就替张合要钱了。"

云蓉又喝了一口水,终于开口了,说:"其实我今天找你过来,除了滑冰,还有一件别的事。"

高知冬说:"我也差不多猜到了您有事,但您没说我就一直没问。"

云蓉说:"你小子倒是聪明,那我就直说了,我之前托你帮我找赵凌峰的事情你还记得吧?"

高知冬为难,说:"我当时是答应您了,可是我现在真不知道去哪儿找他,该试的方法我都试了,该打听的人也都打听了。"

云蓉说:"我那天晚上喝多了,倒是想起一件事来。他当年有次喝多了,好像和我说过想去一个什么岛上……"

当年在富华大酒店,赵凌峰痛哭那天晚上,哭完几个人从酒店出来,高美珍送万顺才回酒店,云蓉也拦了辆出租车送赵凌峰回家。在出租车后座,赵凌峰的酒醒了一半,整个人显得格外消沉,头靠在车窗上,看着窗外的夜色,沉默不语,似有无尽的心事。

赵凌峰缓缓开口说:"云蓉,你知道有个地方叫千岛湖吗?"

云蓉说听:"听人说过,咋啦?"

赵凌峰说:"叫千岛湖,就应该有一千个岛,我们去找一个小岛,最好是没有人住的那种,这样就不用和人打交道,也不用想着升职,想着怎么拍领导马屁。每天就打打鱼,然后拿陆地上卖一卖,够吃喝就行了。晴天的时候我出海你晒网,雨天的时候就窝在家里熬鱼汤喝，最好再养条狗，傍晚的时候一边遛狗一边赶海……"

云蓉听得入神，说："想一想也挺浪漫的。"

赵凌峰说："你愿意和我一起去吗？"没等云蓉回答，自己又先否定了，说："算了，你不该和我过那种日子，我这也就是在逃避现实。"他随即自嘲似的笑了笑，不再说话，头仍旧靠着车窗，刚才说话时眼里的光全都灭了。

云蓉从回忆里抽身出来，忧愁地看着远处，说："那时太年轻，不知道什么好什么不好，现在年纪大了，想起来才觉得，我可能是错过了另一种人生。"

高知冬听着云蓉叹了口气，心里也在揣摩着她的五味杂陈，便没有接话。过了一会儿，云蓉又轻轻开口："你能帮我去找找他吗？"

高知冬疑惑："找他？去哪儿找？"

云蓉说："千岛湖啊。"

高知冬一脸拧巴，说："云蓉阿姨，您冷静点，我觉得那不过是赵凌峰多年前的醉话，不能当真的，他后来还在这城市结了婚，也没去千岛湖啊。"

云蓉说："估计那个女人不愿意和他过那种日子，他便把念头藏住了。但他现在这种普通的日子过砸了，没准又会想起那儿了。"

高知冬说："您也不能这么推测啊。"

云蓉说："你就帮帮我吧，不管找得到找不到，我的心愿都了了。"

高知冬说："可是那么远，那么多个岛……"

云蓉说："就算我雇你行不行？你开个价吧。"

高知冬说："这不是开价不开价的问题……"

云蓉说："那是啥问题？是你不愿意帮我吗？"

这话把高知冬问住了，他叹了口气，说："阿姨，我不帮您是觉得这事有点荒唐，但细想一下，我这段时间，荒唐的事也没少干，所以我能理解您的心情。我一会儿就订票收拾东西，买最早的票出发，不就是一千个岛吗？我就算划小船也一个一个给您划拉完！"

云蓉就欣慰地笑了，说："那你再陪我滑两圈？"

高知冬说："行，这回我在您前面滑，我先给您打个样！"他说着一脚蹬出去，想来个弯道超车，却一屁股摔在了地上。

云蓉在身后大笑起来。

云蓉给了高知冬一笔钱，供他路上花销，高知冬算了算那钱，给的还挺多，便分出一些来，给张合转了过去，说："你的摩托车钱要到了。"张合在电话那头很兴奋，说："老太太真敞亮，她和赵凌峰到底是啥关系啊？真是老情人吗？我昨天在网上查了一下，老太太年轻时是个小歌星啊，名头是广式甜心，听着像个点心名……"

高知冬说："收钱就收钱，哪儿来那么多废话？"

张合说："这不是一兴奋就管不住嘴吗！出来喝点啊，我请你。"

高知冬说："今天不了，我收拾行李呢，明天要去趟千岛湖。"

张合说："去干啥啊？打工啊？咋这么突然？"

高知冬说："不是，是去帮着找人。算了，一下子也说不清，你就当我去旅游吧。"

张合说："旅游能带我吗？"

高知冬说："行，但是要自费。"

张合说："那拉倒吧，有那闲钱我还不如去趟三亚呢。先挂了吧，你回来记得带点纪念品啥的。"

高知冬说："行，没问题，超哥那边要是有啥事找我，你帮我应付一下。"

张合说："这好说，现在你在超哥心里的位置和以前可不同了，那个云蓉阿姨把他唬住了，超哥现在认为你广州那边有靠山，不太敢对你吆五喝六的。"

高知冬呵呵一笑,那笑苦不苦、甜不甜的,两人又闲扯了几句,挂了电话,高知冬的行李也差不多收拾好了。抬眼看外面的天气,已是深秋,但南方应该会更暖和些,会把夏天的尾巴抻长再抻长。他想到这儿,就又把几件薄衣服塞进了行李箱。

行李箱刚合上,他的手机就响了,是个陌生的号码,他接起来,对面传来一个熟悉的声音:"喂,是高知冬吗?我是赵凌峰。"

要找的人还没出发就找到了,高知冬一愣,说:"是我。"

赵凌峰说:"你前几天是不是去我老丈人家了?"

高知冬说:"是的,没想到你们还真联系他了。"

赵凌峰说:"不好意思,这么久才联系你。"

高知冬说:"你现在在哪儿?"

赵凌峰说:"我在船上。"

高知冬说:"是在千岛湖的船上吗?"

赵凌峰说:"什么千岛湖?"

高知冬说:"我本来明天要去千岛湖找你的,也不是我找你,是云蓉阿姨找你。"

赵凌峰有些惊讶,问:"你怎么认识云蓉?"

高知冬说:"因为我妈是高美珍啊。"

赵凌峰在电话那头愣住,说:"这事真巧啊,我和你妈也二十多年没见了,她现在怎么样?"

高知冬说:"挺好的,在市场出出摊,在老年合唱团唱唱歌,日子过得比我滋润。"

赵凌峰说:"是挺好的,回头代我向她问声好。"

高知冬说:"没问题。"

赵凌峰那头沉默了片刻说:"云蓉她什么时候回来的?"

高知冬说:"回来有一阵了,还帮你把欠我的钱还了。"

赵凌峰说:"你替我谢谢她,但这钱我还是得自己还,但我一下子又拿不出那么多钱,只能一点一点还,我给你打电话就是想叫你给我个账号,我把手里的一点钱打给你,你帮我还给云蓉吧。"

高知冬说:"你现在在哪儿?"

赵凌峰说:"我现在是水手,跟着出海跑运输,现在应该在印度洋的公海上,好不容易借了船上的卫星电话打给你。"

高知冬说:"你咋跑那么老远,我还以为你跑了就再也不回来了呢。"

赵凌峰说:"我这人答应过你不会赖账,就是不会赖账,还有你哥们儿那个摩托车钱,我也会慢慢还的。"

高知冬说:"幸亏你给我打了这个电话,不然我就真的到千岛湖了。"

赵凌峰说:"你为什么要去千岛湖找我?"

高知冬说:"是云蓉阿姨说的,说你们年轻时,你有次喝多了,说想去千岛湖,找一个没人的岛过一辈子,再也不想和人打交道了。"

赵凌峰那头哂笑了一下,说:"我想起来了。"

高知冬说:"那你后来去过吗?"

赵凌峰说:"没去,后来我查了一下,发现千岛湖是个人工湖,也哪儿哪儿都是人。"

高知冬就笑了,说:"那你啥时回来啊?云蓉阿姨很想和你见一面。"

电话那头又沉默了,片刻后赵凌峰没说回来也没说不回来,只说:"你也帮我给她带个好。"

高知冬说:"好的。"话说到这儿也该挂断电话了,高知冬却突然闪过一个念头,他说:"我能问你一个问题吗?"

赵凌峰说:"你快问吧,我要干活去了。"

高知冬说:"你知道我爸是谁吗?我从小没见过我爸爸,我妈也不告诉我。"

那头沉默了片刻,赵凌峰的声音又缓缓传来:"我也不敢叫准啊,但有个人叫万顺才,你可以打听打听。"

说完这句话,电话那头传来刺刺啦啦的声音,信号不太好,高知冬在那杂音里,似乎听到了海浪的声音,遥远又浩瀚,然后电话就真的挂断了。

他点了根烟,抽了一两口,盯着行李箱,几件薄的衣服是穿不上了,一趟旅行还没开始,一千个岛一个都没看到,就都被一个从印度洋打来的电话拦截住了,他这一刻竟有些失落和惆怅。

可还好,不是一无所获,至少留了个念想,万顺才,万顺才,他叨叨咕咕,用力记下这个名字。

隔天云蓉又来到冰场,因为是周末,身边小朋友便很多,有的在练速滑,有的在练花滑,跟头把式的,也吵吵闹闹的,她这个慢悠悠的老太太,不声不响的,倒显得有些格格不入。

她今天没什么精神头,滑了几圈就感到累了,慢腾腾滑到场地边,脱掉冰鞋开门出去,就看到外面的座位上,高知冬等在那里。

云蓉有些惊讶,问:"你怎么还没走?没订着票吗?"

高知冬一笑,说:"千岛湖不用去了,赵凌峰找到了。"

云蓉激动,三两步来到高知冬身边,说:"他在哪儿呢?"高知冬把他和赵凌峰的通话讲了一遍。云蓉听完,愣愣地看着冰场,有个小孩技术不好,一个跳转落地,砸起了许多冰末子。她嘀咕道:"印度洋,他咋跑那么老远啊?"

高知冬说:"水手嘛,就是会到处跑的。"

209

云蓉收回目光，说："你不会忽悠我吧？怎么就那么巧，你一要去找他，他就来电话了？"

高知冬说："我忽悠您干啥啊？我还挺想去千岛湖的，一边旅游一边找人，多美的事啊。"他说着亮出手机，说："不信您看，就是这个电话，还是卫星电话呢。"

云蓉说："那我就用卫星和他通个话。"她用自己的手机拨过去，真的打通了，可响了一声又一声，就是没有人接。高知冬似乎都能听到远在印度洋的那艘货轮上，或许是一间脏乱屋子里，也或许是一条幽暗的走廊上，一台老旧的电话在响着，一声，又一声，可是船员已经睡了，或是在忙，就是没有人来接听，直到那声音淹没在了深海里。

云蓉挂了电话，很没劲似的，说："没人接。"

高知冬安慰她，说："可能是人都在忙。"

云蓉说："可能他就是不想见我吧。"

高知冬说："您别多想，他还让我给您带个好呢。"

云蓉叹了口气，说："行，就这样吧，我也不多想了。"

高知冬说："那我把您给我的路费，还有赵凌峰打来的那笔钱，一起转给您。"

云蓉说："你别着急给我，那个路费你先留着，没准我这段时间还有事找你帮忙。然后你刚才说赵凌峰还欠你小兄弟摩托车钱，那他打来的那点钱，你先还给你小兄弟吧。"

高知冬心想："这钱我昨天就还了，您要是不这么说，我还真不知道该怎么填这窟窿。"他便没推托，笑着说："替小兄弟谢谢阿姨。"

云蓉说："这有啥好谢的，又不是我的钱。"她说着又往冰场门口走，和高知冬说："你都不出门了，没啥事再陪我滑两圈呗，一个人在这里转圈圈，太寂寞了。"

高知冬说:"没问题。"便跟着进了冰场,陪着云蓉一圈一圈地滑着。

　　云蓉看着就像有心事,高知冬也有心事,两人便也不太说话,在一个弯道,云蓉和一个小青年剐蹭了一下,摔倒了。高知冬急忙去扶起她,云蓉拍了拍衣服,没什么大碍,云蓉就要接着滑,高知冬却突然开口道:"云蓉阿姨,您认识一个叫万顺才的人吗?"

　　云蓉站直身子,看着高知冬,说:"你怎么知道万顺才?是你妈和你提过吗?"

　　高知冬说:"是赵凌峰电话里和我提的,您知道他人现在在哪儿吗?"

　　云蓉干脆地说:"死了。"

　　高知冬惊讶,说:"什么时候死的?"

　　云蓉说:"死了三年多了。"

　　高知冬将信将疑,说:"您确定?没搞错?"

　　云蓉说:"我和他在一起过了二十多年的日子,怎么会搞错?"

　　高知冬彻底呆住了,重复她的话:"您和他一起过了二十多年?"

　　那高美珍和她的矛盾,应该就是因为这个人吧?高知冬本能地去猜测。

　　云蓉说:"是啊,二十多年,一晃就过去了,一想起那些事,还就跟在眼前似的。"她缓缓地朝冰场出口走去,走了两步回头问高知冬:"这大下午的,要不要去喝杯咖啡?"

　　高知冬愣了一下,随即说:"我知道有家咖啡馆还挺特别的。"

　　云蓉说:"那还愣着干啥,赶紧走啊。"

　　高知冬三两步追了上去。

　　二十多年前,云蓉还没喜欢上喝咖啡,这座城市也没有一家咖啡馆。有天晚上，赵凌峰找她说有些事情想要聊聊，可也没有个坐着干聊天的地方，两人就约在了一家小饭店里。店里生意不好，就他们一桌客人，赵凌峰却像避人似的，非要了一个包厢。

其实说包厢也不是正经包厢，而是用屏风随便拦了拦，营造出一个稍显私密的空间。不知怎的，从那个包厢的破烂程度，云蓉已经预感到赵凌峰要谈一件糟糕的事情。

其实在今天见面之前，两人已经有好几天没见了，云蓉流产后，就把水晶宫的工作辞了，在家养了一段时间，尽管在尽力隐瞒，但这事还是被她父母知道了。

本来就对赵凌峰有成见的父母，要去找赵凌峰讨说法，云蓉拦也拦不住，求也求不妥，两人跑去厂子里把赵凌峰堵住大闹了一顿，也只要到了几百块的营养费，但这风言风语就传遍了整个厂子。

其实这种事对男人来说，倒没什么名誉的影响，可厂里那阵正在抓风纪问题，主要是抓婚外情。赵凌峰这事虽算不上正头，但也算是被抓住了个小头，扣了三个月的奖金，他那段日子也就灰头土脸的。

赵凌峰和云蓉坐在这四处漏风的包厢里，赵凌峰一双眼睛通红，似乎彻夜未睡。云蓉给他倒了一杯热茶，小心翼翼地问："凌峰哥，你怎么啦？"

赵凌峰喝了一口茶，烫到了舌头，忍住没吭声，随即淡淡地说："我们厂子第一批下岗名单出来了，有我。"

云蓉愣了片刻，说："下岗这事一直有风声，但没想到来得这么快。"

赵凌峰又喝了一口茶，那热水凉得也没有那么快，他又被轻轻烫了一下。

云蓉看他落寞，便安慰说："你也别难过，那不正好，你之前不是说想去千岛湖吗？我想了想，反正我也不想在这儿待着了，你去哪儿我都跟着你。"

赵凌峰看了看云蓉，对她的话并不回应，而是自顾自地说："厂子里说可以买断工龄，到手能有个小几万。"

云蓉说："好啊，我这几年也攒了快一万块钱，加起来够咱俩花好几年了。"

"我把这些钱全都给你，你想怎么花就怎么花，然后，然后……"他顿了顿，说，"然后咱俩就没啥关系了，你想去哪儿就去哪儿吧。"

他说完，把那杯烫嘴的热茶喝了。

云蓉一瞬间眼眶就红了，但还笑着说："你别乱说，我才不要你的钱呢，我也哪儿都不去，就跟着你。"

赵凌峰说："我这人没出息，你跟着我没有好日子过的。"

"咱们俩都年轻，日子肯定会越过越好的，最主要的是，只要在一起就什么都不怕。"云蓉越过桌子，拉住赵凌峰的手，却被赵凌峰抽了出去。

他说："我不是怕，我就是觉得累了，觉得烦了，我以后就想混混日子不行吗？"

云蓉无辜地看着他，说："那混日子就不能两个人吗？"

赵凌峰说："不能，我一个人可以，但和你在一起就是不能，只要和你在一起，我就得逼着自己往前跑，逼着自己不能松劲，我不想让你跟着我吃苦受累，跟着我遭人白眼！可是这些都不是我想要的，我就想找一个人少的地方待着，我就是没出息，没有大志向，我就想当一个窝囊废！你别跟着我了行吗？我求你了，求你了，我们分手吧。"

赵凌峰几乎歇斯底里了，他的双眼更红了，如钢厂的淬火般灼热，直直地看着云蓉。

云蓉哇的一声哭了出来，说："凌峰哥，你不要我了吗？"

赵凌峰一看云蓉哭，自己眼眶也湿了，可是他忍住眼泪，大吼着:"对!我不要你!我不喜欢你了!我要去过我喜欢的生活了!"

云蓉哭着拉赵凌峰的胳膊,说:"不要不要我……你不要不要我……"她像个孩子般哭得背气,说不出个完整的句子来。

赵凌峰想抱抱她,拍拍她的后背,帮她把气顺过来,像以前每次吵架般,让她在自己的肩膀靠一会儿,就都好了。

于是他把云蓉揽进怀里,轻轻抚摸她的头,说:"你哭吧,好好地哭一场,哭完就把我忘了,以后的日子好好过,祝你,祝你……"他想不出一个合适的词,最后竟说出"前程似锦"。

前程似锦,原来是告别的意思。

他说完,狠心地把云蓉推出自己的怀抱,跑出了饭店,一路跑到街巷的拐角处,那里无人,只堆着一大堆的建筑垃圾,他蹲在地上,咬着拳头痛哭起来。

可才哭了几声,有个老头拖着个板车过来,说:"小伙子,你挪挪窝再哭呗,我把那垃圾收一收。"

赵凌峰急忙起身,抹了抹眼泪,朝别处走去,那断了的眼泪就接不上了,他抬头看那昏沉的天空,突然就想起一件小事来。

他小时候在乡下的爷爷奶奶家待过一段时间,帮爷爷放过一段时间的牛,牛太老实了,放起来很无聊。有一天他在爷爷家的柜子里翻出了一个口琴,之后放牛时便随身带着,无聊时就拿出来吹一吹,慢慢也吹出了门道。可说来也怪,只要他一吹口琴,那牛就跑得老远,他就要放下口琴去追。后来有一天,牛跑丢了,爷爷怪他说吹口琴吹的,他心想着,吹口琴怎么会把牛吹丢呢?这里面一定有别的原因,但原因是什么呢?不知道,人们也不想找,只会赖在吹口琴的人身上,他也就慢慢觉得,那头牛是他吹口琴弄丢的了。

云蓉也想起了赵凌峰和她讲过放牛吹口琴那事,那是他俩第一次见面，在纺织厂和钢厂联谊的舞会上，他邀请她跳舞，却不会跳，在那儿瞎晃悠，还给她讲了这么个故事。她觉得这人讲话怎么没着没落的，但耳根子却不听使唤，一听就软了，再多看他几眼，就看出了几分可爱来。

云蓉趴在桌子上哭了好一会儿，知道这回赵凌峰是再也回不来了，就又多掉了些眼泪，哭着哭着，身子却不受控制地颤抖起来，心也突突地乱跳。云蓉知道这是低血糖了，收住眼泪，叫来服务员点菜，打开菜单，每一个都想吃，便胡乱点了一堆，上来后摆满了整张桌子。

她狂吃了一阵后，血糖慢慢升了上来，也因饱腹，而有了一丝可以称为幸福的感觉，但只是感受到的那一刻，那悲伤就又卷土重来，但这回，她没有哭，刚才眼睛都哭肿了，哭不出来了，她再叫来服务员，要了一瓶白酒，顶着肿泡眼，就着一桌子的菜，喝了起来。

白酒太冲，难以下咽，每一小口都是生活的辛辣，这辛辣多了，人就慢慢适应了，再多几口，竟能从中品出一丝的甜来。再接着味觉失灵了，心大了，愁情凡事都可以不当回事了，她摇了摇空酒瓶子，又招手叫服务员。可服务员迟迟没来，她心急地再喊，可声音像瓷娃娃，没什么力度。

这时一瓶酒放在了桌子上，她顺着酒瓶往上看，就看到了万顺才的脸。万顺才冲她一笑，坐在了对面。

云蓉回笼些涣散的眼神，说："你怎么在这儿？"

万顺才说："在街上瞎溜达，饿了，随便走进来想吃点东西，就看到你在这儿，我陪你喝点？"

云蓉说："好啊，反正一桌子菜我也吃不了。"

万顺才一边倒酒，一边打量云蓉，说："你刚才哭啦？为啥哭？"

云蓉不回答，喝了口酒，反问道："你大半夜自己瞎溜达啥啊？美珍姐呢?"

万顺才也不回答,但目光里全是忧愁,他也喝了口酒。

那天晚上,两人在小饭店喝到很晚,店里的服务员都撵了三回客人了,万顺才给了服务员一百块钱小费,让她别烦,服务员便摆了两张椅子躺在上面守店。

两人把那瓶酒喝光了,也把两边的事情都讲清楚了,赵凌峰和云蓉分手,高美珍不去广州。两边的事难处都在明面上,谁也没办法安慰谁,谁也没法站在谁那边,到后来只能怪命运的苦,怪人生的难。

到最后,万顺才摇摇晃晃起身,说:"妹子,我明天就走了,可能再也不会回来了,等你以后有机会去广州,就去找找我,没准咱俩在那边还能再喝顿酒。"他举起酒杯,说:"咱俩喝完这一杯就散了吧,我送你回家。"

云蓉一听到"回家"两字,眼眶又红了,嘴一瘪,说:"我不敢回家,我爸妈要是知道赵凌峰不要我了,又该骂我了。"

万顺才说:"那我送你去酒店,给你开间房,你睡一觉醒了再想想往后该咋办。"

云蓉又哇的一声哭了起来,说:"我不知道往后该怎么办,我啥也不知道,我好没用啊!"

万顺才看云蓉哭得可怜,像自家早夭的妹妹,圆圆的小脸,小时候总扯着他的衣角问:"哥哥,这是啥?那是啥?"十几岁时她被外乡男人骗去了水库,黎明前尸体浮了上来。

回过神来,万顺才的眼眶也红了,他说:"你别哭了,实在没地方可去,就跟我去广州吧。"

云蓉的眼泪愣在了脸上,这是她没想过的事情。

万顺才说:"你去了先待一阵子,散散心,等缓过来,不那么难过了,再回来。"

云蓉从小到大，没自己做过什么主，给她拿主意的，除了父母就是赵凌峰。

她说："我去散散心，真的能不难过吗？"

万顺才说："会的，总比在这儿一直哭好一点。"他看了看手表，说："我明天一早的火车，你现在回去收拾东西，咱俩火车站见。"

这话有点像命令了，里面有着不容抗拒和暂时逃离的松一口气，于是云蓉没有再多想，懵懂地点了点头。

新的一天就要落幕了，夕阳把余晖塞进了窗子里，云蓉坐在咖啡公社的窗边，脸上浸染了整个暮色。她喝了口咖啡，冲淡了往事的涩苦，回过神来，看向高知冬，迎上他不解的眼神。

高知冬说："您当年说是去散散心，怎么就没再回来了？"

云蓉说："去了之后又发生了很多事情，乱七八糟的，渐渐就把回来这件事给忘了。现在回想起来，那时的心情，可能是打心底就不想回来吧，可能也是不敢回来。"

高知冬问："怕什么？怕我妈？怕她觉得是您抢走了她男朋友？"

云蓉说："你妈就是这么认为的，我当年在火车站看见她的眼神，里面全都是愤怒，我想解释，又一下子解释不清，心里又害怕，真是逃跑似的上了火车。"

高知冬说："那您这些年都没有试着和她去解释？"

云蓉说："刚到广州时给她打过几个电话，她一听是我，就直接挂了，根本没给我机会。后来……后来我和万顺才真的在一起了，再解释也没啥用了，她更不会信了。"

高知冬说："那您后来是怎么和万顺才在一起的？"

"两个外地人，在陌生的地方讨生活，虽然算不上相依为命，但也都是颠沛流离。"她叹了口气，目光里又有了远方的回荡，"那时就觉得广州真热啊，夜里热得睡不着的时候，就挺想家的，想着家里这个时候晚上应该还挺凉的，出门还得穿件外套。万顺才有时会买一包冰棍来找我，两人就坐在马路牙子上吃，一口气能吃完十几根……"

她说到这儿话就停住了，脸上泛起了些久远的笑意。

高知冬也就没再多问，两人的话也就聊到这儿了，在沉默里，大地收回了余晖。云蓉看着对面的居民楼，突然问高知冬："你知道对面以前是什么地方吗？"

高知冬摇了摇头。

云蓉说："对面原来是纺织厂，我和你妈年轻时都在那儿当过女工，但我俩不认识，是后来在水晶宫唱歌才认识的。后来那厂子着了一场大火，死伤了一百来号人，幸亏我和你妈离开得早，不然没准我俩也死在那里头了。"

高知冬顺着她的目光，头一次仔细打量那栋普通的居民楼，那场大火的痕迹早就被新的混凝土覆盖了。

云蓉说："我最近总是做一个梦，梦里我和你妈还没去水晶宫唱歌，还在纺织厂上班，然后一场没来头的大火就着了，我俩困在里面，叫不出声，也跑不出来，像个没头苍蝇似的，东撞西撞，然后你妈找到一个马葫芦盖，掀开来通着下水道，她嫌脏不肯钻，我不怕，便跳进去，顺着乌漆墨黑臭气熏天的下水道，一路爬啊爬，爬啊爬，终于看到前面有了亮光，我使出吃奶的劲爬了上去，就到了下水道的出口，我探出头去，竟看到了大海，瓦蓝瓦蓝的，一望无际……"

高知冬听得入迷，问："那我妈呢？后来爬出去了吗？"

云蓉说："我爬得太着急了，没来得及去顾你妈，我也不知道她后来怎么样了。"

高知冬说："您怎么也和赵凌峰一样了，开始爱讲一些没着没落的话。"

云蓉苦苦一笑，却转了话题，说："你找我打听万顺才的事情，是不是想问问他是不是你爸？"

高知冬说："听您这口气，应该就不是了吧。"

云蓉说："万顺才在他儿子出生后不久就被拉去做了结扎，他本来想花点钱让别人顶替一下，可找的人不靠谱，一个人许给了两家，想挨一刀赚两份钱，最后穿帮了，没弄成，他们三人各挨了一刀。"

云蓉说到这儿，竟扑哧一声笑了。

高知冬也跟着笑了。

第十二章

小区里,大部分的窗户都黑了,但每栋楼还有几家的窗子是亮的,斑斑点点,如星光,又比星光多了点温度,像守夜,可也总等不到天明。

从其中一扇亮着的窗户透进去,能看到高美珍穿着睡衣从卧室里走出来,她看了眼墙上的挂钟,已经是深夜了。晚上吃咸了,这会儿渴醒了,她倒了杯水,咕咚咕咚地喝下去,刚要折身回卧室,就听到门口传来脚步声,还是两个人的脚步声。她还来不及细想,敲门声就响了,她走过去,透过猫眼,看到云蓉和孙芸芸戳在门前。

高美珍打开了门,问:"你俩咋一起来了?"

云蓉说:"没一起来,是在楼下碰见的。"

孙芸芸说:"我离家出走了。"

高美珍一愣,看孙芸芸身后还有个行李箱,仔细一瞧,眼圈还是红的。高美珍说:"到底咋啦?快进屋说。"

两人进了屋,坐在桌子上,高美珍倒了两杯水过来。孙芸芸却问:"有酒吗?"

高美珍说:"酒有的是,但酒也不能瞎喝啊,你得先和我说咋了,又被儿子和儿媳欺负啦?"

云蓉说:"不能吧,前几天不还给你买小羊皮的新鞋吗?不是说以后要对你好点吗？"

孙芸芸喝了一口水，然后把杯子狠狠地砸在桌子上，说："那就是扯犊子！"

高美珍说："你这么多年的气都忍下来了，到底出啥事能把你气得离家出走？"

"你们知道他俩为啥突然对我态度大转变吗？是因为他俩管老刘要了二十万彩礼钱，这俩丧良心的把我给卖了！以前挨饿年头，就听说过当妈的卖孩子的，可那也是怕孩子跟着自己饿死，我就没听过孩子把妈卖了的。"孙芸芸说着又抹起了眼泪。

高美珍问："这事是老刘告诉你的？"

孙芸芸摇了摇头，说："老刘这人我真没看错，他半句话都没和我提过。是那俩瘪犊子最近花钱对不上账了，吵起来才露馅的。"

云蓉问："那老刘就不吭一声把钱全给了？这么一大笔钱，怎么就不和你商量商量？"

孙芸芸说："也没全给，先给了一半，另一半等有笔理财到期了再给。"

高美珍说："老刘不说是对的，说了就像是自己不舍得花钱娶老婆似的，万一你再多想了咋办啊？"

孙芸芸说："老刘这人我了解，平时老没老样的，但其实心思可细了，所以我肯定不会多想的。"

高美珍说："就你这儿子和儿媳那熊样的，我都懒得再说了，你这次做得对，就离家出走给他们看看，让他们知道你也是有脾气的！"

孙芸芸说："是，我也想明白了，我都被人家卖了，还有啥好心软的。那我今晚可就在你这儿住下啦。"

高美珍说："住呗，但我家现在就一张能睡人的床，要不和我睡，要不就得在客厅打地铺了。"

孙芸芸说:"我咋的都行。"

云蓉说:"要不你别在这儿挤了,我把我酒店那个大床房改成双床的,你去陪陪我呗。"

孙芸芸说:"那也行。"

高美珍说:"你看你,还成抢手货了,我看啊,你干脆别住我这儿,也别去酒店了,直接搬老刘那儿住不就得了!"

孙芸芸愣住了,说:"这好吗?"

云蓉说:"怎么不好啊?我觉得这提议挺好的,你正好趁这个机会就搬过去得了,不然你还想等到什么时候?等着老刘八抬大轿把你娶回去?"

孙芸芸说:"我肯定没这么想过,我就是觉得至少要挑个日子……"

高美珍说:"什么日子不日子的,你俩还剩多少日子了?你就搬过去,改天让老刘办两桌,请大家喝顿酒,再把证领了,这事不就名正言顺了吗,到时谁拦着你们都没用了!"

孙芸芸还在犹豫。云蓉说:"行啦,别多想了,你就搬过去,正好气气你儿子和儿媳。"

孙芸芸又琢磨了片刻,然后一跺脚,说:"行,我这回就听你俩的,我活到这个岁数了,也叛逆一把!"

云蓉说:"那我俩现在就送你过去,给老刘送一个大惊喜!"

高美珍笑了,说:"什么大惊喜啊,是个大宝贝!"

云蓉听了大笑,孙芸芸羞得脸通红,拍了高美珍一把,说:"没个正形!"

老刘夜里睡得早,三个女人的敲门声把他弄醒了,透过猫眼看到是这三人,急忙又套了条裤子才开门,疑惑大半夜不睡觉来这儿干啥,随即看到孙芸芸拖着行李箱,还是弄不清楚,问:"你这是要出远门啊?"

高美珍说:"出什么远门,是新娘子过门。"

老刘更蒙了。云蓉就把事情大概讲了一遍,老刘这才明白了过来,也皱起了眉头,有些亏欠地看着孙芸芸说:"没想到还是没藏住,还是让你知道了。"

孙芸芸倒是头一次主动拉过了老刘的手,说:"你的心我都懂。"

老刘却仍旧一脸为难,说:"但你现在还不能住过来。"

孙芸芸愣了,高美珍和云蓉也愣了。

云蓉说:"老刘你咋回事啊?人都来了,怎么还带往出撵的?"

老刘说:"不是那个意思。"然后看着孙芸芸说:"你先去高美珍家对付几天,我就去接你。"

高美珍说:"你一个老头子咋还夹咕上了,你家又不是没地方住,你这两室一厅的房子,睡不下你两个人?"

老刘说:"我这房子虽然看着是两室一厅,但其实就一个睡觉的房间,另一个是储藏室……"

孙芸芸以为老刘害羞,便说:"咱俩就睡一个房间,都一把年纪了,有啥抹不开的。"

老刘说:"我不是抹不开,我就是还没准备好……"他看了眼紧闭的卧室门,一脸为难,话说不出来,憋得一个劲"哎哟哎哟"。

孙芸芸被"哎哟"了几声,也烦了,主动送上门的不是买卖,自尊心受了打击,转身提了行李箱就要走。

云蓉也生气了,陪着就要走,但高美珍咽不下这口气,看着老刘紧闭的卧室门,觉得里面藏了人,三两步冲了过去。

老刘说:"你别进去!"但已经晚了,高美珍一脚把门踢开,就愣住了。

云蓉和孙芸芸跟了过来,站在卧室门前,也愣住了。

三个女人的目光被卧室吸引了进去,看着刚刚粉刷过的墙壁,地上还铺着塑料布,上面落着点点的油漆。头上的吊顶刚做了一半,电线上挂着个灯泡,灯泡度数挺大,把白墙照得明晃晃的。这明显是刚装修到一半的屋子,高美珍迟疑了一下,迈步走进去,孙芸芸和云蓉也跟了进去。高美珍拉开靠墙的一排柜子,里面堆着崭新的红色床单被罩,还有新的窗帘。孙芸芸拿起一个袋子,里面是窗花喜字,三人一下子就全都明白了。

孙芸芸捧着那大红的喜字,回头看门口的老刘,老刘阴着一张脸,走过来一把拿走,说:"本来是想都准备好再接你过来的,再给我两三天就弄完了……"

孙芸芸眼里满是感动,开口却问:"那你这些日子都在哪儿睡的啊?"

老刘指了指客厅的沙发,说:"在这儿对付一下就行了。"

高美珍说:"没想到你藏着这么大一个惊喜。"

老刘说:"不管怎么说,结婚都是件大事。"

云蓉说:"老刘你做得对,不好意思,是我们破坏了你的计划。"

老刘泄了气,说:"算了,就这样吧,反正早晚都会知道的。"

云蓉说:"那这样吧,我去酒店给你俩开间房,你们去那儿住几天吧。"

孙芸芸却直接把行李箱打开,一件一件把衣服拿出来往衣柜里放,说:"我哪儿也不去了,老刘能在沙发上对付,我也能。"

高美珍和云蓉都没有再说话,看着孙芸芸倒腾衣服。老刘在一旁看了看,眼眶竟有些湿了,老了老了,有了愿意和自己吃苦的人,虽然这苦和过去不能比,可日子还是那日子,柴米油盐酱醋茶,两个人你一勺子我一筷子,才让这些有了滋味。

他慢慢蹲下身,也开始帮着孙芸芸收拾起了衣服。

高美珍和云蓉离开老刘家，在楼下高美珍还在回头往上瞅，那窗子始终亮着，她舒了一口气，事情比她想象的要好一些，老刘这个人也比她了解的要实诚许多，这一段她之前并不看好的黄昏恋，竟在这秋夜里终于有了柔软的落脚地。

云蓉把双手插进大衣兜里，说："真羡慕啊。"

高美珍问："羡慕什么？"

云蓉说："当然是爱情啊。"

高美珍心里明白她在说什么，可嘴上却说："什么爱情不爱情的，搭伙过日子呗。"

云蓉说："那可不能这么说，人不管到了什么年纪，都要相信爱情的。"

高美珍说："行了，别瞎矫情了，早点回去睡吧。"说完在路边要拦出租车，却猛地想起什么似的，回头问："哎？你刚才去我家有什么事吗？"

云蓉说："哎呀，你不提我都差点忘了。"然后把拜托高知冬找赵凌峰的事情讲了一遍，也把赵凌峰在海上的事说给了高美珍。

高美珍听了脸色就难看了，说："你还找赵凌峰干什么？"

云蓉说："没什么，就是想见见他。"

高美珍冷冷一笑，说："是老了老了，想叙旧情吗？不是我说你，你当初跟着万顺才跑了，现在半辈子过去了，又跑回来找旧情人，你也太老不正经了吧？"

云蓉满眼的落寞，说："美珍姐，你误会我了……"

高美珍说："误会你什么了？"

云蓉说："我不是你想的那样的。"

高美珍说："我想你什么样了？你自己做了什么你不知道吗？"

云蓉突然不说话了，不管是关于赵凌峰还是万顺才，时间把这一

225

切都搅浑浊了,她都讲不清了。她沉默了片刻,说:"美珍姐,咱们不提这个了。"然后顿了顿说:"万顺才死了。"

高美珍的心咯噔一下,问:"什么时候的事?"

云蓉说:"都死了三年多了。"

高美珍愣了片刻,缓缓地在路边的椅子上坐下来,倒也谈不上有多难过,二十多年没见的人,再有消息就是死讯,伤感难免把夜幕笼罩。她又拍了拍旁边的位置,云蓉慢慢地也坐了过来。隔阂在两人之间的那个人原来早就消失了,那么这么多年的恩怨是不是也该被日子彻底淹没了?

高美珍叹了口气,说:"这么大的事,你咋没一回来就告诉我呢。"

云蓉说:"哪敢当你面提他啊。"

高美珍说:"也是,也是。"便没了后话,只是盯着自己叠在腿上的手看,然后一片雪花就落了下来。她抬起头看,初雪就这么无声地降临了,轻飘飘的,落地无声,却能如此刻的静谧般,把一切掩盖,包括所有没有人再回答的问题。

两人在初雪中坐了很久,各自心头都是一幕幕的往事,不知离得这么近,会不会有所交集。直到手机铃声响起,才打破了这静谧,也把高美珍从那感伤的情绪里捞了上来。

电话是孙芸芸打来的,高美珍接起听了两句,脸色就变了,起身就要走。

云蓉问去哪儿,高美珍说回去。云蓉问回哪儿,高美珍说老刘家。

因没去上千岛湖,高知冬又把一件件衣服都放回了柜子里,本已有出门的心思,就这么掐灭了,回落到寻常的日子里,便有些不安适。可夜都这么深了,他也无处去释放这不安适,就只好买了两瓶啤酒,靠在床头一边喝一边打游戏。

刚打了两局，水晶都让人推了[1]，他怀疑自己队伍里那两个一直用文字聊天的人是小学生，游戏打得不认真，他就想加那两人好友骂他们几句，但对方根本不通过验证。

他憋闷地骂了句"小兔崽子"，手机就响了，是个座机号码，高知冬一接起来，对方便问："是高知冬吗？这里是派出所。"

高知冬心里一惊，大半夜打来肯定没好事，说："我是我是，出啥事了？"

对方说："高美珍是你妈吗？"

高知冬说："是的是的，她咋啦？"

对方说："来派出所一趟吧，你妈把人挠了，挠得血丝糊拉的。"

高知冬说着"好的好的"，挂了电话，内心里全都是纳闷，这老太太是猫妖吗？大半夜不睡觉，出去挠人了！他利索地穿好衣服，跑了出去，一出单元门就滑了一跤，摔了个大屁股蹲，他坐在地上才看明白，原来下雪了。

派出所里，高美珍、云蓉和孙芸芸三个老太太坐了一排，高美珍和云蓉脸上都挂了点彩，但也都梗着脖子，一脸的倔强。孙芸芸倒是没受伤，但眼睛哭肿了，老刘蹲在地上，捂着脸，不敢抬头。

在他们身后，派出所最里面的办公位，孙芸芸的儿子和儿媳在和民警做着笔录，儿媳头发被抓得乱糟糟的，羽绒服也被抓开线露毛了，儿子最惨，脸上和脖子上一道道的抓痕，像被五六只猫按地上挠了，疼得嗞嗞哈哈，一边做笔录还一边在抱怨，说："警察同志，是他们把我打了，你一个劲问我干啥啊？你该把他们关起来啊！"

这话传到高美珍耳朵里，她回头冲孙芸芸儿子喊："小王八犊子，你说关谁呢？你打自个妈还有理啦？没见过你这种丧良心的玩意儿！"

1　在游戏《王者荣耀》中，谁家的水晶被推了，代表谁输了。

227

孙芸芸急忙拉扯高美珍，说："别说了，他没打我，就是我去拉架推了我一把。"

高美珍说："你现在还护着他？要不是我们赶过来，你这老胳膊老腿早被卸下来了。"

孙芸芸不吭声了。云蓉说："是啊，你儿子不是东西，你那儿媳更不是物儿[1]，看给我俩挠的。"

高美珍说："关他们两天就老实了，看他们还冲不冲你们要彩礼钱！"

孙芸芸说："这要是关几天会不会留下犯罪记录啊？我听说现在这方面管得可严了，会不会影响工作啊？"

一直捂着脸的老刘终于开口了，说："你们别吵了，这事全怪我，我那笔钱就不该放在理财里，我不放里面，早早给他们，他们也不至于上门闹。"

孙芸芸说："不怪你，要怪就怪我，非要离家出走，搬到你那儿去住，要是不去住，他们也不能急成这样。"

高美珍和云蓉对视了一眼，眼里都是气，高美珍说："都这样了，你俩还抢着在自己身上找原因呢！"

云蓉说："如果说动手打人这事，那是各占一半的理，也各吃了一半的亏，算是平手。但要钱这事，肯定就是他俩不对了，这彩礼钱给是情分不给是本分……"

话说到一半，孙芸芸的儿媳耳朵尖，离老远就听到了，说："啥情分本分的，我家的事你们外人跟着掺和啥？要是把事闹大了，我妈的脸没地方搁了，想不开一跳河，你们进炼人炉也闭不上眼。"

高美珍听了这话，噌地站起来，说："小兔崽子你说啥呢？是不是

---

1 不是物儿，东北方言，不是东西。

挨揍没够?"

儿媳说:"你来呀,你来呀,我刚才没发挥好,你现在敢不敢到门口和我单挑?"

民警看不下去,冲儿媳吼:"你给我坐好!我看你胆儿挺肥啊,在派出所里还敢约架!"

儿媳不情不愿地扭身坐好,高美珍也坐了下来,高知冬就冲了进来,看到高美珍坐在那儿,脸上有伤,有点别扭地问:"你没事吧?谁打你了?"

高美珍说:"我没事,小伤。"

高知冬问:"到底咋回事啊?"高美珍大概讲了讲,高知冬听明白了事情的大概,说:"你这么大岁数了,还打什么架啊,让人逮进派出所了,丢不丢人?"

高美珍说:"用不着你管我,就这派出所,你还少进了?别在这儿跟我装蒜!"

云蓉怕两人又像上次那样吵起来,便用胳膊肘碰了碰高美珍,示意她少说两句。孙芸芸也急忙过来,说:"冬啊,这事不怪你妈,都怪我,你妈也是为了帮我出头。"

两人便没再说什么,这时民警就把几位叫过去做笔录了,一群人说得七嘴八舌,等录完,都凌晨三四点了,最终也没弄出啥结果。大家都困了,老刘还是心软,说和解吧,也没啥别的要求,医药费他两边都给,只要孙芸芸的儿子儿媳再来找麻烦。

民警问儿子儿媳的态度,两人说:"没问题,只要你那十万给了,我们保证不找麻烦。"

问题绕来绕去,又绕回去了,这回警察不管了,两边耍嘴皮子,只能算家务事,打着哈欠把人全都送走。儿子儿媳打了辆车,先溜了。其他人上了高知冬的车,高美珍坐副驾,其他三人坐后座。高

229

知冬先送孙芸芸和老刘，再送云蓉，最后车子里只剩下他和高美珍两个人。车子穿行在空旷的街道上，光影落在高美珍的脸上，她像突然想起什么似的，说："你这车子是从赵凌峰那儿要过来的吧？"

高知冬说："对啊，咋啦？"

高美珍说："没啥，就是觉得真破啊，这一路叮叮咣咣的。"

高知冬说："就快报废了，你凑合坐吧。"

高美珍说："要不我给你买辆新车吧，我看人家现在都在开滴滴，你也干这个吧，也算是个正经工作。"

高知冬心里一动，但也不愿意领这情，便只说："听你这口气，这些年你攒了不少钱吧？"

高美珍说："也没多少，我看现在有些新车可便宜了，就几万块钱。"

高知冬说："行啊，那你把钱给我吧，我自己去买。"

高知冬以为话一出口，高美珍会发火，但她却微微一笑，说："给你的话，我还能见到车吗？"

高知冬说："算了，这事别聊了，咱俩之间没啥信誉。"

高美珍顿了顿，说："要不我也托托人，给你送进厂子里？"

高知冬说："我记得小时候，你总和我说千万不要进厂子，不然一辈子都在打转转。"

高美珍说："时代不一样了嘛，以前是铁饭碗，现在是合同工，你想不干就可以不干。"

高知冬说："得了吧，有啥不一样的。进去了就得干到底，不然那托人的钱不是白花了？"

高美珍想了想，说："也是。"

车子继续往前开，车厢内沉默了片刻，高美珍长叹了口气，说："那咋整啊，你也不能一直这么晃悠啊，你能有个正经营生，我也能安心了。"

高知冬听出了她的忧愁，说："你今天怎么了？感觉不对劲。"

高美珍说："我前段时间去做体检了。"

高知冬心头一紧，急着问："啥结果？"

高美珍盯着高知冬的脸说："你担心我？"

高知冬被盯得不自在，说："到底咋啦，快点说。"

高美珍嘿嘿一笑，说："结果就是啥事没有，除了血压高点。"

高知冬松了口气，没好气地说："那你刚才整得跟交代后事似的干啥？"

高美珍说："就是看了体检报告，觉得自己命那么长，就想着咱娘俩，也不能就这么硌硌棱棱地活下去吧？所以还是想把你扶回正路。"

本来一听见正路俩字就烦躁的高知冬，今夜也平静了许多，或许是下雪的原因吧，让人都柔软了几分，也让那封闭已久的心，透了口气。他说："妈，你别操心了，我心里有些坎，只能我自己迈过去，别人都帮不了的。"

高美珍没有再接话，车内就再次陷入了沉默，高美珍受不了这氛围，说："你给我放放歌听。"高知冬不敢扭开收音机，怕一扭开就穿越了，便说："这车音响都坏了，听不了歌，你不是老年合唱团的吗？你自己唱两句呗。"

高美珍说："算了，这嗓子都吼了一宿了，唱不动了。"

她虽这么说着，可还是把头靠在了车窗上，看着车窗外雪天里，一盏盏路灯后退过去，像是岁月在前进中被甩掉的光，她轻轻开口哼唱道："今夜微风轻送，把我的心吹动，多少尘封的往日情，重回到我心中……"

高知冬听着听着，眼眸里就有了不被察觉的柔软，也觉得高美珍唱歌真好听，和那收音机里的歌声都有一点像了。

他说："妈，你有想过录一张自己的专辑吗？"

高美珍说:"拉倒吧,这把岁数了,还玩圆梦呢。"
　　两个人就都笑了。

　　初雪都留不住,一整个夜晚的铺陈,在下一个中午前就融化光了。高知冬睡醒觉时已经是下午了,他被从没拉紧的窗帘缝里透过的光,刺得睁不开眼,等适应那光线后,雪都没了,只残留些雪水,从房檐滴滴答答地落下。他翻了个身还想睡一会儿,就感觉屁股怎么这么疼呢,仔细回想了一下,才记起是昨晚着急出门,在楼门口摔了个大屁股蹲,他起身在屋子里翻找了一圈,没有什么跌打损伤的药,就想着要不一会儿去买点,借这个由头去找沈向真,哪怕这由头有点牵强。
　　正寻思着,手机响了,之前那个借款给前女友的男人,又准时来还款了,他也就顺手把钱转给了超哥,超哥仍旧是打了两百块红包给他,然后下面又发了个定位,说:"来这儿,请你吃点好的。"高知冬纳闷,超哥怎么突然要请自己吃饭了?难道是真被云蓉唬住了,怕了,所以敬重自己了?他猜了一圈,也没有确定的答案,便点开那定位,显示富华大酒店。
　　十几年前,富华大酒店是整座城市地标性的建筑,年轻人的婚礼、老年人的寿宴都爱在这儿办,顶层的旋转餐厅,更是爱搞浪漫的年轻人和上层人士宴请的首选。可是岁月流转,周边的高楼鳞次栉比地拔起,它楼顶的旋转餐厅,望出去的便不再是俯瞰整座城的风景,而变成了高层住户家的柴米油盐。富华大酒店就在别人家烟火的包围下,逐渐落寞了下去,现在只有老派的人还喜欢在这里吃酒,或许也是另一种怀旧的仪式。
　　高知冬来到酒店门前,就碰到了张合,张合惊讶先开口:"超哥也叫你啦?"

高知冬说："是啊，我还以为只叫了我一人呢！"

张合说："我也这么以为的，还寻思着这是要提拔呢，还是委以重任呢！"

两人对了下信息，对超哥的宴请感到糊涂，但也隐隐觉得肯定是好事，便彼此影响着，都有些兴奋起来，朝里面走去。

两人走进大堂，询问前台四季青包厢在几楼，前台是个四十多岁的阿姨，看样子是开业至今的老员工，倦怠写了一身，她坐在那里用手机玩斗地主，抬了下眼皮，看不是熟客也不是有钱客，就又把眼皮耷拉下来，说："四季青当然就在四楼啊。"

张合看不惯她的态度，说："那九霄云外就是九楼呗？"

前台一听有人抬杠，眼皮一翻来了精神，说："我们酒店一共就八楼，你去九楼干啥啊？跳楼啊？"

张合说："你这样的都活着呢，我跳楼干啥？"

前台说："小兔崽子你是谁家的？"

高知冬看不下去，说："别吵了，咱们赶紧走吧。"

这时超哥的声音从身后传来："你俩在这儿干啥呢？刚到啊？"两人循声望过去，超哥夹着包走了过来，身后还跟着俩新小弟，看起来年纪也就十八九。

前台认识超哥，说："哎呀超哥，这俩是你兄弟啊？"

超哥点了点头，说："是啊，咋啦？惹你了？"

前台说："没有没有，就是看这俩兄弟长得挺精神的，闲扯两句。哎？超哥，上回给你找那个小妹咋样？"

超哥说："挺好的，晚上能喝能唱能玩的，就是白天看着脚有点瘸。"

前台说："我也没在白天见过她，我下回再给你介绍一个腿脚利索的。"

超哥说:"行,那我先上去了,你还用手机玩斗地主呢?我让小弟再给你充点欢乐豆吧。"

前台说:"谢谢超哥,你定的包厢在四楼。"

超哥说:"我知道,四季青嘛。"

高知冬和张合跟着超哥上了电梯,超哥问:"你俩刚才和她说啥呢?"

张合说:"问她四季青在几楼。"

超哥说:"哦,这还用问,一听名字就在四楼嘛。"

张合和高知冬对视了一眼,无奈,都没吭声。

超哥却说:"高知冬啊,上回帮你还钱那个老太太,我还以为多有背景呢,我让人帮着查了一下,原来就是个小明星啊,还是二十多年前在广州那边混的。"

高知冬说:"是的是的,超哥查得没错。"

超哥说:"我不管她哪儿来的,只要到了咱们这儿,就都不好使。上回看在钱的分儿上,我就不和她计较了,以后再和我来唬人那一套……"他的话停住了,用力拍了拍高知冬的肩膀,说:"还有你妈,抽了我一个大嘴巴子,这个我先给你记在账上,你肯定是要还的。"

高知冬一个劲地点头,说:"明白明白,你随时可以找我还。"

超哥冷哼了一声,电梯就门开了,超哥先走了出去,高知冬和张合又对了一下眼神,明白俩人都想多了,并不会有什么好事发生。

四季青包房里,超哥的一众小弟都已等在了那里,超哥落座,也示意让大家都坐下。高知冬就想起自己屁股疼,不能久坐,超哥就像是明白他心意似的,指了指他和张合,还有另外两个小弟,说:"你们四个长得眉清目秀的就别坐着了,站门边充当个礼仪'小姐',一会儿武哥进来了,你们哈个腰鞠个躬。"

高知冬很乐意地站到了门边,张合和其他两个小弟就不太情愿了,可也不敢违命,扭扭捏捏地站了过去。超哥看着这四个人,露出满意的神色,又转头问另一个人:"让你们准备的条幅准备了吗?"

那小弟从凳子边拿出一个袋子,说:"在这儿呢。"

超哥说:"那还愣着干什么?快挂上吧。"

小弟立马从袋子里拿出条幅,又拿出一个榔头,站上凳子,咣咣咣往墙上砸钉子。超哥说:"你给人这软包砸得都是窟窿,你赔钱啊?"

小弟说:"超哥你放心,我以前是干室内装修的,我用的都是无痕钉,不会被看出来的。"

超哥又满意地点了点头,那条幅就挂了起来,红底黄字:"热烈欢迎武哥荣归故里!"

高知冬看着这么大的阵势,心想武哥肯定是个大人物,会带着一群更体面的小弟过来,那样才显得有气势,也更能凸显"荣归"。这时,一个孤零零的中年男人,不高不壮,不胖不瘦,穿着一件休闲夹克走了进来。高知冬他们四个礼仪"小姐"都以为他是饭店的工作人员或是走错包厢的客人,一个小弟伸手拦住他,问:"你是谁啊?知道这是哪儿吗就敢往里走?"

男人笑眯眯地说:"我是修空调的,有客人反映你们屋的空调不够凉。"

小弟说:"你逗我玩呢?大冬天的有暖气开什么空调。"

男人说:"是一个虎超超[1]的人叫我来的。"

小弟纳闷,这个虎超超的人是谁呢?张合插嘴说:"不会是超哥吧?"

---

1 虎超超,东北方言,形容办事不计后果就往前冲。

这时从洗手间回来的超哥一溜小跑过来，一把握住男人的手，说："武哥，好久不见。"

高知冬和张合都傻眼了，拦人那个小弟傻得最厉害，急忙赔礼说："武哥，对不起，我刚才有眼不识泰山。"

武哥还是一副笑眯眯的样子说："没事的，也不怪你，都怪我没把名字刻脸上。"

大家就都笑了，超哥请武哥入席，坐主位，上菜，开酒，干杯，好不热闹。可这些都和高知冬无关，超哥就像是把他们忘了般，并没有招呼入座，就让他们四个干巴巴地站在门前，看着这一屋子的盛宴，主客尽欢。

高知冬不满意地嘀咕了句："说是来带我们吃点好的，结果在这儿干站着看别人吃，早知道还不如在家躺着呢。"

张合小声回应："你别急，没准一会儿他们吃饱了，留点剩菜让你打包呢。"

高知冬瞪了他一眼，目光就又回到了酒桌上，推杯换盏，好不热闹，可是好像都和自己无关。

"我为什么要在这里？"突然一个声音在问自己，他琢磨了一下，得不到一个好的答案，但又恍惚觉得世间万物的轮转，一定是有迹可循的，一定有其玄妙的命理，只是他要等一等才能参透。

冬天日子黑得早，下午四点多，就见不着光亮了，下午和夜晚的界限就弄得不清不楚。今天生意也不太好，磨磨叽叽才卖出百十来块钱，高美珍就没硬撑到市场下班，早早地收拾起摊位，又寻思着买根萝卜，家里冰箱里还有块羊肉，回去弄一起熬锅羊肉汤喝。

她把摊位刚收拾完一半，韩式烤肉店的老板娘就来了，高美珍寻思着，上回去要完账，那时还是秋天，她好长一段时间都没来了，她以为这个客户算是丢掉了,心里也没觉得可惜,爱赊账的客户不笼络也罢,年纪大了记性不好,有些账欠着欠着就忘了。所以在老板娘走到摊位前的几秒钟里,高美珍打定主意,如果不是现钱,绝对不做她的生意。

可老板娘却不是来买东西的,她急匆匆来到高美珍身边,拉着她就往外走,说:"高姐,你和我出来一下。"

高美珍纳闷:"出去干啥?"

老板娘说:"你来跟我认个人。"

高美珍:"认谁?人在哪儿呢?"

老板娘说:"在我车里呢。"

说话间两人就出了菜市场,一拐弯,到了停车场。老板娘指着一个方向问:"车里那人你认识吧?"

高美珍顺着老板娘的手指看过去,一辆红色的小代步车,云蓉坐在车里,捧着一根米肠在啃,米肠是血和米灌的,云蓉吃得一嘴血丝糊拉的。

高美珍吓了一跳,说:"她咋跑你车里了?"

老板娘说:"我下午店里没客人,正趴在桌子上打盹儿呢,就听服务员喊抓贼抓贼,我一个激灵站起来,顺着声音跑去了后厨,就看到这个老太太在偷米肠。我开始以为是要饭的饿急眼了呢,可一看那穿着,溜光水滑的,也不像是要饭的,就问她为啥偷东西,她说话囫囵半片的,一口一声叫我姐,我一看,这不是精神病吗?也不知道是谁家的,就和服务员说送去派出所算了。可这老太太一听要去派出所,吓死了,死活不去,还骂我,骂得可难听了。然后我再仔细瞧了瞧她,又觉得眼熟,捂着脑袋想了半天,才想起你上次来要账时,就是和她在一块喝酒的,我就和她说:'带你去找高美珍去,你去不去?'她一听,点着头说:'好好,去找美珍姐。'我一看这对上了,就把她拉这儿来了。"

高美珍听完,还是觉得惊讶,这云蓉怎么突然就神经了?是受了什么刺激吗?她小心翼翼地走到车门边,拉开车门,说:"云蓉,下车了。"

云蓉看到高美珍,却不认得,说:"阿姨,我就吃根米肠,你别追着我打了。"

高美珍盯着云蓉,说:"什么阿姨不阿姨的,你看看我是谁?"

云蓉仔细打量了一下高美珍,突然眼里有了惊惧,把半截米肠丢给高美珍,蜷缩进车里的另一侧,说:"阿姨,我把米肠还你,你别放狗咬我,我怕大狼狗!"

高美珍听了这话,脑子里猛地浮现起一件事来。二十多年前一个周末的下午,她和云蓉、赵凌峰、孙芸芸等一群人闲来无事,骑车去郊区的鲜族屯玩,路过一家农户,院子里架了口锅在煮米肠,香气飘得老远,他们几个就馋了,本想进去买两根,但进院子里一看没人,主人正躺在屋子里的炕上睡觉,他们便动了馋主意。高美珍掀开锅,赵凌峰用筷子夹出两根来,然后一群人悄咪咪地溜走,可到了院门口,却见一条大狼狗站在那里,伸着老长的舌头,哈哧哈哧地喘着气。几个人不敢动了,互相对了一下眼神,想要轻轻地绕过狼狗离开,可刚一过去,狼狗就狂吠起来,几人一哄而散,各自骑上车子猛蹬,那狼狗的叫声把主人吵醒了,一个烫了头的中年阿姨拎着烧火棍冲了出来,叽里呱啦说了一堆朝鲜族话,那狗就追了上来。

云蓉当时坐在赵凌峰的后座,米肠本来在赵凌峰手里,但赵凌峰骑车,那米肠就落到了云蓉手上,大狼狗认米肠不认人,追着云蓉猛跑。云蓉吓得嗷嗷叫,让赵凌峰使劲蹬,赵凌峰也怕狗,站起身子拼了命地蹬,可没蹬两下,咯噔一声,车链子断了,他和云蓉一个身子不稳,都摔进了沟里。那大狼狗就扑了上来,冲着云蓉的腿就要下口,却被赵凌峰伸出一条腿给挡住,狗牙落在了赵凌峰的腿上,赵凌峰惨叫一声,大狼狗却已经叼着米肠跑了。

后来众人扶着一瘸一拐的赵凌峰去医院打狂犬疫苗,云蓉哭了一路,医生问怎么被狗咬了,众人都不好意思说出原因,赵凌峰就说:"医生,你听没听过一个传说,就是郊区鲜族屯那边有一户人家,她家有一条大狼狗,这条狗长得又大又壮,每天下午两点都会咬伤一个人,我就觉得纳闷,怎么会那么准时准点地咬人呢?于是今天就过去看,看看两点时到底发生了什么。我悄咪咪地走进院子里,却没看见大狼狗,我看了看时间,眼看就要两点了,这大狼狗去哪儿了呢?我就在院子里找啊找,终于找到狗窝了,然后那狗冲出来,一口把我的腿咬了。那一刻我终于明白了,为什么这狗每天下午两点都会咬人。"

医生被他的故事吸引住了,问为啥,赵凌峰说:"就因为像我这种好奇心重的人太多了,每天都有人两点过去看这条狗怎么咬人,于是这条狗每天下午两点都能咬到人。"

医生听完,呵呵呵呵笑个不停,众人跟着笑,云蓉红着眼眶也笑了。

高美珍回过神来,还在想着从那以后,他们好像再也没去过那个鲜族屯,她都快把这事忘了,可却在云蓉心里留下了这么一片影子,老了老了,发神经了,还惦记着那根没吃到的米肠,还忌惮着那一条大狼狗。

她伸出手,把米肠递还给云蓉,说:"没事,你吃吧,我不放狗咬你。"

云蓉小心翼翼地接过米肠,刚要放嘴里咬,动作却戛然停住了,高美珍看到她的眼神一晃,聚了神,她看着手里的米肠,又看了看四周的环境,然后看向高美珍,像个懵懂的孩子从午睡中醒了过来,她说:"美珍姐,我怎么在这儿?"

第十三章

　　高美珍载着云蓉回了家，两人一路无言，只有刀子似的风刮在脸上。云蓉像个做错了事的孩子，老老实实地扶着高美珍的腰，小摩托在结了冰的路上起起伏伏，高美珍的小心翼翼落在车把上，也藏存在心里。等到了家，她先接了盆热水让云蓉洗脸，然后去厨房切萝卜剁羊肉，等一锅汤煮好了，端到餐桌前，先给云蓉盛了一碗，自己也喝了一碗，看云蓉的表情舒缓了，才把小心翼翼问出口："你到底是咋了？"

　　云蓉放下汤碗，说："没吓到你吧？"

　　高美珍说："咋没吓到，都吓坏我了。"

　　云蓉一笑，说："没想到突然就这么严重了。"

　　高美珍说："啥严重了？"

　　云蓉说："病呗。"

　　高美珍说："啥病？精神病啊？"

　　云蓉说："是阿尔茨海默病。"

　　高美珍一愣："老年痴呆啊？"

　　云蓉说："你就不能别这么叫，痴呆这俩字太难听。"

　　高美珍算是得到了确认，这病她知道，以前邻居有个老太太就得的这病，孩子、老伴都不认得，整天背个小书包，说自己要去春游，最后家里人一个不留神，人丢了，好几天后一个放羊的报案，在山里找着了老太太，人早没气了。

高美珍心疼地看着云蓉，说："你啥时得的这病啊？咋不早说呢。"

云蓉说："早说有啥用啊，这病也治不好，吃药也只能抑制恶化速度，我天天都吃呢，可恶化得还是挺快的。"她说这话时没有一点悲伤的成分，情绪也不起伏，她在心里早就接受了这个病。

可高美珍听着还是难受，又给云蓉盛了一碗汤，问："你和家里人说了吗？"

云蓉苦笑："我哪儿还有什么家里人啊。爸妈早就不在了，那个弟弟听说前些年一家去了韩国打工，也联系不上了。"

高美珍说："那你和……"话到一半，还是问不出口她和万顺才去了广州这些年的状况。于是顿了顿，话锋轻转，头一次问起："你这些年是怎么过来的？"

不是那些光彩的、众人皆知的事情，而是寻常的、艰涩的，不为人知的真正日子。

云蓉说："从刚回来时就想和你讲讲我这些年是怎么过的，可一直没找着机会。"她四周环顾了一下，看到窗台上泡着的药酒，说："美珍姐，能给我接一杯吗？今天太冷了，身子到现在还没缓过来。"

高美珍说："这酒度数高，你少喝点。"然后接了一整杯，分给自己一半。

云蓉接过杯子，抿了一小口，说："这酒还行，不难下口。"

高美珍说："里面放了人参和枸杞。"

云蓉说："怪不得有点苦，但细品甜丝丝的，和人生的滋味很像。"

高美珍也喝了一口，说："像啥啊，人生哪敢细品啊。"

入夜，富华大酒店的灯火还保留着老派的堂皇，高知冬从洗手间回来走进四季青包厢，宴席已陷入一片和谐的混乱之中，武哥喝多了，双眼不再眯眯着，而是散发出了些狡黠的光芒。

他此刻正在讲述自己多年的经历，二十多年前，他在本地二中上学，学校门口卖冷面的欺负他，给别人的一碗里装三两面，给他的就装二两半。他搞不明白，也不知道哪里得罪了老板，就趁着有天店里没客人，质问老板。

老板说："你能发现这个也说明你挺机灵，那我就实话告诉你，得罪我的不是你，是你妈。你妈是不是在六小食堂上班？"

武哥说："是。"

老板说："我闺女就在六小上学，去食堂打饭，一勺子三块锅包肉，你妈一哆嗦，就掉下去一块，我闺女碗里就变成了两块，次次都这样。我也不能因为一块锅包肉就去找你妈麻烦吧？所以为了心理平衡，这事就得在你身上找补回来。"

武哥一听，理确实是这么个理，也想起了母亲隔三岔五带锅包肉回家的画面，便也不再生老板的气，还是照旧来这儿吃冷面，老板也照旧只给二两半。渐渐地，两人就熟络起来，武哥知道了这个老板以前是个道上的人，正好武哥学校烂，成绩也差，就对学习没了耐心。也正好老板的手艺差，店越开越没生意，老板就拉着武哥一起重新混社会了。

两人在当地混了些年，没混出什么名堂，倒是惹出了些小案子，差不多十年前，实在混不下去了，就跑到了南方，凭着一股狠劲，慢慢混出了些名头，但名头不等于金钱，他们就又靠着些手段，拿下了些灰色的生意，这才觉得人生算是站稳了。

他讲起抢生意时最惊险的一幕，十多个人拿着藏刀围堵他们，他们手边没有武器，只有一个啤酒瓶子。他说到这儿，也从桌子上拿起一个啤酒瓶子，然后指了指刚才进门时拦他的那个小弟，示意他过来。小弟不明所以地走过来,武哥一酒瓶子就砸在了小弟的头上,酒瓶子碎裂,一屋子的人都蒙了。武哥说:"我俩当时就这样,一酒瓶子砸在自己头上,拿着剩下的半截,瞄准一个捅一个,挨了刀子也不停手,捅到第三个,对方怕了。"

超哥一脸的仰慕,带领所有的小弟鼓掌,然后不禁询问:"那位一起拼命的老板这次也回来了吗?怎么没一起过来喝点啊?"

武哥的眼神一下子暗淡了下去,摇了摇头,说:"那次我胳膊上挨了几刀,都是皮外伤,但是他肚子上中了一刀,没挺过去。"

超哥一瞬间哑然了,想了半天,只憋出一句:"真是个好兄弟。"

武哥不理会超哥,而是脱下外套,里面是件T恤,露出的胳膊上满是刀痕。他朝挨了瓶子的小弟走过去,把夹克盖在他头上,说:"都出血了,去包扎一下吧,医药费我出。"说着掏出几张百元钞票,塞进小弟的口袋里,又拍了拍他的脸颊,说:"以后长点眼色,说话也别那么冲,人生不是过这一天两天的。"

小弟一个劲地点着头,高知冬就扶着小弟出去了,到了酒店门前,小弟说自己去医院就行了,让高知冬回去。看着小弟上了出租车,高知冬也没有急着回去,站在门前抽了根烟,脑子里还在不断地闪现着刚刚武哥脱下夹克时,后腰露出的蝴蝶文身,和多年前抢他东西、轧坏他脚的人一模一样。他用手搓了搓自己胳膊上的蝴蝶贴纸,手太干巴了,搓不掉,就像是真的文身似的。

他抽过那根烟后,走向了对面一个破旧的电话亭,拿下落满灰尘的听筒,发现竟然还能用。拨打报警电话不用投币,真方便。

云蓉又喝了一口酒,脸上就微红了,她把之前和高知冬讲过的与万顺才一起去了广州的缘由,又和高美珍讲了一遍。

高美珍听完,也抿了一口酒,说:"我现在知道了,是和我想的不一样，但是有什么区别呢？无论怎么样，我的人生从那时起，已经转了弯，再也改变不了了。"

云蓉说："是，是不会改变的，可是我还是要说，你觉得我是狡辩也好，求心安也好，都可以，但我这些年，每每回想起你在月台看着我那刀子似的眼神时，我就睡不着，我就要一遍一遍地告诉自己，我不是个罪人。"

云蓉双手捂着杯子，全身收拢着，微微颤抖。

高美珍"哦"了一声，接着又点着头"哦哦"了两声，像是在认同什么。难道是在认同自己错了吗？这些年所认为的事情，所执着的恨意，都不该吗？命运多狡诈啊，一件事情，只给你看到结果，让你不停地去填充它，去合理化它，在你心里完成一番自洽，然后在多年后才转告你，结果还是那么个结果，可是因是错的，因是另一番别人的无奈，可人要多聪明才能识别这狡诈啊，人要多自信才能说"我不听，我只相信我相信的"。

她此刻什么都说不出来，但她明明有很多话可以说的，她可以说："不管出于什么原因，但如果那天你不在火车站，我没准就会一狠心跟着去了。"她还可以说："咱们姐妹一场，你和我爱的人一起离开，至少要和我打声招呼吧？"

但岁月把这些言语都风干了，说再多时光也无法倒回了，人生没了别的可能，只争这一时之气又有何用？

高美珍喝了一口酒，把苦涩活生生地压回去，露出个近乎纯真的笑脸，说："这些话说出来，你心里好受一点了吧？"

这话语和笑容都让云蓉措手不及，她以为高美珍会和她争执、谩骂，她已经做好准备迎接最恶毒的诅咒。可是高美珍却轻飘飘地说出这么一句话来，像暖风轻抚而来，噼里啪啦的声音在她心里响起，有冰河开裂了，她的身子更加蜷缩了，她猛地哭了出来。她还是没忍住那内心的罪恶感,还是说出了那句"对不起,美珍姐,对不起!"。

她越哭越大声,越哭就越像是为自己哭,这些年的人生是把辛辣的调料,回味一口,就足够涕泪横流。高美珍靠过来,似从这眼泪中,读出了些心酸,自己的鼻子也一酸,她轻拍着云蓉的背,说:"你这些年活得也不容易吧?"

是啊,谁敢说人生容易呢,能谋得片刻轻松已是侥幸了。刚抵达广州那会儿,湿热的天气就把人淹没了,喘口气都觉得费劲,在墙壁发霉的小旅馆里,盯着转动的小风扇,汗水浸透了背心,熬过一夜算一夜。万顺才在隔壁大酒店开了个总统套房,找了一群女人,夜夜笙歌,那群女人来自全国各地的冰湖,跳进这一池温水里,拼了命地撒欢,万顺才和她们在一起,才真的像是个亡命之徒。他几次叫云蓉过去一起玩,云蓉都没去,不知为何,同一趟火车过来,一落地,竟变成两个世界的人。云蓉一边在小旅馆里住下,一边找工作,没什么本事,要不去工厂,要不去驻唱,她选了后者。一家挺大的酒吧,给的钱不算多,但和在老家比,那是巨款,于是她成了夜行动物,还好小旅馆的房间没窗户,白日里睡进去照样昏天暗地。

一日,她正在睡觉,咣咣咣有人砸门,开门一看,竟是万顺才,通红着眼睛,说要睡觉,不待云蓉反应,已倒在了床上,昏睡过去。万顺才一直睡到第二天早上,云蓉下班拎着早餐回来他才醒,不由分说拿过早餐就吃,吃完了点了根烟,舒舒服服吸了一口,人才像缓过来。他说自己是因为钱花光了,才被酒店赶出来,但觉得钱不可能花那么快,可能一半被女人偷走了,那女人给自己抽的烟里面有东西,抽完想的全是美事。

云蓉说:"那你接下来咋办?"

万顺才说:"不知道,慢慢想,我没地方住了,你收留我一下吧。"

云蓉说:"那我再给你开间房吧。"

万顺才说:"不用,在这儿对付几宿我就走。"

云蓉想着也行,说:"那我睡白天你睡晚上。"

万顺才说:"行,那现在床归你了,我出去转转。"

接连几天,当云蓉睡觉的时候,万顺才都在外面转,有时回来得早,就挤在云蓉边上眯一觉,开始时云蓉吓一跳,怕他动手动脚,可几次过后,见他没越矩,也就踏实了。

有天她睡醒觉一睁眼,万顺才就坐在床对面的小椅子上看自己,云蓉被看得心慌,问:"你想干啥?"

万顺才说:"咱俩这算啥关系?"

云蓉说:"朋友关系。"

万顺才说:"我觉得比朋友更深一点。"

云蓉说:"你想干吗?"

万顺才说:"你能借我点钱吗?有人拉我做服装生意,我多少得出点资。"

云蓉最近攒了些钱,加上之前带来的积蓄,有差不多两万。她本是不想借的,可不知怎的,可能是这些天睡在一张床上,但万顺才从来没有过非分之想,这一点打动了她。她说:"我只有不到两万。"

万顺才说:"虽然少点,但是先给我吧。"

云蓉带着万顺才去银行取钱,钱一交到他手里,万顺才就消失了,云蓉找了几天,都无果,她才觉得,自己可能被骗了。

异地他乡,只剩自己一人了,日子过得孤零零,酒吧里仍旧热闹,没有烦心事的人们,拥挤在一起,把夜晚和人生合起来消遣。她还在唱歌,却也不把唱歌当出路了,便不知道唱的是昨日还是明朝,有时唱着唱着落泪了,就尽情地哭一哭,把苦楚伪装成动情,就没人会计较,没人会在乎,自己也可以混沌度日了。

三个月后,又是咣咣咣的敲门声,云蓉打开门,看到万顺才站在门前,双眼通红,一身疲惫,云蓉以为他把钱挥霍完了,又回来找自己,他却一把抱住云蓉,说:"咱们有钱了,我的生意做成了,你不用再住在这里了。"云蓉鼻子发酸,不是为了这金钱,而是为了没被骗,为了异地他乡,唯一亲近的人又回来了。

云蓉拎着简单的行李,被万顺才带去了一个海边的公寓,两室一厅,平平整整,客厅窗外是一片广袤的海,窗户一开,那海风就裹挟着些咸味吹了进来,却有一丝难得的凉爽。云蓉问万顺才房子哪儿来的,万顺才说租的。云蓉问万顺才这段时间跑哪儿去了,万顺才说去了深圳,还去了香港。他叫云蓉以后也不要去酒吧唱歌了,跟着自己做生意吧。云蓉说不懂如何做生意,万顺才说那管钱总会吧。哦,那是老板娘吗?云蓉心里掠过这个念头,万顺才却黑不提白不提的,当晚两人就都住在了海景房里,同一个房间。

万顺才在步行街开了家服装店,前门卖服装,后门走私家用电器。蜡烛两头烧,两头都红火。云蓉一开始帮着管钱,但后来钱越来越多,烂线头一样,找不着头了。万顺才就雇了个女会计,女会计会电脑,十指翻飞,噼里啪啦一顿操作,明账暗账笔笔清楚。

云蓉就此闲了下来,做了家庭主妇,整日在海景房里做菜煲汤,等着万顺才回来。可万顺才生意越做越大,回来得越来越晚,她守在那热了又热的汤锅旁,一时不知自己是谁,身在何处,她一边看着客厅外的海,一边看着厨房外的城市灯火,都广袤,都辽阔,却也都满眼陌生。

后来有一天清晨,万顺才吃早餐时,她又提出了要去酒吧唱歌。

万顺才说:"现在咱们又不缺钱,去卖什么唱啊?"

云蓉说:"我不是卖唱,我是喜欢唱歌,你忘了以前在东北的时候,我不就是在水晶宫唱歌吗?"

万顺才一愣,水晶宫,上辈子的名字了,他喝了一大口牛奶,说:"我今天有点急事,晚上回来咱俩再聊。"

云蓉以为只是个托词,于是那夜里也没等万顺才,当在迷迷糊糊中电话响起时,她瞄了一眼时间,都夜里十二点多了,接起电话,那头传来万顺才的声音,说:"你怎么这么早就睡了,快打扮一下,来白云大饭店。"万顺才说完就把电话挂了,那是不容拒绝的态度,云蓉不知他要干什么,但也开始洗脸化妆找衣服,然后一路乘着夜色到了白云大饭店。万顺才等在门前,她一下车,就火急火燎地把她往包厢里拽,说:"你怎么这么慢,陈总都等着急了。"

"陈总是谁?"还没等问出答案,已经见到一个面容慈祥的老头,万顺才催着云蓉唱首歌给陈总听,云蓉稀里糊涂地拿起包厢里的话筒,唱了首《你的甜蜜》,陈总很老派地用手掌在腿上打着拍子,就像是在看着孙女文艺演出的爷爷。一曲唱完,陈总点了点头,说:"很好很好,唱得长得都很舒服,可以签约。"

"签什么约?"云蓉还云里雾里。

万顺才送走陈总,回来才和她说:"陈总是唱片公司老板,要签约你当歌手。"

当歌手,出唱片,好遥远的梦想了,以为在风尘中已经断了,认命了,遗忘了,可此时,它却打了个旋,回来了。云蓉兴奋地抱住万顺才,说:"是你吗?是你吗?是你找的陈总吗?"那个声音嗲嗲的小姑娘又回来了。

万顺才嘿嘿一笑,圆圆的脸,比之前更胖了,他说:"不是我还能是谁。"哦,岁月有时也很宽容,这一刻,他好像也回来了。

云蓉又喝了一口酒,那杯子就见底了,高美珍恍惚了一下,她似乎被这个故事迷住了,过了会儿才反应过来,又去帮着云蓉接了半杯。坐回桌前时,看了眼窗外的夜色,和这往事一样浓稠。

高知冬站在浓稠的夜里，打完那个电话，心却不再能平静下来，他又点了根烟，深吸一口，看着漆黑的夜空，却觉得心头的日子就快透亮了。

他折身回到酒店里，推开四季青包间的门，灯火已变得昏暗，里面有歌声传来，武哥站在点歌机旁，唱着一首老歌："爱江山更爱美人，哪个英雄好汉宁愿孤单，好儿郎浑身是胆，壮志豪情四海远名扬……"

高知冬看着超哥带着众小弟，跟着歌曲摇晃着身体，全都沉浸在这江湖豪情之中。张合还站在门边，腿已经站酸了，假装系鞋带蹲了一会儿。高知冬也蹲下了身。张合悄悄和他说："武哥这人看起来笑眯眯的，没想到心眼那么小，拦他一下就把酒瓶子往脑瓜上砸。"

高知冬没搭话。张合又说："要不咱俩溜走算了，他们这一唱也不知道得唱到什么时候，你看这一个个的，都喝多了，没人会注意到咱俩的。"

高知冬说："我腿蹲麻了，咱俩站起来说吧。"

旁边还剩一个站着的小弟说："那你俩站着，我蹲会儿。"

张合说："要不咱仨一起走？"

那小弟说："不行，我都站一下午了，不吃到这口饭，我誓不罢休。"

张合说："你还挺有刚的，那你在这儿站着吧，我俩走了。要是超哥问起来，你就说高知冬家出事了。"

高知冬白了他一眼，说："我家一共就剩两人了，就别咒我了。要走你走，我觉得这儿还挺有意思的。"

正说话间，门被推开了，两名警察走了进来，伸手把灯打着了，众人看到警察，皆是一愣，有个小弟眼尖，急忙关了音乐，武哥的声音也随着歌声断了。超哥立马起身说："警察同志，你们是不是走错包间了？我们这儿可没有女的啊。"

警察不理超哥，而是问道："谁是武哥？"

武哥临危不乱，用话筒回答："我是。"回音环绕"我是，我是，我是……"。

警察说："你把话筒放下，你全名叫武什么？"

武哥放下话筒说："叫韩新武。"

警察有些尴尬地挠了挠后脑勺，说："跟我们走一趟吧，有个案子需要你协助调查。"

武哥跟着警察走了，门一关上，超哥就喝了口酒压惊，自言自语道："吓死我了，还以为是冲我来的呢。"

张合悄悄用胳膊肘碰了碰高知冬，说："这武哥刚回来，能犯什么案子呢？"高知冬不回答，只是笑了笑。想着等事情有了结果，他再和张合讲，这一定是个吓他一跳的故事。

这世间的故事永远都讲不完，于是给人的生命设置了时限，在上帝要删除云蓉的全部记忆前，她得抓紧时间重温一下，她就着那半杯酒，再次遁入那回忆中。

和陈总签约后，接下来的日子像梦一场，录唱片、发布会、正式出道，只用了短短半年时间，她就有了一个新的身份，虽然整张唱片没有一首大红的歌曲，销量也称不上乐观，但她就如同熬过漫长冬天的茧，终于从原来的壳子里挣脱出来，不算绚丽，可至少能飞翔。

那段日子，万顺才的生意也走上了一段急速上升的道路，她因有了这歌星的身份，被他带去参加各种生意的场合，在那里，没人在乎两人的真正关系，人生越往上爬，遇到的人眼界越宽阔，也因这宽阔而对什么都见怪不怪。他们三杯酒下肚，便喜欢说些恭维的话，这些话通通落在了云蓉的身上，她心里自然是快乐的，这快乐一部分是来自这赞美，另一部分是她让万顺才觉得有牌面，她让他谈生意更容易些,她是在帮他。

人生似乎在醇酒妇人觥筹交错间,终得圆满。

日子继续往前冲,接下来,第二张唱片准备录制,老总把她叫到公司开策划会,但这会议只有两个人,陈总坐在她面前,一本正经地说:"你现在日子过得不错,你该报答我了。"云蓉不懂,问:"怎么报答?"陈总很坦荡地说:"你就一副身子,还能怎么报答?"云蓉觉得受了侮辱,自然不从,陈总却不管了,把会议室的门一锁,解下腰带,任凭云蓉怎么喊叫也没用,他把她按在桌子上强奸了。

云蓉失魂落魄地回到家里,等着万顺才深夜回来,颤抖着把事情讲给他听,寻求解决办法,至少要帮自己出口气。但万顺才却喝了杯水给自己解酒,然后劝她要忍耐,他们两个北方人在这边生存不容易,陈总有权有势,惹不起。

云蓉抽了万顺才一个耳光,他的杯子掉了,水洒了一地。他拿纸巾慢慢地去擦地上的水,说新世纪到来了,什么都在变,他走私的生意做不下去了,他想要慢慢洗白,他现在看准了农业这块,想让云蓉继续帮他,跟着他去谈生意,乡巴佬们没见过世面,最喜欢女歌星了。

云蓉恶狠狠地看着万顺才,一阵心寒,说:"你是不是一开始就想好了,才带我见唱片公司老板的?"

万顺才不置可否,说:"不管你怎么认为的,现在事情就是这么个事情。"

云蓉说:"你把我当什么?"

万顺才不正面回答,只说:"东北我是回不去了,在这世上,可以说你就是我唯一的亲人了,我好就是你好。等我彻底站住脚了,我们就生个孩子,再移民国外。"

云蓉愣住,孩子她有过,只是没抓住,和那东北的岁月一样,流淌掉了。

万顺才靠过来亲吻云蓉，满身的酒气，云蓉没有躲闪，只想着，生个孩子，移民国外，这回好像还是在逃，但只要逃得够远，就能鸡犬升天，过上新的人生。

对，是新的人生，不是稀里糊涂被推到现在的人生，而是自己能够主动的，真实想要的，有个孩子的人生。

第二天，云蓉妆容精致地来到公司，还带了份自己烤的小饼干送给陈总，陈总吃了块饼干，会心一笑，说："是甜的，那你第二张唱片就继续走甜美风吧。"

唱片录制得仍旧顺利，这中间自然是又被陈总带去酒店几回，她都不再抗拒，这完全的顺从让陈总很快索然无味。不久有朋友介绍了一个珠海来的小姑娘，唱山歌的，陈总听了一次，很新鲜的空灵感，他想签她。

老板的厌倦让云蓉松了口气，第二张唱片录好了，发行，可惜仍旧没有太大的水花，但云蓉不在乎，她的这点名声，足够帮助万顺才应付他口中的乡巴佬了。

万顺才带着她去谈生意，山路兜兜转转，到了郊区一家古色古香的酒店里，约见的老板穿着雨靴来的，裤子上还全是泥巴，说是刚从稻田回来，今年雨多，怕要歉收。

老板好客，带着一群人接待万顺才和云蓉，席间向云蓉敬酒，说："大明星到来，蓬荜生辉，能否献唱一曲？"云蓉不端着架子，起身献唱，可刚唱两句，就看到老板在和别人闲聊，对于她的歌声，并没兴趣，刚刚那话，也只不过是纯粹的客套。她心里不是滋味，还是把歌唱完，权当是背景音，歌一收，掌声倒是有，老板说："唱得真好，再敬一杯。"

夜里，她和万顺才回到房间，木头的窗子，木头的床，万顺才说："今天你辛苦了，快洗澡吧。"

可当她洗澡出来，坐在床边的人换成了老板，云蓉下意识裹紧浴巾，老板却嘻嘻一笑，说："你唱歌的时候不敢看你，怕看了酒就喝不下去了，现在让我看个够吧。"

云蓉知道了，万顺才肯定也早知道有这么一出，或许他俩背地里都谈好了，云蓉愤怒，想逃走，但一瞬间又觉得何必呢，不是也都为了我们好吗？有什么好抗争的呢？她想到这里，突然笑了，换了一种娇态，说："老板，我早就看出来了，你整场酒都喝得心不在焉的。"

老板说："你看过老牛进稻田吗？老牛的蹄子踏在稻田里，嗒嗒嗒嗒溅水的声音，特别悦耳。"

云蓉听明白了，说："你带我去听。"

转天一早，云蓉来到阳台，看着山中的大雾，把世间都包裹了，但那凉凉的空气，却如浸润过泉水般，清澈地流淌过身边，她觉得自己被洗涤了，自己并不肮脏。因为她是在帮他。

隔壁房间的门开了，万顺才也出现在阳台上，看着云蓉，云蓉也看着他，两人就那么对视着，万顺才目光里有愧疚，想要开口说话。云蓉却先开口了，问："生意谈成了吗？"

万顺才松了口气，一笑，说："成了。"

云蓉说："那就好。"

万顺才说："你觉不觉得咱们之前住的房子太小了，我们换一个吧。"

云蓉知道这是要补偿，她没拒绝。

更大的房子是个三居，仍旧靠海，一间卧室，一间书房，另一间始终空着，云蓉知道，那里未来将是一间孩子的卧室，充满花花绿绿的童趣。

万顺才生意越做越大，政府部门各个都打通后，需要她陪同出席的场合越来越少，她对他失去了价值。

她的唱片没有再出第三张，因为陈总犯了些事，跑路去了加拿大，公司也自然就倒了。也没有新的公司想要签她，新世纪的歌手如雨后春笋，顶着一个个没有被欺负过的嗓音，唱着嘻哈和R&B[1]，和他们相比，她就是一个老派的过客，该退场了。

对于这些，她并不难过，也不纠结，过去的那几年，就如香绕庙宇，似真似幻，现在走出来了，她只想过安稳日子。

万顺才的生意终于站稳了脚跟，从服装店阴暗的后门走出来，走进了明亮的写字楼。云蓉寻思着，一直空着的那个房间，也该装饰了。可一年过去，她的肚子始终不见起色，医学上有定论，正常的伴侣间，正常频率的性生活一年后，还没有怀孕的话，就被算作不孕了。

万顺才老家有孩子，所以不孕的只能是云蓉，她顶着烈日去医院检查，被老医生询问是不是打过胎，她说没有，但是流产过。老医生说她子宫壁太薄，很难再怀孩子了。

云蓉迷迷糊糊地从医院里走出来，起了风，很大的风，天气预报说今年的第八号台风即将登陆，她抬头看天空，仍旧烈日当头，可台风确实要来了，那大风是前站，浓云和暴雨都紧跟在身后。

三个月后，万顺才被警察带走了，新世纪一切都变得透彻起来，阳光普照，神鬼显形，他在东北的案子都被翻了出来，加之这些年放纵的罪恶，明沟暗渠的，够判他死刑了。

云蓉去监狱探望他，他倒像是个刚睡醒了的人一般，对云蓉有气无力地笑笑，说："他们找你了吗？找你就说啥也不知道，所有事我一个人扛了。"

云蓉说："没想到走到了这一步。"

1　R&B，节奏蓝调。

他说:"怎么会没想到? 这些年每天都提心吊胆,有时做噩梦都是这事。可人不都是心存侥幸吗? 我其实差一点就成功了,再给我三个月,咱俩就能出国了。"他叹息一声,说:"算了,咱们从东北跑到这地方,能折腾出这么一大遭,也算值了。"

　　他对人生的算法,和云蓉从来都不同。

　　探视结束前,万顺才低声说:"你回家,去那间空着的卧室里,把地板撬开,里面的东西够你活下半辈子了。一定要好好活,就算替我活了。"

　　云蓉一直忍着的眼泪,终于控制不住,落下了。

　　万顺才挥挥手,说:"别哭了,别招我难受,快走。"

　　云蓉回到家,把那间始终没装饰上的房间打开,拿了把锤子,死命砸着地板,地板砸了个大窟窿,支棱八翘的木屑间,藏着个小箱子。她拎起来,比想象中沉太多,打开来,一片黯淡的黄,够她过好几辈子了。

　　云蓉拿着这些黄金,找了几个在曾经的酒局上碰过杯的人,几番兜转,才找对了人,把万顺才的死刑改成了无期。又过了几年,万顺才得了肺癌,办了保外就医,她把他接回那间三居室里,好好地照料了他的余生。

　　临死前,万顺才和老婆孩子通了个电话,电话那头的人心狠,这些年的伤也都没愈合,只说:"如果有遗产就给孩子留着,没有就消停死,别折腾人。"万顺才苦笑,挂了电话,一桩心思算了了,他又拨了个电话,是打给高美珍的,电话那头却始终没有人接,可能被琐事绊住错过了,这一错过就错过了一辈子。

　　送走了万顺才,云蓉又在那座闷热潮湿的南方城市度过了些孤独的岁月,白发和皱纹都爬了上来,生活算是彻底地安稳了下来,却没人与她分享这安稳。有时她独坐在窗前,看天气不好时汹涌的海面,看着看着就看了进去,看到自己划着一艘小船,在那大浪里涤荡,很快就筋疲力尽,盼着天气快点好起来,才能靠岸。

她想起从前赵凌峰给她念过的一首诗:"如果你是条船,漂泊就是你的命运,可别靠岸。"她当时觉得那是赵凌峰在说自己,想做一条船,茫茫四海,毫无牵绊。现在才明白,自己才是这条船,走了半辈子,还学不会洒脱,还想着上岸。

可哪里才是岸呢?是前方一片细润的金色沙滩,还是梦里冒着白气的大烟囱?她常去细想,可慢慢有些事就想不起来了,有时买菜走到半路,突然就不知身在何方,想着家应该是在拐角的那个小卖部,可转过去却是个大酒店,怎么回事?不喜欢自己的爸爸妈妈呢?调皮的弟弟呢?冬天一到在门前泼盆水就能打出溜滑的寒冷呢?都去哪儿了?

她去医院和医生讲这症状,说:"我这是想家了吧?"

医生说:"想什么家啊,这是病。"

她说:"对,想家也是病。"

医生说:"这叫阿尔茨海默病,俗称老年痴呆。"她懂了,就是要失去记忆,变成白痴了。

哦,也没什么,记忆这东西最折磨人了,没有就没有吧。可想完又觉得心疼,这靠一辈子苦命挣扎才留下来的记忆,就这么没了真怪舍不得的。

于是她才下了狠心,从南方回来,想着就是再和这些老朋友见一见,聊聊过去,再把那些年轻的岁月重温一遍,善良的、恶意的、满足的、亏欠的,也都该坦然了吧。然后她就没什么遗憾的了,这一辈子浮光掠影,就这么着吧,好的坏的终究都归还人海。

她又想起了那片窗外的大海,这回她不是小船,她是河流,千回百转,一江愁苦,都有了奔向,都有了归宿。

第十四章

　　高美珍坐在出租车的后座，头靠着窗户，看着窗外的街景，这些年城市都在做景观建设，于是这夜晚就有种说不出的美感，明亮缤纷、色泽瑰丽，可就是和生活的底色格格不入。

　　她刚才把云蓉送回酒店，可又怕她一个人再出事，可自己之前几杯药酒下肚后，就一直晕乎乎的不舒服，于是便把孙芸芸叫来，陪云蓉睡一晚。孙芸芸先是听了云蓉的事情，自是难受，可也不知道咋办，只能陪着哭了一会儿，又主动表示这段时间都陪着云蓉睡。说完又怕云蓉觉得麻烦推辞，便补充说："反正老刘的房子还没装修好，两个人在沙发上对付也怪挤的。"

　　云蓉收下这好意，高美珍就叫了出租车离开，看着这夜色，想起某个圣诞节站在那流光溢彩的商场门前，猛地就忘记了身在何处，那应景飘下的雪和几十年前文化宫台阶上落下的一样吗？她不知道。

　　而云蓉讲述的那些过往，如一部老旧的默片般流动，她隔着块屏幕，听不见声音，细细地看着，品着那酸涩，然后把自己的人生都藏在背后，不敢有交杂，也不能诉说，她的身前后事还在继续，自己的日子还接着儿子的日子，只能和浩大的沉默共处，那是另一出无声的光影。

　　此刻她看着那些斑斓的色块从眼前滑过又停下，突然滑过又突然停下,她猛地就受不了了,胃里一阵翻腾,她使劲把这翻腾压了下去,冲司机吼:"师傅你这什么手把啊?怎么老急刹车啊!"

师傅说:"你说谁手把不行也不能说我不行,我开了二十多年车了,业余时间都去驾校当教练。刚才真不怪我,是前面那车司机手把不行,你看他起步时间就知道是个新手,技术不行就买个自动挡呗,非要开什么手动挡……"

高美珍的手机响起,是个陌生的座机号码,她忍着恶心接听起来,是派出所的来电,让她过去一趟。她问什么事,对方说来就知道了。高美珍挂了电话,知道那个派出所就在云蓉的酒店旁边,便对司机说:"师傅咱们掉头回去。"

司机说:"回去没问题,但咱们已经在左转道上了,不管换去哪儿都得先左转。"

高美珍说:"行,你是司机你说了算。"

司机说:"那话可不能怎么说,我说了算,我给你开到北京再绕回来你愿意吗?别看这方向盘是在我手里,但说白了我也就是个司机,是为客人服务的,最终的决定权都在客人手里……"

高美珍被他磨叽得一阵心烦,终于忍不住了,吼道:"别磨叽啦!把你的臭嘴闭上!"

司机吓了一跳,嘴巴下意识地闭上了,但也是心不甘情不愿的,此时左转灯亮起,司机手把利落地起步,开了出去。

高美珍终于能清净下来想想事情了,派出所叫她过去,又不说什么事,那可能高知冬又出事了。她瞎琢磨着,琢磨了一路的忐忑和心酸,这个儿子以前挺懂事的,就是出了那件事之后,就变了,变得脾气越来越差,她知道他心里难受,可也不敢提那事,怕提一次伤一次,但也不能看他就此走了下坡路,只能试着把他的心往回拉,可越拉两人的关系越远……

出租车停在路边，高美珍下了车，就看到高知冬站在派出所门前抽烟，脸上头上也没伤，她的心就放下了一半，走过去问高知冬："你也是被警察叫来的？"

高知冬得意地一笑，说："是我把警察叫来的。"

高美珍自然听不明白，还以为这是小混混之间的俏皮话，就说："别扯这些没用的，到底出什么事了？警察和你说了吗？"

高知冬抽了一口烟，淡淡地道："找到了。"

高美珍问："什么找到了？"

高知冬说："当年抢我的人找到了。"

高美珍一愣："你是说那个有文身的？"

高知冬点了点头，高美珍脸色一变，身子突然就颤抖了起来，大步走进了派出所，高知冬把烟头扔掉，也跟着走了进去。

接待他们的是个小警察，给他俩倒了两杯水，简单地讲了一下情况。高美珍就知道了是高知冬报的案，随即急迫地询问小警察："他招了吗？"

小警察摇了摇头，说："我们审问过他了，他说根本不记得这件事。"

"他肯定是装的，这么大的事他怎么会忘了？"高美珍有些激动。

"阿姨你别激动，你别看我年纪不大，但审过的人没有五百也有三百了，谁撒没撒谎，我一眼就能看出来。"小警察自信地说道。

"那这事就算了？他忘了就算完了？"高美珍不可置信。

"当然不能因为他忘了就算完了，但是只凭着记忆里的一个文身，这也不能当作证据啊！"小警察也说得实在。

"怎么就不能当证据？我是当事人，我是受害者，我亲眼看到的，怎么就不行了？"高知冬的情绪也控制不住了。

"是啊！当年报案你们说找不到人，现在找到人了你们又说没有

259

证据！你们这是欺负人啊！"高美珍猛地站起身，头晕得摇晃了一下，高知冬一把扶住了她。

"阿姨您先坐下喝口水。"小警察很无奈地看着这对母子，"我很理解你们的情绪，但是现实情况就是这样，没有证据，没有证人，犯人也不交代，实在是没办法定罪啊。"他说到这儿，叹了口气："我就把实话和你们说了吧，现在这情况，就算是他亲口承认了当年的事就是他干的，也拿他没办法，因为像他这种抢劫罪的追诉期就五年到十年，现在早都过去了。"

"怎么就过去了？凭什么过去啊！那不是抢劫，他还把我儿子的脚弄伤了！"高美珍蹲下身就要脱高知冬的鞋，"你看看他的脚，他以前是滑冰的，受伤后就滑不了了，你看看啊，看看他啊，他本来不该这样的……"

高美珍抓住高知冬的脚，高知冬却死死地踩住，不让她脱鞋，他小声地说："妈，别这样……"高美珍不听，硬要脱，高知冬就吼了出来："妈！你别这样！"

高美珍愣住了，片刻松开了脚，缓缓地站起身，看着高知冬："你冲我喊什么？"

高知冬说："算了，现在这样还有什么意义？"

"不能就这么算了！"高美珍看向小警察，"你带我去见见那个人，带我去见一见好不好？"

小警察为难，说："有规定，不能让你们见面的。"

高美珍说："让我见一下吧，我求你了，就见一面，我就想当面问问他，是不是真的忘了？他把我儿子的一辈子都毁了，这么大一件事，他怎么能忘了呢！"高美珍抓住小警察的手，双腿突然软了，像要下跪，但却缓缓地蹲在了地上，捂着脸痛哭了起来。

高知冬没有走过去，离着两步远看着母亲痛哭的样子，自己的眼眶也红了。是啊,他怎么能忘了呢?可就算没忘又有什么用呢?迟到的正义还算正义吗?当然算,可是接下来呢,正义降临后,坏人受到了惩罚,但受害者回不到从前了啊,伤也不会痊愈了,就继续承受着这些开始新的生活吗?甘愿吗?那些等待着结果,数着花开的日子还有意义吗?不知道,不清楚,反正时间就这么轰隆隆地过去了。

此刻,他变成了什么样子,好像都与那罪恶无关了,好像都只能怪他自己了。

飘起的小雪,让这深夜更添了几分萧索。高美珍和高知冬出了派出所,高知冬要送高美珍回家,高美珍却说想走走。高知冬说:"这大晚上的瞎溜达啥啊?"高美珍不吭声,就径直走上了街头,高知冬无奈就只能跟了过去。

小雪轻飘,落在脸上微凉,让人清醒。高美珍走在前面,高知冬跟在后面,两个人隔着两步远的距离,谁也不加快步伐,谁也不说话。

走着走着,路过了钢厂的一堵墙,长长的一堵墙,上面用红油漆写着新标语:"经济搞上去,人口跟上来。"高美珍脑子里突然就闪过了几个画面,也是工厂的这堵墙,墙上的标语是:"计划生育,功在当代,利在千秋。"那时她怀着高知冬,还没显怀,她快步在前面走着,身后的男人却不紧不慢地在后面跟着,她走几步就要回头催一催男人快点,再慢预约的产检就赶不上了。可男人听了就跟没听见似的,继续慢悠悠地走路。高美珍就急了,回身一把拉住他的胳膊就跑了起来。他这时倒是急了,说:"你肚子里有孩子,慢点,别着急……"

高知冬也有关于这堵墙的回忆,那时他刚上幼儿园,墙上的标语是"振兴东北老工业基地!"。高美珍在前面走着,他不愿去幼儿园,就磨磨蹭蹭地跟在身后,一会儿蹲在地上解开鞋带,一会儿又捡小石头,高美珍三番五次地催促他快点,要迟到了,老师会骂人的。可高知冬根本不听,后来干脆坐在了地上说走不动了。高美珍忍了又忍,终于忍不住了,走过来照着他的后背就是一巴掌,把高知冬拍得嗷嗷哭,高美珍一把抱起他,火急火燎地朝幼儿园走去……

高知冬想到这里就笑了,目光回到高美珍身上,当年那个风风火火的女人,现在也老了,走路再也快不起来了,他的心里就升起了一股岁月浓稠的酸涩,他犹豫了一下,底气不足地叫了声:"妈……"高美珍停下脚步,回过头来,看着他,眼里是询问。

高知冬刚想说"咱们去吃点东西吧",却听到一声急刹车传来,一辆面包车在身边停下,车门拉开,呼啦啦下来一群人,为首的是超哥,他冲着高知冬大骂一句:"妈的!可算找到你了!"

高美珍和高知冬都站住了,高知冬一听超哥不是好气,连忙走上前问超哥:"怎么了?"

超哥一巴掌就呼了过来:"你还他妈问怎么了?武哥的事是不是你报的警?"

高知冬一愣,下意识说:"不是我。"

超哥说:"还他妈狡辩!酒店前台都看到你打电话了,那破电话亭,不是报警还能打啥电话?"说着又是一巴掌呼下来,高知冬吓得闭眼睛缩脖子,但巴掌没落下来,只听到超哥怒吼:"又是你!"

高知冬睁开眼,看到高美珍抓住了超哥的手。他一看事不好,急忙拉高美珍,说:"妈,你快走。"

高美珍不但不走,而是用另一只手甩了超哥一个大耳光。超哥都被打愣了,高美珍还问他:"爽不爽?"

超哥终于缓过神来了,说:"爽你妈啊!"抬起来一脚就踹在了高美珍的肚子上。高美珍痛叫了一声,倒在了地上。

高知冬一看母亲被打,终于急眼了,他怒吼一声,朝超哥冲了过去，超哥淡定地往后退步，身后的小兄弟们就拥了上来，三拳两脚把高知冬打倒在地，爬起来，又被打倒。

超哥给自己点了根烟，一边抽一边摸着自己的脸颊，火辣辣地疼，老太太还挺有劲。他看着高美珍从地上爬了起来，冲过去要帮高知冬，他快走两步，从身后一把抓住了高美珍的头发，用力一拽，高美珍向后倒在了地上，片刻后又爬了起来，发疯一样朝他冲了过来，一把抱住了他的腰，狠狠咬了下去。

超哥疼得直咧嘴，把烟头就往高美珍头上按，高美珍头上立马冒烟了，但嘴里却越发地狠。超哥抬起膝盖猛地一撞，高美珍终于松开了嘴，捂着肚子蹲在地上起不来了。

超哥从地上捡起一根木棍，一步步朝高美珍靠近，抡起棍子要朝她的脑袋挥去，但棍子举到了最高处，还没等落下，他的后脑勺却先遭了一啤酒瓶子，玻璃碴子落了他一肩膀，他不耐烦地回过头去看是谁，刚转过头，另一个啤酒瓶子又在他额头开了花。他好一阵晕眩，终于抹了抹眼睛，看清了，前面是俩老太太，他回过头又看了看高美珍，怎么这么多老太太？那个叫云蓉的，怎么又掺和进来？

云蓉和孙芸芸也一身的酒气，跑到高美珍身边，想扶她起来，高美珍说："你俩咋来了？"

云蓉说："你走了我俩也睡不着，就又出来想着喝点，可溜达没找着喝酒的地方，就买了两瓶啤酒边走边喝。"

孙芸芸说："你不是回家了吗？怎么这么长时间还在酒店附近转悠。"

高美珍忍着痛就笑了，说："你俩来得正好，给我揍他！"

超哥看着这些喝醉的老太太，突然也不知道该不该继续下手打她们，打她们的意义在哪儿呢？可不打吧，又憋着一口恶气，于是又拎着木棍子走过来。

三个老太太一点都不怕，她们彼此搀扶着，也朝他冲了过来，神色中还有着兴奋，目光中全都亮起了灯，这似乎是一场重回青春的战役，是一场黄昏里的狂欢，是终点前迸发的火花。

超哥看到这一幕，恍惚猛地看到了升空的烟火，把昏暗的人生照亮，整个人钉在了原地。还好响起的警笛声把他唤醒，他明白一定是路人报了警，他转身撒腿就往面包车上跑。那些殴打高知冬的小兄弟，也被警笛声吓得四处逃窜，瞬间没了踪影。

警察们赶到，一些去追超哥及众小弟了，留下两个，把蜷缩在地上的高知冬搀扶起来，问他："没事吧？"

高知冬摸了摸后脑勺，出血了，又摸了摸肋骨，没什么大事，说："还好有几个小兄弟关系不错，没下狠手，一直在假踢。"

他急着目光去搜寻高美珍，高美珍就走了过来，母子二人头上都受了伤，都捂着脑袋，高知冬说："妈你没事吧？"

高美珍说："这点小伤算啥？我要是再年轻十岁，打他都不用帮手。"

高知冬笑了，但那笑容还没等收回来，高美珍却腿一软，晕倒在了地上。

沈向真今天值夜班，她向来不喜欢夜班，但并不是怕熬夜，而是因为夜里喝大酒的人多，酒喝多了就容易出事，不是自己出事就是和别人打架出事，血丝糊拉送进来的人，躺着的和站着的都一身酒气，那一身的伤，都本可以不受的。她最厌恶的便是自我伤害的人，甚至觉得是活该，就算出了最差的结果，那也是自己毁了自己，没有任何借口。

她刚帮一个因喝醉而割破脚踝的人把伤口包扎好，洗过手从洗手间出来，就看父亲站在值班室门前，手里拎着一兜水果，笑盈盈地在等着自己。她本就心情不好,这笑容和等待并没有让她的心情有丝毫的缓解,她板着脸走过去,距离还有一步远,一股酒气扑面而来,她皱起了眉头。父亲刚要开口说话,却先打了一个酒嗝,沈向真停下了脚步,板着脸语气尽量克制但还是带出了明显的厌烦:"你来干什么?"

"来看你。"父亲提了提手中的水果说,"买了你最喜欢吃的橙子。"说完又打了一个酒嗝。

沈向真用手蹭了蹭鼻子,说:"谢谢你,但我不喜欢吃橙子。"

父亲笑了,说:"怎么可能?你小时候最喜欢吃橙子了。"

沈向真的火气一下子上来了:"你别提小时候了行吗?你说的那些我根本不记得!我从记事起就没见过你,都是我妈把我带大的,你现在还来找我干什么?"

沈向真的话引起了走廊里一些人的注意,她平复了一下情绪,压低了声音,说:"你走吧,我不想再见到你。"

父亲却不动,而是用哀求的目光看着她,说:"我知道你恨我,但我当时确实很无奈……"

沈向真说:"别和我说什么无奈,都是借口。"她抛下这句话,开门进了办公室,然后使劲把门关上。

父亲抬起手,想要推门,但是犹豫了一下,又放下了手,只把那袋橙子放在了门前,也不难过,也不失落,像是习惯了这臭脾气,也像是这结果比他预想的要好,他背着手,摇摇晃晃地离开了。

沈向真的父亲刚离开几分钟,高知冬便捂着头过来了。高美珍那边没什么大碍,晕倒只是血压升高导致的,此刻正在输液,云蓉和孙芸芸两人陪着呢。高知冬处理完了母亲的事情,又配合警察做完笔录,才觉得后脑勺更疼了,一摸,血还在流,就赶紧跑过来包扎,一到值班室门前,看地上怎么还有袋橙子,就帮忙顺手拎进去了。

"医生，你门口有袋橙子……"一抬头，话收住了，沈向真冷冷地盯着他，那目光能把后脑勺的伤口都冰冻住。

上次在咖啡馆，沈向真跑走后，两人就再也没见过面了，此刻高知冬多少有些尴尬，把橙子往桌子上一放，笑了笑，也不知道该说什么好，就说了句："真巧。"沈向真倒是收起了眼神中的冰冷，情绪也很平静，把他只当作普通病人般，熟练地开始给他清洗伤口缝针。

高知冬觉得还是得说点话，一开口就是句"对不起"。

沈向真问："为什么说对不起？"

高知冬说："上回在咖啡馆闹得挺不愉快的。"

沈向真说："确实挺烦的，每次和你见面都能招出一堆事来，所以以后还是别见面了，你再受伤最好也换家医院，毕竟你换比我换要方便。"

高知冬一愣，说："我就那么招人烦吗？"

沈向真说："还行，但我就是不喜欢你这种人。"

高知冬说："我是什么人？"

沈向真说："你大半夜跑来医院包扎脑袋，你说你是什么人？"

高知冬叹了口气，说："我其实也挺无奈的。"

又是无奈，抛弃妻女是无奈，半夜打架也是无奈。沈向真冷哼了一声，说："那么多无奈怎么都让你摊上了。"

高知冬没听出话已经冷了，还以为在往热乎里聊，便说："我怎么知道，运气不好呗，我也不想这样啊，可人生这辆车，谁控制得了呢？"

沈向真也没听出高知冬语气里的真诚，只觉得他在装，说："还人生，别动不动就谈人生，你们这种小流氓是不是特别喜欢这套，在迪厅看过几次场子，打过几次小架，就敢和别人吹戎马一生了。"

高知冬被刺了一下，心里不舒服，说："我不是小流氓。"

沈向真问:"那你是什么?黑道大哥啊?我还没见过三天两头就让人开一回瓢的大哥呢!"

高知冬说:"你嘴巴怎么这么毒?"

沈向真说:"我只是说了实话你就受不了了?"

高知冬说:"你根本不了解我……"

沈向真说:"我也不想了解你。"

高知冬说:"我其实也不想这样。"

沈向真说:"你爱哪样哪样,我只是想提醒你一句,人不管现在是什么样的处境,这一路都是你自己走的,别想让谁都理解你,也谁都别怪,要怪就怪你自己。"

沈向真用剪刀轻轻一挑,把线剪断,镊子剪刀往托盘里一扔,叮叮当当的。然后拿了块纱布往高知冬脑袋上缠了缠,看着高知冬愣愣地坐在那里,满脸的心事,棱角分明,少年的稚气还没有完全褪去,突然又有点心软了。

她包扎好纱布后,拿了两个橙子塞给他,说:"不好意思,刚才心情不好,话说多了,你自己的生活还是要你自己来过,我不该多嘴的。"

高知冬愣愣地接过橙子,没有说话,剥开一个吃了,有点甜,也有点酸,还有一丝说不出来的苦。

这倒有点像人生的滋味了。

高知冬顶着一脑袋的纱布,晃晃悠悠地走出医院,雪停了,云散了,丝丝月色里,夜空透着一股高远的蓝。但他此刻无心观察天色,只是一味地往前走着,寒风包裹住他的身体,深邃的往事就往上涌。

那些少年时期永远过不完的冬天,江面上的大烟炮刮得眼睛都睁不开,冰面干净得能一看看下去好几米,于是那双脚就像是悬空般,滑出一道又一道的痕迹，再快一点，就有了飞翔的错觉，再用力一些，就能冲破这江面上的风雪，飞到柔软的云端里，飞到明艳的春光下，飞到现在已经到来，但那时却觉得遥远可坚信会明亮的未来。

他又想起沈向真的那句话，"人不管现在是什么样的处境，这一路都是你自己走的，别想让谁都理解你，也谁都别怪，要怪就怪你自己"。

"道理都对，可我可以怪吗？我有人可怪吗？"高知冬这么问着自己。那个毁掉了他整个前程的人，此刻或许还关在派出所，或许已经放了出来，再次走入某个包厢里，夜夜笙歌，唱歌的间隙里，再喝一口酒，搂着哥们儿或者姐们儿，把过往讲成传奇。或许某天他会想起自己抢过那么一个小小的少年，可这也只是他传奇人生的另一个佐证，没有听众会好奇，那个少年后来怎么样了？他现在成了什么样的大人？做着什么样的工作？对现在的人生满意吗？

没有人会关心这些，甚至都没人知道自己因此受伤的脚。在这个故事里，他是最不重要的边角料，然后日子向前过，他拖着那受伤的脚，一步一步走到了现在，日子一团糟，又因举报那个人再遭了一顿打，连累母亲还躺在医院里……可那又怎样呢？人们只会说，路都是你自己走的，要怪都怪你自己。

他没有愤怒，那愤怒可能是被寒风稀释了，他只是平静地往回走着，他今夜要走回小区，走回那辆旧车边，他要回到过去，把这个故事改写，不，是抹掉，他记得，那个人说过自己是二中的，二十多年前，他才十几岁，受不了几刀的。

高知冬手里紧紧握着一把手术刀，那是刚才趁沈向真不注意时偷走的，他这也算借刀杀人了。

他刚到小区门前，孔新旺就迎了上来，板着一张脸，看着就是缺钱了，高知冬不想和他废话，掏出一百块钱直接扔给了他，孔新旺一愣，没接住，钱掉在了地上。孔新旺说："你什么态度？"

杀人的态度，可是夜太黑，孔新旺没看清高知冬的脸，只顾着低头捡钱，再回头，高知冬已经坐在了车里，启动了车子。他扭开了电台，歌曲又在唱着："今夜微风轻送，把我的心吹动，多少尘封的往日情，重回到我心中……"

高知冬把座位调平，躺了下来，缓缓地闭上眼睛，这时手机进来一条微信，他打开，看到是沈向真发来的："你是不是拿走了一把手术刀？"

高知冬想了想没有回，手机调成静音，揣进口袋里，再次闭上了眼睛。

今夜谁也不能阻拦他。

第十五章

　　二十多年前的夜，还是秋天，似乎刚下过雨，路面潮乎乎的，把灰尘都锁住了。

　　高知冬发现车子快没油了，不敢再开，便把车子停在一处僻静的地方，让它保持着发动的状态，然后疾步朝二中走去。

　　这二十年前的夜晚，他都快熟悉了，而更熟悉的是脚下的路，无论城市怎么发展，有多少房屋拆掉，又有多少高楼拔起，路拓宽了还是重铺了沥青，缩窄了还是多了地下通道，路的方向和能通往的地方总是不太会变的。于是，他沿着二十年后的记忆，在二十年前的路上，仍旧行走自如。

　　他走着走着，越走发现四周越熟悉，才恍惚是走到了钢厂门前，刚反应过来，就听见有人"哎！哎！"地叫他，他回过头，看到是保安孔新旺。

　　孔新旺一副笑脸，说："真的是你。"高知冬这才想起自己还欠他点钱，急忙摸了摸口袋，就剩一张十块钱的旧版人民币，便走过去，全都给了孔新旺，说："不好意思，最近太忙，先给你这些，下次来了再把剩下的补上。"

　　孔新旺却脸色突变，借拿钱的空当一把抓住他的手，说："今天必须全都还了，谁知道你下回再什么时候出现！"

高知冬说："我今天身上真没有那么多钱了，你把手松开，我还有急事要办呢。"

孔新旺说："你天天有急事，我看你就是个骗子，一会儿忽悠给我拍照一会儿又管我借钱的，我这回可不相信你了！你看你这一脑袋的纱布，就不像个好人！"

高知冬说："你再相信我一次，拜托了。"

孔新旺不松手，说："我也拜托你了！"

高知冬知道今天不给钱是跑不掉了，心里一急，就猛地用力掰开孔新旺的手，把他手指头都掰弯了。孔新旺疼得惨叫一声，松开了，高知冬趁机撒腿就跑。

孔新旺这回看来是真急了，喊了好几个值班的保安一起追高知冬，有好几个保安都是退伍军人，跑起来又快又有节奏。高知冬跑了两个路口就没劲了，眼看就要被撵上了，发现转角有几个大垃圾桶，似看到了救星，跑过去就往其中一个绿色的里面钻。

垃圾桶旁边有个阿姨正好路过，被高知冬的举动吓了一跳，高知冬冲她发狠，说："别看了，小心挨揍！"阿姨赶紧别过头去继续走路。高知冬合上了垃圾桶的盖子，片刻就听到孔新旺和保安们来到了附近。

高知冬在黑暗中，听到保安们停下了脚步说："哪儿去了？""看着是往这边跑了。"

"阿姨，你刚才看到有个头上缠着纱布的男的了吗？"孔新旺的声音气喘吁吁。

高知冬暗想："坏了！刚才不该冲那个阿姨发狠的。"他刚准备掀开垃圾桶盖继续跑，却听到那个阿姨说："好像是往那边跑了。"

一群人的脚步声再次响起，然后渐渐远了。高知冬缓缓地把垃圾桶掀开一条缝，看到那个阿姨在不远处盯着自己看。阿姨冲他招了招手,说:"快出来吧,他们都走了。"

高知冬从垃圾桶里爬出来,冲阿姨羞赧地笑了笑,想说"刚才对不起",也想说"刚才谢谢你"。但最后却都变成了看着阿姨手中拎着的锅包肉,咽了咽口水。

阿姨就笑了:"饿了?"

高知冬说:"从中午到现在一口没吃。"说完才发觉,这一天好漫长,下午还在给武哥当迎宾"小姐",晚上又挨了超哥一顿打,现在又回到二十多年前,他自己都觉得一切恍惚且不真实。

阿姨把锅包肉递给他,说:"你吃吧。"

高知冬心里算着,距离下晚自习还有点时间,况且吃饱了才有力气杀人,便接过手坐在路边吃了起来。

以前总听老人说,菜还是过去的入味,他以为那只是回忆给加的滤镜,此刻当真实尝到这过去的菜肴时,他不得不承认,有些食物确实是过去的好吃,这种好吃没有修饰,也没有路径可循,就是会迅速侵袭你的味蕾,让你吃了这口还想下一口。

那盒锅包肉,他就这么一口接一口地吃了起来,吃到最后一口时,才看到陪他坐在路边的阿姨穿着一双旧皮鞋,鞋帮都磨破了,高知冬心里就泛起一丝心酸,说:"阿姨不好意思,把你的东西都吃了。"

"没事,反正我家孩子也不爱吃。"阿姨说着把装锅包肉的盒子收好,"孩子,我瞧你不像坏人啊,刚才怎么还被保安追啊?"

高知冬说:"一言难尽。"

阿姨又打量着他,说:"这头弄成这样,你妈看见了得多心疼啊。"

高知冬想到高美珍还躺在医院里,心里又一阵不是滋味,便只是苦苦笑了一下。

那阿姨便站起身,说:"我先走了,你没事也早点回家吧。"

高知冬看着她慢慢地朝前走去,觉得还是欠了这阿姨一声"谢谢"，便立马起身，小跑几步，追上那个阿姨，从兜里掏出一百块钱往阿姨手里一塞，说："谢谢您和您的锅包肉。"

高知冬说完就跑走了，跑过街角才想起来，给的是一张现在的人民币，想回去再要回来，又觉得要回来又要解释，太麻烦了。他不能再折身了，身后那只是被辜负的一丝善意，前面教室里那即将熄灭的灯，才是他的命运。

二中的校门口，下晚自习的学生们稀稀拉拉地往外走，高知冬猫在一个报刊亭后面，盯着每一个走出来的男学生，然后把他们的脸使劲往武哥身上靠，十几岁到四十几岁，就算容貌再变，也能在面容里捕捉到些许痕迹。就算实在不行，天再黑认不清，他还可以大吼一声："韩新武！"十几岁的少年听到有人叫自己的名字，没防备的肯定会答应一声，他也不会想到，这一答应，命就没了。

高知冬把手伸进口袋里，又轻轻摸了摸手术刀，太锋利了，就要藏不住了，可人还没认出来，他刚要大叫一声，就听到韩新武的名字已经被别人叫了出来，他纳闷：还有别人也要杀韩新武？循声望去，三个男学生朝着一个矮个子的男学生跑去，矮个子立在原地，身体被书包压得佝偻着，头也不敢抬。三个人跑到他身边，一个拍了下他的头，一个打了打他的背，另一个踢了踢他的屁股，然后拥着他往前走，矮个子瑟瑟发抖，也不敢反抗。

三人在路灯底下停了脚步，一个人开始翻矮个子的口袋，只翻出了几块钱，另一个把他的书包拿下来，拉开拉链，把东西一股脑地倒在了地上，仍旧没有看得上的东西。最后一个人让他把鞋子脱下来，仔细看了看，也不是什么值钱货。几个人愤怒了，一把抓住他后脑的头发，他被迫扬起了脸，一束路灯的光就落在了他的脸上，高知冬在脸上捕捉到武哥的痕迹。他变化不大，还是眯眯着眼睛，只是这时的他眼里还没有那琢磨不透的笑意，只有面对霸凌的惊恐与无助。

三个人把韩新武推搡在地上，在他身上又踹了几脚后，骂骂咧咧地离开了。待他们走远，韩新武爬起来，没有拍身上的灰，也没有穿鞋，而是急着蹲在地上捡书和文具，然后一件一件地装回书包里。

看着眼前这个路灯下小小的身影，高知冬怎么也无法把他和多年后那个可恨的中年男人挂上钩，岁月不知是以什么样的力量，把罪恶催生长大，盘根错节，枝繁叶茂，覆盖住原本的一切。

可罪恶终究是罪恶，哪怕种子也是罪恶的种子，口袋里的手术刀已经握热了，他掏出来紧紧攥在手中，深吸一口气，朝韩新武走去。他预估着，迅速捅下几刀就跑走，这命运的刺就彻底拔掉了。

可他走着走着那脚步却丧失了怒气，一步慢过一步，他的视线里，出现了一个中年女人，蹲在韩新武身边，帮着他一起捡书本。那女人穿着一双磨破了鞋帮的旧皮鞋，手里还拎着个空盒子，那盒子里的锅包肉刚填饱过高知冬的胃。

高知冬停住了脚步，听见那个阿姨说："谁欺负你了？和妈说，妈找他们算账去！"

韩新武低着头不说话，还蹲在地上寻找着什么。

阿姨说："你倒是说话啊！谁欺负你了？"

韩新武还是不说话。

阿姨就拉住他，说："你别找了，你告诉我是谁？"

韩新武哇的一声大哭起来，说："妈，你别问了，求你别问了，我们惹不起他们的，我不想上学了！"

高知冬缓缓地又躲回了电话亭后面，看着路灯下，一个流泪的母亲抱着一个痛哭的儿子，夜晚盛大，黑暗把一切包裹，只有那路灯下小小的光亮，是属于他们的天地，他们不能向黑夜迎战，也没有地方可以退缩，只能无助地抱在一起，期盼着天明，期盼着黑夜能够自行褪下。

但夜晚总是无尽的,片刻后,高知冬看到韩新武抛下母亲,抛下了他的书包和鞋子,光着脚跑进了黑暗里。

高知冬像是酒醉的人,被吹了一阵冷风,突然清醒了。他打了个冷战,把手术刀缓缓地收进口袋里,离开了二中门口,朝着来时的路走去。

他承认自己无用,在最后的时刻心软了,但一切又似乎无法这么笼统地概括,他看着韩新武跑进黑暗里,知道他的余生再也没走在太阳底下。他自己也是怕黑的人,他知道这几刀捅下去后,一切都会改变,他或许会成为一个万众瞩目的体育明星,也会拥有让人羡慕的生活和财富,更会让高美珍为他感到自豪,这些很好,非常好,梦寐以求地好。可是,他也知道,无论表面多么光鲜,他的心里始终有一块黑色的地方,怎么用力也洗不白,抹不掉,它会在每一个人生鲜亮的时刻来提醒他,这一切都是用一个人的生命换来的。

岁月会让罪恶生长,也同样不会放过罪恶感,他甚至在电光石火之间,看到了自己因被罪恶感折磨而毁掉自己的一切,甚至是生命。到那时,他还有机会把命运再改写一遍吗?

不知道,所有都是未知的,可未知是最让人恐惧的。他在这二十多年前的街头,随意地游荡着,他突然就觉得累了,不想再多想了,生活哪有什么正确答案啊,就先沉入这黑夜吧。

而此刻,他的车子停在一公里外,就快没油了,发动机一喘一喘的,电台里的歌曲还在唱着,已经换了很多首,这一首是粤语的:"一生何求,常判决放弃与拥有,耗尽我这一生,触不到已跑开;一生何求,迷惘里永远看不透,没料到我所失的,竟已是我的所有……"

时间的另一头,沈向真联系不上高知冬,本想算了,可越想着算了越觉得他可能要去干坏事，便来到高美珍的病房，高美珍还在昏睡着，陪着的两个老太太也睡了，她犹豫了一下，都没有叫醒，然后又琢磨了一会儿，便从霉霉那边要到了张合的电话，又从张合那边得知了高知冬的住处，便在白大褂外面披了件衣服就往外跑，拦了辆出租车直奔高知冬家。

她跑进小区，又着急忙慌地跑上楼，使劲敲门也没人开。她又跑下了楼，来到门卫处，孔新旺在抽着烟用手机看抗战剧，沈向真问："刚才有看到高知冬回来吗？"

孔新旺说："看到了。"

沈向真问："那他又出去了吗？"

孔新旺说："没有啊。"

沈向真觉得坏了，高知冬拿着手术刀可能不是去害人，而是害自己了，难道自己刚才和他说的话太重了？想到这儿她更急了，说："我刚才使劲敲他家门，里面都没人答应，你快帮我去把门撬开！"

孔新旺一听，来了兴致，眼睛眯眯着问："姑娘，你是他女朋友吗？"

沈向真说："这不重要！"

孔新旺说："咋啦？吵架了？"

沈向真说："你能不能给我开门？不能开的话我找警察了。"

孔新旺还是不急，说："小两口吵架找什么警察啊？"

沈向真彻底怒了，从墙边拿起一根保安棍指着孔新旺，说："我担心他在家做傻事，你他妈的痛快给我开门！"

孔新旺被吓住了，说："姑娘你把东西先放下，别着急，小高这人平时虽然吊儿郎当的，但这种人是最不会做傻事的。你敲门他不开，可能是不在家……"

沈向真说："你刚才不是说他没出去吗？"

孔新旺说："是，是没出去过，但他这人最近有些古怪，不知道从哪里弄来了辆要报废的破车，经常在车里一坐就是一宿。"

沈向真放下保安棍，问："他的车停在哪儿？"

孔新旺指了指右边，说："那边最里面的停车位。"

咣当一声，保安棍被扔在了地上，沈向真跑了出去。

孔新旺从地上捡起保安棍骂了句："现在的小姑娘，谈个恋爱比男的还猛。"

停车场藏在一排排树木间，遥远的路灯照不到这里，夜风摇晃着树枝，把少许的月光荡漾开。

沈向真跑到这边，越往里走路越黑，她放慢了脚步，像数着数般，一辆一辆地从车前走过，五，四，三，二，一。已经到最里面了，那个车位却空荡荡的。

沈向真拿出手机照亮，没看错，这最后一个车位上什么都没有。只有一丝月光穿过树影，淡淡地落在上面，落成一段斑驳的岁月。

岁月的那头，高知冬还在街头游荡，晃晃悠悠就走到了水晶宫门前，那门前的霓虹灯仍旧是这一片最亮眼的夜景，他想要再进去坐一会儿，听高美珍唱唱歌，或是找赵凌峰喝两杯，可又想起没有钱买门票，却也觉得和老板周源也算是朋友了，总不会为难自己的，这么想着的时候，那霓虹灯就正好变成了暖黄的色调，让这一座水晶宫也都有了堡垒的错觉，只要踏进去，这残酷不得志的现实就会被隔绝开来，这夜晚也会变得温润，世界也会处处留情。

他踏上台阶，服务员先说了声"欢迎光临"，高知冬问："你记得我吗？"

服务员说："有点印象。"

高知冬说："那我没钱你能让我进去吗？"

服务员说："那肯定不能。"

277

高知冬说:"你们老板在吗?"

服务员说:"不在。"

高知冬说:"那高美珍在吗?"

服务员说:"高姐在唱歌呢。"

高知冬说:"那等一会儿她下台了,你帮我叫她一下呗?"

服务员说:"那我现在去和她说一声。"

高知冬点了根烟在门前等着,那烟抽了两口,刚要弹烟灰之际,身体不由自主地停住了,他似山雨欲来时的母鸡般,侧耳听着那风声的来处,就听到了车子发动机熄火的声音,下一刻,他消失在了水晶宫门前。

片刻后,高美珍走了出来,看着空荡荡的台阶和四周,问服务员:"人呢?"

服务员也纳闷:"是啊,人呢?刚刚还在这儿呢,一转眼跑哪儿去了?"

是啊,人到底跑哪儿去了?沈向真看着空荡荡的停车位,转身刚要离开,突然感到一股风从背后袭来,那风不是夜晚的凉风抚背,更像是被挤出来的一股气流,她被惊到了,猛地转过头,就看到一辆破旧的桑塔纳出现在了车位上。

而车里面,高知冬坐在驾驶位上愣愣地看着她,厚厚的风挡玻璃像屏障般把两人阻隔在了不同的空间,他们隔着玻璃对望着,身体都僵硬着,时间在这一刻仿佛停止了,直到高知冬指间夹着的那根烟的烟灰落了下来。

明明不该有声音的,但两人似乎都听见了咔嗒一声,像极了手表秒针再次跳动的声音,世界又恢复了运转。

"来我的车里坐一坐,天黑夜很长,月路漫山岗。 来我的车里坐一坐,轻风吹薄裳,岁月以歌唱。"

高知冬脑子里,忽地冒出这两句不知名的句子,他的潜意识里难道是想要邀请沈向真来坐一坐?那再往深层想一想呢?是想要和她分享这个可以回到过去的秘密?然后呢?会发生什么?会被当成神经病?再为了证明自己不是精神病,企图把她带回过去看一看,能带过去吗?她过去了会是什么样的反应?会冲动地做一些事情改变过去,也同时改变现在吗?会把一切陷入混乱之中,毁掉现在的生活?一切都有可能,一切也都没有把握。

脑子里电光石火闪过这一系列后,高知冬缓缓地打开了车门,故作惊讶地看着沈向真,说:"你怎么在这儿?"

沈向真一愣,是啊,她怎么在这儿?为了一把手术刀,或者说为了一些多余的担心,便跑了过来,然后看到一个空的车位里,凭空冒出一辆车来。是自己眼花了吗?不可能啊,自己不近视也没有散光老花,在月光和手机灯光下反复确认过好一会儿呢。那是自己值夜班太累出现幻觉了吗?不排除这种可能,但值了多少个夜班了,也从来没出现过啊!那到底是怎么回事?

在她一团混乱之际,高知冬向她走来,问她:"你怎么在这儿?"

她不回答,而是同样发问:"你怎么在这儿?"

高知冬嘻嘻一笑,说:"你好奇怪,这是我的小区我的车位啊。"

沈向真说:"可是这儿刚才明明是空着的。"

高知冬又是一笑,说:"姐姐,我花钱租的车位,怎么会让它空着呢?"

沈向真说:"我不可能看错。"

高知冬说:"我刚才坐车里,看你在这旁边的车位前,拿手机一顿照啊,你是不是找错车位了?"说着亮出手机电筒,照到旁边空着的车位上,那上边也落了一束月光。

沈向真突然就恍惚了一下，仿佛记忆被重置了一般，也不敢完全吃准了，这时一束更亮的手电光照了过来，孔新旺在不远处喊道："小姑娘，找到了吗？"说着光已经移到了高知冬脸上，高知冬像被审问的犯人般，用手挡住了那束光。孔新旺也看清了他，说："我就说他在车里吧，你找到我就放心了，有啥事你们慢慢聊，别急眼，别动手啊。"

手电光收回，孔新旺消失在更黑的黑暗中，高知冬的眼睛好一会儿才缓过来，又能看清沈向真了。沈向真三两步走到高知冬面前，伸出手，说："把东西还我。"

高知冬一愣，想装傻，说："什么东西？"

沈向真直接动手，迅速把高知冬几个口袋摸了一遍，最后从裤子口袋里拿了出来，本该冰冷的手术刀，此时却温热。

"哦，原来是这个。"高知冬尴尬地说道。

沈向真眉头紧皱："你偷这个到底要干什么？"

高知冬一下子回答不上来，支吾着说："没什么，就看着挺锋利的，想着拿回家当个水果刀。"随即又诚恳地冒出一句："不好意思，让你担心了。"

这话听起来有了温度，沈向真却面色冰冷："我不是担心你，我只是怕给自己惹麻烦，也请你以后手脚干净点，不然下次我就直接报警了。"

沈向真说完就转身离开了，衣摆带起的风有些凉，她终究只把他当作一个小混混，没有报警，已经是仁慈。高知冬的心猛地被刺了一下，他下意识地想捂住胸口，可是却觉得后脑有温热的液体缓缓地流出来，他的手转向后脑，摸了一手的鲜血，之前缝的针，不知何时挣脱开了，像要死命挣脱开命运似的。

"哎！"他喊了一句。沈向真还没走远，停下脚步回过头来。

高知冬想说"我以后再也不这样了",哪样?是不偷手术刀了,还是不过这种人生了?可什么都没说清楚,话刚到了喉咙,就被一阵猛烈的晕眩感堵住了,接着眼前一黑,他栽倒在了地上。

浩荡的冬日,一场大雪没了膝盖,堵住了房门,高知冬的姥爷在屋里面,怎么都推不开这平房的门,身后是高美珍怀里孩子的哭声,小脸通红,身上滚烫。高知冬的姥姥弄了块冰毛巾,放在孩子额头上,孩子的哭闹仍旧不止。姥爷又踹了几脚门,还是不开,放弃了,直接进屋子,爬上炕,把糊窗户缝的纸撕掉,打开窗户,又把外层挡风的塑料布都扯开,大风夹着雪末子灌进了屋子。姥爷跳了出去,一个跟跄摔进雪里,再一个骨碌爬起来,半边身子都白了,找到竖在墙根边的铁锹,一锹一锹地挖开门前的雪,门终于打开了,姥姥和高美珍抱着孩子跑了出去,姥爷气喘吁吁地把铁锹一立,额头都冒了汗,热气顺着发梢往外飘,看起来像根烟囱。

成年的高知冬站在院子里,看着母亲和姥姥跑走,又看了一会儿姥爷抽烟,他好多年没梦见过姥姥和姥爷了,他们去世前几年,他还时不时会梦到,但渐渐就不再梦了,连想起都变得很少。他走过去和姥爷说说话,问他这些年在那边过得好吗,可姥爷不理他,抽着烟回屋了,临进屋前冲着他往外边挥了挥手,他知道是在撵自己,姥爷好像从小就不太喜欢自己,于是他就知趣地没再跟进去,转身出了院门。

街上的雪都被扫干净了,但还没被清雪车拉走,每家门口左右各一堆,一排排整齐地到尽头,他沿着那路走啊走,就走到了晴天里,阳光真刺眼,反射在雪地上更刺眼,把他的梦都刺醒了。

高知冬缓缓地睁开眼睛,模糊中前面有个人影在看着自己,待那模糊逐渐清晰,他便看到高美珍坐在病床边上,一手支着脑袋在看着他。见他醒了,也不兴奋,也不激动,像去车站接一个经常见面的朋友般,只是淡淡地一笑,说:"醒啦?"高知冬点了点头,嘴巴有点干,一直干到了喉咙里,说不出话来,便看着床边的水杯。

高美珍把杯子递给他,他坐起身,一小口一小口地喝,嘴巴和喉咙都润了,才开口问:"我睡了多久?"

高美珍说:"没多久,就一宿加一上午。"接着问:"你头还疼吗?"

高知冬这才把感知放在了头顶,说:"还有一丝丝疼。"

高美珍放心下来,把杯子收走。

高知冬也问:"你的头没事吧?"

高美珍说:"没啥事,睡一觉就好了。"然后像才想起什么似的问道:"你昨天偷了把手术刀去哪儿了?"

原来沈向真都告诉她了。可高美珍这回并不生气,话里还带着一些体谅,问这个似乎只是为了得到一个不深究的答案。高知冬不知道该怎么说,可高美珍还一直盯着他,他就躲开目光,别过头去,看窗外午后的阳光落在床单上,把他整个人也都浸润了进去,时光对他从未如此温柔过。

他想着该不该讲一下这个漫长又离奇的故事,可高美珍不容他多想,淡淡地说:"我都知道了。"

"知道了什么?"高知冬转头看她。

高美珍说:"所以你昨天是想去找那个叫超哥的报仇吗?"

高知冬一笑,她终究什么都不知道。但也好,她自洽了,于是高知冬点了点头。

"还好你没动手,为了这件事搭上自己的一辈子不值得。"高美珍语气仍旧缓和,"就算我被打了,也不值得。"

高知冬听得疑惑:"我小时候你不是教我,要有仇必报吗?"

高美珍笑了,说:"小时候那么教你,是怕你在学校被欺负不敢还手,再说了,小时候能惹出多大的祸啊,现在长大了就不同了,一不小心,人生就毁掉了。"

高知冬点了点头,说:"是啊。"

两个人就又都想起了那件毁掉高知冬人生的事情,也就都沉默了。

片刻后,高美珍又说:"上午时派出所来电话了,说在韩新武那个王八蛋身上查出了好几件别的案子,他下半辈子估计会在监狱里待着了,咱们这也算是报仇了是不是?"

高知冬点了点头,说:"是啊,真是恶有恶报。"可心里却并没有真正的痛快,很多说不清的东西堵在胸口,那个黑夜里跑走的少年和那个心狠手辣的黑道混子,他怎么都对不到一块去。

"你心里的刺,现在也算拔掉了吧?那你以后就把这些都放下,好好活吧。"高美珍伸手抓住了高知冬的胳膊,这是她所希望的,但语气里竟是乞求。

高知冬眼里一下子就有了泪光,和母亲争吵对抗了这么多年,怎么她稍微一软,自己就受不了了呢?他此刻才后知后觉,这些年的痛,高美珍也在经历着,他对生活的失望,高美珍肯定也有过,但她不能倒下,不能颓丧,她一定要比自己更坚强地活着,支撑住他黑暗世界里的一个角落,在那里点起一盏灯,一直等着,等着他好了,痊愈了,等着他有勇气重新面对生活。

高知冬认真地点了点头,眼泪就落在了被子上。高美珍没哭,握着高知冬的手越来越紧,也不知该说些什么,只是一个劲地嘀咕:"没事,没事,有妈在呢。"

高知冬喃喃地说了句:"妈,对不起。"对不起什么呢?对不起让你操心了,对不起让你担心了,对不起让你失望了,对不起让你受苦了。越想越多的对不起,这么多年憋着股劲要够了,让他没了再多说一句的勇气，但刚才那句声音太小了，也不知道高美珍听没听清。

高知冬侧过头去看高美珍，一段时间没染发，她的发根全都白了，在阳光下，那根根白发格外耀眼，刺得他眼睛生疼，他想再说声对不起，但话到嘴边变成了："妈，我想搬回家住。"

高美珍这回终于没忍住，眼泪落了下来，她用手背抹了抹，说："那张床我一直用铁链子拴着，就等着你回来呢。"

第十六章

搬家，听起来就是个浩大又烦心的事情。

但对单身的人来说，特别是像高知冬这种对居住品质没什么要求的男生，搬家似乎也不是件太难的事情，该扔的扔掉，能卖的卖掉，剩下不多的东西，就是这几年积累的全部了，再加上一些年月的重量，装进行李箱里，也满满当当的。

看着空下来的房子，高知冬的心里还是有一些惆怅，但也不算多，只够抽根烟的，他给房东打了个电话，房东仍旧在打麻将，用没什么触动的口吻让他把门锁上，钥匙放物业，反正下一个租户会换下一把锁，生活都是这样，来来往往的，她房租照收，麻将照打。

高知冬挂了电话，拖着行李下楼，先去了物业，把钥匙交给了孔新旺，孔新旺惊讶地问："怎么突然就要搬走了？"

高知冬说："我还欠你点停车费吧？"

孔新旺却说："算了算了。"

这太出乎高知冬的预料，不是惊喜，只是疑惑地看着他。

孔新旺眼里因这眼前的离别有了些柔软，他似乎也不太适应这柔软，抓了抓脑后的头发说："今天不知道怎么回事，看到你就总想起年轻时遇到过的一个人，那个人我也不太记得长什么样子了，可就是感觉和你很像。"

高知冬一听，心里就想笑，嘴上却说："你这个年纪的人就是喜欢怀旧。"

孔新旺却脸上全是认真，说："不是怀旧，就是今天突然想起来了，那个人当年也欠我点钱，好像也开过你这种车。有天晚上我值班，正好看见他路过，就去追着他要钱，跑了好几条街道，最后没追上。"

高知冬说："可能他也遇到了些难事吧。"

孔新旺点了点头，说："可能是吧。但我要说的不是这个，是那天我追完他回去，看到保安室被大货车撞塌了一面墙，我平时坐的椅子都压在墙下面了，我当时就打了一个哆嗦，想想都后怕，要是我没有去追那个人，那被压在墙下面的就是我了。你说，这事寸不寸？"

高知冬的目光也变得复杂了，想了想也只能回答一句："是挺寸的。"

孔新旺说："所以，经历了这件事，那个人在我心里就不是一个欠钱不还的老赖了，而是救了我命的人。后来我也试着去找了找他，想把这事告诉他，但都没找到。"

高知冬说："他可能是一直混得不好，就躲着你吧。"

孔新旺说："就那点钱，有什么好躲的，可能真像你说的，遇到别的难事了吧。"

高知冬点了点头，心里也涌出一些别样的滋味，说："不过他是他我是我，这个停车的钱我还是要给你的。"说着掏出手机："我扫你。"

孔新旺迟疑了一下，还是亮出了二维码，但是高知冬扫完却跳出来的是添加好友。孔新旺一笑，说："刚换了个新的微信号，重加个好友，就算两清。"高知冬愣了一下，随即笑了笑，点击了添加好友的发送请求。

孔新旺陪着高知冬把行李放上车，孔新旺盯着那车牌又挠了挠后

286

脑勺,说:"这车牌好像也和那个人的是一样的,不会这么巧,你买的就是他的二手车吧?"

高知冬说:"哪有那么巧的事,是你老糊涂记错了。"

孔新旺叹了口气,说:"人老了脑子就不太好用,还是年轻好啊,真想再回到过去,重活一遍。"

高知冬在这话里品出了一丝苦涩,他勉强地笑了笑,开着车子离去,车子出了小区,上了街道,可在他脑子里,孔新旺仍旧站在原地,站在那被往事包裹的情绪里,在那变幻的年代里,如野草般,摇摇晃晃。

那身影,晃着晃着,又变成了另外一个人,一个女人,韩新武的母亲,那个给过高知冬一盒锅包肉的善良的阿姨,她现在还活着吗?她过得怎么样了?他突然很想去看看她,于是高知冬掉转车头,去了派出所。

之前接待过高知冬的小民警,一听他要找韩新武的母亲,立马警惕起来,说:"你心里再憋闷,也不能去找一个老太太报仇啊。"

高知冬说:"我没那么穷凶极恶,我只是想去看看她。"

小民警还是不信:"你看她干什么?你们认识吗?"

高知冬说:"认识,她还给我吃过锅包肉呢。"

小民警就糊涂了。

高知冬说:"你不需要全都弄明白,帮我查查地址就行。"

小民警还是不放心,说:"你要是非去不可,那我得跟着你。"

坐上高知冬的车,七拐八拐,到了一处老旧的居民区,一栋筒子楼的一楼院子前,门开着,院子里堆满了各种矿泉水瓶和废纸箱子,一个满头白发的老太太,佝偻着身子在把水瓶往袋子里装。

小民警指了指老太太的背影:"就是她。"

高知冬说:"你能让我和她单独说会儿话吗?"

小民警说:"我坐在车里看着你,你们该说话说话,我抽根烟。"

高知冬摸出兜里的烟给了他,然后就下了车,慢悠悠地走进院子,环顾了一下四周,发霉的墙皮,肮脏的墙角,悬挂的蜘蛛网,胡乱堆放的破烂,处处都是生活困苦的缩影。

他来到老太太身边,还想叫阿姨,但又觉得该叫奶奶,但还没等叫出来,老太太先听到他的脚步声了,回过头问:"谁?"

高知冬一愣,就看到了那布满褶皱的脸上,一双空洞的眼睛。

"您看不见吗?"高知冬几乎已经确定了答案。

"看不见好几年了。"老太太虽然看不见,但声音和体态都很轻盈且充满活力,她接着又问,"你是新来的收废品的?"

高知冬说:"我不是收废品的。"

老太太脸上就全是疑惑了:"不是收废品的,那你是谁?说话声好像在哪儿听过。"

高知冬说:"是啊,咱们以前见过。"

"见过?在哪儿见过?啥时见过?"老太太快速眨着失神的眼睛。

高知冬说:"您还记不记得,好多年前的一个晚上,给过一个年轻人一盒锅包肉?"

老太太一拍大腿说:"想起来了,记得记得,原来是你!"说着往前摸索着,高知冬把手伸过去,她却抓住了胳膊,然后顺着胳膊才摸到了手,拉着他在门前的台阶上坐下,手还不松,说:"真没想到还能见着你,你那时二十多岁,现在得五十多了吧?"

高知冬哑笑了一下,故意把声音弄得苍老了一点,说:"是啊,都五十多了。"

老太太说:"那孩子都该工作了吧?"

高知冬说:"是,工作了,在银行上班。"

老太太说:"真好,那你媳妇是做啥的啊?"

高知冬说:"医生,挺稳定的。"

老太太说:"真好,这一家人听起来就幸福。"然后又搓了搓高知冬的手,说:"你这保养得也挺好,光凭这手,摸起来也就二十来岁。"

高知冬尴尬地笑了笑,就缓缓地抽出了手。

老太太说:"当年你跑走后,我还替你担心过一阵子呢。"

高知冬问:"担心什么?"

老太太说:"担心你不走正道,你脑袋缠了个纱布,临走还硬塞给我一百块钱的假钱,这怎么想也不是好人啊!"

高知冬说:"那后来那张钱您扔了?"

老太太说:"没扔,这事可好玩了,那张假钱我一看不能花,便想着留个纪念吧,就压在柜子上面的玻璃底下了,可没想到过了几年,发生了一件神奇的事,新出的人民币和你那张假钱一模一样!我就偷偷摸摸地把那张假钱混在一沓新钱里,去商场买了一台大彩电!那个收银员用手在那儿摸啊摸的,又用验钞灯在那儿照啊照,硬是没照出来,你说怪不怪?后来彩电搬回家了,我每次一打开看就想起那张假钱,也就顺便想起你来了。"

高知冬全程一直笑盈盈地看着老太太,听她讲完了,就也半开玩笑地说:"那我现在来还您一张真钱。"

老太太说:"不用不用,你就告诉我,那张假钱你是在哪儿弄来的?怎么就和后来的新钱一样了呢?你是不是认识上头印钱的人?我这事想了半辈子也没想明白。"

高知冬说:"这您就别问我了,那钱也是别人给我的,我也想了半辈子都没想明白。"

老太太嘿嘿一笑,说:"也是,都这个岁数了,想不明白的事就别想了。"

289

高知冬点了点头,认真地回答了一个"嗯"。

老太太摸了摸自己的手表,按了一下,传来鸡叫,接着是报时的语音:"现在时间,中午十二点二十三分。"

老太太又一拍大腿,说:"都这个点了,你还没吃饭吧?我现在就做饭去!"她说着起身就要进屋。

高知冬拦住他,说:"阿姨,没事,我不饿,您别忙活了。"

老太太说:"不行,都到家门口了,哪能不吃口热乎饭啊,没事,你别担心,别看我眼睛看不见了,这手脚还麻利着呢。"

高知冬说:"您真别忙活了,我一会儿还有事,改天再来吃饭吧。您要是饿了的话,我给您叫份外卖。"

老太太一听才不再强求,说:"不用叫外卖,我一个人对付一口就行了。"

高知冬问:"您现在就一个人生活?"

老太太说:"是,老伴死得早,儿子在南方闯荡呢,好几年没回来了。不过儿子挺孝顺的,每年都给我邮钱,还说要接我去南方,我就寻思着,也不能空手去啊,怎么也得攒点钱啊,他以后要是结婚了,领着这么一个瞎妈,人家嫌弃了该咋办?但如果咱们兜里有钱,就不怕了,我就是个有钱的瞎妈了,是吧?"

高知冬说:"您说得对。"

"对吧,你别看我这一院子的破烂,其实可赚钱了,再加上这些年我儿子给我的钱我都攒着呢,我估摸着,够给他结婚用的了。"老太太仰着头迎着光流露出憧憬,"我现在就等着他回来接我了,前几天刚打了电话,说就快回来了。"

高知冬当然不忍心告诉她实情,说"你儿子已经回来了,但是在看守所关着呢,有可能下半辈子就在监狱里过了",这太残忍了,掐灭了一个人最后的希望,那这个人和这一屋子等待的破烂都会坍塌,于是高知冬说："真替您感到高兴，终于可以享福了。"

老太太说："等他回来我叫你一块来吃饭，咱们出去吃，就去富华大酒店！"

哦，又是那里，果然是上了岁数的人心中最高档的地方。高知冬说："好的，那我等您的消息。"

高知冬离开前，给老太太留下了自己的手机号码，说："有什么要帮忙的就来找我。"

老太太把号码熟练地记录在了自己的老年手机里，说："没事就常来坐坐。"

高知冬答应着，老太太依依不舍地把他送到院门外，高知冬小跑着上了车子，看到老太太还站在那门前，面朝着高知冬车子的方向，久久不肯离去。

高知冬在车上点了根烟，小民警给他点上火，说："哎哟，眼睛都红了，你这人挺奇怪的，对伤害你的人的妈妈倒是挺有感情的。"

高知冬不理会他，兀自抽着烟。

小民警又说："不过这老太太真挺可怜，眼睛看不见了，还摊上那么一个儿子，不过这个韩新武也算有点孝心，被带走时第一件事就是嘱咐我们不要告诉他妈。"

高知冬吐了一口烟，说："你能帮我一个忙吗？"

小民警说："啥忙？"

高知冬说："能不能让韩新武给老太太打个电话，骗一骗她，说自己在外面太忙了，明年再回来。"

小民警说："这个忙不难，但骗这么一年有啥用啊？"

高知冬说："骗一年是一年吧。"

小民警还想说什么，这时手机响了，他接起来，说："好的，好的，我马上过去。"

挂了电话，高知冬问他："要去哪儿，我送你去。"

小民警说："不用了，就前面那个小区，有个卖绿植的两口子老打架，可打架也不往身上打，光摔花盆，摔了一地的花盆两人又都心疼，就报警撒气，这事我们怎么管啊？可是又不能不去……"他嘟囔着，不太耐烦地下了车。

高知冬一个人坐在车里，看着老太太晃晃悠悠地回了院子，他手中的烟也抽完了，便启动车子离开。车子没开多远，就看到前面路边有个人，拎着个塑料袋慢慢悠悠地走着，他看那背影眼熟，就放慢车速，开到人侧面看清楚了，是沈向真，高知冬这才想起，上次沈向真说过，她家就住在这附近，自己当时没放心上，刚才也全忘脑袋后了，这健忘给了他惊喜，可他也不停车，只是按下车窗，说："真巧啊。"

沈向真一看是他，一愣，但没啥好脸色，说："你是跟踪我还是来找我？"

高知冬说："我是碰巧路过你信吗？"

沈向真说："不信。"

高知冬说："既然啥都不信我就不说了，你觉得是啥就是啥吧，你要去哪儿啊？我捎你一段。"

沈向真说："不用了，我家就在前面，走两步就到了。"

高知冬说："那我陪你走两步。"说着在路边找了个车位，停好车又跑了过来。

沈向真也没等他，他追了几步，看清她拎着的是几个橘子，说："你爸又去看你啦？"

沈向真说："在医院发了一圈，还剩这几个，都给你吧。"

高知冬说："我不想吃，但是可以帮你拎着。"

沈向真就笑了，说："你这人有时看着挺让人生气，但有时说话又还挺有意思的。"

高知冬说："我不当小混混了。"

这话说得突兀，沈向真一愣，说："你和我说这干吗？"

高知冬说："不干吗，就是想告诉你一声，就算今天不遇见你，我也会给你发条信息的。"

沈向真说："哦，那我是该恭喜你呢还是该替你惋惜呢？"

高知冬说："都不用，我今天就从外面搬回家住了，我家离这儿不远，咱们可以多走动走动。"

沈向真说："哦，这回我听明白了，你不做小混混了，要回家啃老了。"

高知冬说："你怎么总把我往坏处想呢？"

沈向真说："因为你也没干过啥好事啊，咱俩见面这几回，一次你脑袋被打出血了，又一次你和你妈一起被打住院了，还有一次我请你吃饭，你叫来的朋友把我好一顿损，后来你又请我去喝了一次咖啡，各种抱怨自己的遭遇，把我气跑了。就这些事，你自己细品，你让我怎么把你往好处想。"

高知冬被噎得够呛，搓了搓脸，说："好像也是，但以后不会了。"他这话又说得突兀了。

沈向真说："不会什么？"

高知冬本想打哈哈换个话题，但却深吸了一口气认真地说："不会再打架，不会再放高利贷，不会再不走正道，也不会再把自己的境遇都怪在别人身上。"

沈向真有些意外："你不再怨你那个没见过面的父亲了？"

高知冬说："不怨了，他现在对我来说，只是一个谜团了。"

沈向真说："那你晕倒这一次，还明白挺多的。"

高知冬说:"是啊,可能是脑袋被打开窍了。"

沈向真笑了,然后停下脚步,说:"我到家了。"

高知冬看到沈向真身后是一栋老旧的居民楼,和自己家的差不多,都是快要被时代拆掉的建筑。他说:"那我看着你进去吧。"沈向真转身朝里面走去。高知冬站在原地看着她,一步一步就要走进楼道里,高知冬突然冲着她的背影大喊了一句:"我明天就去找新工作!"

沈向真没回头,但把右手举过头顶,比了个大拇指。高知冬就笑了,抬头看天,真好,冬天的太阳也耀眼,照得人心里一阵清亮。

搬回家住的第一晚,可能是心安,也可能是找回了熟悉感,高知冬睡了个难得的好觉。醒来时盯着窗帘上的那个破洞,阳光从里面透出来,落在被子上。这个洞也有好多年了,自己少年时期,不起早上课的时候,醒来时总会躺在床上,伸出手去玩弄那透过来的一束光,光里有他的手指,有温度,有飘浮的灰尘,有所有不急不缓的日子。

高知冬摸过床头的手机,一看竟然中午十一点多了,这一觉睡得太长,高美珍竟也没像从前那样,扯着嗓子三番五次地叫自己起床,如果还叫不起来的话,她就要在门外开骂了。

高知冬有些疑惑地下床,开门出去,看客厅里没有人,桌子上倒是摆着分不清是早餐还是午餐的饭菜,用菜罩子扣着,有几只冬天的肥苍蝇落在罩子上,他走过去挥了挥手,苍蝇飞走了,又落在了窗户上。

高知冬靠在桌前,想着高美珍应该是出门了,他也不急着吃饭,先掏出根烟,抽一抽能抽出些食欲来,可打火机刚一按着,洗手间就传来高美珍的声音:"你把饭先吃了再抽烟!"

高知冬烟没点着,放下打火机去了洗手间,到门口看到高美珍在镜子前,脖子上套了个塑料袋,拿了支牙刷,蘸着染发膏,一下一下地往头上刷。前面的头发已经刷得差不多了,额头上落了许多染发膏,黑漆漆一小片。她又把牙刷往染发膏里蘸了蘸,在后脑勺盲刷。

高知冬看她刷得费劲,说:"我来帮你吧。"

高美珍嘴上说着"你不会弄",但却把牙刷递了过去。高知冬接过牙刷,又跑回客厅搬了把椅子进来。高美珍嘴上说着"不用,一会儿工夫就弄完了",但却慢悠悠地坐了上去。

高知冬把手里的烟搁在一旁,拿着牙刷确实不知道该怎么弄。高美珍说:"你就蘸着这染发膏,往有白色的发根上刷就行。"

高知冬听着照做,一手掀起高美珍后脑的头发,一手往上刷,那密密麻麻的白发根高知冬是第一次见到,比他想象中的要多太多。母亲真的是老了,他心里冒出这么句话,就越刷心里越堵得慌。眼睛也不争气,红了又红。他说:"妈,这染发膏怎么这么辣眼睛?"

高美珍低着头,也不看镜子里的高知冬,说:"味是有点大,可能是便宜吧。"

高知冬说:"那咱们下回买点好的。"

高美珍说:"听说出了一款一洗就黑的,我下回买那种试试。"

高知冬说:"你说啥牌子的,我给你买。"

高美珍就笑了,说:"等你找到工作再说吧。"

高知冬说:"我明天就去找工作。"

高美珍说:"也别这么急,你头上的伤还没好利索呢。"

高知冬说:"你头上的伤都好了,我的也不碍事了。"

高美珍说:"你刷这几下感觉手法不错,你可以去发廊学理发。"

高知冬说:"我这年纪去学徒太大了,你看那发廊里,全都是年轻的小姑娘和小伙子。"

高美珍说:"你才多大啊,在我面前说这话。"

高知冬说:"和你比我是年轻,但是和那些十七八的小年轻比,我就是比不过啊。"

高美珍就笑了,说:"是不是发现日子混着混着就混没了?"

高知冬心里一酸,却说:"拉倒吧,我的日子还长着呢。"

高美珍说:"哎?我倒是想起一个地方,金泰城里那个滑冰场,你以前不去,那现在要不要去试试?"

高知冬一听滑冰,下意识地抵触,不接话,把牙刷往旁边一放,说:"你看看刷得还行吧?"

高美珍对着镜子照了照,又照了照后脑勺,说:"行了行了,就这样吧。"站起身,把高知冬往外搡,说:"你把这椅子搬出去,我待会儿要洗头。"

高知冬走出去,靠在餐桌前,把没抽的那根烟点燃了,抽了几口,脑子里还一直在滑冰场上转圈圈,一边转一边问自己:都能陪着云蓉去滑着玩,那为什么不能当教练呢?他给不了自己答案,也因着给不了,那份抵触便没了立脚点。

他把那根烟掐灭在烟灰缸里,肚子咕咕叫了几声,能闻到饭香了。

高知冬来到公交站点等车,去金泰城只有两站地的公交,他便没开自己那辆小破车。他刚站到公交站下,就听到左边一直传来鸣笛声。他看了一眼那边,鸣笛的是辆比亚迪,看起来还挺新,便把头转了回来,但那辆车还在鸣笛,不但鸣笛还不停地开关大灯闪自己。高知冬有点火大了,朝那辆车走去,还差三两步到车旁,就透过风挡玻璃看到开车的是张合。张合冲高知冬笑了笑,又开关大灯闪了高知冬几下。

高知冬开车门上了副驾,说:"我还以为哪个精神病呢,怎么是你?你这车哪儿来的?"

张合很得意地摇头晃脑:"刚提的车。"

高知冬说:"行事啊!"

张合说:"行啥事啊,还是多亏了你啊!你把武哥弄进去了,超哥把你打了,超哥自己也进去了,你这是以一己之力扫黑除恶啊!"

高知冬疑惑,说:"超哥不是有老厂长的儿子罩着吗?还不是先关起来意思意思走个过场,没几天就放出来了。"

张合摇头,略带神秘,说:"这次可能没那么轻松了,现在国家扫黑力度多大啊,老厂长的儿子哪儿还有闲心管他这个小喽啰啊。"

高知冬说:"丢卒保帅啊?"

张合说:"差不多吧,但不管咋样,咱俩可不能再蹚这浑水了。"

高知冬说:"这话还用你提醒我?哎?但说了这么多,这和你买车有啥关系啊?"

张合说:"当然有关系啊,超哥进去了,我的工作就没了,还让我爸知道了我混社会这事,又是好几个大耳光啊,手劲那个大啊,干得我脑瓜子嗡嗡的,我真的不能让我爸再练冬泳了,要不挨到老我都不能掌握家里的大权。"

高知冬说:"你爸冬泳是挺厉害的,那河里有冰碴子都敢往里跳,我记得有一年有个小孩掉冰窟窿里了,都是你爸救上来的。"

张合说:"是,后来还让小孩家给讹了,非说那冰窟窿就是我爸为了练冬泳凿的。"

高知冬说:"行了,别扯远了,你的车到底咋来的?"

张合说:"这不是正说着呢吗,你老打岔。我爸给了我几耳光后,我妈拿着她新买的围巾折了折也来抽我,一边抽一边骂,说我不着调,不去找份正经工作,挺大个小伙子不省心。我不敢和我爸对着干,但我敢和我妈顶嘴。我就说:'我一个职高毕业的,能找到什么工作?'我爸一听就来劲了,说:'你上初中的时候不好好学,整天瞎混，考不上高中还赖我们？'我说：'就算我不混我学习也不行啊，这东西都是遗传的，你和我妈上学时学习也不咋的！'两人一听，愣了，好像说到了点上，然后我爸又给了我一个大嘴巴子。我这回没忍住，真疼，也是心里委屈，哇的一声就哭了。你别说，眼泪这玩意儿还真管用，我爸我妈一看我哭了，气就消了，两人可能也没见过这么大的儿子还哭，一下子都不知道该怎么办，我一看这是个溜的机会，便捂着脸号叫着跑回了卧室，锁上了门，躺在床上又哭了一会儿，觉得没意思了，心想可算逃过了一劫。"

高知冬说："然后呢？这又和车有啥关系？"

张合说："然后车子就从天而降了，今天一大早，我爸妈两人把我叫下楼，这辆车就停在楼下了，他俩可能是起大早去买的，想给我个惊喜。"

高知冬说："挨了几个耳光，换来一辆车，真值。"

张合说："值啥啊，这辆车表面上是一辆车，但实际上就是一块磨盘，我爸妈这是给我上套呢。"

高知冬说："上啥套？你又不是驴。"

张合翻了个白眼，点开了手机，打开了滴滴软件，说："看吧，我现在是滴滴司机了，我爸妈说找不到工作干这个也挺好，还让我每个月得给他们上交份子钱，剩下的才是我的。我一琢磨，我这不是成了给这两个老东西卖手腕子的了吗？"

高知冬说："什么卖不卖手腕子，你爸妈的东西最后还不都是你的。再说了，你一时半会儿也找不到啥工作，就先干着呗。"

张合一笑："说得就像你能找到啥好工作似的。哎？你在这公交站等啥呢？"

高知冬说："等车呗，还能等啥？"

张合说："去哪儿啊？"

高知冬说:"金泰城有个滑冰场知道吧?"

张合眼前一亮,说:"你这是要干回老本行啊?这在黑帮卧底了这么多年,终于把凶手抓住了,心里敞亮了,脚又好使了,有劲了,不摔跟头了,是不是?"

高知冬微笑着不说话。

张合又说:"这点我还真佩服你,憋着一口气十来年,也真是能憋住,你这人细想也挺阴险的……"

高知冬说:"行了,别胡扯了,快开车送我过去吧,支持下你哥们儿重新走上正轨。"

张合却不开车,而是看着高知冬说:"你把你的滴滴软件打开,叫一下车,然后我接单,这也算是我的第一单活,你也支持一下你哥们儿的新事业。"

高知冬说:"没问题,那我在软件里付的车费你退给我吗?"

张合说:"瞅你那抠抠搜搜的样,不退。"

高知冬说:"可以,那我给你差评。"

张合笑了,说:"真损。"

车子启动了。

大下午的,又不是周末,滑冰场就没几个人,像是犯困似的,赖赖叽叽地滑了一圈又一圈。

高知冬到冰场外面,看到薛凯正在教一个小姑娘怎么摆臂,两人嘻嘻哈哈的,看起来也不像是在正经教学。他冲薛凯挥了挥手,薛凯认出他来,和小姑娘交代了几句,滑了过来,两人隔着玻璃隔板说话。

薛凯说:"来玩啊?快进来吧,正好没几个人。"

高知冬说:"不进去了,我就是溜达路过,来看看你。"

薛凯说:"咋的,看你这出像是有事啊?有啥事直说,别磨磨叽叽的。"

高知冬挠了挠后脑勺,说:"其实也没啥大事,就是想问问你们这儿,还招教练吗?"

薛凯说:"咋的?你想来当教练啊?"

高知冬说:"好些年没认真滑过了,也不知道能不能行,怕不够专业。"

薛凯说:"要啥专业啊,咱这冰场都是娱乐性的,来这儿的要不是初学者,要不就是滑着玩。"他回头看了看自己的学员,小声说:"你看她,能滑啥啊?不就是来找我解闷子吗。你这么帅,肯定没问题。"

高知冬说:"那你帮我问问你们老板?"

薛凯说:"行,等他回来我就问问,看还招不招新人,有信儿了就告诉你。"

高知冬说:"那我就等你消息了,谢谢啊,改天请你喝酒。"

薛凯说:"客气啥,能不能成还不一定呢。你真不进来滑两圈?"

高知冬说:"真不滑了,要是真应聘进来,那以后可有的滑了,我今天就先不着这个急了。"

薛凯笑了笑,身后的学员就着急了,娇嗔地喊着:"教练!你有完没完啊?怎么跟个老娘儿似的,这么能唠呢!"

高知冬说:"你快忙去吧,一会儿人家姑娘该投诉你了。"

薛凯挥了挥手,转身滑回去了。

高知冬也转身离开,却一下子不知道该去哪儿,便只能回家,回家的路上想着,晚饭高美珍能给他做点啥呢,这种回家就有饭吃的日子他太久没过了。

坐了两站公交,刚走进小区,手机就响了,是沈向真打来的。他接起前心里不能说是没有憧憬的,她主动找自己啥事?这个点是要约自己吃饭吗？可电话一接通，沈向真却让他来医院，说："一个盲眼老太太被车刮了一下，被送来医院，让她给家属打电话，她说儿子在外地，想了半天，留了个电话号码，我一看这不是你的吗！"

高知冬一听，便知道这老太太是韩新武的母亲，急着问："被刮得严重吗？"

沈向真说："不严重，脚肿了，骨头没啥事。"

高知冬的心放松下来，说："那我马上过去。"挂了电话，高知冬钻进自己那辆破车里，急匆匆地开着去了医院。

医院啥时人都多，看病跟不要钱似的。沈向真带着高知冬穿过人来人往的走廊，进了间病房，就看到老太太老实巴交地坐在病床上。老太太一听高知冬来了，摸索着拉住他的手，说："大兄弟啊，真是不好意思，麻烦你了，这点小伤我寻思没啥事呢，可医生非要我住院。"

沈向真听老太太管高知冬叫大兄弟，脸上就一阵的纳闷，这是啥关系啊？

高知冬拍着老太太的手，说："不麻烦不麻烦，人没大碍就是万幸，您就安安心心住院吧。"

老太太说："哎哟，这老胳膊老腿不抗撞了。"

高知冬说："就算我这年轻人的腿也不抗撞啊。"

老太太说："你和我比算年轻，但五十多岁，也不小了。"

高知冬这才反应过来，都忘了自己在老太太心中五十多岁了。便顺着她说："是是，也不小了，心里还总觉得自己是小伙子呢。"

老太太说："不服老是好事，人只要一服老，就蔫巴了。"

沈向真越听两人这话越觉得奇怪，这老太太到底是谁啊？难道是阿尔茨海默病，高知冬这是陪着演戏呢？她正琢磨着，没想到这戏就扯到自己身上了。

老太太说:"哎,你上回和我说,你爱人是大夫,是在这个医院上班吗?刚才有个姓沈的大夫说认识你,就是她吗?"

高知冬一愣,随即像故意逗沈向真似的说:"是,是,就是她,您说这事多巧。"他说着回身冲沈向真使眼神。

沈向真一看也明白,让帮忙一起糊弄老太太嘛,心里虽然对假扮高知冬爱人这事有点别扭,但还是点了点头,说:"阿姨,您好。"

老太太一听,说:"听动静这么清亮,不说是你爱人的话,我还以为是个二十来岁的小姑娘呢。"

高知冬呵呵一笑,说:"您这么说她可开心了。"

沈向真却眼睛一转说:"阿姨,您别以为了,我本来就二十多岁。"

老太太一愣,随即明白过来,说:"你们是二婚啊?"

高知冬瞪了沈向真一眼,有些尴尬地说:"是,原配前些年得病走了。"

老太太也有些尴尬,急忙打圆场,说:"哦,哦,原配和二婚都一样,只要没二心就行。"然后脸朝着沈向真的方向说:"你这个后妈也不好当吧。"

沈向真一愣,随即明白过来,高知冬肯定和她说过自己还有个孩子。于是她拍了高知冬后背一把,说:"没事,孩子不听话打两下就老实了。"

老太太脸一拉,说:"那可不能打,都那么大了,打不动的!"

高知冬笑着说:"没事,我帮着一起打。"

老太太就笑了起来,说:"哪有你们这样做爸妈的。"

三人又说笑一阵,高知冬和沈向真才离开病房。高知冬去外面抽烟,才看到天都黑了下来。过了一会儿,沈向真换下了白大褂,从里面走了出来。高知冬问她:"晚上值班吗?"

沈向真摇了摇头。

高知冬说:"那喝点啊?我请你。"

沈向真说:"走吧,身上凉飕飕的,想吃点热乎的。"

高知冬说:"好嘞。"两人就上了高知冬的车子。

车子一路开到个巷子口,太窄了,车子进不去了,高知冬便带着沈向真下车,朝里面走,昏昏暗暗的巷子里,一盏路灯安在电线杆上面,就有了一圈光。沈向真停下脚步,说:"这什么地方啊?"

高知冬说:"放心,不会把你卖了。"不由分说拉住她的手朝里面走去,然后钻进了一家小店里。

一进屋,沈向真就不觉得冷了,三五桌的客人,一个个桌子上都摆着个小泥炉,炭火在里面烧得通红,泥炉上架着个砂锅,咕嘟咕嘟煮着东西,那香气和热气一起朝她扑了过来。

高知冬和沈向真找了个位置坐下,还没点菜炉火就先上来了,映得两人脸颊发红。高知冬递过菜单让沈向真点,沈向真画了几个菜又递还给高知冬。高知冬说:"你点菜,我点酒,你冷的话喝点白酒暖和暖和?"

沈向真说:"我喝白酒没问题,但你开车就别喝了。"

高知冬说:"开车哪有陪你喝酒重要啊,我一会儿叫个代驾就行了。"

这时在一旁的服务员小男生插嘴了,说:"咱们店有帮忙叫代驾服务,二位敞开喝。"

沈向真一笑,说:"我点好了。"把菜单递给服务员。

服务员看了看说:"姐,我把青菜拼盘画掉了啊,这个咱家今天赠送。"

高知冬说:"你家还有啥赠送的,都上来吧。"

服务员说:"哥,咱家今天赠送每位男士一个女朋友,你当着姐的面敢要吗?"他说着瞟了瞟沈向真,明显是误会了两人的关系。

沈向真急忙解释:"我俩不是你想的那个关系。"

服务员说:"姐,你就别害臊了,刚才你俩拉手进来我都看见了。"

沈向真还要解释,高知冬就冲服务员说:"行啦,你话咋那么密呢?上辈子是大鹅啊?信不信我炖了你?"

服务员笑着说:"行行行,哥,我不说了,咱这不是开玩笑吗,不说不笑不热闹,咋还急眼了呢。"

服务员夹着菜单离开,高知冬看了看沈向真,说:"这服务员欠收拾,屁嗑太多。"

沈向真弄了弄头发,倒也不太尴尬,拿出手机回了几条微信。不一会儿,酒菜就上齐了,两人先吃了一阵,肚子里有了底,才碰杯喝了第一口。

这白酒挺辣,沈向真一口下肚,身子就热了,脸也红了,把外套脱掉,正了正身子,吃了口菜,才想起问高知冬和今天那个老太太啥关系。高知冬沉默了一小下,这沉默让沈向真更好奇,便疑惑地看着他。高知冬又独自抿了一口酒,才说:"这事其实挺难讲的。"

沈向真知趣,说:"不想讲就算了,我也就是随便闲聊天。"

高知冬说:"不是不想讲,是这事挺长的。"

沈向真说:"一顿饭够讲吗?"

高知冬说:"估计一讲起来,咱俩还得再开一瓶酒。"

沈向真笑了,说:"那你想开吗?"

高知冬也笑了,说:"我想开了。"

沈向真招手说:"服务员,再拿一瓶酒。"

接下来,高知冬就着酒菜,把自己如何努力学习滑冰,如何有机会去省队,又如何被人抢劫伤了脚,然后便自暴自弃地生活,一边混社会一边找凶手,最后在前几天那个武哥终于被捉拿归案了的经历讲了一遍。

沈向真听着，时不时陪着他喝一杯，也不多嘴，只是默默地聆听，然后仿佛就陪着高知冬把这些年又过了一遍，岁月里那些忽明忽暗的日子，如高知冬脸上被炭火映照的光影般，摇曳着，也生姿着，就生出了许多别样的感情。

她的头脑被酒精侵蚀得晕晕乎乎，在一些稍微清醒的瞬间，她在分辨着自己的感情，是可怜他吗？好像没那么居高临下；那是心疼他吗？似乎也没那么亲密。她只是看到了一个人被摧毁的过程，以及对自己认知的重塑，她误解过他，训斥过他，甚至厌恶过他，而此刻这些负面的情绪都消散了，或者说是在这些日子里慢慢消散的。

她头一次觉得高知冬这个人，在那嬉皮笑脸的表面下，竟也藏着巨大的深沉和苦痛，还有年轻的执拗与辽阔人世间狭窄的碰撞。她之前从来没看透过，此刻她看到了，也庆幸看到了，她举起酒杯，和高知冬碰了碰，说："没想到你经历过这么多。"

高知冬淡然一笑，所有的苦衷都在这笑里了。他抿了一口酒，说："这不重要，我还没说完呢。"

沈向真这才想起，老太太的事情还没讲。她刚才晃了神，便为这晃神感到羞赧。

高知冬哈哈一笑，说："你喝多了。"

沈向真急忙掩饰，说："没有，就是有点头晕，你快说啊，那这和老太太到底有啥关系？"

高知冬再次陷入了沉默。

沈向真此刻真的有点上头了，人就放松了很多，活泼了一些，说："你就别卖关子了。"

高知冬说："说出来怕你骂我圣母。"

沈向真说："那高圣母，你快说吧。"

高知冬说："不带你这样的。"

沈向真说:"赶紧说吧,磨磨叽叽的。"

高知冬又抿了一口酒,说:"她是把我脚压坏的那人的妈妈。"

沈向真愣住了。

高知冬说:"她不知道她儿子干的那些事。之前在我很饿的时候,她给过我一盒锅包肉,我吃了,我那时也不知道她是韩新武的妈妈。后来韩新武被抓了,我心里惦记这个老太太,就想着去看看她,才知道她眼睛看不见了,还整天捡破烂,盼着儿子回来。我觉得老太太挺可怜的,就留了个电话号码,寻思着等以后有啥事时能帮帮她。"

高知冬说完了,问:"沈向真,你觉得我这事做得别扭吗?"

沈向真愣愣地看着高知冬,摇了摇头,说:"我要是你,做不到。"

高知冬说:"是,你比我理智。"

沈向真说:"不,是你比我善良。"

她说完,自己抿了口酒,又急忙夹了口菜,但就是不再看高知冬的眼睛,她心明镜自己在躲避什么,还好是喝了酒,不然她脸上的红热就不好解释了。

高知冬听了那句"你比我善良",脸上也露出了被认可的欣慰,他看炉子里的炭火式微了,就用筷子捅了捅,捅掉了上面的灰尘,那炭火就又旺了,把两个人的脸也照亮了,好像这夜晚,以及这日子,也全都亮了。

那晚,两人摇晃着走出小店,周身被酒气包裹着,也就察觉不到这深夜的寒意了。他们一路说笑着走出巷口,来到了车子旁,坐进了车里,才想起忘记叫代驾了。

沈向真坐在副驾上,随手扭开了收音机,说:"我听会儿歌,你慢慢叫。"收音机打开了,FM96.9,歌曲飘了出来:"今夜微风轻送,把我的心吹动,多少尘封的往日情,重回到我心中……"

高知冬一愣，还没等反应过来，沈向真开始调频："这歌太老了，我换一个。"96.9一路到了97.2，可是歌声却没有变。她纳闷，这什么破玩意儿？还要继续扭。

高知冬一把按住了她的手，说："别扭了，这个不是收音机。"

沈向真被逗笑了，说："真有意思，不是收音机还能是时光机啊？"

高知冬点了点头，说："就是时光机。"

沈向真一阵大笑，说："你喝太多了，都蒙圈了。"

高知冬也一阵笑，说："你也喝多了，各种东北话都冒出来了。"但他笑完却又认真地看着沈向真，说："我没骗你，这真是一台时光机。你是不是很纳闷，韩新武的妈妈为什么管我叫大兄弟？"

沈向真继续笑，说："这有什么好纳闷的，她阿尔茨海默病呗。"

高知冬摇了摇头，说："不是，你还记不记得我偷手术刀那晚？我是要穿越回去杀韩新武的。"

沈向真这下不笑了，当时那车位突然冒出来的车子，至今对她仍旧是个谜团，如果高知冬说的时光机是真的，这虽然不可思议，很扯淡，但至少这件事就通了。她坐直了身子说："所以你是在过去那个年代遇见了韩新武的妈妈，吃了她给的锅包肉？她把你当成了那个年代的人，现在就管你叫大兄弟？"

高知冬打了个响指："聪明！她眼睛看不见了，所以我没有穿帮，她还以为我现在五十多岁呢。"

沈向真说："那韩新武现在还好好在监狱里关着，说明你没杀成功，你是因为这老太太心软了吗？"

高知冬说："虽然不是全部，但也算是吧。"

沈向真舒了一口气，说："这一切我可算弄明白了，但我现在脑袋不清醒，不知道你说的是不是醉话。"

高知冬说:"我可以证明给你看。"说着往回调频,却发现扭不回去了,数字就定在97.2上,但是再往前扭倒是能动,数字跳到了97.4。高知冬不敢再动了,看着沈向真说:"好像被你弄坏了。"

沈向真不可思议地看着高知冬,说:"谎话编不下去了,就赖我身上?"

高知冬说:"我没赖你,我也没说谎,可是这就是扭不动了,这个数字代表着穿越回去的时间,我们现在只能去1997年了。"

沈向真说:"1997年,好遥远的年月,那我们就去1997年呗。哎,你以前穿越都是咋穿的?"

高知冬说:"打着车,听歌,闭眼睛,就穿了。"

沈向真说:"那来吧,还等什么呢?"

高知冬说:"行吧!"说着重新给车打着火,然后电台里的歌声飘了出来:"今夜微风轻送,把我的心吹动,多少尘封的往日情,重回到我心中……"

高知冬说:"你坐好,闭上眼睛。"

沈向真有点紧张,更多的是兴奋,但还是照做了,她问:"用系上安全带吗?"

高知冬的"不用"还没说完,就觉得一阵恍惚,再睁开眼睛,车子已经到了铁路边,二十多年前的夜晚,又铺陈在眼前。他侧头看了一眼旁边的座位,沈向真还在。

他轻轻推了推她,沈向真缓缓地睁开眼睛,看着他,又看了看窗外,目光变得凌厉起来,高知冬真的没有说谎。

她惶惑地轻轻推门下车,一股煤烟味就窜进了鼻子里,真好,这是小时候的味道啊。

第十七章

　　二十多年前的某个夜晚，雪全都融化进了春风里，让这个北方小城的空气变得湿润。喝得醉醺醺的高知冬和沈向真在街上晃荡着，像极了那个年代没有出路就只能浸泡在酒精里的年轻人。

　　高知冬陪着沈向真重温了一下穿越的新奇，以及对于那个年代的适应，看着她走走停停，也摇摇晃晃，浑身都充斥着一种不可置信的奇妙感，可能是因为喝多了酒，她并没有大呼小叫，也并没有接连发出感慨，也可能是太奇妙的事情都和喝多了有点像，一切都不真实，但也不去计较这不真实。

　　待最初的一阵新奇过后，沈向真便觉得有些无聊了，说："就在这街上闲逛，也挺没意思的，你穿越过这么多次，每次也都是闲逛吗？"

　　高知冬说："那当然不是，我这边还有一群朋友呢，你想不想认识？"

　　沈向真说："你这帮朋友，等穿回去时，也都是老头老太太了吧。"

　　高知冬说："所以，他们只是限定在这个年代的我的朋友，等回去就不敢认了。"

　　沈向真说："这还挺有意思的，那你带我去吧。"

　　高知冬说："那你到了说话小心点，可别穿帮了。"

　　沈向真难得温顺，说："放心，在这边我都听你的。"

高知冬笑了，带着沈向真上车，沈向真也不怕这酒醉的司机会不会酿出事故，只是想着还好，这个年代酒驾查得没有那么严。也还好，高知冬的酒醒了一半，剩一半把车子开得很快但不至于出事故，加上这二十多年前的夜里，车子还没那么多，他们平安无事地抵达了水晶宫。

沈向真看着水晶宫的霓虹灯说："你朋友都是混夜场的？"

高知冬说："不是，是我妈在这儿驻唱，我和她现在是朋友。"

沈向真突然想起另一件事，说："那你应该找到你爸是谁了吧？"

高知冬说："没找到，之前找错人了，所以一直在1996年打转呢，现在时间到了1997年，应该能有点新的线索了。"

沈向真说："是的，你是1998年出生的，你爸再不出现，你妈就怀不上你了。"

高知冬说："那你一会儿见了我妈可别瞎说话，万一耽误我妈怀孕，我就被你说没了。"

沈向真捶了高知冬一拳，两人就下了车子，走到水晶宫门前，高知冬才反应过来，兜里没第四代人民币，回头看了看沈向真，她当然也没有。不过还好，服务员已经认识他了，说："哥，好久没见着你了，看你刚才在那儿磨磨蹭蹭的，就知道你是又没带钱吧？不是我说你，你以前一个人来不带钱就算了，这次都带姑娘来了心里咋还没数呢？"

高知冬说："你别废话了，那老规矩，去帮我叫人吧，叫高美珍或者你们老板都行。"

两个人正说着，老板周源从里面走了出来，一看是高知冬，很热情地打招呼，说"好久不见"，把他和沈向真都揽了进去，安排在一个小桌旁，叫服务员上了两瓶啤酒，说："我还有点事，就不陪了，你和这姑娘好好玩。"然后匆匆离去。

沈向真看着周源离开,说:"这老板人还挺好的,也挺帅的。"

高知冬的目光却往舞台上看,唱歌的不是高美珍,也不是云蓉,云蓉那时应该是已和万顺才去了南方,唱歌的是个男歌手,在那儿唱《舞女泪》,有种滑稽的错位感:"一步踏错终身错,终身错,下海伴舞为了生活……舞女也是人,心中的痛苦向谁说……"

高知冬让沈向真先坐着,自己去找找高美珍,起身去了吧台边,没在,打听了一下,说不知道为啥今天还没来,高知冬想着那就再等一等吧,回到座位,却发现沈向真不见了,目光巡视了一圈,看到她正在舞池里和一个男人跳舞,男人穿得花里胡哨,嘟嘟嗖嗖的,带着她跳四步,沈向真不会跳,但也满心欢喜地跟着学,时不时笑得前仰后合,和他心中那个冷酷的医生判若两人。

高知冬一阵醋意袭来,快步走过去,拉起沈向真就走。

男人说:"哎,你谁啊?"

高知冬说:"和你无关。"

沈向真说:"你干吗啊?"

高知冬说:"不许和他跳,你要和我跳。"

沈向真停下了脚步,看着高知冬,把他看透了,说:"这有什么好吃醋的,这个男的在咱们那个年代,都得五十多了,我不喜欢老男人的。"

高知冬说:"按你这个逻辑,你在这个年代才一岁多,那他就是有恋童癖。"

沈向真被逗笑了,一直笑个不停。

高知冬的心被她笑软了,说:"认识你这么长时间,从来没见你像今晚笑得这么多。"

沈向真收住笑声,说:"因为我今晚很开心。"

高知冬明知故问:"为什么开心?"

沈向真说:"因为今晚很奇妙,让我重新认识了一个人。"

高知冬听明白了,今晚确实很奇妙,两人喝了一顿大酒,自己把半辈子的秘密都讲给她听了,现在又回到了这90年代的舞厅里,时光都被他们搅乱了。人生啊,有时也真好笑,大多时候循规蹈矩,某些时刻却又恣意妄为,混乱不堪,这样的时刻都是美好雀跃的,转瞬即逝的,不清醒的,如梦一场的。

他用一只手猛地拉起沈向真的手,另一只手放在了她的腰间,带着她跳起了自己也不熟练的舞步。

沈向真没有抗拒,默默地跟随着他,掌心就有了更多的温度,那温度一路蔓延到心窝,蔓延到大脑,她又有些晕眩了,便把头轻轻靠在了高知冬的肩膀上,跟随着舞池头顶旋转的灯光,心也摇乱了。

高知冬和沈向真在舞池跳完那支舞,高美珍还没有出现,高知冬觉得有点乏了,便出去抽根烟,沈向真陪着他,也要了一根烟,一口一口很熟练地抽着。高知冬说:"要不别等了,我也困了,回去吧,改天再来。"

沈向真说:"可以,随便。"

高知冬在她脑门上拍了一下,说:"打你个随便。"但打完又胆小地撒腿就跑。他以为沈向真会追他,但沈向真没有追,而是脸上挂着笑,慢悠悠地朝着车子走去,步步摇曳。

高知冬靠在车边等她,知道她的终点就是自己,也不急了。

两人坐回车里,车子里的歌曲在唱着:"好冷,雪已经积得那么深,Merry Christmas to you[1],我深爱的人……"

高知冬让沈向真坐好,闭上眼睛,然后熄灭了车子。

1　祝你圣诞快乐。

两人再次睁开眼睛，已经回到了现在，车子还停在巷子口，但世界早已换了新颜，不知何时下雪了，雪花缓慢地飘着，万物被撒上了一层白色，透着亮。

沈向真眼里带着亮光说："啊，下雪了，好美。"

高知冬说："是啊，很漂亮。"

沈向真说："今晚很奇妙，谢谢你。"

高知冬坏笑问："怎么谢？"

沈向真侧过身，靠近高知冬，把他的脸颊扳过来，吻了上去。

"雪一片一片一片一片，拼出你我的缘分，我的爱，因你而生，你的手摸出我的心疼……"车里的歌还在唱着，把人的心都唱柔软了，也把这夜晚唱得格外漫长。

隔天雪还在洋洋洒洒地下着，一下雪，整座城市都变得静谧起来，那些嘈杂的环境音，都被吸进积雪那密密麻麻的缝隙里，如果把耳朵贴近，运气好的话，就能听见整个世界浓缩的回声。

西城的老年活动中心里，高美珍带着云蓉一块进来，合唱团的老人们，之前目睹过他们的不快，也知道一个要抢另一个的位置，这次一见两人一块来，都琢磨着是怎么回事。老了闲事多，也最爱看闲事，恐怕又有好戏看了。

可高美珍却没给他们看好戏的机会，直接拍了拍手，让嘀嘀咕咕的老人们安静下来。她说："我暂时把合唱团团长的位置让给云蓉，云蓉已经和市里电视台那边沟通好了，她将带领大家参加春节晚会！"

老人们一听，又嗡嗡嗡地议论开了。"之前不同意，甩脸子，现在怎么就同意了？""是不是收人家好处了？""高美珍也有吃瘪的时候。"

孙芸芸和老刘听不下去，她和老刘知道内情，云蓉得病了，能带着大家一起上电视,也是她最后的念想了。

孙芸芸说:"你们别瞎嘀咕了,不想上春节晚会啊?不想上的现在就举手,一会儿排练就不带了。"

老人们有人闭了嘴,有人白了孙芸芸一眼:"关你什么事,在这儿咋呼啥啊。"但最终没人举手。

云蓉走到中间的位置,说:"我说几句。这次能带大家排练,我也觉得很荣幸,我个人能力有限,所以需要大家的配合,我们的节目才能早点通过台里领导的审查,登上晚会的舞台。我在这里,先谢谢大家了。"

云蓉说完,高美珍和孙芸芸先鼓起了掌,其他的老人也跟着鼓掌,窗外飘着雪,屋子里暖烘烘的,掌声传不出去,于是云蓉在这一片温润热烈的空气里,竟有些热泪盈眶了。她迅速调整了下情绪,说:"那大家就开始排练吧。"老人们在高美珍的指挥下,排列好了之前的队形,云蓉问高美珍:"之前你们都唱过什么?要不先唱一首听听。"

高美珍说:"行,我们之前经常唱《当你老了》,你先听听。"

于是高美珍站在前排,先起了个头:"当你老了,1,2,3唱!"

老人们机械地摇晃着身体,唱了起来:"当你老了,头发白了,睡意昏沉。当你老了,走不动了,炉火旁打盹,回忆青春。多少人曾爱你青春欢畅的时辰,爱慕你的美丽,假意或真心,只有一个人还爱你虔诚的灵魂,爱你苍老的脸上的皱纹……"

云蓉听着这歌声,无意间把目光投向窗外,起风了,雪停了,黑压压的乌云也淡了。她忽然走了神,仿佛看到岁月的大风刮过每一个人的脸颊,然后刻下什么都带不走的纹路。

太阳一落山,气温就迅速降了下来,被碾压一天的雪,已成了坚实的冰，脚下一不留神，就会摔个大跟头。沈向真一路小心地迈着小碎步来食堂吃饭，这是她今天的第一顿饭，昨天喝得太多了，宿醉到中午，看见什么都恶心，到了这会儿才舒服了些，才感觉到饿。

医院食堂的饭菜一直不错，她挑选了几道喜欢吃的，端着托盘坐到角落的位置，那边靠墙有一排暖气片，前些日子就供暖了，暖气片都烫手，她稍微往外挪了挪，找了个舒服的距离，才开始动筷子。

她看着其他位置三三两两的同事，大家都结伴用餐，自己就稍显孤单了些，但她也不在乎，和人群保持一种微妙的疏离，她自己才会觉得舒服。曾有人好心提醒她，在这小地方工作，没有啥实力不实力的，都是人和人之间的事情，和同事领导搞好关系，工作起来才不别扭。

她知道这话说得对，可就是不想去认同，况且工作了一段时间后，发现自己这么我行我素不合群，虽然会遭人议论，但也并没有给工作带来什么麻烦，于是便松了一口气，看来这世界还是有清醒部分的，只要自己不先往自己身上抹泥，就没有人来找你合污，她为自己的坚持感到得意。

她吃了几口饭，就不由自主地又想到了高知冬，他这一天都没消息，干吗去了？她倒也不会因这点小事心生情绪，只是单纯有一些好奇。昨晚两人的关系进展太快，太快的东西都会让人觉得不真实，最不真实的当然是穿越回 90 年代。酒醒到现在，她还不敢相信那竟然是真的，或许就是一个酒醉的梦吧，抑或是场幻觉。她都不敢确定，但也不想着去确认，是真是假又能怎么样呢？这世界上魔幻的事情还少吗？况且对现在的生活也没什么影响，所以，就当是一场奇幻的旅程吧，和那些拥有公主梦的人在迪士尼流连一整天差不多。

她收回心思，继续吃饭，今天的炒土豆丝有点硬，她便少吃了两口，然后便看到自己的父亲端着个托盘朝这边走来，她还没来得及有更多反应，父亲已经坐在了对面，一脸的小心翼翼。

沈向真放下筷子，冷着脸问："你怎么来这儿吃饭？"

父亲把一次性筷子掰开，说："我头疼，来检查检查，看这儿的食堂对病人开放，就进来吃一口，没想到能碰到你。"

沈向真嗤笑，说："我看你就是故意来碰见我的吧？"

父亲说："这回真不是，我知道你不想见我，你放心，我现在不想着搬回去和你一起住了，你都这么大了，和我一起住确实不方便，我在外面自己租了个房子。"

沈向真说："你能看明白还挺好的，你慢慢吃，我回去值班了。"然后端起托盘起身要离开。

父亲却叫住了她，说："我听老同事说起，过几天是你妈的忌日了，我想去给她烧点纸，你能告诉我你把她埋哪儿了吗？"

沈向真深吸了一口气，把怒火压制住，说："你把我妈的半辈子都毁了，我觉得她不想见你。"

父亲的眼里闪过一丝难过，说："你妈是这么和你说的吗？"

沈向真说："这还用她说吗？她一个人把我拉扯大有多不容易，白天上班晚上又去工地打工，眼看就要熬到头了，却得了病，还怕我担心不敢吭一声，你觉得她这辈子过得好吗？"

父亲避开沈向真凌厉的目光，愧疚地说："我对不起你妈。"

沈向真说："晚了，人都死了，说什么都晚了，这世界上最没用的事情就是道歉，就是对不起！"

沈向真几乎是吼了出来，引起食堂里一众人的侧目，她深吸一口气，不再理会父亲，把托盘送到回收处，挺直背，不去看他人的目光，径直走出了食堂。

门一推开，寒风就把她包围了，离暖气远了一些，真的很冷。她一路小跑着进了急诊大楼，把呼啸的寒风和沉默的父亲都抛在了身后。

她刚走进值班室,就收到了高知冬的信息,说自己睡了一天,刚醒酒,问她要不要一起吃晚饭。

沈向真说:"我吃过饭了,今晚要值班。"

高知冬贱贱地说:"那你想不想见我啊?"

沈向真没心情和他调情,冰冷地说:"不想见。"

高知冬说:"你咋啦?心情不好?"

沈向真抬眼看到有个血丝糊拉的人被推了进来,说:"你别烦我,我要去救人了。"她收起手机,匆匆跑过去,这是一个跳楼的年轻女人,呼吸停止了,她翻了翻眼皮,瞳孔已经扩散了,没有了抢救的必要。家属还在哭天抢地,说:"救救我的孩子吧!救救她吧!"

要是在平时,沈向真会假装抢救一番,只为了给家属一个缓冲的安慰。但此时,她不想这么做,她把床单往死者脸上一盖,冲家属说:"你们别哭了,人已经死了,你们明白吗?死了就是死了,再也回不来了!"

她抛开家属和死去的年轻人,疾步朝洗手间走去,可能是昨夜的酒精还没有完全从身体里代谢出去,也有可能是那有点硬的土豆丝难消化,她此刻突然很想吐。

那夜沈向真吐过之后,身体舒服了些,接下来的病人也都平安,没有人再在这夜里死掉,她像个失败的死神般没了耐心,时间一迈过十二点,就匆匆换下衣服,走出了医院。

夜还是那么冷,比刚黑下来时更冷了,她想着该添一件新的羽绒服了,围巾也需要条更厚的,然后就看到一辆破桑塔纳停在医院门前,车子里面的灯亮着,高知冬在打游戏。

高知冬在游戏的间隙,抬眼看了一下前方,沈向真已经走到了车边。高知冬急忙把副驾的门打开,说:"你先坐一会儿,我马上就打完了,这把能拿MVP[1]"

沈向真一笑,坐进车里,说:"你用啥英雄?"

高知冬说:"不是吹,用啥都行。你用啥?"

沈向真说:"我爱用刺客。"

高知冬说:"和你的气质很符合,我爱用大乔、蔡文姬等辅助英雄。"

沈向真说:"奶妈[2]啊?"

高知冬说:"对,专门爱奶刺客。"

沈向真说:"够了,三句话就没正形。"

说话间,高知冬这局打完了,没拿到MVP,唉声叹气。沈向真说:"你怎么来接我了?"

高知冬说:"发语音听你情绪不太对,就想看看你咋样了,但又怕进去惹到你,就在这儿等着了。"

沈向真说:"你等了多久?"

高知冬说:"没多久,就十几把游戏吧。"

沈向真一算,也好几个小时,心里有暖流经过,说:"你饿吗?吃点东西去?"

高知冬说:"好啊,你想吃啥?还吃热乎乎的?"

沈向真说:"行。"

高知冬启动车子,这次去了一家羊汤馆,羊汤装进四方形的铁盒子里,坐在木炭上,一直咕嘟着。喝时盛到小碗里,加点葱花、韭菜花和特色的辣椒酱,一碗下去,保证一身的汗。

---

1 MVP,最有价值的游戏者。
2 奶,网络游戏用语,指跟在别的玩家后面负责加血、照顾队友。奶妈指的是游戏中能为队友恢复生命值的角色。

沈向真一连喝了两碗，放下碗长长地舒了口气，把这一晚上的沉闷都吐出来了，脸颊也因身体的暖意而红润起来，神情也明显地舒展了。

高知冬把这些看在眼里，才敢开口问："晚上到底发生了什么事？"

如果是喝羊汤之前高知冬问的话，沈向真多少会讲一些，可现在两碗羊汤下肚，就有了些微妙的幸福感，心也跟着宽敞了些，她就不想讲那件关于父亲的事情了，便说了个谎："晚上送来一个跳楼的年轻人，没抢救过来，所以心里不舒服。"

高知冬一听是工作上的事，心也就放松了下来，接着两人又聊了些闲话。一顿羊汤快喝完了，两人的话也说得差不多了，都盯着那快熄灭的炭火发呆。

沈向真突然想到什么，说："对了，差点忘了和你说了，就是那个武哥的妈妈还在医院里住着呢，这两天就能出院了。"

高知冬说："那她啥时出院你和我说一下，我开车去接她。"

沈向真说："还有一件事，就是那个老太太眼睛失明，是白内障造成的，手术一下应该就能看见了。"

高知冬一听，露出惊喜，说："那赶紧手术啊。"

沈向真说："我也和老太太说了，但她一听手术费，觉得太贵，便死活不干，说都这把年纪了，看不见就看不见吧，也不耽误过日子。"

高知冬问："手术费要多少钱？"

沈向真说："八千左右，但老太太没有医保，都得自己掏。"

高知冬听了也有点为难，便说："这个钱我想给她出，但我手里没那么多钱，你能不能和医院商量一下，先给一部分，剩下的我打张欠条，按月还？"

沈向真说："我知道你肯定会想出这个钱，但医院不能打欠条。"

高知冬说："那咋办，我再想想办法吧。"

沈向真说:"想啥办法啊?还去放高利贷啊?!"

高知冬说:"我就不能找份正经工作啦?我去应聘滑冰教练了,这几天就会有消息。"

沈向真说:"挺好的,人就该做自己熟悉的事情。"然后话锋一转说:"医院不能打欠条,我本人倒是可以打欠条。"

高知冬一下子没转过弯来,说:"你什么意思?"

沈向真说:"这都听不出来,笨死了。"

高知冬说:"现在听明白了,好,那我就给你打个欠条,咱俩现在总算有点感情以外的纠葛了。"

沈向真一笑,拿衣服起身,说:"走吧,送我回家吧。"

高知冬也起身,但心里却在打鬼主意,磨磨蹭蹭开口:"我妈这人睡觉早,还觉轻,我送完你再回家,肯定得把她吵醒,她又得骂我半天。"

沈向真一点就透,但还故意逗他,说:"你妈管得这么严啊?没想到你还是个妈宝。"

高知冬嬉皮笑脸,说:"谁还不是妈妈的宝贝呢。"

沈向真就又想伸手打他了。

天气一天比一天凉,日子往深冬里迈进,虽然没有再下雪,可空气干冷干冷的,走在路上多喘几口气,鼻子里就结了冰。

韩新武母亲的手术日期定下来了,沈向真给高知冬打电话,说让他来医院和老太太再见一面,毕竟等手术完,老太太能看见了,高知冬就不能再装五十多岁的人了,换句话说,就不能再让老太太看见了,一张新版人民币,已经让老太太琢磨半辈子了,这件事就别再折磨她不多的余生了。

高知冬一琢磨也对,便答应了沈向真,他接电话时正在帮高美珍搬货，冬天一到，高美珍的老寒腿就更严重了，走路都得挪着走。滑冰场那边的工作还没消息，他就先来菜市场帮着高美珍干点体力活，市场里的人就时不时开玩笑，说："冬冬长大了，都能帮你妈干活了，你看你妈这老寒腿，啥时有出息给你妈在海南买个房啊？"

高知冬也不知道是不是自己多想了，可这话听着别扭，里面有讥讽的味道，他便尴尬地笑笑，算作回答。高美珍也听不过去，把话接住了，说："先让你儿子给你买个楼房吧，住平房天天回家生炉子不冻手啊？"

那人被戳了软肋，撇撇嘴假装忙别的事去了。高知冬看看高美珍，眼里有感谢，等货都搬完了，他说自己有点事，要出去一趟。

高美珍摆着手说："去吧去吧，以后少来菜市场这地方。"

高知冬说："咋啦？给你丢人了？"

高美珍说："你瞅瞅这破地方，脏的脏臭的臭，我一辈子都被困在这儿了，你就别再往里陷了。"

高知冬环顾了一下菜市场，老旧又破烂，潮湿的地面上落了很多菜叶子，空气中飘浮着肉类与水产的腥臭，永远敞开的大门把凉风全都灌了进来。这确实不是一个好地方，但高美珍却在这里一待就是二十多年，他心里突然很不是滋味，想说"妈，咱们把摊位退了吧"，可他又没说这话的资本，只能在心里先种下这个念头，然后拍了拍衣服上的灰，离开了。

高知冬到了医院，沈向真陪着他去见韩新武的母亲，老太太正坐在病床上吃苹果，一口一口啃得乱七八糟。一听到高知冬的声音，急忙把苹果丢在一边，握住他的手，一嘴的埋怨："你说你这个人，非要给我做什么手术啊？我都这个岁数了，还花那钱干啥？"

高知冬说："您自己一个人生活，看不见多不方便啊。"

老太太说："咋不方便啊，我早都适应了。"

沈向真在一旁插话说："老太太，您现在说什么都晚了，这钱都交给医院了，您就算不做手术，钱也退不了了。"

老太太说："这医院真是的，只管吃不管吐。"

高知冬说："所以您就安心地做手术吧。"

老太太说："安心什么啊，用了你的钱我的心里这个不是滋味啊。不行，这钱我得还你，等我一出院就去银行取钱。"

高知冬说："等您出院就见不着我了。"

老太太问："你要去哪儿？"

高知冬说："我今天晚上就要去外地出差了，要去可长时间了。"

老太太说："可长时间是多长？总不会不回来了吧？"

高知冬说："我也不知道要多久才能回来。"

老太太突然就有些伤感，说："你这个人啊，总是突然冒出来一下，然后就消失了，这眼睛治好了有啥用啊，想见的人一个都见不到。"

被她这么一说，高知冬也有点难过了，他说："没事，我不在这儿，我媳妇不是还在吗，您有啥事可以找她。"

沈向真被叫媳妇虽然有点别扭，但还是接话说："是，是，我不走，我一直在。"

老太太似乎被安慰到了一些，又关心起他俩的事了，说："那你俩两地分居不难受啊？"

沈向真说："我一放假就去看他。"

老太太说："那你可要去得勤一点，我不是说坏话啊，男人不管多大都受不住寂寞。我家那口子当年在山西煤矿干活，那时交通不方便，从咱们这儿坐火车，嘎悠嘎悠好几天才能到。他一年回来一趟，我一年带孩子去一趟，后来有次我再去，就觉得不对劲了，以前他住的地方老埋汰了，一摸一手的黑灰，可我那次去，人家的屋子板正干净得吓人，我就知道肯定有人了，我领着孩子转身就走，他也没追我，像是早就铁了心要抛弃我们娘俩似的。从那以后，他每年过年也不回来了，钱也不往家里邮，我要强，不去找他也不给他打电话，就领着孩子自己过。又过了两三年吧，他有天突然回来了，人佝偻着站在门前，喘气像拉风箱，一点力气都没了。我一脚就给他踹倒了，他也不爬起来，跪在地上抱着我的脚哭，哭了老半天，把我哭心软了，我就让他进屋了。之后他也没活多久，肺子出毛病了，躺了半年就走了。"

高知冬和沈向真听完，心里都有点不是滋味，沈向真说："您这辈子过得也挺不容易的。"

老太太说："人活着哪有容易的，不是这儿不如意就是那儿不如意，想开点就行了。哎呀，你看我这都扯哪儿去了。小高啊，你别多想啊，我没有说你不好的意思。"

高知冬说："我知道，我保证不会去找别的女人。"

老太太说："那你到那头记得给我打个电话，免得我心里头又惦记。"

高知冬说："放心吧，您明天安心做手术，别紧张，做完就能看见了，多好。"

老太太说："那我得好好照照镜子，我都快忘了自己长啥样了。"

沈向真和高知冬对视一眼，都有些欣慰，这冬日漫漫，他们做了一件对的事。

韩新武母亲手术后几天，纱布一圈一圈地拆开，眼前也就从黑暗慢慢转至朦胧，她缓缓地睁开眼睛，影影绰绰看到面前有个人影，等待眼睛适应了那光亮，才看清面前的人是沈向真，可是她也要等沈向真开口说话才能认清这个人。

沈向真问:"怎么样?能看清吗?"

老太太愣了愣,说:"哎呀妈呀,你比我想的还要年轻啊,嫁给那个五十来岁的男的,真是白瞎了!"

沈向真笑着说:"看来手术很成功。"

老太太长叹一口气,是舒服的气,说:"这世界真清亮啊,我得给我儿子打个电话。"她不由分说就在床头摸手机,看来一时还改不掉盲人的习惯。

沈向真想阻拦她,可也没有阻拦的理由,看着她拨电话,停了一会儿,然后又挂了。老太太说:"怎么回事,这么多天一直都打不通。"

沈向真说:"可能在忙吧,他之前不是和您说最近挺忙的吗,等他忙完这阵,会打给您的。"

老太太收起电话,说:"对,对,我以前看不见时也活得挺好的,这回能看见了,就更不该给他添麻烦了。"老太太从床上下来,说:"我现在可以出院了吧?"

沈向真说:"嗯,出院手续我都办好了。您收拾一下,我送您回家。"

老太太说:"不用,我也没多少东西,你让我自己回去吧,我正好溜达溜达,好好看看外头都变成啥样了。"

沈向真说:"那好,您有啥事就给我打电话。"

老太太说:"真的不敢再麻烦你们了,你快去忙吧,别在这儿守着我了。"

沈向真点了点头,转身离开,一桩心事算是了了。她其实并不想与陌生人有过多牵绊,可人世间总是这样,越不想要的,就越总是跑来,然后缠绕你,软化你,让你也黏黏糊糊的,扯也扯不断。

转天,她刚来上班不久,有个小护士敲门进来,说是做白内障手术的老太太送来了个果篮。沈向真接过那果篮，红黄橙绿一片鲜艳，她想要把水果分给同事吃，刚拿起几个苹果，就看到果篮下面压了个信封，抽开来看，一沓钱，和手术费差不多。她急忙追了出去，一直追到医院门口，都没有老太太的身影，她站在门前，看着清亮的天，想着老太太此刻应该走在干净的街道上，或是坐在路边的长椅上，看着这久违的世界，满心柔软吧。

沈向真下班后，和高知冬约在金泰城里吃饭，她把信封拿给高知冬看，说："咋办？我明天送回去？"

高知冬说："算了，老太太那脾气，送回去她也不会要的，就算你换样东西拿过去，她都可能给你砸了。"

沈向真说："那咋办？咱俩分了？这好事做的，心里也不太舒服。"

高知冬说："这钱先放你那儿，以后逢年过节给老太太买点东西，就说是她儿子给买的。"

沈向真一笑，算是接受了这方案，然后盯着高知冬看，说："你挺会给别人当儿子的嘛，对自己妈怎么没这么好？"

高知冬说："人不都这样吗，把最好的一面留给外人，对真正的亲人却态度恶劣。"末了补了一句："你不是也这样吗！"

沈向真脸色就变了，说："我和你不一样。"

高知冬知道说错话了，急忙改口，说："是是，咱俩不一样，那今天咱们就吃点不一样的，我来看看这家餐厅的招牌菜是什么。"他看了看菜单："哎？这个牛鞭公鸡蛋怎么样？"

沈向真被转移了注意力，说："公鸡为什么会下蛋？"

高知冬说："我也挺好奇的，点来看看不就知道了！"

于是两人点了几道稀奇古怪的菜，还温了两杯白酒喝，一顿饭也算是圆满。

吃过了饭，两人在商场里闲逛，快到年末了，到处都是打折促销的，一派喜乐的节日气氛。两人没逛两步，高知冬的电话就响了，是薛凯打来的，说："那事我们经理回话了，先让你来试用两天，你明天就过来呗。"

高知冬说："不用明天，我正在这商场里逛呢，现在就能过去。"

挂了电话，他把事情和沈向真一说，沈向真一脸喜气，说："那你快去啊。"

高知冬说："那你咋整？"

沈向真说："我这么大人了，还能丢啊，你别管了。"

高知冬说："不行，你跟我一起去吧，进去滑几圈。"

沈向真说："不行，我不会滑。"

高知冬说："那正好我教你啊！"说着硬拉着她来到冰场购票处，买了票租了鞋子，又帮她穿好，才跑去找薛凯。

经理也是个爽快的人，直接让他穿上装备先适应冰场，嘱咐看到新手就主动上前辅导，目的是让对方买课。高知冬说着"明白明白"，穿上鞋进到里面，一进去就如大鱼重新回到了江湖，唰唰滑了两圈，然后就滑到了旱鸭子沈向真身边，她扶着玻璃墙壁站着，一动也动不了。

沈向真说："你和经理聊完啦？"

"聊完了，我现在已经上岗了，你就是我第一个目标客户。"高知冬说着上前拉住她的手，"来，你别怕，重心靠前，撅着屁股，一点点往前挪。"

沈向真挪了两步，一个摇晃，要倒，结结实实抱住了高知冬，就再也不肯撒手了。高知冬说："你别耍赖啊，快从我怀里出来！"他使劲推开她的身子，然后拉住她的手，自己一点点后退，牵着她往前滑。沈向真刚走几步，又一个不稳，这回是坐在了冰面上，干脆不起来了。高知冬看她那狼狈的样子，也不强求她了，便拉住她的双脚，在冰面上拽着她玩。沈向真坐在地上，双脚被拽着在冰面上转圈圈，又羞愧又好玩，一边笑一边让他快停下来。可高知冬偏不住手，于是整个冰场的人都看着他们，好几个小孩子都笑出了声。

然后经理滑了过来，阻止两人，说："不能这么玩，太危险了。"

高知冬才松开了手，说："不好意思。"又扶着沈向真站起来。

沈向真也觉得挺羞愧的，说："我去买瓶水喝。"扶着墙往出口走。

只剩下经理和高知冬两人在原地，高知冬以为经理会骂他，没想到经理却拍了拍他肩膀，说："你挺有天赋的，这么一会儿就能把姑娘逗得哈哈笑，加油。"高知冬被夸得一愣一愣的，没等开口，就听到"哎呀"一声，回过头，看到沈向真拿着两瓶水回来，又摔在了地上。

经理说："快去把人扶起来，这是我们工作中很重要的任务。"

高知冬点点头，说："明白！"便朝沈向真滑去，然后一个漂亮的高速刹车，冰刀划起的冰末子，溅了沈向真一脸。

沈向真的脸又冷了，咂了咂嘴巴，呸！

第十八章

  大风刮到山脚下，就止住了，墓园里，几只乌鸦落在雪地上，又跳着脚离开了。沈向真拿笤帚用力扫着墓碑上的积雪，渐渐露出母亲的照片，照片里，母亲的笑容很纯粹，没有丝毫摆拍痕迹。她记得这张照片是从另一张照片上裁下来放大的，原来那张是去冰雪大世界玩时照的，自己抓拍的，背后是一片斑斓剔透的冰灯。

  可当时为什么要去冰雪大世界玩呢？沈向真想了一会儿才想起来。好像是大二那年，她放寒假回来，坐了十多个小时的绿皮火车，一下车腿都浮肿了。她拉着母亲去浴池洗澡，想泡一泡，去去疲劳，可母亲却推三阻四的，不想一起去。她软磨硬泡，最后母亲拗不过她，还是去了。在更衣室换衣服的时候，母亲磨磨蹭蹭地解开胸罩，沈向真才惊住了，母亲右侧的乳房消失了，只剩下一道细长的疤痕，那疤痕看起来很善良，并不触目惊心，但那一瞬间，沈向真看着形体失调的母亲，还是崩溃地大哭起来。她是学医的，她知道母亲经历了什么。

  她问母亲："什么时候的事？为什么不和我说？"

  母亲说："你别哭了，这不是都没事了吗，做了手术就好了。"

  沈向真还是哭，哭着哭着，想起来了，上半年的时候，有次和母亲通电话，母亲说起有个远房的三姨得了乳腺癌，要做手术。她不耐烦，说："这不算大手术，没啥事，管好自己，别老操别人的闲心。"原来那个远房三姨，就是母亲自己。

后来那澡还是泡了，她全程不敢正视母亲的胸部，倒是其他来洗澡的客人们，好奇地打量，时不时还会问上几句，母亲也都是很善意地回答，并不把这事看得羞耻或难以启齿。渐渐地，她也因母亲的态度而放松下来。

可心里还是有颗种子种下了，要多关心母亲，否则一不小心就会失去她。于是她便定了个去哈尔滨的旅游团，带着母亲去玩了一圈，心里才好受了一些，可没想到，那张拍下的照片，竟在几年后，成了母亲的遗照。

母亲的死因没啥特别的，癌症复发，迅速转移。她是学医的，明白一切无法挽回，可那时自己的境遇也不好，在北京混不下去了，正好以照顾母亲的由头，跑了回来。可母亲却在人生最后的时间里，替她找了关系，把她送进了当地的医院工作，才像了了全部心思似的，撒手人寰。

她记得母亲走那天，也是个下雪天，民间有迷信的说法，说人死的时候下雪，是因为死去的人太善良。她却想着，母亲最不喜欢下雪了，小时候一下雪，她娘俩就要全副武装到门前去清雪，她力气小，拿个小铁锹，边玩边弄，母亲却拿个大木铲，哼哧哼哧地推，推一会儿就满头大汗，热气顺着头巾往外冒。

她看着好玩，拍着手说："妈妈冒烟了！妈妈冒烟了！"

母亲却累得一屁股坐在地上，说："你以后可得找个雪小的地方生活，不然光弄这玩意儿就得累死人。"

想到这里，沈向真的眼泪就落下来了。她摘下手套，用纸巾擦了擦眼泪，又捏了把鼻涕，天气太冷，脸颊和鼻头都冻红了。

好在墓碑终于清扫干净了，她从带来的拎兜里掏出水果摆在墓碑前，又打开一瓶母亲生前爱喝的米酒，浇在墓碑上。她蹲下身，说："妈，我来看你了，时间过得真快，又一年了，你在那边还好吗？"

墓园静谧，几只乌鸦的叫声显得突兀。

沈向真说："我现在挺好的，工作挺稳定，还谈恋爱了，他虽然没那么有出息，但人挺善良的，你不是和我说过，过日子的话，人好最重要吗？"

沈向真想了想，本想说"那个人出狱了，找过我好几次，但是我不想理他"，但她又想了想，没说，只说："妈，天太冷了，我再陪你坐一会儿就要回去了，他们晚上约了我去KTV，说是四人约会，你看，我过得真挺好的，你不要为我担心。"

沈向真坐在墓碑前，看到米酒顺着墓碑流下来，迅速结了冰，刚好有两道痕迹凝在照片上，看上去就像是母亲笑着流了眼泪。沈向真掏出纸巾，在照片上擦了擦，说："妈，看你都高兴哭了。"

她又坐了一会儿，腿有些麻了，站起身，准备要走了，可一回头，便看到墓园入口处，有个男人怀里抱着一束花，沿着弯弯曲曲被雪覆盖的小路走了过来，她定了定神，便看清那是自己最不想见到的男人，也不知道，他是从哪儿打听到母亲埋在这儿的。

男人也看到了她，顿了顿脚步，像是又鼓了鼓勇气才走过来。沈向真想要避开，快步离开，可离开墓园只有这一条路，两人便在那路中央相逢了。

父亲看着冻红了脸颊的沈向真，像打招呼似的说："天真冷啊。"

沈向真说："冷你就别来啊。"

父亲尴尬地笑了笑，说："我知道你不想见我，我本来是想偷摸来的，可早上起来身子不舒服，就等到了现在。"

沈向真说："哦，身子不舒服，我妈身子不舒服那么多年，上班都从来没迟到过。"

父亲说:"是啊,你妈那人就是那样,可要强了。"

沈向真说:"不是要强,是被你害的,她一个人把我拉扯大,到死都没过上舒心日子。"

父亲眉眼低垂,不看沈向真的脸,只说:"我知道我对不起你妈和你,但我当年也是无奈。"

沈向真冷哼一声:"有什么好无奈的。你是被人诬陷了还是替人背黑锅啊?那贪污的钱也不是别人硬塞进你腰包的吧?犯罪就是犯罪了,有什么可狡辩的!你本可以不这样!"

父亲听完,张口想要说什么,可突然起风了,一张口,灌了一肚子的风。那风把路两侧的松树刮得瑟瑟发抖,上面的雪面子就落了两人一身。

父亲摆了摆手,说:"不说了,不说了,你快回去吧,别冻感冒了。"

沈向真抖了抖衣服,把雪面子抖掉,不吭一声地离开。走了两步,却听到父亲在身后叫她:"闺女!"

沈向真不习惯这称呼,但还是回过头,问他:"干啥?"

父亲说:"等我以后死了,能把我和你妈埋一块吗?"

沈向真心里一震,她从没想过这个问题,是根本不用去想。她抱了抱胳膊说:"不能。"

父亲"哦哦"了两声,满心的失落,转过身,继续沿着羊肠小道,朝前走去。沈向真看着他的背影,在风雪中佝偻着,如长句中的一个逗号,不知该放在哪里。

夜幕降临,灯红酒绿下,妖魔鬼怪们都活了过来。

沈向真走在KTV的走廊里,推开一间包厢的门,里面的歌声就传了出来,人们的情形也递到了她眼前,仿佛一种背景音乐就是一种生

331

活，魑魅魍魉，人间百态。

她一路走到走廊尽头，终于找到了高知冬所在的包厢，推开门就看到霉霉抖着身子唱："继续跳舞，谈恋爱不如跳舞，用这个方式相处，没有人觉得孤独……"霉霉冲沈向真挥了挥手，算是打了招呼。

沈向真看着高知冬和张合坐在沙发上正一手端着酒杯，一手搂着脖说话，连她进来都没发觉。她往高知冬身边一坐，自己给自己倒了杯酒，黑方加绿茶，喝了一口，绿茶兑得有点多，水了吧唧的。可就这水了吧唧的东西，已经把高知冬和张合喝多了。她贴近了才听清楚两人在说啥。

张合一直在那儿说："咱们兄弟不容易，真是不容易，你能回到滑冰场，我真替你感到高兴。"

高知冬说："你也不容易，开滴滴这活，也不是好干的，我看你开了几天，说话都变得有礼貌了。"

张合说："那玩意儿有录音，说脏话该被投诉了，昨天有个老妹儿上车就急啊，说是她妈在饭店等她呢，命令她十分钟内必须到。我就说了句'老妹儿，你妈逼你逼得太紧了'，那老妹儿下车就给我投诉了，我被罚了三天不能接单。"

高知冬听了狂笑一阵，这才看见沈向真已经坐在了旁边，他说："哎呀，你啥时进来的啊？我不是说了到门口接你吗？"

沈向真白了他一眼，说："我到门口了，给你打电话你也不接，问你包厢号你也不回，我这找了一路才找到的。"

高知冬说："刚才光顾着喝酒了，没看手机，来，我给你道歉。"他端起酒和沈向真碰杯，他只喝了一小口，没想到沈向真竟然干了。

张合拍着手说："沈大医生喝酒挺猛啊，那我也和你碰一杯。"

沈向真给自己倒满，和张合碰杯，又干了。

高知冬看愣了，说："你咋啦？心里有事啊？"

沈向真说:"没事啊,来这儿不就是喝酒的吗?"

霉霉终于唱完了歌,走过来端起酒杯说:"对,来这儿不就是喝酒的吗?来,喝完这一杯,还有三杯。"

张合起哄说:"酒喝是喝,但咱得有个喝法,为啥是三杯呢?"

霉霉不屑地说:"那还不好找!第一杯,庆祝我这个月拿了很多的提成!"

高知冬说:"这有啥好庆祝的,你提成拿得多了,说明人死得多了,太晦气。"

霉霉说:"你这个人太圣母,说得像我不拿提成就不死人了似的。"

张合说:"对,你自罚一杯吧。"

高知冬笑呵呵,说:"好,我自罚。"

沈向真说:"还是大家一起喝吧。"

霉霉说:"哎哟,沈向真都会心疼人啦。"

四个人笑着喝了第一杯。

张合把酒倒满,霉霉说:"第二杯,庆祝高知冬当上了滑冰教练!"这回四人都没异议,痛快地干了。霉霉又说:"接下来,第三杯,嗯……嗯……"她"嗯"了半天也没"嗯"出来。

高知冬说:"这下没词了吧?"

霉霉说:"怎么没词了,我庆祝张合开上了滴滴!"

高知冬说:"这个离今天太远了,不算数。"

霉霉说:"那我祝大家新年快乐!"

张合说:"这也不行,还有快半个月才元旦呢。"

霉霉说:"那……那……我预祝沈向真,早点和她爸重归于好。"

霉霉说完气氛就凝固住了,沈向真看了看霉霉,霉霉意识到又说错话了,急忙躲避眼神。沈向真又看了看高知冬,高知冬急忙摆手:"不是我说出去的。"

张合说霉霉："你瞎说什么啊，怎么你喝点酒就胡说八道。"

沈向真说："没事的，也是预祝，但不会成真的。"

她端起酒杯，一一和愣住的三人碰杯。三人端着酒杯不敢动。沈向真说："你们干什么呢？真没事！"她冲大家露出笑容，三人才像解了冻一样，放下心来，干了。

接下来的酒一杯接着一杯，歌也唱了一首接着一首，其他三个人越来越醉，都陷入了难受前最兴奋的状态。而沈向真却意外地清醒，她看着三人大笑大叫着，自己就像个局外人般，这种清醒是难得的，也是痛苦的，她又独自喝了一杯酒，却只徒增了胃里的酸。

KTV里的喧闹还在继续，她胸口却始终堵着一团闷气，周身也被一种阴冷的情绪包裹着，她搞不清是怎么回事，她想要纾解，却找不到一个出口。她走到点唱台前，点了一首《松花江》，背对着欢闹的三人唱着："这是我的家乡，美丽的地方，松花江水，我童年的海洋。哺育我们成长，替我们受伤，松花江水静静地流淌。什么时候再让她欢乐地歌唱，什么时候不辜负母亲的善良……"

沈向真唱着唱着，唱不下去了，突然蹲在地上失声痛哭起来，她终于知道胸口的闷气是什么了，也知道包裹自己的情绪是什么了，它们不是情绪周期，也不是世道艰难，更不是烦愁琐事，她只是单纯地想妈妈了。

沈向真站起身，看着身后三人在摇色子，这回高知冬猜六个五，一开，只有四个。于是他在霉霉和张合得意的拍掌下，喝了半杯，喝不下去，一直打嗝。他说："让我缓一缓。"霉霉和张合不从。沈向真靠过去，把那半杯酒端起来，干了。三人都欢呼起来。

沈向真放下杯子，把高知冬放在茶几上的一串钥匙拿走了，说："我出去一下。"

三人没看见她拿钥匙，也没把出去当回事，继续摇色子。

包厢的门一开一关，沈向真的身影消失了。大屏幕上那首唱了一半的歌曲还在播放着："我怎么能遗忘，你年轻的模样，松花江水，不见当年的红妆，不知你向何方，天边路茫茫，松花江水，静静地流淌……"

沈向真在 KTV 门前，找到高知冬的那辆破车，开门进去，坐在驾驶位，将钥匙插了进去，轻轻旋转，车子启动了。她扭开收音机，调频 97.4，她想了想，又往前扭了扭，97.6，到那头应该是 6 月 1 日吧？那天是儿童节，也是母亲的生日。

收音机里传来熟悉的歌声："今夜微风轻送，把我的心吹动，多少尘封的往日情，重回到我心中……"沈向真靠在椅背上，眼角的泪水还没有完全干掉，她紧紧地闭上眼睛。

6 月的晚风，如同温润的往事般，吹拂在沈向真身上。她把车子停在家附近的街道旁，下车朝小区走去。

如今破败的老小区，在二十几年前崭新得耀眼，那时的母亲是不是也年轻得夺目呢？她顺着楼道往上走，再走几层就是自己家了，身体竟控制不住地颤抖了起来，该敲门进去吗？进去说自己是谁？假装走错看一眼吗？一眼就足够了吗？那思念就能被填补吗？她不确定，只是加快了脚步，却听到楼上传来咣当的关门声，很快一个慌慌张张的女人从楼上跑了下来，手里拎着保温饭盒，和沈向真擦身而过，扬起的发梢在她鼻前扫过，她闻到了一股熟悉的洗发水味，那是从有记忆起，母亲身上就一直留存的味道。

沈向真看向女人，稍微一辨认，就认出了那是自己的母亲，这时的她，甚至比沈向真还要年轻。沈向真急匆匆跟了上去，看到女人走出小区，来到街边，想要打车，可夜深了，车太少，她急得只能边走边盼着有车过来。沈向真跑上车子，开车追上母亲，停在她面前，说:"你去哪儿啊?"

母亲看着沈向真,说:"我要去市医院,你是跑活的吗?"

沈向真被当成黑车司机了,当就当吧,她点了点头,说:"你上来吧。"

母亲上了后座,沈向真开动车子,市医院就是自己工作的地方。二十多年前的老路,走向和现在没啥区别,她轻车熟路,一边开一边时不时看后座的母亲,年轻的面容下,藏着一脸的疲惫。

前些年,母亲还活着时,沈向真就一直有个愿望,那就是能开车带母亲到处转转。母亲喜欢坐在车上,脸贴着车窗看风景倒退的模样,眼里全都是孩童般的新奇。可还没等她把驾照考下来,母亲就去世了,等拿到驾照后,她就直接丢进了抽屉里,再也没开过车,因为怕一开车,她就会想起母亲,她就会被遗憾填满车厢。

现在这个遗憾,算是被填补了吧?沈向真想着想着,就红了眼眶。

后座的母亲察觉出了沈向真的不对劲,说:"你咋啦?怎么还哭了?"再仔细看沈向真,更觉得不对劲,说:"这都6月份了,你咋还穿羽绒服呢?"

沈向真愣了一下,抽了抽鼻子,说:"我没事,就是有点感冒了。"

母亲说:"唉,真可怜啊,感冒了还出来拉活,你妈知道了得多心疼啊。"

沈向真笑了笑,要开口说话,却突然瘪嘴哭了起来。

母亲慌了,说:"我是不是说错话了?"

沈向真边哭边说:"我妈妈不在了,我妈妈不在了,我想她了。"

母亲也跟着红了眼眶,说:"你别哭了,你妈妈在天上看到你这样,也该难受了。"

沈向真说:"她能看到吗?"

母亲说:"能的,当然能看到。如果看不到,那你就等以后有钱了,坐飞机的时候,在天上和她叨咕叨咕,她肯定就能听到了,那里离得近。"

沈向真被母亲一脸认真的模样逗笑了,说:"行,那我信你,等我坐飞机的时候,我就好好叨咕叨咕。"

车子到了市医院门前,母亲下车,问:"多少钱?"

沈向真说:"不用给了。"

"那可不行。"母亲掏出十块钱扔在了后座,"你买点感冒药吃。"然后匆匆跑进了医院。

沈向真好奇谁住进了医院,便把车子停好,偷偷跟了进去。

母亲一路走进住院部,那时的住院部还只是一栋三层高的小楼,好像是什么供销社改建的。她再跟着往里走,那长长的走廊,斑驳的墙壁,白炽灯没有感情地亮着,有些朦胧的记忆突然钻进脑子里,这地方她似乎来过,不是成年的她,而是年幼的时候,一两个不太清晰的画面,穿白大褂的医生,长长的针头,满是恐惧。

她只是再走了三五步,就全都弄明白了。母亲走进了病房,她靠过去,透过门上的玻璃,看到一个两三岁的小女孩躺在病床上,昏昏睡着,那是二十多年前的自己。沈向真下意识地捂住胸口,在那里面,跳动着一颗不健康的心脏,从小母亲就告诉过她,不要激动,不要乱跑,不要剧烈运动,所以她只能做一个安静的孩子,体育课也不用上了,在同学羡慕她的时候,她也在羡慕着活蹦乱跳的同学。

脑子里一瞬间闪过了这些,她定了定神,才看清病房里还有个男人,那是年轻的父亲,脸上还没有现在那些被改造过的小心翼翼,看上去就是个温和的青年。母亲把保温饭盒打开,和父亲一起吃饭,父亲却打开床头柜,拿出一个很小的蛋糕杯来,然后拿了根火柴插在了上面,用另一根火柴把它点着,推到母亲面前,让她许愿。母亲笑了，说："搞这些名堂干啥。"但还是闭上眼睛，虔诚地许下了愿望。再睁开，把快燃烧到底的火柴吹灭了。

父亲问母亲许了什么愿望，母亲看了眼病床上的孩子，说："当然是希望孩子身体健康。"

父亲说："手术了就能健康了。"

母亲一脸的愁容，说："那么多钱，去哪儿弄啊。"

父亲说："你先把蛋糕吃了。"

母亲吃了一口，因这谈话内容，蛋糕也变得苦涩了。

父亲说："钱我弄到了。"

母亲的脸色一下子就变了，放下蛋糕，说："我不是说过那事不能干吗？"

"我已经干了，钱在这里了。"他掏出一本存折，说，"密码是孩子的生日。"

母亲不接那存折，说："你快把这钱退回去，咱们不能要。"

父亲说："退不回去了，退回去也没用了。"

母亲说："你知不知道，做假账是要蹲大牢的？"

父亲说："没事，有厂长顶着呢，他没事我就没事。"

母亲拉住父亲的衣服，狠狠地拽着，说："万一有事呢？你进去了，我们娘俩咋办啊？"

父亲紧紧攥住母亲的手，说："能咋办？活着呗！"他看了眼床上的孩子，压低了声音，说："我总不能眼睁睁看着自己的女儿没了吧？那我还配当爸吗？"

母亲眼泪先落了下来，说："咋这么难呢？日子咋就这么难过呢？"

父亲也红了眼眶，说："如果真有那么一天，我是说万一真有那么一天，我进去了，你千万不要告诉孩子，我是为什么去犯罪的，千万不要告诉她,不然她这一辈子都不会好过。"

母亲盯着父亲,说:"那我咋跟她说啊?"

父亲说:"你随便怎么说都行,利欲熏心,赌博欠钱,花天酒地,怎么都行。"

母亲说:"不行,不行,那孩子长大懂事了会恨你的,会不认你这个爸的!"

父亲愣了一下,看了眼床上的孩子,说:"恨就恨吧,恨总比愧疚好过一点。"

母亲扑进父亲怀里痛哭,再也说不出一句话。

沈向真在门前,浑身绵软地蹲在了地上,她坚持了二十多年的信念,崩塌成一地碎片。是啊,恨总比愧疚好过一点,恨是一种力量,能在任何时候让人挺直后背,而愧疚是心底的一个大洞,天一冷,就往里灌寒风。

她强撑着站起身,回头再看了一眼病房里那一家子,一对小夫妻相拥在女儿的身旁,是岁月中最后的温情,再往后这个家就不在了,母亲守着秘密,把病愈的女儿拉扯大,女儿对父亲的入狱没有丝毫的怀疑,只觉得是坏男人犯了错活该。她明辨是非,相信法律与正义,成长得独立又坚强,心里没有任何的伤口。

沈向真缓缓地走到医院门前,她想着,他们成功了,他们差一点就成功了,在过去的日子里,她从未怀疑过,生活中竟然藏着一个巨大的谎言,而真相早已被埋进坟墓里。不回来看就好了,不挖开那坟墓就好了,那样的话,自己就可以仍旧全副武装地生活下去,面对那个人时仍旧可以满身傲气。

可是,世间最不可逆的便是时光,哪怕她能穿越时空,记忆也涂抹不掉,无法装作什么都没发生过。她狠狠地打了自己一个巴掌,对父亲的愧疚和这胡乱的穿越,两种懊悔掺杂在一起,分不清主次,但都是懊悔,其实也就不用分清了。

人生多狡诈啊,她裹了裹身上的羽绒服,6月的晚风里,也有了一丝不该有的寒冷。

高知冬与张合以及霉霉三人,摇摇晃晃地从KTV包厢里走出来,高知冬让他俩在大厅沙发上等会儿,他去找一找沈向真。

霉霉说:"你给她打电话啊。"

高知冬说:"打了,没人接。"

霉霉说:"那你去洗手间找找,是不是在里面吐呢?"高知冬晃悠着去了洗手间。

张合说:"霉霉,他找他的去吧,咱俩走吧,我头疼,这儿的酒好像是假酒。"

霉霉说:"就你事多,一会儿头疼一会儿屁股疼的,还假酒?假酒不也是我请你喝的?"

张合说:"不就买个单吗,别磨叽了,下回我请你行吧?"

霉霉说:"你说话怎么这么难听。谁磨叽了,买单的事我可是一嘴没提。"

两人正斗着嘴,高知冬回来了,说:"没在洗手间。"

张合说:"你去男洗手间还是女洗手间找的?"

高知冬说:"我虽然喝多了,但也知道该去哪个洗手间。"

霉霉说:"你是咋混进去女洗手间的?没让人当流氓揍一顿啊?"

高知冬说:"我拿拖布当假发戴头上混进去的。"

霉霉哈哈大笑,说:"别扯犊子了。"

张合说:"霉霉我真的头疼,咱俩走吧,让高知冬自己慢慢找吧。"

"行行行,我现在就叫车。"霉霉一边掏出手机一边埋怨,"这个沈向真也真是的,每次出来吃饭都整事,爱玩不告而别那套,上回走之前还知道买个单,这回连个屁都没留下。"

张合说:"你看你,又开始磨叽了。"

"你闭嘴,哪儿都有你。"霉霉力气够大,一把就将张合架了出去。

高知冬被抛下,坐在沙发上,头也有点痛,有点晕,整个世界快速旋转着,他突然感到一阵恶心,目测了一下自己与门前和洗手间的距离,选择了跑到门外,在路边弓着身子,吐在了路灯下的雪堆上。

他直起身,掏出纸巾擦了擦嘴巴,脑子清醒了许多,可走路还是不稳,视线也跟着上下摇晃,于是在那晃动的目光里,他看到自己的车子不见了,他下意识地去摸口袋,空空的,车钥匙也不见了。

车子、车钥匙和沈向真都不见了,不用过多推理,他也能确定这其中的关系——沈向真把车子开走了。可是开向了哪里呢?别人的车子只能开向前方,而他的却可以驶回过去。他走到停车位旁,如同站在人生的路口般,前后都望了一下,却什么都看不到。

下一秒,一阵风吹过,把地上的雪面子都吹起来了,他下意识地用胳膊挡住脸,再放下胳膊时,车子出现在了面前。刚刚扬起的雪面子,缓缓地落在车身上。高知冬低头看向车内,沈向真坐在驾驶位上,也正在看着他。

高知冬打开副驾的门,钻进车里,冷着脸问:"你去干吗了?"

沈向真也冷着脸,说:"什么都没干。"

高知冬说:"你怎么不和我打声招呼就用车呢?你万一在那边做了什么事情,产生了蝴蝶效应,你回来可能就见不到我了!"

沈向真说:"你放心,我什么都没做。"

高知冬说:"那你的记忆有什么改变吗?"

沈向真说:"没有,什么都没有。"

高知冬说:"那你回去干什么了?"

沈向真烦了："我不是都说过了吗？我什么都没干！你有完没完啊？"

高知冬也火了："什么叫我有完没完啊？你觉得你做得对吗？这种事情是闹着玩的吗？"

"好，是我做得不对，我向你道歉。"沈向真说完，打开车门，走了。

高知冬想下去追，但觉得自己没错，心里咽不下气，就赖在车里不动，看着沈向真拦了辆出租车离开了。

高知冬点了根烟，冷静下来想了想，就觉得沈向真肯定是在过去遇到什么事了，不然脸色不会这么难看。他又看到车里的电台调频被调成了97.6，这个日期发生了什么呢？他不得而知。

他再次给沈向真打电话，响了两声，电话被挂断了，他想要再打，高美珍却把电话打了过来，醉醺醺的声音传来，说她喝多了，让高知冬开车到烤肉店接她。高知冬说："我去不了，我也喝多了。"话刚说出口，那头的电话就挂了。高知冬嘀咕着"女人怎么都这么爱挂电话"，但还是叫了个代驾，去烤肉店接高美珍这个老酒鬼。

车子到了烤肉店门前，出来的却不是一个老酒鬼，而是三个，云蓉和孙芸芸架着高美珍，脸上都红扑扑的，也不嫌冷，还在那儿说笑着。高知冬说："你们快上车吧，别冻坏了。"三人就一起挤到了后座。

云蓉说："美珍姐，你多幸福啊，喝多了还有儿子来接。"

孙芸芸说："是啊，比我那儿子强多了，我要是敢叫他来接我，只会挨一顿臭骂。"

高美珍说："你现在还叫什么儿子啊，叫老刘啊，他一个人疼你还不够啊？"

高知冬说："孙姨，您现在是和刘大爷一起住吧？那待会儿您得把他家地址说一下，我没去过，不认识道。"

"你不认道，你孙姨认道啊，闭着眼睛都能摸到门。"云蓉说完和高美珍大笑起来。

孙芸芸也跟着呵呵笑，说："你们仨就合起伙来埋汰我吧。"

高知冬看仨老太太今天开心，就问："啥事这么高兴啊？"

高美珍从后座伸出手揉高知冬的脸，说："当然是为你找到工作开心啊。"

突然这么亲密，高知冬有点不适应，说："你手太凉了。"晃了晃头，躲开高美珍的手，又说："我找到工作，昨天咱俩在家不是庆祝完了吗？这事值得连续庆祝吗？"

高美珍说："那咋不值，但今天有一件更值得庆祝的事情。"

高美珍卖关子，云蓉就把话接了过去，说："我们排练的节目，在春节联欢晚会上过审啦。"

孙芸芸说："是的，是的，多亏了你云蓉阿姨。"

云蓉说："还是多亏美珍姐，她最后把歌曲换成《闪亮的日子》才过审的，电视台的领导现在最喜欢温暖的、正能量的歌曲了。"

高美珍说："我就是挑个歌的功劳，能上晚会还是要靠你这个过气大歌星的光环啊！"

云蓉说："哼，你又来……"

这时司机插话了，说："各位，我能打断一下吗？咱不管是有人疼的阿姨也好，什么过气大歌星也罢，咱们也不能一直在这儿唠啊，你们要去哪儿，得给我个地址啊！"

四个酒蒙子这下才反应过来，车一直停在原地没动，气氛霎时有些尴尬，高知冬说："嗯……嗯……我们得去好几个地方，我刚才心里一直在规划路线。现在想好了，你先去世纪大酒店吧。"

司机嗤鼻，说："咱们这儿就这么大点个地方，还用规划路线？"说着把车子开了出去。

孙芸芸看着司机的侧脸突然一拍大腿，说："你看这小伙子，长得和那谁是不是特别像？"

大家都去看司机，司机有些不好意思："谁啊？哪个明星吗？之前一直有人说我像李现……"

孙芸芸说："不是，一点都不像明星，你长得像以前的一个人。"

云蓉好奇："谁啊？我认识吗？"

孙芸芸说："你不认识，那时你都走了。"

高美珍也被勾起了好奇心，仔细看着司机的侧脸，说："到底谁啊？"

孙芸芸说："就是那个……那个……厂子里的小俞会计啊！"

高美珍愣住了，云蓉说："小俞会计是谁啊？"

孙芸芸说："就是那个，差点和高美珍结婚的人。"

本来走神的高知冬，一下子坐直了身子。

高美珍说："你别听她胡说，什么结婚不结婚的，八字没一撇的事。"

孙芸芸说："怎么八字没一撇？八字那两笔画都要写完了，要不是他突然失踪了，你们就领证了。"

云蓉更好奇了："一个大活人怎么就突然失踪了？找没找啊？"

孙芸芸说："找啦，怎么没找，可是突然就不见了，和人间蒸发了似的。"

高知冬回头看高美珍，两人的目光遇到了，高美珍慌张地撇开视线，说："孙芸芸，你别说了，喝点酒就胡说八道。"

云蓉说："美珍姐，到底怎么回事啊？"

高美珍说："我哪知道，可能和赵凌峰似的，说没影就没影了。"

云蓉和孙芸芸都听出了高美珍语气不太好,就不再吭声了。

这时车子也停了下来,酒店到了,云蓉先下了车子。车子继续开,把孙芸芸也送了回去。车里只剩下高知冬和母亲,他几次想开口询问,但一回头,就看到高美珍闭着眼睛,明显是假寐,明显是不要问。

高知冬就萌生了另一个曲折的念头,等车子到了楼下,他让高美珍先上楼,说自己去买包烟,然后打发走代驾,挪到了驾驶位,盯着收音机上,盘算着自己的生日,往前倒推九个月,母亲怎么也遇见父亲了,会是那个突然人间蒸发的俞会计吗?他失算过几次,于是也不太敢肯定,那就过去瞧瞧吧。

高知冬把收音机打开,数字调到FM97.9,歌声又飘了出来:"今夜微风轻送,把我的心吹动,多少尘封的往日情,重回到我心中……"

高知冬靠在椅背上,闭上眼睛,想着9月,远在远方的风比远方更远,那边应该又到秋天了。

第十九章

寒冬冷夜，高美珍爬到六楼，累得气喘吁吁，进家门脱下厚重的外套，拉过一把椅子坐下，酒喝多了，口渴，想倒杯热水喝，可水壶却轻飘飘的，没水。她又起身去厨房烧水，电热水壶的红灯亮起，表面平静的壶面，暗地里已经在升温。

高美珍靠在橱柜边，头还有些晕，酒劲慢慢退去后，兴奋也在退去，留下一整块平坦的情绪，没什么起伏。但那也只是表面的平坦，内部有些思绪在慢慢涌动着。比如，晚会时定制哪种衣服？比如，云蓉的病情不会恶化得太快吧？比如，那个俞会计，到底去了哪儿？

她的目光收聚到水壶上，已经有热气冒了出来，好像当年，在万顺才离开后的某天，她也是在这么烧水，那时是用煤炉烧，热气已经冒出来了，水壶也发出了哨音，可是她就那么愣愣地看着水壶，想着一些关于万顺才杂七杂八的心事，完全忘记了眼前的事物。

一只手把水壶提走了，是母亲的手，然后是把水灌进暖瓶的声音，呼呼的，像是那冬日旷野里的大风。母亲灌完水，看她还没动地方，就急了，说："你还戳在这儿干啥啊？赶紧换身衣服，你三姨都和人家小俞约好时间了，第一次见面可不能迟到。"

高美珍没动地方，说："我不想去。"

母亲说："为啥不想去？是不是还想着那个结过婚的男人呢？人家

都领别人跑了，你还不死心啊？"

高美珍说："没有，我就是不想相亲。"

母亲说："为啥不想啊？你也老大不小了，该定下来了，快点结婚，生个孩子就不会胡思乱想了。"

高美珍说："我不想和不喜欢的人结婚。"

母亲说："你还没见面怎么知道不喜欢，没准见了就喜欢了呢？"

高美珍说："那不喜欢我可就直接回来了。"

母亲说："不喜欢你也跟人家唠唠嗑，毕竟是你三姨搭的桥，多少给点面子。"

高美珍说："这个三姨又不是亲三姨，都出五伏了，不算亲戚了。"

这时父亲拎着瓶酱油推门进来，黑着脸说："让你去就去，哪儿来那么多废话。"

高美珍说："你要是这态度我还真不去了。"

母亲说父亲："你就去买瓶酱油，哪儿来的那么大火？人家姑娘刚才都说要去了。"

父亲说："我哪儿来的火？还不是她惹的？我去买瓶酱油都被别人念叨。"

母亲说："别人又念叨啥了？"

"念叨啥了？你自己听去，还不就是那点破事！"父亲把酱油往锅台上一放，咣当一声，回屋了。

高美珍听不下去，说："啥叫破事啊！和结了婚的男人谈恋爱你们觉得丢人，现在人家不要我跑了你们也觉得丢人，到底咋样你们不觉得丢人？"

"老老实实嫁个本分人，我们就不丢人了！"父亲隔着门扯着嗓子喊道。

高美珍也咣当一声摔了门，进了自己房间。坐在床上，一肚子的委屈和不服，但也没想掉眼泪，和他们辩不出理来。呆坐着想了想，还是换了身衣服，认认真真化了个妆，出了门。

约定的地方是在冷饮厅，她进去上二楼，6月初的天还没热起来，所以客人不多，单独就座的男性也只有一位，坐在窗边，穿着身白西装，戴着金框眼镜，在入神地看着一本厚厚的书。这造型有些出乎高美珍的预料，之前拿过来的小照片也看了两眼，模模糊糊的，但能确定那个穿着破夹克的和眼前这个人简直天差地别。她心里是有一丝喜悦的，小心翼翼地走过去，像是怕惊到他看书一般，在身边站了几秒才缓缓开口道："请问你是俞会计吗？"

男人慢条斯理地合上书，转过头看高美珍，打量了一番说："美女，不管我是不是俞会计，你要是想的话，都可以坐下来。"

高美珍蒙了一下，觉得这人说话绕来绕去的还挺有情调，但还是又确认了一下，说："请问你到底是不是俞会计？"

男人笑了下，说："看来你也不是我要等的柳小姐。"

高美珍一时没绕过弯来，男人却翻开书，继续看，不理她了。她又气又察觉出可能认错人了，环顾了冷饮厅一周，看到有个小个的男人，戴着副圆眼镜，穿着件破夹克急匆匆从楼下跑了上来，一路到她面前，气喘吁吁地说："高美珍吧，不好意思，我来晚了，不不，我也不是来晚了，是等了半天你也没来，我太饿了，可这地方又没饭吃，我就去吃了碗面……"

高美珍看着眼前的人，一肚子泄气，但还保持着礼貌说："没事，我也不想在这儿待着了，你刚才在哪儿吃的面？带我去吧，我也想吃口热乎的。"

俞会计说："哦哦，你今天是不能吃凉的吧？我懂。"

高美珍心里想，你懂个屁。但脸上还是硬挤出来一个微笑。

两人到了面店，高美珍点了一碗牛肉面，没想到俞会计也要了一碗,面端上来,高美珍还没动筷子,俞会计先啼哩吐噜地吃了起来。高美珍奇怪地打量他,说:"你小个不高,挺能吃啊,刚才不是都吃过了吗?"

俞会计嘿嘿一笑,说:"是吃过了,但我害怕你吃着我看着你会尴尬,就再陪你吃两口。"

高美珍说:"你倒是挺会说话。"

俞会计说:"我说的都是实话,你不信的话,那我从现在开始一口都不吃了。"

高美珍说:"你吃吃吃,别为了圆个谎饿肚子。"

俞会计说:"你这人怎么这样呢,满口的怀疑论,对人不信任。"他把筷子一放,真的就不吃了。

高美珍"切"了一声,心想:和我闹什么小脾气,不吃就不吃。自己慢悠悠地把那碗面吃完了,时不时还故意把面条拉得老长,说:"这面真香。"可俞会计看都不看她,只一动不动地盯着门外一个自己玩耍的小孩。

等那碗面吃完了,高美珍起身去了趟洗手间,回来路过收银台结账,却被告知账已经结过了。高美珍走回来,想要和俞会计说声"谢谢",但还没到身边,就见俞会计一个箭步冲出了门,高美珍以为出了什么大事,急忙跟出去,却看到俞会计冲到街边把小孩子揽在了怀中,下一秒,一辆车子呼啸着从身边驶过。高美珍看得心惊胆战,瞧了瞧俞会计,又看了看面店的玻璃门,明白了,他怕小孩会有危险,刚刚在里面就一直盯着这个小孩,连话都不跟自己说了,还真是够一根筋的。

高美珍看着俞会计把小孩送还给父母,然后因做了好事而喜悦地朝自己走来,她一下子没忍住,也露出了笑容。

"啪嗒",开关跳了一下,发出轻微的声响,水烧开了,高美珍从沸腾的记忆中回过神来,她缓了缓神,拿着水壶回到客厅,倒了一杯水,可还要凉一凉才能喝,在这个空当里,她寻思着高知冬怎么还没上来,买盒烟咋这么慢?

她又等了等,杯子里的水就快要能入口了,她还是没能把高知冬等回来,他到底去哪儿了?是不是又被谁拉去喝酒了?她想了好几个原因,都有可能。但她怎么也不会想到,高知冬此时已经回到了过去,去连接她刚才的记忆了,只是那时间已经走到她和俞会计初次见面的三个月后。

9月的星空高悬,又是一个秋季,与上一个好像并没有相隔太远,高知冬仍旧来到水晶宫找高美珍,可还没等下车,就看到水晶宫的霓虹灯熄灭了,刚打烊的样子,几个醉客,几个服务员相继离开,然后他便看到了高美珍和一个小个子戴着圆眼镜的男人离开,高美珍走在前,男人跟在后,像个小跟班似的只管低头走路。

高美珍走了几步,停下来,气呼呼地回头说:"你别跟着我了!"

男人不动,还是低着头,说:"你答应我我就走。"

高美珍说:"我答应你什么?"

男人没头没尾地说:"我会替你负责的。"

高美珍气笑了,说:"你替我负什么责?"

男人说:"你知道的,就是这个责任。"他指了指高美珍的肚子。

高美珍冷脸说:"不用。"

男人说:"不能不用,既然你不想打掉孩子,那我们就结婚吧。"

高美珍眼里闪过一丝动容,却说:"算了,我不想结婚。"

男人说:"我知道自己不是你很满意的结婚对象,可既然已经这样了,我还是希望你能考虑考虑我,我能保证我以后会对你好。"

高美珍有些被感动到了,仰头看了会儿天,才面对男人说:"小俞，你的心思我都知道，但那晚的事不赖你，都怪我自己也喝多了。"她深呼吸了一口气，又接着说："我准备打掉孩子去南方了，我还要当歌手呢。"

男人说："我可以和你一起去。"

高美珍有些无奈，说："小俞啊，你是木鱼脑袋吗？我说了这么多你怎么还听不明白呢？"

男人说："我听明白了，你就是嫌我没出息，没本事，那你等着，我一定会做一件让你刮目相看的事！"

男人说完，像个负气的小孩，撒腿就跑了。高美珍也没去追，在原地看着他的背影消失在夜色中，转身继续往前走，就听到旁边有汽车喇叭声，她转过头，看到高知冬扒着车窗，说："美珍姐，刚下班啊？"

高美珍有些惊讶，说："哎呀，是你啊，真是好久不见了！"

高知冬说："是啊，好久不见，你去哪儿啊？上车我送你。"

高美珍上车坐在了副驾，说："你跑哪儿去了？怎么都不来玩了？"

高知冬随口说："去南方待了段时间，刚回来。"

高美珍却似陷入一点忧愁，说："南方好玩吗？"

高知冬便急忙说："一点都不好玩，热得要死，咱们北方人待不惯。"

高美珍"哦哦"了两声。高知冬摸不准她情绪，便侧头看了眼高美珍的肚子，不出意外的话，自己已经在那里扎根了。而刚才跑走的那个小俞，极有可能就是自己的亲生父亲，于是他开口询问，说："美珍姐啊，我刚才看到你和一个男的像是在吵架，然后他跑走了，那个是你男朋友吗？"

高美珍一愣，说："这你都看见了？"

高知冬说:"碰巧。"

高美珍说:"相亲认识的,钢厂里的会计,算不上男朋友。"

高知冬说:"那他为什么要为你肚子里的孩子负责?"

高美珍又是一愣,说:"你不说碰巧看到的吗?你这是偷听了多长时间啊?"

高知冬嘿嘿一笑,说:"听着挺精彩的,就多听了一会儿。你就给我讲讲嘛,到底咋回事?你俩是都喝多了没控制住,干柴烈火了?"

高美珍冷了脸,说:"咱俩还没这么熟吧?"

高知冬一听,那差不多就是这回事了,但也不敢再多问,只慢悠悠开着车。

高美珍沉默了一会儿,说:"不好意思啊,我刚才话说得太冲了。"

高知冬急忙表示没关系,又找话说:"刚才听你说要去南方当歌手?"

高美珍说:"我一直都想去。"

高知冬说:"那你真的要把孩子打掉啊?"

高美珍摸了摸肚子,没有犹豫地点了点头。

高知冬下意识地喊出:"你不能打掉!"

高美珍愣住了。

高知冬说:"我……我的意思是,你得考虑清楚啊,他毕竟是一个生命啊。"

高美珍说:"谢谢你劝我。"然后就没了后半句,是没被劝动的坚定。她把头扭向车窗外,看到车子已经到了家附近,就很疑惑,说:"哎?你怎么知道我家住哪儿的?"

高知冬也回过神来,急忙扯谎,说:"我怎么会知道呢?我就是瞎开,一不小心就开到这儿了,你说这事多碰巧。"

好在高美珍也没深究,说:"那你在前面那个路口停车吧。"

高知冬照做，在路口停下了车。

高美珍说："谢谢你啊，改天请你喝酒。"便下了车。

高知冬说："不客气，但你都怀孕了，还是别喝了。"

高美珍不吭声。

高知冬说："我说的是真心的，你千万别做傻事，这个孩子长大了会很有出息的，你打掉了肯定会后悔的。"

高美珍勉强一笑，转身走了，高知冬看着她的背影消失在夜色里，心情难以名状地复杂，母亲曾经想要打掉自己，但后来为什么又没有呢？这之中到底发生了什么？那此刻遇到了自己，自己又说了哪些话，会因为改变了过去导致自己消失吗？感觉不会，不然自己此刻就该不在了。那是自己说的话起作用了吗？这也不得而知，这一切的因缘际会，都只埋藏在岁月和母亲心中，他轻挖几锹土，还探不到底。

他还想要继续思考些东西，思绪却无法顺成线了，折腾了半宿，酒早就醒了，可是困倦却又迎头袭来，那还是先回去睡个觉吧，谜底要探寻，日子也要继续，至少此刻的他比昨日的他更接近真相了。

太阳缓慢地升起，在冬日的薄雾中，氤氲了一圈的光晕，不耀眼，也没温度。冬日的清晨，时常就是这样温暾的，消沉的，不具备希望的。

沈向真来到医院上班，看了看时间，早到了一会儿，就没急着换衣服，而是来到二楼，在走廊的尽头，有台自动贩卖机，卖一些速溶的咖啡和牛奶。她买了杯热咖啡，闻着那足够浓郁的香气，捧着走到窗前，就看到了那暗淡的朝阳，和昨天已经不一样了，至少在她的心里。

她昨天一夜没睡，所以此刻脑袋昏昏沉沉，她没有精力去胡思乱想，反而获得了些心如止水的平静。可时不时地，在某个人从身边路过，或是走廊尽头门打开的瞬间里，有一两缕风拂过来，寒意让她有了短暂的清醒。她的脑子还是会不由自主地去想昨晚的事情，去想那个痛哭的母亲，去想那个生病的孩子，去想那个为了生病的孩子铤而走险的父亲，想到这里，她就会下意识地抚摸自己的胸口，那颗跳动的心脏，是父亲用罪与罚交换来的。

"你本可以不这样。"这句曾经对父亲说过的话，此时是一根鞭子，每次在耳边响起，就抽得她体无完肤。

是的，他本可以不这样。

救护车的鸣笛声把她的思绪带了回来，她透过窗户往下看，一辆救护车停在在门前，她把杯子里已经凉掉的咖啡一饮而尽，纸杯在手里一攥，瘪了，丢进垃圾桶。然后一路小跑到了一楼，救护车里的人刚被推进来。她远远看到推车上躺着个老年男人，看起来没什么外伤，轮不到自己的科室。

她听到跟随救护车的护士在向肿瘤科的陈医生汇报，说病人目前处于昏迷状态，他前些日子来医院检查过，左右脑之间的脑脊液长了颗瘤子。

陈医生查看了一下病人的瞳孔，然后安排护士先去给病人做个CT。

两名护士把推车掉了个头，往CT室推，路过沈向真身边时，她终于看清楚，那个躺在推车上的老年男人，是自己的父亲。

沈向真愣了片刻，急忙追了上去，护士是新来的，没见过沈向真，问："你谁啊？"

沈向真犹豫了一下，说："家属。"

护士没好气地说："老人晕倒了还是邻居叫的救护车，你是怎么当家属的？"

沈向真回答不了这个问题，一声不吭地帮着把父亲推进了CT室，然后靠在CT室门前的墙边，不知为何，才跑了这几步，就气喘吁吁，力气好像都用在了心里。

高知冬这一夜睡得乱七八糟，做了个稀奇古怪的梦，梦里他坐在车子的副驾上，开车的是小俞会计，他回头看，后座还坐着一个人，是年轻时的高美珍，挺着大肚子在呼呼大睡。他和小俞像是多年的好朋友似的，一路上聊了很多国际形势，然后他突然问小俞："为什么要抛下高美珍？"

小俞说："我没抛下啊！"

高知冬说："你在未来抛下了。"

小俞说："未来的事我现在哪能控制得了，没准是你妈把我甩了呢。"

高知冬说："你这话说得不对，出了事情从来不在自己身上找原因，你就是个渣男。"

小俞脸一沉，说："我虽然没听过渣男这个词，但听起来就不是好话，我生气了。"然后一脚刹车，停住了车子，下车走了。

高知冬伸头喊："你去哪儿啊？"

小俞说："不用你管，你自己送她走吧。"

高知冬说："送她去哪儿啊？"

小俞却已经走远了。

高知冬要下车追，可又死活解不开安全带，然后就有一堆流星从天空坠落，大火球子砰砰砰地往车窗上砸，他吓得嗷嗷直叫唤："世界末日啦……"

高知冬一个激灵坐起身，看到自己竟然是在车里睡了一宿，车窗外，高美珍戴着个绒线帽，一只手扒在玻璃上往里看，一只手嘭嘭嘭地敲着车窗。高知冬把车门打开,高美珍的声音就传了进来:"把你能耐的,昨天到底喝到啥时候?我打电话你也不接,下来找你好几趟车都没在,你还知道在车里睡啊?怎么没躺大街上把你冻死!"

高知冬下车,伸了伸懒腰,松一下关节,在车里睡确实不舒服。他说:"妈你行了,别磨叨了,我死了对你能有啥好处?"

"省心了,自己赚钱自己花!"高美珍气呼呼的,转而仍旧没带好气地说,"早饭在锅里热着呢,你快上去吃,吃完赶紧去上班。"

高知冬嘿嘿一笑说:"我今天休息,要不你也别去菜市场了,我带你逛街去吧。"

高美珍说:"我老胳膊老腿了,逛街就是遭罪,万一你看上点啥了,还得我掏钱,怎么算都不值得,你还是找别的冤大头去吧。"

高知冬说:"不让你掏钱,以后我每月开工资都放一半在你那儿,你帮我存着。"

高美珍说:"行,但我不敢保证能存住,好不容易有男人主动给我钱了,我怕一激动都花了。"

高知冬说:"妈,我觉得你年轻时应该是个美女,就没有男人为你花过钱吗?"

高美珍拉下脸,说:"滚犊子,别拿你妈开玩笑。"说着就要走。

高知冬却拦住她,直截了当地问:"我爸是不是就是那个俞会计?"

高美珍一愣,随即说:"别听孙芸芸的话,她就是喝醉了乱开玩笑。"

高知冬说:"那俞会计为什么消失了?"

高美珍说:"我哪知道?我又不是他。"

高知冬说:"是不是他不想承担责任,抛弃了你?"

高美珍说:"我和他没关系,他为什么要为我承担责任?"

高知冬说:"妈,你为什么就是不肯告诉我我爸是谁?"

高美珍说:"那你为什么非要知道你爸是谁?你这么一心想找到他,不就是为了要点钱吗?你是我高美珍的儿子,能不能有点出息!"

要是以前,高知冬会说:"是,我就是没出息,我就是想要钱,我没脸没皮。"可现在,他突然说不出这种话了,从触碰到那辆车开始,他便走上了一条迂回的道路,心微微地变了形状,身上那些尖锐的棱角与愤懑,也渐渐被一些温柔的风包裹和稀释了。于是他张了张嘴,还是把想说的话咽进去了,直到高美珍转身离去,他都没能说出来。

那些话是:"我想知道他是谁,我想问问他,为什么要抛弃我们娘俩?为什么这些年连个音信都没有?为什么要让你一个人吃这么多苦?"

高知冬上楼随便扒拉了一口饭,洗了把脸,就去找孙芸芸。刚来到老刘家楼下,就看见孙芸芸和老刘两人,裹得严严实实的,从楼道里出来,两人一边走还一边在嘀咕。孙芸芸怪老刘不该把剩下那十万给儿子儿媳,老刘说:"都答应了别就反悔,吐口唾沫就是个钉。"

孙芸芸说:"那上次派出所不是白进了。"

老刘说:"你现在胳膊肘倒是往我这边拐了。"

孙芸芸说:"啥拐不拐的,谁对我好我还看不出来吗?"

老刘嘿嘿一笑,说:"这钱给了,我心里就踏实了,咱们也省心了,然后咱们再挑个日子,请朋友们来喝喝酒,这事就彻底圆满了。"

孙芸芸问:"你都想请谁?"

老刘说:"能请到的我都想请。"

孙芸芸说:"那得花多少钱?少叫几个人就行了,乱糟糟的一群人也闹心……"

高知冬堵在两人面前,说:"孙阿姨,我找您有点事。"

孙芸芸看高知冬一脸焦急，问："啥事啊？能下午再说吗？我和你刘大爷要去市场买点东西。"

高知冬说："没啥大事，我就是有两句话想问问您，咱俩借一步说话呗？"

老刘说："啥事啊？还神神秘秘的。"

高知冬说："您别担心，都是和您没关系的事。"

老刘说："那我去前边那个超市里等你。"

孙芸芸点了点头，说："你正好去卖呆儿看两把麻将。"

老刘一走，还没等高知冬开口，孙芸芸就先问了，说："你是不是来问你妈的事情？"

高知冬说："是的，确切地说是我爸的。这事我以前也问过您，您都说不知道，可昨晚您却突然提起一个姓俞的会计，还说他差点和我妈结婚，这事您以前怎么就不告诉我呢？为什么要故意瞒着我？"

孙芸芸听了高知冬的话很自责，但不是自责不告诉高知冬，而是自责自己昨天酒后失言，她说："哎呀，真不该喝那么多酒，人老了，一喝多酒，嘴就和棉裤腰似的，稀松稀松的。"

高知冬说："您这算是承认了吗？俞会计就是我爸？"

孙芸芸说："我倒是想承认，这事就算了了，可我没法承认啊。我真是不知道你爸到底是不是俞会计。你爸到底是谁这件事，我在心里也纳闷好多年了，前些年我也总是去问你妈，可你妈死活就是不开口啊。"

高知冬说："那您觉得是俞会计的概率大吗？"

孙芸芸认真想了想，说："大，很大，俞会计消失后七个来月吧，你妈就生了你，你又不算早产，你算算月份，是不是俞会计还在时，你妈就怀上了？"

高知冬认真地点了点头，又皱了皱眉头，说："如果我爸真的是俞会计,那我妈有什么好瞒着我的?"

孙芸芸叹了口气,说:"你妈这人你又不是不了解,从年轻那会儿就活得很骄傲,也很要强。我自己啊,我是说我自己猜测,当年是俞会计听说你妈怀孕后,戾了,那个人小个不高,戴着个圆眼镜,一直都很戾的。他不想担责任,就跑了,然后你妈这人自尊心太强,也是心里憋着一口气,就一辈子都不让你去认这个爸。"

孙芸芸说完,又补充了句:"我这也都是自己瞎猜的,你可别在你妈面前把我捅出去啊,要不她非得找我算账不可。"

高知冬说:"您放心,我不会告诉我妈的,那您知道这个俞会计消失后去了哪儿吗?"

孙芸芸摇摇头,说:"不知道,要知道去哪儿了,我早把他逮回来了。"

高知冬"哦哦"地点了点头。

孙芸芸说:"冬啊,听阿姨一句话,你这个爸,你也别找了,找着了又能怎么样呢?他要是想认你,早就自己回来了,他不想认你,你找到了也没啥用。这么多年都过去了,日子早就天翻地覆了,你最该做的事是好好孝顺你妈,你妈一个人把你拉扯大不容易。"

高知冬说:"我知道了孙阿姨,谢谢您和我说这些,您快去忙吧,一会儿刘大爷该等急了。"

孙芸芸说:"行,那我就先走了,改天我俩办酒席,请你来喝酒。"

高知冬说:"我陪我妈一起去。"

目送着孙芸芸离开,高知冬的脑子飞速运转着停不下来,结合所有已知的情况来看,俞会计极有可能就是自己的父亲,但这个父亲消失的原因却众说纷纭,孙芸芸认为他不想负责任,但高知冬穿越回去看到的情况却是他想负责任,但母亲不要他负责任,话里话外是看不上他。

可他为什么突然人间蒸发了呢？这仍旧是一团浓雾，但和最初的身世之谜相比，已经在逐步缩小，缩小到了一间密室的大小，他只要继续闯进去，一步一步小心地往前挪动，一定会找到那把钥匙。

他跺了跺冻得有点麻的双脚，刚想着要去哪里暖和暖和，手机就响了，是沈向真打来的。他想到了，医院的暖气挺足的，他接起了电话。

医院的暖气确实挺足的，特别是在走廊里，高知冬和沈向真两人靠在暖气片上聊天，聊得太入神，高知冬感觉屁股烫了才回过神来，挪了挪身子。刚好沈向真把该讲的话都讲完了，连昨晚穿越回去的事也讲了，中间还红了眼眶，算是没啥保留了。

高知冬弄清了这父女俩的前尘旧事，又伸着脖子往病房里看了看，她父亲还在昏睡着，哪怕身上盖着被子，也透出了些干瘪。高知冬回过身问："那现在你打算咋办啊？"

"我也不知道咋办。"沈向真抽了抽鼻子，说，"等检查结果出来再说吧。"

高知冬说："我没问这个，病当然是要治的，我是问你和你爸，你俩的事咋打算的啊？"

他虽是这么问，但心里也猜出个七八，能把这些憋在心里的事情都讲出来，就说明是要和解了。

沈向真却摇了摇头，说："不知道，我觉得没法面对他。"

高知冬想了想说："也是，他也不知道你穿回去了一趟，他和你妈守了这么多年的秘密，就算到死也不会告诉你了，就凭这份心吧，你也不能和他说你都知道了。"

沈向真说："是啊，所以我能说啥？我啥也不能说，只能陪在一旁，让他觉得我这人还能认个血亲，心没冷透。或者他再偏激点，觉得我只是可怜他，可能还不稀罕我这份可怜。"

高知冬说："你也别这么悲观，我看你爸那人不至于这样，他不是一直挺想和你和好的吗？不管是因为啥，只要你能照顾照顾他，他应该就知足了。"

沈向真想了想，说："好吧，你说得也有点道理，那我能求你件事吗？"

高知冬说："啥事啊，咱俩这关系还用得着求吗？吱声就完了呗。"

沈向真说："你没事的时候，能经常来医院陪陪我吗？"说完有点不自在，急忙补充道："也不是陪我，是多陪陪我爸，我单独和他在一起，还是觉得挺别扭的，也没话说，我想着多你这么一个人在，能舒服点。"

"这有啥啊，当然可以啊。"高知冬嘻嘻一笑，"再说我也不是什么外人，说不定以后我也得改口叫爸呢。"

"上一边去。"沈向真推了高知冬一把，说，"你饿不？咱俩吃点东西去？"

高知冬说："走吧，你想吃啥？我请你。"

沈向真看了看时间，说："食堂过点了，不然去食堂对付口就行了。要不咱俩去附近随便吃点吧，我下午还得去拿检查报告。"

高知冬说："走吧，出去溜达溜达，看有啥吃啥呗。"

两人就走了出去，在附近转了一圈，进了家淮南牛肉汤店，各要了一碗汤，吃了两张饼，出了一身汗，从店里出来，高知冬的额头都冒热气。沈向真看着他冒烟的脑袋像个烟囱，哈哈笑了一阵，暂时把忧愁都忘了。

可等拿到检查报告时，她又完全笑不出来了，像拾荒人一样，把忧愁都捡了起来。

胶质瘤，属于原发性颅内肿瘤的一种，恶性的，需要尽快做开颅手术,但老人年纪大,瘤的位置也不好,手术风险很高。保守治疗的话,可以使用伽马刀、X刀进行放疗,但患者会比较痛苦,效果当然没有手术好。这两种治疗方案,各有利弊,就要看家属的选择了。

脑科的陈医生把决定权交给了沈向真,沈向真一时也没了主意,看了看陪同的高知冬,高知冬也为难地看着她,人生头一次遇到这种事,不知道该怎么办。

陈医生起身给自己的保温杯接了杯水,说:"沈医生,你来咱们医院这几年,也没听你提过你爸啊,我们还以为他早不在了呢。"

沈向真不吭声,明显是不想谈这个话题。陈医生却饶有兴致地继续说:"你妈那时也是在咱们医院住的院,我怎么没见他来过啊?他们是离婚了吗?"

沈向真摇了摇头,说:"陈医生,这两种方案我自己回去琢磨琢磨,辛苦你了。"她拿起一堆检查报告往外走,高知冬跟在后面。

刚要出门,陈医生却叫住了她,说:"其实还有第三种方案。"

沈向真回过头,陈医生说:"我看你这人一向都挺冷漠的,如果和他没啥感情的话,也可以放弃治疗。"

高知冬愣住了,随即生气了,冲着陈医生嚷嚷:"你说什么玩意儿呢?有你这么说话的吗?"

沈向真却平静地对陈医生说了句"谢谢",然后拉着高知冬离开了。

冬天午后的光,有几缕也是带着温度的,可风还是冷的。沈向真坐在医院后院的椅子上,任凭那不带一丝人情味的冷风,把她的发梢带起,她就只是呆呆地盯着前方某个虚处,好像盯着那里,就能映出不心慌的答案来。

高知冬捂着一杯热橙汁过来,靠着沈向真坐下,把橙汁递给她。

她接过橙汁,因遭遇大事对亲近的人也多出了几分礼貌,她说"谢谢",却没有喝那橙汁。

高知冬却开门见山地说:"你想清楚了吗?"

沈向真摇了摇头。

高知冬说:"你不会真听那个医生的话,想要放弃吧?"这句式和语气,已经代表了高知冬的态度。他接下来也直接表明了:"我虽然是个外人,但我也要多说一句,咱千万不能那样做,他毕竟也是你爸。"

沈向真不看高知冬,只平静地说:"我知道。"但话头一转:"如果我那天没穿越回去看到真相,我就可以不认这个爸,对吧?"

高知冬说:"你后悔了?"

沈向真点了点头,说:"但我不是后悔知道真相,我后悔因为知道真相,现在好为难啊。我突然就掌握了一个人的生杀大权,这权力太大了,我不想要……"沈向真用力揉着脸,像是希望能把那艰难的抉择从身体里揉出来。

高知冬说:"我知道你很痛苦,但你不能这么想,你掌握的不是杀人的权力,而是如何救人的权力,这和你们医生做的事情不是一样吗?杀人的不是你,是疾病,你这怎么都能搞混了呢?"

沈向真说:"你说的都对,可我不想要!就和人生一样,我希望能找到一条路,只要闷着头一直走下去就好,不要有岔路,也不要有回头路让我选择。因为做了选择,就等于让后悔有机会找来,我怕啊,我怕把选择做错了。如果因为我选的治疗方案他最后去世了,那我就会觉得是我杀了他!"

高知冬说:"可人生就是要不断地做选择啊。总不能因为怕选择,就永远停留在原地吧?"

沈向真说:"行了,道理我都懂,你就不要再给我讲了,这些大道理一点忙都帮不上。"

高知冬说:"不是帮不上忙,是你根本不往心里去,我说句不好听的,你叽里呱啦说了这么一大堆,就是怕负责任对吧?"

沈向真转过头,不可思议地看向高知冬,眼里全都是寒光,说:"你就是这么看我的?"

高知冬知道说错话了,但还是硬着头皮说:"我就是在劝你别顾虑太多。"

沈向真说:"你有什么资格劝我?你又有什么资格指责我?从小被父亲抛弃的是我,努力让自己忘了他的人是我,最后发现自己活在一个巨大的谎言中的人也是我!我用了快三十年时间构建好的世界,一夜间就全都崩塌了,然后没等我缓过神来,老天又把这个我不知道该恨还是该爱的男人推到我面前,让我决定如何去挽回他的生命,或是放弃他的生命。这简单吗?对,你可能会说很简单,可这对我来说都不简单,因为我这二十多年来都活在错误中,我害怕再错了,我错不起了!我不想再冤枉他,我想要认下这个爸,所以我不想让他死!"

沈向真手中的橙汁掉在地上,融化了一块雪地,但也只有片刻流淌,又迅速被冰封住了。她看着那块橙色的地面,愣了片刻,起身走开了。

高知冬想要追,可却突然也没了力气,只是懊悔地抓了抓后脑的头发,他似乎把一切又搞砸了。

春节联欢晚会,已经到彩排的阶段了,晚会的舞美部门给老年合唱团定了套衣服,女的是红色的古典连衣裙,男的是英伦风的西装,一排看过去,淑女绅士都挺有架势的,虽然年纪都老了点,可倒也有了些庄重的仪式感。

云蓉作为领唱,衣服和大家的都不同,她瞧不上节目组准备的衣服，自己高定了一套蓝色的晚礼服，试穿一下，果然拉升了几个档次，和身后那群红鲤鱼迅速区分开来。

舞台上孙芸芸拉了拉高美珍，说："你看这云蓉，真是人靠衣服马靠鞍，衣服一上身，立马脸上都光亮了。"

高美珍一边拿打火机烧着袖口的线头一边说："那脸上光亮是因为云蓉本来就长得白，人家怎么也是当过几年正经歌星的，气质当然比咱们这帮老太太强。"

孙芸芸说："你年轻时也老有气质了啊，要不你也去试试那件衣服，看看你俩到底谁穿合适。"

高美珍说："你到底要干啥？故意挑拨离间是不是？"

孙芸芸嘿嘿一笑，说："我哪能那么闲啊，我就是寻思着，你要是去试着穿穿，我也就能蹭着试一下，我刚才摸了一把那料子，那手感，可滑了，我一辈子都没穿过这么高级的衣服。"

高美珍斜楞了孙芸芸一眼，说："瞧你那没出息的样。"说着径直走到云蓉身边，说："你这衣服挺带劲啊，孙芸芸想试试，过过干瘾。"

云蓉冲孙芸芸招手笑，说："你想试就自己说呗。"

孙芸芸快步过来，一脸的羞赧，说："我就试一下，试一下就还你。"

云蓉说："那走吧，咱俩去试衣间换一下。"

两人说着就一起去了试衣间，高美珍把线头烧得差不多了，老刘又靠过来，说："你帮我也烧一烧线头，这衣服做工太次，我一伸懒腰，胳肢窝差点挣开线。"

高美珍说："那你就老实点，夹着胳膊唱。"

老刘说："夹着胳膊唱那能使出劲吗？"

高美珍说："反正你唱得也不咋的，小点声也算帮大伙忙，给自己积点德。"

老刘说："那我也劝你积点口德。"

两人正斗着嘴，孙芸芸穿着云蓉那身晚礼服出来了，人靠衣服马靠鞍是实话，但衣服是挑人的也是实话，这身衣服穿在云蓉身上是端庄大气，穿在孙芸芸身上就是窝囊臃肿。孙芸芸一边抻着衣服一边说："这衣服也太紧了，勒得我胳肢窝疼。"

高美珍看得想笑，说："你倒是把里面那衬衣脱了啊，哪有这么穿的。"

孙芸芸说："这衣服领口太低了，我要是脱了衬衣，那半拉胸脯都露出来了，多硌碜啊。"

老刘说："你痛快把衣服还给人家，你这不是大马猴穿旗袍出洋相吗？"

孙芸芸说："行行行，这衣服真不是谁都能穿的，就像这领唱，也不是谁都能当的。"她说完就又去了更衣室。

节目组导演召集大家集合，开始第一次带妆彩排，他指挥着老人们排列队形，又指挥灯光音箱调试。都弄好后问："队里是不是缺个老太太？"

高美珍说："她换衣服去了。"

导演又问："那领唱呢？"

高美珍说："她俩一起换衣服呢。"

导演说："换个衣服怎么这么慢，谁去催一催？"

高美珍就往更衣室走，刚走两步，孙芸芸就慌慌张张地跑回来，还穿着那件蓝色的晚礼服，说云蓉不见了，她找了一圈也没找着。高美珍说："你打电话了吗？"

孙芸芸亮了亮手里的两个手机，说："她手机落更衣室了。"

高美珍脸色一变，就往后台跑，孙芸芸和老刘急忙跟了上去。

导演说："你们别跑啊，咱们先彩排着，一边彩排一边等着呗，那么大个人了又丢不了。"

高美珍不理会导演。老刘回头说了句："你们先彩排吧，缺一个也是缺，缺四个也不耽误。"

导演生气地把台本往地上一摔，冲总监喊："能不能把这个业余合唱团的节目拿掉？老头老太太们太难搞了！"

总监说："拿不掉，这是市领导钦点的节目，要不您给领导打个电话？"

导演说："那算了。"转身冲剩下的人说："叔叔阿姨，咱们现在开始彩排，来来来，都把手机放一放……"

高美珍、孙芸芸和老刘三人在后台找了一圈，都没找到云蓉，又跑到电视台的门前，问保安："看没看到个老太太出去？"

保安说他刚换班，没注意到。高美珍让他调监控，保安说："你们没权利让我调监控。"

高美珍就冲他吼："痛快给我看，不然人跑丢了我找人揍你一顿！"

保安看老太太也不是善茬，不好惹，便不情愿地领着去了监控室，就看到监控视频里，云蓉穿着孙芸芸脱下来的那身红色连衣裙，走出了电视台大门。

孙芸芸说："她这是又犯病了吧，这大冷天的，别冻坏了，咱们赶紧报警吧。"

高美珍让老刘去报警，她和孙芸芸去大街上找找。出了电视台，三人分头行动，高美珍往左，孙芸芸往右，老刘去派出所。

上星期刚入九，天就冷得硬邦邦的，高美珍在街上一边找一边打听，一米六几的个，五十多岁，穿着红连衣裙。她一气走了半条街，也没问到一个见过的人，可能是天太冷，这帮人眼睛都冻瞎了。她捂着冻疼的耳朵，继续往前走，想着云蓉穿得那么少，肯定比她更冷，再找不着就真冻坏了，每年喝酒冻死的人也不在少数，家属找到时都冻成冰棍了，用力一敲，胳膊就掉下来了。

她脑子里闪过这些可怕的画面，心里就更急了。这时孙芸芸打来电话，接听第一句就是："你那边找到了吗？"高美珍一听就知道她也没找到，挂了电话只能继续抓紧找，云蓉能去哪儿呢？她犯病又想起啥了？上回是想起偷米肠被狗咬，那这回呢？本来是在彩排的，是要唱歌的，那她会想起什么呢？

高美珍突然有了个念头，她立在原地，辨别了一个方向，拔腿朝那边跑，可年纪大，又有老寒腿，跑起来直打出溜滑，怎么都不及心理预期那么快。

这时身旁一辆倒骑驴超过了她，又停了下来，退了回来，问："老太太，去哪儿啊？上车送你过去呗，这大冬天的，摔一跤可能就骨折了，不值当。"

高美珍二话不说，直接上了倒骑驴，说："去鲜多多生鲜超市。"

骑倒骑驴的说："去买菜啊？买菜用得着这么着急吗？是又搞抢购活动吗？"

高美珍说："你把嘴巴闭上，咬紧牙给我蹬，越快越好。"

骑倒骑驴的果然一路不再说话，使劲蹬到了生鲜超市门前，捏住了刹车才张开嘴大口地喘气，高美珍甩下十块钱说："不用找了。"便朝超市门口走去。刚走了几步就看到超市门前围了一群人，似乎在看着什么热闹，交头接耳的，有几个还拿着手机在拍。

高美珍挤进人群，就看到云蓉穿着那身红连衣裙，一边扭动一边唱着："喔！你的甜蜜打动了我的心，虽然人家说甜蜜甜蜜，只是肤浅的东西。喔！你的眼睛是闪烁的星星，是那么样地 shining shining，吸引我所有的注意……"

一刹那,高美珍的眼睛就模糊了,眼前的超市,又变回了二十多年前的水晶宫歌舞厅,云蓉也跟着变回了那个二十多岁的小女孩,可爱活泼清澈动人,还有一股子不谙世事的机智,那时的她对未来的人生全都是美妙的幻想,是柔软的白色浪花冲击着沙滩,是天边扯下来一块就能塞进嘴巴的棉花云朵。然后匆匆岁月流过,她背着一身伤回来了,那些纠缠她的记忆,好的坏的都要抹去了,人生还剩下什么呢？只剩下一副仅凭肌肉记忆生活的躯壳,一首多年不唱的歌,一阵围观者的哄笑,一滴老朋友的眼泪。

　　高美珍冲进去,脱下外套,裹在云蓉身上,把冰冷的她紧紧搂在怀里,冲那些拍照的人吼道:"拍什么拍！滚回家拍你妈去！"

　　云蓉在高美珍怀里,抬起头看着她,可怜巴巴的样子,说:"美珍姐,这里太冷了,我们去南方好不好？"

　　高美珍说:"好的好的,我们现在就走。"

第二十章

又下雪了，鹅毛大的雪片，洋洋洒洒的，茫茫一片。交通台的广播在播报，因恶劣天气，三条高速都已封路，国道也不建议行驶，这个小城，进入了封城状态。这不是什么大事，每年冬天都会有那么几次，短则一天，长则三五天，生活并不会受什么影响，谈资倒是多了几分。

此时高知冬就坐在病房里，陪着沈向真的父亲聊这高速封了的事情。沈父说："正常，现在也就封三五天，以前一封就一个冬天，要出远门，只能靠马车和爬犁。小时候住乡下，那时候穷啊，跟着人家马车去城里办年货，只买了一棵白菜和二两肉。"

高知冬说："叔叔，那时谁家都不富裕吧？"

沈父说："你别一口一个叔叔地叫着，太客气了，听着也别扭，你叫我老严就好。"

高知冬反应了一下才回过味来，沈向真随母姓，她爸姓严。于是他点了点头，说："行，老严。"

前几天，老严的治疗方案定下来了，还是要手术，风险大一点，但治愈概率也大一点。老严听了觉得选得对，他以前见过放疗的那些人，头发都掉光了，太折磨人，所以要不就不治，治的话就别拖拖拉拉，他也不想拖累儿女，能不能下手术台，都是他自己的造化。

高知冬听了沈向真转述这话，从内心里赞叹，老严这人挺酷啊！当时他俩正在滑冰场所在的商场里溜达，沈向真白了他一眼，却说："对不起，那天不该冲你发脾气的。"

高知冬说："这有啥好道歉的啊，你爸得了脑瘤，你心里不舒服，发泄发泄挺好的。"

沈向真说："那你张嘴。"她把一口冰淇淋送到他嘴里，高知冬笑呵呵地吃了，却还要再吃一口。沈向真把整个冰淇淋都递给他，说："咱俩去帮……他挑件衣服吧。"她想叫爸，可还是觉得别扭。

高知冬说："这么早就备着寿衣不好吧？"

沈向真拍了他一把："你瞎说什么呢，我是想给他买身新衣服，我看他身上穿的那件，磨得全都是毛边了。"

高知冬说："你对他态度突然变了，他啥反应？"

沈向真说："能有啥反应？就是觉得挺对不起我的，这么多年没管我，一出来还给我添麻烦。"

高知冬说："那你咋说的？"

沈向真说："我就说'你别多想，好好养病吧'。他又说本来是想死了就算了的，可又被送到了医院，看我对他态度好了，突然又不想死了，如果真能下手术台，一定会好好赚钱，补偿我。"

高知冬说："人都这样，都是为了念想活着的，你现在就是他的念想。"

沈向真说："可能在监狱这些年，我都是他的念想吧。"说着眼眶就红了。

高知冬说："哎哟，怎么还哭了，我不抢你的冰淇淋了。"他把冰淇淋递给沈向真。

沈向真接过去，也没吃，说："你总逗我开心，真是谢谢你。"

高知冬说："你咋老和我这么客气呢，走吧，快给你爸买衣服去吧。"

沈向真吸了吸鼻子,说:"好的,买,从里到外都买套新的。"她挎上高知冬的胳膊,快步朝前走去。

可等衣服买回来送到病房里时,老严却不认人了,管沈向真叫大夫,管高知冬叫师傅,问高知冬是不是他老婆请来的护工。两人都蒙了,跑去问陈医生是咋回事,陈医生说:"别紧张,这是脑瘤压迫神经出现的记忆混乱,等瘤子一摘除,就会好的。"

高知冬说:"那赶紧动手术吧,这一会儿认人一会儿不认人的,怪吓人的。"

陈医生说:"手术也不是说动就能动的,得等身体各项指标都合格时才行,让他先在医院养养吧。"

两个人又回了病房,这会儿老严恢复了神志,说:"你俩去哪儿了?我都饿了,想吃点小米粥配包子。"

沈向真说:"我去食堂给你买吧。"说着转身出去了。

病房里剩下他和高知冬两人,高知冬拿出新买的衣服给他,说:"这都是您女儿买给您的。"

老严却不看衣服,直勾勾地看着高知冬,把高知冬都看毛了,就要撒腿跑走时,老严才开口,说:"你啥时和我女儿谈上的?"

高知冬松了口气,说:"谈上没多久。"

老严说:"我和你打过几次照面,觉得你不是个老实人,我告诉你,你要是敢对我女儿不好,我饶不了你。"

高知冬说:"您放心,我哪敢对她不好啊。"

老严却抓住了漏洞,说:"你没辩解你是老实人,就说明你默认了自己不是老实人。"

高知冬说:"那我诚诚恳恳和您说,我之前真的不是老实人,也不能说不是老实人,我之前没有正经工作,是个小混混。但现在我从良了,是滑冰教练,工作环境和收入都挺好的。"

老严点了点头,有点满意了,说:"那还不错,人一定要知错就改。"

高知冬也松了口气,说:"那您要不要试试这些新衣服?"

老严说:"寿衣啊?"

高知冬说:"您乐观点,就是新衣服,寿衣有这么新鲜的色吗?"说着掏出一件红色的羊毛衫。

老严嘿嘿笑了,说:"不试了不试了,我在这病房里也穿不着,整天穿这病号服就够了,等我手术成功了,出院那天,再把这一身新的换上,人就等于重活一回了。"

高知冬说:"行,听着就挺喜庆的,您会喝酒吗?那等您出院那天,我请您喝酒。"

老严说:"东北老爷们儿谁不会喝酒啊,小伙子,等我出院那天,咱俩一醉方休。"

可没等出院,还没手术呢,两人就鬼使神差地喝上了。就是下大雪那天,沈向真前一晚值了一夜的班,高知冬让她早点回去睡了,自己在病房里陪着老严。前几天总是早早睡着的老严,这天却失眠了。看着窗外仍旧飘着的大雪,把天空飘成了浅黄色,他看着躺在隔壁病床玩手机的高知冬说:"小高啊,你想喝点酒吗?"

高知冬说:"晚饭时喝了瓶啤的,不想喝了。"

老严"哦"了一声,说:"可是之前看电视的时候,说你们年轻人现在不都是下雪的时候要吃炸鸡喝啤酒吗?"

高知冬说:"那是韩剧看多了,咱这东北雪这么多,一下雪就吃炸鸡喝啤酒,那一冬天过去得胖多少斤啊!"

老严就默默地笑了,说:"下雪天可真美啊。我年轻时,一下雪,心里头就跟放假了似的,下班后就喜欢找朋友喝点小酒,哪怕没啥小菜,就着雪景抿两口也觉得舒坦。"

高知冬听明白了,说:"咋的?您馋酒啦?"

老严说:"也不是馋,就是突然觉得心里空落落的,刚才我就在心里数啊,年轻时经常和我喝酒的那些人,死的死,走的走,现在一个都联系不上了。"他的头又转向窗外,隔着层玻璃,雪无声落下。他微微地叹了口气,说:"人越往后活,就越觉得寂寞。"

高知冬还没到能体会这种滋味的年龄,咂巴了咂巴嘴,说:"老严,是快要手术了,害怕了吗?"

老严笑了笑,没说是也没说不是,只说:"你能陪我喝点酒吗?"

高知冬一听,连连摆手:"那可不行,您快要动手术了,您女儿要是知道了,非得打死我不可!"

老严说:"我不说你不说,谁知道?"

高知冬说:"医生一抽血就知道。"

老严说:"酒精在身体里残留的时间是二十四小时,我明天又不抽血,发现不了的。"

高知冬说:"那也不行,万一喝出点啥事,我可承担不起。"

老严说:"我少喝一点,不会出啥事,我的瘤长在脑子里,又没在肚子里。"他近乎乞求地看着高知冬,说:"我过两天就上手术台了,我怕自己一上去就下不来了,肚子里有些话,憋了大半辈子了,没和人说,今天想倒个痛快,不然怕没机会说了。"

高知冬看着那眼神,知道没法拒绝了,他能猜出那大半辈子的话主要包含什么,却也没法说"我全都知道了,您不用说了"。无论他的身体指标能提升到何种地步,上手术台总归是生死掺半的事情,他不能让一个有一半概率将死的人,把要说的话继续憋在肚子里,那样太残忍了。于是他起身出门,下楼,顶着一头一脚的大雪,拎了两瓶烧酒和一些小菜回来。

老严看着酒菜,搓了搓手,期待很久的样子。高知冬把烧酒递给老严一瓶,自己留一瓶,说:"这烧酒21度,咱俩一人一瓶,谁都喝不多。"

老严说:"这酒喝不喝多,有时不是看酒喝了多少,主要也看气氛。"

高知冬说:"知道,酒不醉人人自醉。"

于是半个小时后,两个人就都有些醉了,21度的烧酒,度数虽然不算高,却把两人的脸颊都烧红了。人一喝多,就把之前说过的话都当成屁了,高知冬又顶着大雪,买回几瓶烧酒来。

喝光第二瓶的时候,老严只是说车轱辘话,讲一些监狱里的事情,高知冬配合着赞叹他英勇有刚。

等到第三瓶喝完,高知冬有些晕了,再看老严,眼睛都直了,说:"这烧酒度数不高,可后劲挺大啊!"

高知冬说:"您吃点东西垫垫,不然胃里烧得难受。"

老严却说:"小俞,你别小瞧我,再喝三瓶我都没问题。"

高知冬笑了,说:"您喝多了,我不是小俞,我是小高啊。"

老严晃了晃脑袋,盯着高知冬,说:"什么小高啊,你不是小俞会计吗?"

高知冬本来也喝蒙的脑袋,嗡的一声清醒了,说:"小俞会计?哪个小俞会计?钢厂的小俞会计吗?您认识他?"

老严却还没清醒,说:"小俞,你说什么呢?你不认识我啦?这么多年你咋没变样呢?还这么年轻,你看我,都老了。你还记不记得咱俩在钢厂的时候,一个办公室,咱俩坐对桌,你爱干净,总把桌子擦得锃亮,擦完自己的还帮我擦。"

高知冬跟着入戏,说:"记得记得,可是我后来去哪儿了呢?"

老严又摇了摇头，眼神一变，说："你不是小俞，你是小高，我就说小俞都没这么多年了，不可能再出来嘛，真是的，你个尿小子竟然逗我，吓我一跳。"

高知冬哈哈一笑，说："那小俞咋没的，为啥会吓您一跳？"

老严一摆手，说："这事你就别问了，咱俩还是喝酒吧。"

两人又各喝了一口，老严的眼神又变了，说："小俞，小俞，你和我说实话，你是不是来接我的？你是在阴曹地府当差了，还是成了孤魂野鬼等了我半辈子？"

高知冬愣住了，这话意思是小俞死了？

老严说："小俞，那事你别怪我，不，你就怪我，我也是有苦衷的，我女儿要手术，需要钱，事都帮厂长做成了，你却跑出来要举报我们，最后没辙了，只能把你推下去，我也不敢啊，可厂长逼我啊，你不闭嘴，我们就都完了。最后你闭嘴了，可事情还是败露了，最后还不是我替厂长背的黑锅，笆篱子一蹲就是二十多年。但不管咋样，我女儿的命保住了，我其实还挺感谢厂长，至少说话算话。我当时也劝过你，人家厂长一手遮天，咱们胳膊拧不过大腿，你收点钱就别吭声了，可你偏不干，偏要逞英雄，最后连个骨灰盒都没留下……"

老严抹了一把眼泪，泣不成声。高知冬的酒彻底醒了，听得一脑门子汗，他说："老严，老严，你告诉我，你把我推哪儿去了？为啥连个骨灰盒都没留下？"

老严说："你和我装什么傻？鬼当太多年失忆了？那炼钢的大炉子，几千度，人下去就一缕烟，你说你还能留下啥？"

高知冬跌坐在地上，一场大酒撞破了一个大秘密，他呆愣在那里，浑身无力，爬不起来。他说："啥……啥时推下去的啊？"

老严说："半夜，大半夜，红通通的大炉子，照得人眼睛也通红的。"

高知冬说:"啥时候的大半夜啊?几月啊?几号啊?"

老严说:"二十多年前了,记不清了,也不敢记清啊。"

高知冬说:"你不能这样啊,这么大的事,你不能忘了啊。"

老严说:"忘了,都忘了,不敢忘也得忘啊,这么多年睡不踏实啊,连说梦话都提心吊胆的,一睡着你那通红的眼睛,就把梦都照醒了。"

老严说着就趴在床上哭了起来,哭了好一阵,倒是清醒了过来,说:"小高你怎么坐在地上?"

高知冬试着爬起来,说:"没事没事,我喝多了。"说着却又摔倒在地上。

老严哈哈笑,说:"你喝多了,我刚才也喝多了,都断片了。"

高知冬也分不清他是真断片还是脑瘤又压迫了神经,说了一堆胡话,他想要相信是后者,但又更愿意相信前者,因为那里有酒后吐出来的真相。

"不能喝了,真的不能喝了。"老严抹了一把脸,说,"喝得我眼泪都冒出来了,今天谢谢你啊,好久没喝这么痛快了。"接着他往床上一倒,片刻后就打起了呼噜。

高知冬的肢体慢慢地听摆布了,他起身,把酒瓶子和小菜收拾了一番,丢进了走廊的垃圾桶,又打开窗户放了放一屋子的味,这样明天医生和沈向真就不会发现今夜的酒浓,或许吧,但愿吧,他也没有十足的把握。

然后他穿上外套,再次下楼,走进一天一地的大雪里,那寒冷让他越发清醒,他点了根烟,抽了一口,仰面看着雪密密麻麻地从天空落下,如枪林弹雨,如万箭穿心。

他一生的秘密,在这风雪夜里,露出了冰山一角。

隔天，雪停了，清雪机器和拿着大铁锹的人们，逐条清理每一条街道，阳光落在飞起的雪面子上，每一片都晶莹斑斓，仿若里面有个微观的世界，起飞坠落，短暂恒久。

沈向真照旧坐公交去上班，走进父亲的病房，看到阳光落在床单上，父亲还在睡觉，昨夜的酒除了在他的血液里，没有在房间残留任何痕迹。沈向真便无法感知那昨夜的风雨或惊心动魄。

待老严醒来，他揉了揉太阳穴，那个位置有些痛，他清楚不是瘤子的位置，那剩下的就是宿醉的下场了。他昨夜的记忆并没有完全被酒精蚕食，但也没剩下多少，且都是喝醉前的一些忧愁，那些忧愁只要一摊在阳光底下，就变得无关紧要了。他虽然不记得和高知冬具体聊了些关键的什么，但那种一吐为快后的舒坦，却扎实地充盈在身体里，他把这舒坦，归功给了高知冬。于是在中午吃饭的时候，对沈向真说了句："小高这孩子真不错。"

这夸奖对沈向真来说，有点突如其来，也有点没头没尾，沈向真只能理解为，高知冬这几天一直陪床，他都看在眼里记在心里了。沈向真笑了笑说："确实不错。"老严也笑了笑，父女俩就没啥话说了，比陌生人之间还没话说，但还好笑容还挂在脸上，就成了缓慢的相视而笑，那场面，在外人看来，还挺温馨的。

高知冬经历了昨夜的大酒后，记忆却一清二楚，他早早地爬了起来，或者说一夜都没怎么睡，然后被高美珍叫去楼下小区帮忙清雪，又被拉去菜市场门前清雪，接着去上班又被叫到商场门前清雪，等全都干完，一上午都过去了，他到楼上的美食城吃午饭的工夫，才闲下来，想接下来该怎么办。

其实昨晚加一上午，他都在想这件事，想得快差不多了，现在坐下来，喝了口可乐，便要确定任务了。首先，要去查清楚，小俞会计到底是在1997年几月几日人间蒸发的。然后他要穿越回那个时候，阻拦小俞会计的死亡。接着日子可能会发生一些变化，就都是他不能预知的了。世间的变化，本就是无常的，不受控制的，但有这么个机会，能确切地救一个人的生命，这个人还有非常大的可能是自己的亲生父亲，他没有理由不去做。

当然，这一切最重要的前提是，老严的话，不是瞎说的。

下午，高知冬教了一个新来的小女孩滑冰，小女孩又胖又笨还娇气，摔了两跤就坐地上不起来了，还一直哭闹。小女孩的母亲穿着一件白色的貂皮大衣，把孩子从冰场里拽出去了，还指桑骂槐地说了高知冬一顿。高知冬憋了一肚子火，但也没还嘴，这种穿貂的妈妈，他一向吵不过的。

好不容易熬到下班，他先去了医院，和沈向真说："我这几天有事，晚上不能再来陪床了。"

沈向真说："没事，明天就手术了，你去忙你的吧。"高知冬抱了抱沈向真，沈向真随口问："你忙什么事啊，还都是晚上？"

高知冬想了想，说了个谎："我妈的事，这不要上晚会吗？没日没夜地排练，我现在是合唱团的司机，唱完了挨个把人给送回家。"

沈向真笑说："那还真是为人民服务了。"

高知冬说："啥呀，就是为我妈服务。"

沈向真说："看来你和你妈关系恢复得还挺好。"

高知冬说："嗐，和自己妈能有多大仇啊。"

沈向真说："那你还找你爸吗？"

高知冬本想说"快找着了"，但又怕话说多，把老严那事又漏出来了，在一件还不能完全确定的事情面前，还是什么都不说为好。于是便耍无赖说："本来不打算找了，但你现在提醒我了，那我就再认真想想。"

沈向真说："切，别把责任往我身上推。"

高知冬故意逗她,说:"我都帮你照顾你爸了,那你愿不愿意帮我找找我爸?"

沈向真说:"行啊,没问题,有什么需要我做的你尽管说。"

高知冬说:"我希望以后无论发生了什么,你都能够记得我。"

沈向真一愣,说:"你这话是什么意思?"

高知冬说:"没啥意思。"

沈向真一脸严肃,说:"你是不是要做什么事情?就像上次穿越回去杀人一样?"

高知冬说:"真没有,我现在活得好好的,杀什么人啊,我就是想说句土味情话,你这么较真让我好尴尬啊!"

沈向真脸色缓和了许多,说:"好吧,可能是我最近太紧张了,什么事都容易往坏处想。"

高知冬掏出手机,打开自拍,说:"来来来,咱俩照张相。"他一只手举着手机,另一只手把沈向真揽了过来。两张脸挤在屏幕里,高知冬说:"快,笑一个,别愁眉苦脸的。"沈向真露出一个标准的笑容,高知冬也笑了。

咔嚓一声,按到了锁屏键,屏幕黑了,啥也没照到。

算了,如果一切都改变了,这照片也根本留不下。

这时有护士来叫沈向真,说有个自杀的人来拆线,胸口的伤口有十多厘米那么长。高知冬光听着就觉得血淋淋的,他等沈向真离去,又去了老严的病房。见老严在病床边自己和自己下象棋,就走过去笑着说:"昨天晚上我喝多了,都断片了,啥也不记得了。"这话是先给自己上了保险,是怕万一老严记得,对自己也不会提防。

老严挠了挠头,说:"我也喝断片了,下回再喝,别整那烧酒了,喝着挺好下口,后劲太大。"

两人就又嬉笑了几句。高知冬说自己这几天有事,就不来陪他了,老严说后天就手术了,术后见。

这话一说出口,就不知怎的,有了点伤感的味道,有了一半告别的滋味。老严现在虽然是个"薛定谔的杀人犯",可在高知冬心里,对这人的感觉没变,他伸出手,紧紧地握住老严的手,那手很粗糙,是一双典型的父亲的手,一生的艰辛都在上面。"但他却用它们杀了另一个父亲。"高知冬被这个突然跑进来的念头吓了一跳,赶紧眨了下眼将之驱走,他说:"别担心,手术一定会成功的。"

老严说:"我不担心,也不知道为啥,今天一醒来,心里是这些年难得的敞亮,感觉就算下不来手术台也没遗憾了。"

高知冬说:"别瞎说。"

老严说:"好的,好的。"

出了医院,高知冬抬头看了眼夜空,是雪后难得的清澈。他趁着这夜空的清澈,把车子开到一片空旷的郊外,停在一棵丰茂的大树下,只不过寒冬腊月,叶子都掉光了,只剩下干枯的枝干,在风里摇摇摆摆。

高知冬把车子熄了火,四周的声音都一同被吸进了发动机,高悬在夜空中的星星,也低垂了下来,跟着树枝一同摇摆。

他给孙芸芸打了个电话,询问小俞会计是啥时不见的。孙芸芸问他怎么揪着这件事就不放了,高知冬说这是最后一次问了,告诉他,他保证就再也不烦她了。孙芸芸说让她想想,想了好半天,说是1997年的夏天,不是8月就是9月。

高知冬问:"那具体是几号呢?"

孙芸芸说:"这个真不记得了,我就记得你妈火急火燎来找我说这事时,我站在我家院子里,大月亮可圆可圆了。"

挂了电话,高知冬再次把车子打着火,看着收音机上的调频是97.9,就知道那肯定不是8月了,可圆可圆的月亮了,那不是阴历十五就是十六。他打开手机查了下万年历,1997年9月16日是中秋节,那小俞会计被害的日子,很可能就是这一两天,于是他保守起见,把音量调节到了14,随后歌声飘了出来:"今夜微风轻送,把我的心吹动,多少尘封的往日情,重回到我心中……"

他把椅背往后放,半躺在车里,闭上眼睛,在就要陷入昏睡的一刹那,突然就觉得这唱歌的声音好熟悉,非常熟悉,熟悉到就像听了好多年。

1997年的中秋节前,月亮已经快要圆满了,早早地挂在天边上,像是在等待高知冬这辆不该闯入的车子,怕夜黑路长,它一不小心再迷了路。

高知冬把车子停在钢厂正门对面的街道旁,那个位置可以把进出钢厂的人一览无余,他要做的,就是时刻紧盯着这扇大门,当小俞会计到来时,把他截走。他准备了好几包烟在身上,困了就抽一根,他怕自己万一打个瞌睡,小俞会计就真的像条鱼般,趁着黑夜游了进去,那他母亲的命运也就和这扇大门般,紧闭上了,再也没有机会去改变了,而他也就失去了找回父亲的唯一机会。

时光一过不再来,哪怕是穿越的时光也一样。

可这一夜,高知冬的三包烟,只抽了一包半,月亮就落了下去,启明星在东方升起,白日即将降临。他这一夜总共见过进出钢厂的有十几个人,却不见小俞会计的身影,那小俞会计的死期就不是今夜。

高知冬熄灭掉车子,一阵晕眩,再睁开眼,已经回到了那片空地的大树下,这一边,黎明也静悄悄地到来。他揉了揉眼睛,一松懈下来,就感到了突然而至的困乏,他懒得再动了,倒在椅背上,直接睡了过去。

一觉醒来已是中午,他是被冻醒的,车子熄了火,没有暖气,所有的玻璃都结了一层霜。他哆哆嗦嗦地拿起手机,看到好多个未接来电,都是沈向真打来的,心里咯噔一下,感觉是出了事。他急忙回拨过去,这回换作那头不接电话了,他便启动车子,朝着医院开去。

他把车子停在医院门前,一下车,就看到了沈向真,正靠在门前的墙边抽烟,满面忧愁的样子。他下车来到沈向真身边,急着问她:"出什么事了?手术顺利吗?"

沈向真摇了摇头,说:"手术过程还算顺利,但一结束人就进ICU了。"

高知冬问:"那陈医生怎么说啊?"

沈向真说:"能说什么啊,尽量抢救呗,就看求生意志强不强了。"

高知冬不知如何安慰,只说:"你爸求生意志应该挺强的,在监狱这么多年都熬过来了,还有什么熬不过去的。"

沈向真说:"但愿吧,你再给我根烟呗!"

高知冬掏出两根烟,两人你一根我一根地抽了起来。

沈向真说:"本来不想给你打电话的,你说你这两天有事情要忙,可是……可是就是突然特别无助,特别害怕。"

沈向真说着就有些哽咽了,高知冬伸手把她揽在怀中,说:"我知道,我知道,我全都懂。"

沈向真把脸在高知冬肩膀蹭了蹭,挣脱出他的怀抱,有些羞赧地笑了笑,说:"我是不是该往好处想。"

高知冬说:"对,对,人都要活得乐观点,现在这个情况比没从手术台上下来好多了。"

沈向真说:"不是的,我说的不是这个,我说的是,至少在他去世之前,我们两个和解了,虽然没有把话说明白,但我至少也为他的病努力了,这几天我其实也挺开心的,我说的往好处想就是这个,这个要比稀里糊涂地恨他一辈子要好得多吧?"

高知冬说:"那当然了,你爸这些天也挺开心的,还给我讲了好多你小时候的事情呢。"

沈向真饶有兴致地说:"比如呢?什么事情?"

高知冬说:"比如,你小时候爱喝甜奶粉,不是甜的就往外吐,有次你爸在家带你,看你一直哭,就一直喂你甜奶粉,最后把你齁到了,气管出了毛病,最后送进了医院……"

沈向真说:"这是啥故事啊,听起来多缺德啊,怪不得我到现在气管都不好。"

高知冬说:"你话不能这么说,就因为那次去医院,才发现了你心脏有毛病,这事你说算好事还是坏事?"

沈向真想了想说:"坏事。不是我这人没良心啊,如果我当年能有的选,我会希望我的父母放弃救我,不要因为救我而毁了自己的人生。"

高知冬说:"那你有没有想过,就算让你的父母重新选择一万次,他们还是会选择救你。"

沈向真低头沉思了片刻,说:"我知道,所以我今天一直在想,我能做点什么,让我爸能醒过来。"她抬起头看着高知冬很认真地问,"你说去寺庙里拜拜有用吗?"

高知冬笑了,说:"有用,只要自己觉得有用,就都有用。"

沈向真说:"那明天如果他还没有醒,你就陪我去拜拜好不好?"

高知冬说:"天气预报说明天会降温,咱俩都多穿点。"

沈向真又抱住了高知冬。

夜晚再次降临,高知冬又把车子停在了昨晚的那棵大树下,星星璀璨高悬,夜风也仍旧冰冷,只有那电台里的歌者声音始终温良,似乎想把这严寒唱透,冰河解冻。

高知冬闭上眼睛，又回到了1997年的夜晚，明月高高挂在天上，把思念的人的心里照得晃晃。他的车子停在钢厂门前，人趴在车窗边，一半的头露在外面，兜里还是揣着三包烟，却一根都不想抽，他的心怦怦直跳，像有预感似的，今夜小俞会计肯定会来。

　　可这预感一直等到半夜都没灵验，他有些倦了，还是点了根烟抽，刚把打火机打着，一阵邪风就把火吹灭了，高知冬虽穿着冬装，可还是感到一阵发凉，接着头顶也黑了下来，一片阴云遮住了月光。高知冬又把打火机打着了，这回没被风吹灭，他自己却松开了按钮，火灭了，他眼前出现了一个矮小的男人，疾步走进了钢厂大门。高知冬认出了那是小俞会计，他推开车门，着急忙慌地追了上去。

　　可到了门前，却被保安拦住了，他和保安一对视，都愣住了，还是孔新旺。高知冬在心里喊了声"坏了"，下意识地摸口袋，却没有一分老版的人民币。他一笑，说："对不起，这回也没带钱，下回肯定还你，你让我进去好不好？我有急事。"

　　孔新旺却像没听见后半句似的，只说："兄弟，没关系，这钱我不要了，能再见到你我真是太高兴了，你还记不记得上回我跑出去追你那次？"

　　说到这儿高知冬想起来了，这话老孔新旺和他说过一次，那天保安室塌了，孔新旺觉得自己是他的救命恩人。高知冬打断他，说："你别说了，我都知道，我是你的救命恩人，那你现在就帮我个忙，快点放我进去！"

　　孔新旺一愣，说："天哪，你咋知道我要说啥？"

　　高知冬彻底急了，吼道："我没时间在这儿和你废话！你快点告诉我炼钢车间在哪儿？"

　　孔新旺被吼蒙了，搞不清楚怎么回事，但也老老实实地说："进去往左走，一路到底就是了。"高知冬说了声"谢谢"，撒腿跑了进去，只留下孔新旺纳闷地站在原地，嘀咕着："他怎么知道的？"

炼钢车间，巨大的炼钢炉里，灼眼的红色钢水在翻腾着，时不时有白汽升腾起来，伴随钢铁焦灼的味道，让这深夜泛起地狱的气息。一个三十岁左右的男人，站在炼钢炉边，拄着一根钢管，目光死死地盯着那炉子，阴森着脸，似在等待也在筹谋着什么。可当背后响起脚步声时，他转过头的脸上却堆满了温和的笑容。

稍一辨认，就能看出，那是年轻时的老严，他冲门前的小俞会计招了招手，说："你咋来这么慢呢？是不是又舍不得打车，走路来的？不是告诉你了吗，这钱我给你出。"

小俞却冰着脸，不领这份热络，只说："你叫我来干什么？那件事我不是都已经和你说过了吗？我不答应，昧良心的事情我不做。"

老严也不恼火，说："我知道，昧良心的事情谁都不想做，你以为我就想做吗？可是咱们不是厂子里的员工吗，那就要为厂长办事。"

小俞说："我不是为厂长办事，我是为国家办事，国家的钱谁也不能乱用，你们这是在违法乱纪，我举报你们，你们是要进监狱的！"

老严说："你举报我们对你有什么好处？听说你谈了女朋友，结婚需要用钱吧？厂长让我带话给你，只要你把手里的证据都交出来，多给你五万块钱，这样总行了吧？"

"我拿了钱，就和你们是一伙的了，这种事我肯定不做，做了我这一辈子都睡不好觉！"小俞向后退了两步，说，"你还有什么要说的吗？没有的话我就走了！"

老严皱了皱眉，说："小俞，你过来，我有点真心话和你说。"

小俞没有防备，推了推眼镜，说："老严，我其实也有点心里话想和你说，你女儿的手术也做完了，你也该收手了。"他说着朝老严走了过去。

老严手里的钢管握得更紧了，说："你说的都在理，但我没有退路了。"

炼钢车间门前的那条路，漫长又漫长，高知冬撒腿跑在上面，仍旧在阴云里的月亮，在他头顶一跳一跳地指引着他拼尽全力，等他终于摸到那扇车间的大门，他方才停下喘了口气。接着他使出更大的力气，推开命运那扇厚重的门，便看到小俞会计已经晕倒在地上，老严用绳子把他捆绑住，挂在了车间吊车的钩子上，接着按下手中的遥控器，吊车钩子缓缓拉紧，小俞被吊在了空中，慢慢地向炼钢炉逼近。

"住手！"高知冬下意识地喊了一句。

老严愣了一下，回过头看到了高知冬，并没有专业杀手素养的他明显慌乱了不少，问："你是谁？"

高知冬说："你别管我是谁，你把他放下来！"

说话间他已经冲到了老严跟前，要抢手中的遥控器。老严当然不肯，另一只手再次抄起了钢管，吼着"一个是死，两个也是死"便朝着高知冬就挥去。高知冬一个低头，躲开了，再起身一脚踹在老严的肚子上，老严后退两步倒在地上，遥控器脱了手。高知冬冲过去，拿起遥控器，按下了红色的按钮，吊车停止了运行，小俞被挂在炼钢炉正上方，整个身子都被烤得通红。

高知冬又按下了往回运行的按钮，吊车缓缓地把小俞往回运送。老严此时又爬了起来，钢管再次挥了上来，高知冬感到后背一阵风，下意识缩脖子，但老严这次却打在了他的腰上，高知冬一个趔趄，倒在了地上。老严靠过来，再次扬起钢管，朝着高知冬的脑袋就挥了过去，但钢管还没等落在高知冬头上，老严却闷哼一声，倒在了地上。高知冬回头一看，原来是被吊车运行回来的小俞会计，身上的绳子从钩子上脱落，整个人掉了下来，砸在了老严身上。

老严惨叫了一声,小俞也从昏迷之中清醒过来,看着身下的老严和一旁的高知冬,还一下子反应不过来。高知冬爬起来,拉住他的手,只有两个字:"快跑!"

小俞应该是回忆起之前被老严打晕的危险,脸色一变,跟着眼前这个陌生人跑了起来。老严看着两人跑走,艰难地爬了起来,拖着钢管追了出去。

月亮彻底埋进了乌云里,变天了,突如其来的风把路两边的白杨树刮得哗哗作响。高知冬拉着小俞,拼命往外跑,可他的腰挨了一棍子后,吃不住劲,稍微快一点,就疼得站不直。小俞也跑不快,他是后脑挨了一棒子,现在还在流血,整个人也晕乎乎的。他被高知冬拉着跑,脚倒腾不过来,一个拌蒜又倒在了地上,连带着也把高知冬拽倒了。高知冬忍着疼痛站起来,小俞摸了摸后脑,一手黏糊糊的血,说:"你是谁啊?"

高知冬说:"现在不是唠嗑的时候。"

小俞说:"我头晕身子软,跑不动了,你别管我了。"

高知冬看到身后,老严拖着钢管追了过来,他硬是憋出一股劲,把小俞又拽了起来,直接背在背上,说:"我不能不管你。"

老严认清了前面叠在一起的两个人影,快步奔向二人,钢管在地上擦出一路的火星子。

高知冬背着小俞,咬紧后槽牙朝门前跑去,他的腰剧痛难忍,眼看大门就在眼前了,腰上一软,吃不住力,两人又跌倒在了地上。身后,老严的脚步声越来越近。

几近绝望的高知冬使劲踹小俞,说:"快起来啊,跑啊,快点跑啊!"小俞再次昏迷了过去,没了知觉,整个人像一团囊肉,晃了两下,又不动了。高知冬爬起来,把小俞拖在地上往外拽,便拽边冲着前方的保安室大吼:"孔新旺!孔新旺你给我出来!孔新旺!他妈的!

你听到了没有!"

保安室的门打开,孔新旺跑了出来,说:"谁他妈骂我呢?"小跑几步过来,看到了高知冬和小俞,愣住了,说:"你们这是咋啦?"往后一看,老严拖着钢管追了上来。

高知冬说:"拦住他,帮我拦住他!"

老严也冲孔新旺吼:"拦住他们,你给我拦住他们。"

孔新旺一下子蒙了,能看出一方要打另一方,但又判断不出谁是谁非。

高知冬怒吼道:"他要杀人!"

老严也吼道:"他偷东西!"

孔新旺看了看老严,又看了看高知冬的眼睛,下一秒,朝着老严扑了过去,说:"严科长,别冲动。"

老严说:"你信他?"

孔新旺说:"我不知道该信谁,但他救过我的命。"他伸手去抓老严手中的钢管,但没抓到,老严已经提前挥了起来,抡在了他的头上。

孔新旺被打倒在地上,老严看着高知冬拖着小俞已经出了厂大门,拔腿要继续追上去,可是腿只拔了一条,另一条却被孔新旺死死抱住。

老严低吼:"你松开!"

孔新旺不松。

老严说:"我不想杀你!你松开!"

孔新旺还是不松。

老严一钢管戳了下去,孔新旺的手差点被捅个窟窿,他惨叫一声,松开了手。

高知冬听到了那声惨叫,眼泪都要掉下来了,可也不敢回头看,

389

他吃力地把小俞塞进了车后座，自己上了驾驶位，刚关上门，一钢管就砸在了车窗上，车窗碎了，无数的玻璃碴子落在他身上。又一钢管砸了下来，他蜷缩一躲，没砸准，落在了方向盘。他管不了那么多了，斜着身子踩下油门，车子冲了出去，但方向盘却歪了，车子直直地撞在了路灯杆上，前车盖瘪了，冒烟了，他急忙坐直身子，挂挡倒车，再挂前进挡，车子缓缓移动，然后加快速度，终于离开了钢厂大门前。

车子的窗子破了，呼呼的大风刮在高知冬满是伤痕的脸上，迈速表已经坏了，他不知道自己开得有多快，但能把老严甩掉就够了，后视镜里，老严缩小，缩小，直到消失。他稍微松了口气，看到后排的小俞已经从座位上掉了下来，夹在前后座之间，倒是稳固。

他咧开嘴，笑了。

高知冬把车子开到了市医院门前，拖着小俞下了车，小俞恍恍惚惚中醒了过来，眯着眼睛看高知冬，说："你到底是谁啊？咱俩认识吗？为什么这么不要命地救我？"

高知冬说："我是谁你不用知道，但你要答应我，不要再去惹老严和厂长了，你斗不过他们的，你要好好活着，活着比什么都重要。"

小俞竟咧嘴笑了，说："我知道，我知道，我这次逞英雄失败了，我以后再也不逞英雄了。"

高知冬说："那就好，我就帮你到这儿了，医院你自己能走进去吧？"

小俞说："能，我身上现在有点劲了。"

高知冬说："行，那我就走了。"

小俞说："那咱们以后还能见着面吗？"

高知冬说："能，肯定能。"

两人就都笑了。

高知冬坐回车里，疲惫地点了根烟，看着后视镜里自己满身满脸的伤，当了好几年小混混，这次倒真算是出生入死了一次。他又看着前方小俞一瘸一拐地走进医院，嘀咕了一句："咱们未来见。"

高知冬掐灭手中的烟，并没有急着离开，而是在医院门前多守了一会儿，一直守到黎明之前，老严都没有再来，才最后留恋地看了眼90年代的夜空，他知道，这应该是最后一次来了，这辆老破车，已经在喘息了，快撑不住了，怕是再也来不了了，似乎也不用来了。

人生世事，能重来一次就已是幸运，不能强求，也不能有贪欲，往后的日子，只往前看，岁月都尘封在记忆里，保持本来的样子，不再动。

高知冬熄灭了车子，月亮从树梢边落下，仍旧斜照人间。

第二十一章

  一个冬天，一片空地，一棵大树，一团晨雾，一辆破旧的车子，一个年轻人缓缓睁开眼睛。浓稠的雾气，飘进车窗碎裂的车里，他下意识地抬手去抓，一丝丝潮气从指间穿过，他方才恢复了知觉，一身的伤也开始疼痛，他挪了挪身子，脑袋最后也跟着疼了起来，脑袋没有外伤，似乎是内部有东西在滋长，欲要撑爆的错觉。

  太多的记忆忙着填充，也就变成了一团碎片漫舞，他捂着头，疼了好一阵，才稍微缓解一些，手机就响了，是高美珍打来的，没好气地问他："跑哪儿去了一晚上不回来？是不是忘记今天啥日子了？"

  高知冬蒙了，啥日子啊？高美珍说："你这个没良心的，这事年年忘，你爸生日！痛快来市场接我！"

  高知冬挂了电话，身子就不受控制开始颤抖，嘀咕着："改变了改变了，我有爸了。"他急忙启动车子，车子叮叮咣咣地又动了起来，一上路就特别招风，路人们都在侧目这辆破得不成样子的车，冷风呼呼地往碎了的车窗里灌，可开车的人还感觉不到冷似的，一直咧着嘴，这肚子里得灌多少风啊。

  高知冬倒没觉得从窗子吹进来的风有多冷，他只感到一阵比一阵清醒，那风把过去那些黏黏糊糊的东西都吹没了，心里的那些埋怨和迷雾也都吹散了，这是二十多年来最清爽的时刻，他不但控制不住地咧嘴笑，甚至还哼起了歌。

可歌还没哼两句，他就看到一个交警骑着摩托车在追他，他听话地靠边停车，下车就给交警递烟，说："不好意思，着急接我妈去给我爸过生日，一不留神，超速了。"

交警把烟推回去，说："你没超速，你开得比自行车还慢呢。"

高知冬一愣，看了看迈速表，停车还定格在80，不好意思地笑了，说："不好意思，迈速表坏了。那没超速更好啊，又不是在高速公路上，开得慢也没啥事啊。"

交警说："都说了不是超速的事。"然后踢了踢车子的轮子，说："你这车是不是早该报废了？你人走吧，车就留在这儿了。"

高知冬说："交警同志，我知道我车该报废了，不用您拦住我，我这两天也送去自己报废了。您看，您能不能通融一下，我今天真有急事，我忙完今天，就把车子送去报废。"

交警说："不行，你们这种人我见多了，今天拖明天明天拖后天的，再说车都破成这样了还敢开？"

高知冬说："可是我真有事。"

交警说："有事打车去，总比你开车快。别废话了，在这儿签个字，有空了就去交管所办手续。"

高知冬在递过来的单子上签了字，一脸无奈，这车也不知道到底是谁改造的，带着他来来回回穿越这么多次，这回使命算是彻底到头了，他竟有些依依不舍。他走到车前，轻轻地在发动机盖子上吻了一下，说："谢谢你，再见了。"

这如同老情人般的告别，把交警逗笑了，说："哥们儿，你挺重情义啊，对辆破车都这样，对人更好吧？"

高知冬笑着摇了摇头，想说什么，开口却变成："算了，说了你也不懂。"然后潇洒地弃车离去，走到下一个路口，在街边拦了辆出租车，消失在渐渐稀薄的晨雾里。

出租车开了一半，高美珍又打来电话，问他："到哪儿了？怎么这么磨叽。"高知冬解释了一下车子的事情，高美珍说："倒霉，那你就别来接我了，咱俩到地方会和。"

高知冬问去哪儿，高美珍又骂了句"丧良心的"，挂了电话，高知冬收到个定位，是个郊区的农家乐。高知冬搞不懂高美珍为啥脾气这么大，她自己定的农家乐谁能知道在哪儿。他把定位递给司机，说："咱们去这儿。"

出租车在路上走着，高知冬觉得脸上不舒服，拉开车上的镜子看了看，好几道小口子，都有血印子，像是被挠了。他怕高美珍多问，便管司机要了点纸巾，蘸着唾沫一一擦干净。司机看着恶心，说："你吱声啊，我这儿有消毒湿巾。"

高知冬说："那你给我，我再擦一遍消消毒。"高知冬又用湿巾擦了一遍，有点杀得慌，但脸上看起来倒是干净多了。

车子一路颠簸，到了郊区的农家乐，高知冬一下车，就看到高美珍拎着个黑色塑料袋，哆哆嗦嗦地等在那里，还是穿着那件以前常穿的灰色羽绒服，并没有因为时空的流转，多出个丈夫，而多添置几件衣服。那一刻，高知冬心里难免是有些失落的，母亲的生活似乎没有变得更好。

高知冬走到高美珍身边，问她："在这儿等啥呢？咋不进去呢？"

高美珍说："进哪儿？进人家屋里暖和啊？"

这话把高知冬问愣住了："咱们不就是来农家乐吃饭的吗？"

高美珍说："行，一会儿你请我吃。"说完弓身拿起脚边的一把笤帚，转身朝前方走去。

高知冬彻底迷糊了，只得跟了上去，沿着农家乐旁边的一条土路往上爬，脚下的雪没脚脖，深一脚浅一脚的，高知冬越走心越往下沉，一直到半山腰的一块空地上，高美珍才停下脚步。高知冬看着眼前这一片野坟，被白雪覆盖住了面容，就连石碑都被掩埋，分不清彼此。

高美珍拿起笤帚，利落地在其中一块石碑上面扫了几下，石碑露出了真容，几个楷书从上而下，高知冬每念一个字心就绞痛一下，"俞明理"。再看那上面的照片，还是年轻的模样，和昨夜见到的几乎没有差别。他想起昨夜小俞问他两人还会再见面吗，他肯定地说着会的，未来会见面的。却没想到，竟是以这种天人相隔的方式。

不对，高知冬突然又是一阵头痛，无数的画面再次如碎片钻进了脑子。他想起来了，他们见过面的，且见过很长时间的面，在几乎整个童年时期，这个父亲都不曾缺席，他初有记忆时，是夏日的傍晚，父亲牵着他的手去买雪糕，回来的路上，他一手攥着一根，走了两步，却摔倒了，雪糕掉在了地上，沾满了灰尘，他趴在地上大哭，父亲就笑着抱起他，拍去他身上的灰尘，再回去买两根。

再大一点，父亲送他去上幼儿园，他抓着幼儿园的铁围栏大哭要回家，父子俩一个在里面，一个在外面，一个被幼儿园老师往里拉，一个被高美珍往外拉，最后是父亲先被拉走了，但也红了眼眶。

再接着，上二年级了，犯了错误被老师留校，父亲夜里去接他，他提心吊胆坐在后座，就怕被骂，可父亲却一句话也不说，把自行车停在一家牛肉汤店前，带他进去吃烧饼喝牛肉汤，吃了一脑门子的汗，嘿嘿一笑，说："别告诉你妈。"

再再后来，十岁那年，父亲的身体出了毛病，人越来越瘦，脸色也越来越难看，中药的味道飘了满屋，他知道父亲得了很严重的病，从别人口中也知道他可能活不长了。可年幼的孩子哪懂得眷恋，只觉得父亲看起来吓人便下意识地疏远，直到有天他练滑冰出来，已经是夜里，却见父亲在滑冰场门前等他，还是骑着那辆破旧的自行车，父亲冲他笑了笑，吃力地把他抱上后座，但父亲也不骑车，可能是骑不动了，只是推着往回走。

那晚的月亮很圆，很大，也很亮，亮到能把两个人的影子清晰地印到地上。

父亲问他："滑冰练得怎么样？"

他小声说："挺好的。"

父亲问他："最近学习怎么样？"

他说："一般。"

父亲问他："以后想做什么？"

他说："不知道。"

父亲就笑了，说："学习这件事呢，如果喜欢，咱们就好好学，但也别给自己太大的压力。滑冰呢，也是同样的道理，人这一辈子，其实有很多种活法，不需要跟别人比来比去的，自己活得舒坦最重要了，这话你能听懂吗？"

高知冬说："听不懂，和我妈说的不一样，我妈说了，不管考试还是滑冰都要争第一，不能给她丢人。"

父亲听完就叹了口气，说："对，你妈说的也对。"然后他站了一会儿，像是在给身体积蓄力量，接着又缓缓地推着车子说："冬冬啊，爸爸生了很严重的病，可能陪不了你多长时间了。"

高知冬说："爸爸你是要死了吗？"

父亲顿了一下，说："是的，爸爸要死了。"

高知冬说："死了是去哪儿呢？是去天上吗？"

父亲想了想说："是的，你可以这么理解。"

高知冬说："那我坐飞机去天上，能看到你吗？"

父亲说："不能。"

高知冬陷入失落。

父亲说："但是爸爸能看见你，都能看见。"

高知冬说："那我想你了怎么办？我再被老师留校了怎么办？我妈再打我了怎么办？"

父亲沉默了，他回答不了这些问题，只能一味地推着车子往前走，迎着夜风，眼泪流了一脸。父亲颤抖着说："以后你要多听你妈的话，别老惹她生气，不然爸爸在天上看到也会生气的。"

高知冬突然从后座上跳了下来，抱住父亲的大腿，号啕痛哭，说："爸爸，我不想让你死，你别死，你别死行吗？"

父亲把自行车一推，蹲在地上，把高知冬紧紧抱在怀里，说："爸爸答应你，爸爸不死，永远陪着你。"

高知冬从回忆里抽身回来，泪水已经模糊了眼眶，但还是能看清父亲墓碑上的死亡日期：2008年6月1日。

他昨夜的拯救，让父亲多活了十一年。

高美珍看着愣在那儿的高知冬，着急地冲他吼："你愣在那儿干啥呢？过来帮忙！"高知冬才缓过神来，看到高美珍从塑料袋里拿出很多供品，水果烤鸡什么的，还有一沓烧纸。

高知冬蹲下身帮忙，说："妈，我爸的忌日不是6月1日吗？为啥忌日不来，非要生日来啊？"

高美珍说："这话都给你讲多少遍了，怎么总记不住啊！你说你这丧良心的玩意儿，对得住你爸吗？"

记忆又钻了进来，高知冬想起来了，母亲曾和他说过，父亲回光返照时，反复叮嘱她，如果自己在儿童节这一天死了，以后千万不要忌日来上坟，他不想让高知冬往后每个儿童节都过得不开心。于是高美珍就改成他生日这天来上坟了。

高知冬有一阵心痛，说自己去撒泡尿，急匆匆往树林里走。关于父爱，他之前的人生从未感受过，猜测是一种男人间的友谊或是克制疏远的关心。却不曾想到,今日竟把这前半生的缺憾一股脑灌溉给他,让他体会到父爱竟如此沉重与辽远,如巨潮般把他不曾设防的堤坝,统统击溃,他蹲在雪地里痛哭起来。

身边的树木在风中摇摆,积雪簌簌落下,像是天地间某种生灵的回应,高知冬觉得那里面肯定有父亲。那山风是手掌,轻抚他的脊背,爸爸能看见,都能看见。

给父亲上完坟,母子二人往山下走,上山容易下山难,高美珍的老寒腿,一颤一颤的,高知冬上前两步搀住了她,高美珍说:"不用,我能自己走。"但也没挣扎,高知冬也没松手,两人就到了山脚下,再次回到农家乐门前,高美珍半开玩笑地说:"要不要进去吃了?"

高知冬笑笑说:"进去呗,谁怕谁,我请你。"

高美珍说:"拉倒吧,你那点工资还是省着点花吧。"

高知冬听了这话后知后觉地发现,虽然自己改变过去产生了些蝴蝶效应,但除了多出了个父亲的记忆外,人生的其他故事走向并没有发生任何改变,他仍旧是个小流氓浪子回头后的滑冰教练。

高知冬愣神之际,高美珍用胳膊肘碰了碰他,让他叫个车,去富华大酒店。

高知冬问:"去那儿干啥?"

高美珍说:"今天你孙姨和你刘大爷请大家喝喜酒。"

高知冬说:"去参加婚礼啊?"

高美珍说:"啥婚礼不婚礼的,就是一群老朋友在一起吃吃饭,你和我一起去吧,我今天没准得喝多,你得送我回家。"

高知冬说:"行啊,没问题,我正好也蹭顿饭。"说着掏出手机,叫了辆车。

母子俩哆哆嗦嗦地在风里又等了几分钟,车子来了,一路把他们送去了富华大酒店。

富华大酒店,四季青包厢,高知冬站在门前停住了脚步,上次就是在这里当迎宾,发现了武哥,猛然回首,虽然没过多久,竟有了些上辈子的错觉。

高美珍说:"你干啥呢?进不进去啊?"

高知冬说:"你先进吧。"说着推开门做了个"请"的手势。

门一开,一屋子的热闹就涌了出来,高美珍缓缓走进去,看到孙芸芸和老刘坐在中间的位置,左边是孙芸芸的儿子、儿媳一家,右边是云蓉,云蓉旁边是旧货店的宋哥,宋哥旁边是……高美珍略微辨认了一下,认出来了,周源!当年水晶宫的老板。高美珍不可置信地走过去,周源也站起身,四只手握在一起,话没说,眼泪就落了下来。

"这些年你跑哪儿去了?怎么一点消息都没有?"高美珍询问着,也是埋怨着。

周源长叹一口气:"说来话长,说来话长,要说的话太多,就不知道从何说起了。"

老刘说:"你俩别站着了,快坐下来,边吃边唠。"

两人坐下,周源的目光落在高知冬身上,说:"这是你儿子吧?"

高知冬点着头说:"叔叔好,我叫高知冬。"

周源一听,愣住了,看着高美珍,说:"这孩子咋没和他爸一个姓呢?"

被他这么一问,高知冬也才反应过来,是啊,怎么没和父亲一个姓呢?

高美珍笑着说:"这有啥好惊讶的,法律规定和爸姓和妈姓都行,当时我和小俞石头剪刀布,他输了,孩子就跟我姓了呗。"

"原来这么草率。"高知冬心里嘀咕着,就坐了下来。

周源说:"你家小俞对你可真够好的了,啥都让着你。"

399

高美珍说:"行啦,就别总是聊我了,今天人家那二位才是主角呢!"说着掏出个红包递给孙芸芸,说:"恭喜啊老姐妹,新婚快乐啊!夕阳红啊!"

孙芸芸推托着说:"祝福收下了,红包就不收了。"

云蓉说:"凭啥不收她的啊?我们的你都收了。"

孙芸芸就嘿嘿一笑,说:"客套客套嘛,你揭穿我干啥,我谁的红包都能不收,我敢不收高美珍的吗?"

她笑着把红包拿过去,儿媳却说:"妈,那么多红包您别弄丢了,我今天特意背了个大包出来,我先替您收着。"

孙芸芸不想给,知道给了就是有进无出,但又不想当着这么多人的面让儿媳下不来台,就在那里尴尬着,左右为难。

高美珍看不惯儿媳,没好气地说:"哪儿都能显到你,包那么大一会儿把剩菜剩饭打包回去,红包你妈得自己收着,那么想要红包,自己也搞个二婚啊,我到时一定给你包个大的。"

儿媳被呛了,也反驳不过,翻了个白眼,不吭声了。老刘打圆场,喊服务员,说:"人都到齐了,咱们上菜吧!"

服务员底气十足地答应了一声:"哎!"然后冲不知名的方向喊了声:"四季青走菜!"

听起来倒是够喜庆的,众人也因这喜庆的声音,把气氛又带了回来,个个满面红光。

如果说上菜前的满面红光只是种修辞手法的话,那等两个小时过后,这一群老人的脸就是彻彻底底地红了起来。

孙芸芸的儿子、儿媳一家,看没什么油水可捞了,吃饱了就抹抹嘴巴率先走了。高知冬想着要送母亲回家,也没敢多喝,正好兜里没烟了,就下楼买烟了。

剩下这群老朋友,人人手里都端着个酒杯,拉住谁就和谁喝,三个人喝,五个人喝,大家一起喝。酒精是所有情绪的放大器,各种情绪都倒进一个大的分酒器里,然后摇啊摇,晃啊晃,就五味杂陈了。

高美珍拉着周源,听周源讲这些年四处漂泊,当年水晶宫倒闭后就去了香港,然后又去了泰国,前些年做生意赔了,多年的积蓄没剩多少,现在人在老挝的磨丁,那里有国家租的一块地,在大力开发呢。

高美珍说:"你这些年也过得不容易啊,山山水水的,到处跑,现在都这把年纪了,就别想着赚钱了,啥大力开发和咱都没关系,你这次回来要不就别走了,咱们都老了,凑一起多热闹热闹。"

周源说:"我考虑考虑,我考虑考虑。"两人干了杯子里的酒。

云蓉那边也端着酒和孙芸芸、老刘喝,她说:"爱情是这世界上多难得的事情啊,老了老了还能遇上一回,真是替你们高兴。"

孙芸芸握着老刘的手,却说:"云蓉,你的病一定要好好治,虽说治不好,但也能恶化得慢一点,你别担心,你要是真到了需要别人伺候那一天,就和我俩一起住,我俩伺候你。"

高美珍不知啥时凑了过来,说:"算我一个,我也和你们一起住,我也伺候云蓉。"

云蓉说:"拉倒吧你,你舍得你那宝贝儿子?"

高美珍说:"不舍得也得舍啊,等人家结婚了,媳妇该烦我这个老太婆了!"

孙芸芸说:"谁敢啊!你儿媳要是敢给你脸色,不被你一脚蹬出去了?"

其他人哈哈大笑着,又干了杯子里的酒。

周源和高美珍喝完酒,转身坐在了宋哥的旁边,说:"我准备在磨丁那边开个小饭馆,嫂子也去世挺多年了,你一个人孤零零的,听说也不太和人来往,要不你跟我走吧?"

宋哥眼眶红了，说："那地方无论在地图上还是在我心里，都是边缘地区，我不能去。"

周源问："为什么？还是那个理由吗？"

宋哥说："是的，以前在钢厂的时候，我是开小火车的，火车要沿着铁轨走，不管是不是要到终点了，都不能脱轨。"

周源说："那里没人认识我们。"

宋哥说："我们认识我们。"

两人就不再多言，默默碰了一杯。

周源看着包厢里的KTV设备，说："宋哥，我给你唱首歌吧，好多年前我就给你唱过，叫《为爱痴狂》。"说着起身到点歌台点下了这首歌。可前奏还没响起，就被一只手切断了，周源回头看，是宋哥，他换了另一首《朋友别哭》，自己拿起话筒，五音不全地唱了起来。

"有没有一种爱，能让你不受伤，这些年堆积多少对你的知心话，什么酒醒不了，什么痛忘不掉，向前走，就不可能回头望。朋友别哭，我依然是你心灵的归宿，朋友别哭，要相信自己的路，红尘中有太多茫然痴心的追逐，你的苦，我也有感触……"

周源听着这首歌，终于控制不住自己，趴在宋哥的肩头，痛哭起来。而宋哥的喉咙也哽咽了，但就是拗着头，不去看他。

高美珍等人的情绪，也被这歌唱得沉了下来，大家都不再喧闹，而是坐下来，静静地听着歌声，心事也就又换了一轮。

高美珍点了根烟，轻轻地抽着，脑子里竟全都是小俞的身影。多少年了，没这么长久地念起过他，可能是今天上坟的缘故吧，也可能是老友相见，酒喝多了，往事就浓了，更可能是，看到人老了，有的有伴，而大多都孤独，心里酸酸的，就只能往回忆里躲……

那么多理由她分不太清楚了，就找一个简单的来开脱自己吧，她想他了。

他们当年是通过相亲认识的,本来只是有点好感,离喜欢还差得很远,可是突发意外,她因酒醉怀了孕,他对她说:"为了孩子我们结婚吧。"她曾全力地抵触过,也认真地思考过,终究还是妥协了。

因为小俞家是外地的,所以婚礼是在高美珍家办的,左右邻居的地方都被占用了,桌子从屋里一直摆到大门前,高美珍的父母胸前戴着两朵小红花,一扫愁眉,笑盈盈地迎来送往,挨张桌子发烟。

小俞更是从婚礼前半个月就开始忙活,在乡下买了头当年的猪杀了,卸下了一百多斤的肉,开着三轮车去周边的渔村拉了半车还在扑腾的鲤鱼,又从厂子里找关系,买了十几条内供的香烟,让老家人邮过来几坛子埋了十几年的白酒。婚礼前一天,从酒店里雇来了个大厨,从早忙到晚,终于把婚礼当天的菜都备齐了,到了婚礼这天,他终于能喘口气,穿上一身专门定制的西服,挽着高美珍,挨桌敬酒。

那时高美珍怀孕这事,还没人知道,亲朋好友都知道高美珍能喝,便不劝小俞只劝高美珍,高美珍没有啥推托的理由,小俞便把酒都揽过来,说:"我媳妇正备孕呢,不能喝。"

有人就问:"那你不备啊?"

小俞说:"我过了今天再备!"

大家就笑哄哄地只灌他,他也不推托,一小盅一小盅地干,高美珍知道他酒量差,在一旁看着干着急,可也没法拦,到最后,他真的就喝多了,被四个人抬进屋子,又是吐又是闹的,折腾了一晚上,高美珍也守了一晚上,到快天亮时,他不折腾了,高美珍也就躺下睡了一会儿,睡梦中觉得有人在看她,她睁开眼睛,看着小俞正坐在一旁直勾勾地盯着她,把她看得怪不好意思的。

她问小俞:"你酒醒了?"

小俞点了点头,说:"把你折腾坏了吧?"

高美珍说:"以后可别喝那么多了。"

403

小俞说:"嗯,我都听你的。"

高美珍说:"结婚你花了不少钱吧?我回头让我妈把收的礼都给你。"

小俞说:"不用,也没拉饥荒,就是把这些年的积蓄都花完了。"

高美珍说:"那以后咱俩一起赚钱。"

小俞说:"不用,你在家待着就行,我赚钱咱俩,不,咱一家花。"

高美珍说:"你别看我了,你这么一直看我挺奇怪的。"

小俞说:"让我多看一会儿,我到现在还没晃过神来,我真的把你娶到了。"

高美珍说:"瞧你这点出息。"

小俞说:"你不知道,咱俩相亲之前,我就见过你,我在调过来工作之前,来这边厂子里学习参观过一次,然后晚上几个人去水晶宫玩,我就看到你在台上唱歌,唱的是《我的眼里只有你》,那时你还是个大波浪头。我当时就坐在台下看,想着谁要是能娶到你该多有福啊。后来回去后,我们那边有调到这个厂子的名额,我就主动报名了,要说是全都因为你,其实也不为过。"

高美珍听得一愣一愣的,心里似有蝴蝶飞出,却嘴一撇,说:"你别大清早就忽悠人。"

小俞立马急了,说:"我没有,你不信可以去我们厂子问问,张老七和王金凤都知道。"

高美珍故意逗他,说:"我才懒得去呢,你没准和他们都串通好了。"

小俞说:"我没有,你这人怎么这样不相信人呢,我不和你说了。"说完身子一扭,不理高美珍了。

高美珍笑了,起身拍了他后背一把,说:"你肯定饿了吧,想吃啥,我给你做。"

小俞一听,回过头说:"不用你做,以后家里饭都不用你做,我今天给你做一碗我老家的油泼刀削面,早上吃起来可开胃了。"

　　高美珍说:"行,那你做面我拌两道小凉菜,又爽口又下饭。"

　　两人说着就一起到了厨房,里面传来一阵叮叮咣咣的声响,往后的日子也这么瓶瓶罐罐磕磕碰碰地过来了,高美珍也在这四方烟火的日子里,越来越喜欢小俞这个人,不敢说爱情不爱情,这个词在寻常的日子里太矫情了,她只是把他在心里压得越来越实诚。然后两人一起走过了漫长又短暂的时光,所有的困苦与喜悦都不再属于一个人,所有的艰难与抉择也都有了人商量,遇到熬不过去的事情,想想家里还有那么个人在,就能再挺一挺了,看到窗外起风了下雪了,就记挂着另一个人是不是在回来的路上了,要赶紧往外面多瞅两眼……

　　有几个酒杯递到了高美珍面前,把她从思绪里拉了出来,一群人又干了杯酒,大家就鼓动高美珍唱首歌,高美珍也没推辞,来到点歌台前,想了想,选了首苏芮的《牵手》,刚唱第一句就颤抖着走了音:"因为爱着你的爱,因为梦着你的梦,所以悲伤着你的悲伤,幸福着你的幸福……"

　　高知冬买烟回来,靠在门边,拆开那包烟,点了一根,缓缓地抽着,看着高美珍继续唱着,也陪着一屋子的老人,流完了眼泪。

　　　　没有风雨躲得过
　　　　没有坎坷不必走
　　　　所以安心的牵你的手
　　　　不去想该不该回头
　　　　也许牵了手的手
　　　　今生不一定好走
　　　　也许有了伴的路

今生还要更忙碌

　　所以牵了手的手

　　来生还要一起走

　　所以有了伴的路

　　没有岁月可回头

　　…………

　　岁月永远是醉人的，它也让人们在那样的夜晚里，清醒变得并不可贵。

　　高美珍唱完那首歌，收拾好情绪，又满屋子和朋友们喝了起来，然后在举杯的间隙，四下寻找高知冬的身影，两人的目光对上，高知冬冲她笑了笑，是在说："没事，你喝吧，有我呢。"

　　高美珍也笑了，笑容里是好久没有过的踏实。

　　当晚，高美珍喝多了，高知冬把她送回家，安排妥当盖上被子看她睡下，自己本也想洗个澡早点睡，但刚洗好澡，沈向真却打来了电话，语调里全都是兴奋："我爸醒了！我爸醒了！"高知冬才又想起这一边的事情来，说："你等我，我现在过去。"

　　在去医院的路上，高知冬仔细回忆了下时空改变后的记忆，关于沈向真这边，似乎没什么变化，老严当年虽然没有杀死俞会计，但做假账的事情仍旧被查了出来，他没有供出厂长，自己蹲了二十几年的监狱，出来后，沈向真还是不认他，他照旧住院，照旧手术，如今终于醒了过来。

　　命运兜兜转转，纵横捭阖，到头来仍旧走在老路上，这让高知冬在深感无奈的同时，也感到庆幸，庆幸自己没有因为一己私情，而让别人的人生天翻地覆。

他来到医院，沈向真等待在门前，远远地就冲过来抱住他。高知冬环住沈向真，这爱人的温度也没变，他轻拍她的后背，说："好了好了，怎么了？"

沈向真松开他，说："我也不知道怎么了，今天早上一醒来，就觉得和你认识像是上辈子的事了。"

高知冬笑了笑，说："那我们下辈子见。"

沈向真推了他一把，说："别乱开玩笑。"高知冬就问起老严的情况。沈向真说："医生刚做完检查，身体一切状况都良好，已经转到普通病房了，他刚吃了点东西，睡着了。"

高知冬说："我去看看他。"沈向真就带着他来到病房门前，刚要推门进去，却被高知冬阻止了，说："让他睡一会儿吧，我隔着门看就行。"高知冬透过门上的玻璃，看到老严躺在病床上，睡得安稳，一呼一吸间，竟有了些慈祥的味道，和那个追了自己半宿的人判若两人，再找不到一丝昨夜的凶狠。

走廊另一端，传来杂沓的脚步声，高知冬和沈向真望过去，一个穿着黑色大衣，围着红色围巾，一头银发的老人，在几个医生和副院长的陪同下，走了过来。到了病房门前，副院长要推门进去。沈向真拦了一下，说："我爸睡着了。"

副院长说："睡着了就叫醒啊，也不看看谁来了，这是老厂长。"

高知冬和沈向真都愣住了，对视了一眼，都明白怎么回事，老严当年替他顶了那么大的罪，他于情于理，都会过来瞧瞧。二人还没开口，老厂长先伸出了手，和沈向真握了握，说："你是老严的女儿吧，我早听说你在这儿工作了，工作得还顺心吧？没有人欺负你吧？"

沈向真刚要答话，副院长却先开口了，说："小真是我们这儿很优秀的年轻医生，也是院里着重培养的年轻骨干。"

老厂长说："那就好，那就好，既然你父亲还在睡觉，那我改天再来探望他。"

沈向真还是没有来得及开口,副院长又说了:"怎么能让您来回跑呢!"他伸头往病房里一看,说:"您看,老严醒了。"众人也都往里看,老严的手指确实动了动。副院长就带着老厂长、医生等人推门进去,把高知冬和沈向真留在了门前,他俩倒像是最无关紧要的人了。

两人五味杂陈,又觉得有点黑色幽默,就没有跟进去。沈向真说:"你上回带我去喝的那家羊肉汤很好喝,再带我去喝点呗,我没吃晚饭。"

高知冬说:"好啊,我晚上也没吃啥正经东西。"

沈向真说:"那你等等我,我去把白大褂换下来。"

高知冬说:"行,我在门口抽根烟等你。"

两人说着往外走,那身后病房里的一切,似乎都和那些岁月里尘封的旧事般与他俩无关。或是从此无关。

一星期后,春节联欢晚会正式开始录制,高知冬作为家属,得到了两张票,他带着沈向真坐在了台下。两人看着手里的节目单,高美珍他们的合唱,排在第八位,前面有一些歌舞小品和诗朗诵。一个市级的晚会,节目质量也好不到哪里去,第一个假唱的节目结束后,两人就闲聊了起来。

沈向真说:"我年后要去外地进修了。"

高知冬说:"这是好事啊,机会特难得吧?"

沈向真说:"是,之前我申请了几次,院里都不批,但上次老厂长去看望过我爸后,副院长主动找到我,把名额硬往我手里塞。很讽刺吧?"

高知冬说:"是挺讽刺的,这老厂长虽然退位多年了,但余威还在啊。"

408

沈向真说:"还有更讽刺的呢,我能进市医院,我一直以为是靠自己的能力呢。可谁能想到,我妈当年也是找老厂长帮忙,人家下面的人带了个话,我就被招聘进来了。我之前还一直劲劲地不理我爸呢,原来我哪怕是一份工作,拐弯抹角说回来,也是靠他。"

高知冬说:"这么说来,这些年你妈和老厂长还有联系?"

沈向真说:"有联系啥啊,哪怕替人进了监狱,人家也不会高看你一眼的,你以为还能真的常联系?估计我妈就是去人家门前堵呗,人家一看,也不是啥难事,帮一把你还得再记人家半辈子的好,还能把我爸的嘴,堵得更严点。"

高知冬叹了口气,想起几天前去医院路上思考过的那个问题,是的,庆幸什么都没变,就连这世界的阶级与权力都没有变,有的人永远悬于天上,而大多数人仍旧命如野草。他说:"那你还打算去进修吗?"

沈向真疑惑地看了高知冬一眼,说:"去,干吗不去?"

高知冬说:"心里会别扭吗?"

沈向真说:"要是以前的我肯定会别扭,会自尊心受不了,会去辞职,会一走了之。但现在我不会了,通过这些日子,我好像突然把这个世界看透了,这世界它就是一个阶梯,你要不择手段地往上爬,自己的那些小自尊、小矫情、小清高都暂时放一放,能借力就借力,能踩别人肩膀就踩别人肩膀,等你顺着这个梯子爬了上去,上了房顶,找个位置坐稳了,再把那一路丢掉的东西一个一个捡回来,你又找回你的矫情了,你又可以站在道德制高点指责别人了,你又可以守护你的底线了,这没什么不好的是不是?到时别人看我会觉得我变了吗?没有,到了那时,别人不会记得我曾经放弃的原则,只会歌颂我到了这个位置还不忘初心。"

高知冬想了想,说:"你能这么想,我替你感到开心,我虽然没想

409

那么多关于人生的规则，但能看到你终于能不别别扭扭地活着，我就觉得这些是对的。"

沈向真说："谢谢你理解我。"

高知冬说："那你进修要多久啊？"

沈向真说："要一年。"

高知冬愣了愣，说："那我有时间去看你。"

沈向真说："好的好的。"然后有些焦躁地说："你妈他们的节目怎么还没开始啊？"

高美珍的节目终于开始了，和彩排那天一样，老太太们穿着红色的裙子，老头子们穿着西装，交叉着整齐又错落地站成两排，感觉从边上推倒一个，他们就会像多米诺骨牌一样，全都倒下。领唱云蓉穿着蓝色的礼裙，最后一个上台，款款地走到舞台中央，深深地鞠了一躬，台下响起一片掌声。音乐起，云蓉先独自开口唱道："昨天所有的荣誉，已变成遥远的回忆，辛辛苦苦已度过半生，今夜重又走进风雨……"

她的声音平缓、厚重，似带你缓缓走进这群老人的旧梦里，那时他们年轻、丰沛、热烈，人生的画景层层铺陈开来，可随意挥毫。可一转眼，几十个秋冬已过，暮年如期而至，再也没了回路。

后两排的老人们，一起合唱道："心若在梦就在，天地之间还有真爱，看成败人生豪迈，只不过是从头再来……"

几十个老人在唱人生豪迈，只不过从头再来。莫名就有种情绪的煽动力，类似向天再借五百年的豪情，台下好几个老人都流下了眼泪。

高知冬看着这表演，脑子里全都是他们盛年时的模样，他与其中几位，有过短暂的接触，看过他们的生活状态，听过他们对未来的希冀，也算是畅谈过梦想。在那之前，他以为那一代人是幸福的，安定的，如铁轨般一路跑下去就能安稳度过一生了，所以没有焦虑，没有迷茫，没有忧郁。

可他如今终于明白，每一代年轻人都有属于自己的光荣与梦想，自然也就有疲惫与困境，只是他们一路跌跌撞撞地走了过来，在岁月和生活中学会了从容与认命，才淬炼出了人生的大道理，让日子得过且过。

会是这样吗？还是这只是自己的猜测？或许到如今的他们，仍旧满是困境，仍旧在疗愈年轻时的伤痛，只是没人在乎，无人问津，自己也就不再提起，认真地埋在心中，不提也就等于消失了，一生也就约等于圆满了。

他们是否也在等待一个渺茫的机会，日月变天，土地翻耕，他们再次走回舞台的中心，互相看着彼此，老了，头发白了，皱纹深了，可都不怕，拍拍肩膀，从头再来。

"心若在梦就在，天地之间还有真爱，看成败人生豪迈，只不过是从头再来……"

舞台上，他们手拉着手，似搀扶着，摇晃着，从岁月的柔光里走来，高知冬看着看着，突然就红了眼眶。

第二十二章

这台晚会在市电视台播出时，已经是除夕当天的下午，在高美珍家里，高知冬和孙芸芸老刘三人凑在电视前等着看节目，孙芸芸和老刘一脸的焦急，说："这广告也太多了，怎么还没到我们的。"

高美珍和云蓉在厨房切菜做菜，高美珍说："老刘一会儿节目开始了，你盯着点你那个腿，看看是不是哆嗦成筛子了。"

孙芸芸说："别说老刘了，我那腿也哆嗦得跟站在拖拉机上似的。"她说着起身，说："我也不看了，冬冬，你在这儿等着，一会儿用手机帮我拍下来，我发发朋友圈显摆显摆就行了。"

她说完就去厨房帮忙了，就留下老刘和高知冬两人，节目就开始了，高知冬拿起手机开始录，节目有四分多钟，镜头切来切去的，比在台下看着要舒服多了。节目完了，高知冬收起手机，老刘就气鼓鼓地站起来，说："妈的，一个我的特写都没有！"

这话传到厨房，里面的三个老太太，嘻嘻哈哈笑了起来。高知冬也跟着笑了一阵，然后回了房间，竟有些落寞。

高知冬在房间里，眯了一会儿，醒来天竟然黑了，外面的鞭炮声零星四起，远的缥缈，近的把玻璃震得嗡嗡响。他走出房间，看到饭桌已经支好了，菜陆续从厨房端上桌，老刘一一摆好碗筷，又小心地倒酒。高美珍端着一盘凉菜出来，说："高知冬你挺大人了怎么这么懒，就在那儿干站着，也不知道动动手。"

云蓉也端着盘切好的红肠出来，说："美珍姐，你大过年的骂孩子干啥？"说着放下盘子，掏出个红包给高知冬，说："拿着，一直忙着做菜忘了给你了。"

高知冬说："阿姨我这么大人了，就不收红包了。"

高美珍也上前拦，说："云蓉你干什么，别整这事。"

云蓉说："美珍姐，你别撕巴了，给孩子的又不是给你的。"

两人推来攘去一番，倒是没高知冬什么事了。他坐到老刘身边，说："刘大爷，您酒量有多大？白的能整多少？"

老刘说："平时能整半斤，逢年过节能整八两。"

高知冬说："挺厉害啊，小一斤呢。"

老刘说："这有啥，我在你这个岁数时，最多喝过二斤。"

孙芸芸端着最后一道菜上桌了，接过话茬，说："又话当年呢？你那回是喝了二斤，但喝完是不是头扎狗窝里了？给狗吓够呛，以为你要抢食呢。"

老刘说："你上一边去，别埋汰我。"

孙芸芸就回头冲高美珍和云蓉喊："你俩还撕巴呢，有完没完，那红包都不要的话就给我！"

两人听了这话，终于停住了动作，都气喘吁吁的，然后看着对方，又都笑得站不直腰。高知冬起身把两人扶坐在凳子上，这晚饭终于得以开吃。

高美珍先提酒，说："这是大家第一次在我家过年，我和我儿子表示热烈的欢迎，并且希望大家以后每个春节都能来我这儿过。"

老刘说："不行，今年来你家，明年就去我家。"

高美珍说："老刘你这人怎么这样呢，我一说话就跟我唱反调。"

孙芸芸说："就是就是，你就听人家美珍姐说呗，等轮到你敬酒时你再说。"

老刘说："行行行,你说吧。"

高美珍说："还说啥啊,都说完了!喝吧!我先打个样。"

她半杯酒先下肚了,老刘也不示弱,同样半杯。孙芸芸和云蓉都有点为难。

孙芸芸说："我们可没你俩那酒量,我抿一口得了。"

云蓉说："我也是,这散装酒度数太高。"

高美珍说："瞅你俩那点出息,再说这也不是散装酒,这是精酿。"

老刘说："行了,那赶紧吃两口菜,我提第二杯吧。"他像模像样地站起身,说："爆竹声声辞旧岁,锣鼓阵阵迎新年。"

高美珍说："哎哟,老刘行啊,有两下子。"

老刘很得意,孙芸芸却拆台,说："这两句是刚在电视上学的吧?"

老刘说："就你话多。"却也不生气:"就是这么个意思,来,大家喝一杯。"

这回有的喝得多有的喝得少,没人强求。

云蓉也起身提酒,一开口竟有些哽咽,说："二十多年没在家乡过年了,还是家乡的年味浓啊,刚才我坐在这儿,脑子里就像放幻灯片似的,这些年的日子一张一张地就过了一遍。"她顿了顿,接着说:"我敬大家一杯,谢谢大家没忘记我,谢谢大家还能接纳我。"

这一席话,把大家都说得有些伤感了,云蓉干了杯中酒,大家也都喝了杯里的酒,劝着云蓉说:"有啥好谢的,都是老朋友了。别太想不开,咱们到这岁数了,过一天就是赚一天……"

高知冬看着一桌子的人,再次生出局外人的错觉,看着他们吃着喝着说着闹着哭着笑着。年节总是这样,在欢闹喜庆的基调里,却又掺杂着许多泪水,一年容易又到头,人总要回头看,一总结就触碰了心酸。一生也是，几十年如浮光掠影，挥挥洒洒朝朝暮暮，从这头往那头望，也全都是茫茫寥寥。

窗外的鞭炮声渐浓，这混乱又不可思议的一年终于要正式结束了，高知冬背过吵闹声越来越大的老人们，来到阳台，看着一束又一束的烟花升起，便想起了沈向真。这个春节，她带着父亲去三亚了，说那边气候好，能养养病，据说住的也是老厂长的房子。在去三亚前几天，她父亲出院了，带着沈向真去老厂长家拜了个早年，出来后她还发了个朋友圈，是一副手写的对联，配文："谢谢老厂长的墨宝。"高知冬想了想，还是没点赞。

此刻，他随手拍了张烟花的照片发给沈向真，说："漂亮吗？你在干吗？"

片刻后，沈向真回了一句："春节快乐。"

高知冬看着那四个干巴巴的字，感觉某些东西似乎溜走了，或是说抓不住了，他收起手机，继续看那烟花，绽放，绽放，短暂而绚烂，短暂而美好，可终究只剩下空中的一片硝烟，被大风吹散。

他折身回到餐桌边，说："阿姨、大爷们，我还没提酒呢。"他端起酒杯："祝大家在新的一年里，大展宏图，前程似锦，论成败，人生豪迈，大不了从头再来！"

他干了杯中的酒，身后最大的一束烟花爆开了，老人们的目光都被吸引了过去，好漂亮。

春节这几天，因为每天都喝酒，高知冬过得晕晕乎乎的，张合和霉霉找他出去吃了顿饭，撸串时两人手上的戒指闪到了高知冬的眼睛。高知冬说："你俩把戒指摘下来，撸串别再撸丢了。"

张合听了却又把爪子在他面前晃了晃，说："不摘不摘，我俩就是故意在你面前显摆的。"

霉霉说:"我俩这是订婚戒指,以后结婚时的比这更闪呢。"

高知冬说:"没想到你俩进展倒是挺快,你俩的爱情路就没啥阻碍吗?"

霉霉说:"能有啥阻碍啊,我俩相貌相配,家境相当,能力都不咋的,原生家庭也没啥问题,男的不是妈宝,女的也不是女权,还都是独生子女,四个老人攒下的家底以后都是我俩的,有啥好阻碍的?"

张合附和,说:"对,你说阻碍到底是啥?"

高知冬回答不上来,只能举杯说:"祝你们两个贱人幸福。"

两人说:"那是必须的。"

然后霉霉忍不住插嘴,说:"你和沈向真咋样了?"

张合说:"听说她傍上靠山了?"

霉霉说:"平时劲劲的,我还以为能活得多高级呢。"

张合说:"人家骨子里是人中龙,见到大柱子就控制不住要往上盘。"

霉霉说:"那往上盘,一圈一圈的,骨头不都得撅折了啊?"

高知冬说:"你俩闭嘴。"

张合和霉霉对视一眼,悻悻地闭了嘴。

春节过后,高知冬正常上班,没出正月十五,滑冰场的生意都好,好几个小孩都报了他的课,算一下,这个月提成会很高。沈向真从三亚回来后,就急匆匆去了外地培训,两人没见着面,只发了信息说"常联系"。

再之后,云蓉从酒店搬了出来,去了养老院。养老院是她自己选的,高美珍和孙芸芸阻拦了几回,都没有拦成。便跟着去养老院看了一下,依山傍水的,倒也是个好地方,比家里环境好多了,也热闹多了,就没了阻拦的理由,还想着过几年她们也要搬过来。

送云蓉从养老院回来的路上,高知冬看到一个老太太骑着三轮车,三轮车后面是一人多高的废品,遇到上坡路,老太太蹬不动了,高知冬让出租车司机停车,下车后小跑几步去帮着推了一把,老太太回过头来,是韩新武的母亲,手术过后,视力恢复得非常好,她连声说着:"小伙子,谢谢,谢谢。"高知冬点点头,不吭一声,回了车上。

高美珍问他:"你认识那老太太?"

高知冬摇摇头,说:"助人为乐。"

韩新武的母亲看着出租车走远,还愣愣地站在原地,觉得这小伙子有些眼熟,却也想不起在哪儿见过了。她继续蹬上三轮车,想着这车货卖出去,又能去银行存一笔钱了,给儿子结婚的钱又充裕了一些。除夕那天,儿子打电话来给她拜年,说是争取明年回来看她。她就觉得,那明年一定是个好年头,她告诉儿子,等他回来了,她要和儿子一起出去旅旅游,现在眼睛能看见了,就多出去看看。想到这里,她用力拍了拍酸痛的腿,给自己加把劲。

3月一到,冰雪就开始融化了,虽然还有倒春寒一说,但在某些阳光明媚的午后,推开窗户,就能闻到泥土湿润的味道,仔细嗅一嗅,就能发现,里面包含了整个初生的春天。

高知冬这天休假,高美珍去菜市场出摊了,他睡了一大觉醒来,闲来无事,便开始打扫卫生,把屋子的边边角角都清理了一遍,想着这老房子要是还没有拆迁的消息,那就重修装修装修,改善一下居住环境。

他打扫到高美珍的卧室,看到床头柜半开半合着,想起之前的小金鱼手链就是在这里找到的,便下意识地蹲下身,想打开看看里面还有些什么其他的值钱玩意儿。但他伸出的手却没有拉开那抽屉,而是犹豫了一下,把抽屉合上了。可却在床头柜下面,看到了一张纸,应该是从抽屉后面的缝隙里掉出来的。

他拿起纸想要放回抽屉里，但却发现这是一份诊断书，里面"肺癌三期"几个字触目惊心。他颤抖着把目光挪到了左上角写有患者名字的地方，高美珍。

他的腿只蹲了这么一小会儿，就麻了，没力气了，扑通一下，跌坐在地上。

菜市场门前，屋顶的雪水融化，顺着屋檐落了一地，高美珍挑了块干爽的地方站着，点了根烟，还没点着，就先咳嗽了起来，那咳嗽凶猛，每一下胸口都疼，她一边咳一边用拳头捶着胸口，另一只手从口袋里翻出一个小白药瓶，倒出几粒，吞了下去，渐渐地，咳嗽平复了，她瞧了瞧手中断了的烟，走两步，丢进了垃圾桶。

有辆小货车停在她身边，一个黑不溜秋的中年男人跳下车，一口一个高姐地叫着，说："对不起，迟到了。"

高美珍说："没事，来了就好。"领着那男人进了市场，来到自己的摊位前。

"看看吧，就这个。"高美珍指了指。

中年男人打量了一番，说："之前你也发照片给我了，我觉得没啥问题，我主要是看上这地方了，我不干干调，我干海产。这市场我盯着好久了，人流量挺大的，所以没人愿意转让摊位。"

高美珍说："是，我这要不是去三亚养老，也不会转让，都干快二十年了，哪舍得让给别人啊。"

男人说："都干这些年了，你也该去暖和地方享享清福了。"

高美珍笑着说："是，我也真该歇歇了。那就这样，咱就按之前说好的那个价格呗？"

男人说："行，没问题，你这些调料有人接吗？我二舅家的老妹儿，利民市场那边也是卖干调的，我给你牵个线转给她？"

高美珍说："那真是谢谢你了，我正愁这事呢，她要是能全接手，我给她成本价再打个折。"

男人说："行，大姐你这人看着就实在，明后天的，我把钱准备准备，就来找你签合同。"

高美珍说："行，那我等你信儿。"她把男人送到门前，看着车子开走，一桩心事又了了，夕阳也落了下来。她进去把摊位盖好，买了点肉和青菜，想着高知冬今天休息，早点回家给他做点饭吃。

她拎着菜出门，来到"小绵羊"边上，刚开锁，就看到高知冬出现在身边。高美珍惊讶，说："你咋来了？"

高知冬看着她这副寻常的样子，突然也不知道该如何开口，便说："我……我饿了。"

高美珍就笑了，把菜在他面前提了提，说："我这就回家做饭，你还有啥别的想吃的吗？"

高知冬说："没了，没了，这些就够了。"

高美珍把菜放进背箱里，说："上车吧，我带你回去。"高知冬就听话地坐在了后座，高美珍发动车子，车子冒了一阵烟才开出去。"你还挺沉。"她接着又感慨了一句，"好像好多年都没载过你了。"

高知冬不说话，只是车子一晃，下意识地抓住了高美珍腰部的衣服。

车子开在道路上，慢慢悠悠的，暮光洒在两人身上，有了些光阴的温存。高美珍突然开口说："儿子，你今天咋啦？我怎么看你有点不对劲啊？"

高知冬说："没有，哪有啊。"

高美珍说："是不是工作上遇到啥事了？"

高知冬说："没有，我工作挺好的。"

高美珍说："那是和那个医生闹矛盾了？"

高知冬说："没有，她在外地培训挺好的。"

高美珍想不到了，说："儿子，你要是遇到啥难事了可别憋着，和妈说，妈给你解决。"

高知冬攥着高美珍衣服的手更紧了，喉咙哽咽着说："没事，真没事，您别问了。"

高美珍听出他声音的异常，淡淡地"哦"了一声，说："那我知道是什么事了，你是不是看到那张纸了？"

高知冬哽咽着不说话。

高美珍说："你别怪妈，妈也不是故意瞒着你的，可是发现得太晚了，医生说没办法，妈也没办法，那时妈看你刚找着工作，也想让你多开心几天……"

高知冬突然紧紧抱住母亲的腰，把脸贴在了她的后背上，泪水再也控制不住地流了下来。

高美珍最受不了儿子哭了，一瞬间也红了眼眶，在那模糊的视线里，眼前的风景忽地变成了很多年前，那时高知冬还是个小朋友，高美珍刚买了这辆"小绵羊"，载着他到处兜风。车子骑到一片郊区的小路上，路两旁长满了芦苇和花草，高美珍把"小绵羊"停在路边，看着高知冬去追捕草丛里的蝴蝶，她不近不远地看着，嘴里哼唱着："蝴蝶飞呀，就像童年在风里跑，感觉年少的彩虹，比海更远，比天还要高……"

当时唱着歌的心情，现在还清楚地记得，那时心里就想着，这孩子这么小，就知道玩，啥时能长大啊。可心里又怕他太快长大，长大了，就和自己生疏了，就该离开自己了。

但多年后的今天，是自己要离开他了，哪怕装得再坚强，又怎么会舍得啊。她嗡嗡地开口，想说几句宽慰高知冬的话，却又不知说什么好，便又接着哼起了那首歌："蝴蝶飞呀，飞向未来的城堡，打开梦想的天窗，让那成长更快更美好……"

很多地方都有个习俗，老人过了八十岁，就不过生日了，说是怕太热闹，惊动了老天爷，会让它想起该把这个老人带走了。

当高美珍和高知冬捅破了这层窗户纸，癌细胞也就像藏不住的年岁般，迅速扩散开了，高美珍的身体状况急转直下。高知冬硬拉着她去了医院，她虽不情愿，虽百般推阻，可力气没有儿子大，还是被关在了病房里。

母子俩都知道这时住院，也就是个心理安慰了，医生更明白这个道理，所谓治疗，也只是减轻高美珍的痛苦。

孙芸芸、老刘和云蓉以及一些新旧的朋友，都来医院看望了高美珍，除了哭一阵说些或安慰或埋怨的话，也没做出什么更特别的事。可能面对与生死相关的这种大场面，人能做的终究不多，连言语和行动都只剩苍白。

高美珍的精神状态倒是很好，对于死亡这件事，没有恐惧也没有懊丧，只说是天意，可能年岁给予了她某种智慧，能让她坦然地面对这巨大的深渊，不卑不亢，淡定从容。

高知冬就没有这种智慧，他接受不了这突如其来的重击，意识消沉，甚至有点浑浑噩噩。他请了假，整日守在医院里，在高美珍睡着时，他会四处闲逛，有时逛到妇产科，看着很多女人，或挺着大肚子或抱着刚出生小婴儿，就不由得感叹生命的奇迹，有人死去有人出生，就这么一代一代地传递下去。但往远里看，又没了意义，也就是一片片青草，生长发芽枯黄死去，野火燎原，没什么痕迹。

他大多数的时间里，还是守在高美珍身边，这些天该说的家常话也都说了，便没了什么新鲜的话，又不敢认真谈告别，他便努力找了找话，才问出："妈，你还有什么没完成的愿望吗？"

高美珍吃了一瓣橘子，说："有啊，想看你结婚啊。"

高知冬搓了搓后脑勺，说："这个有点难办啊。"

高美珍就哈哈一笑，说："逗你的，妈这人也不是老古董，虽然希望能看到你有个稳定的家庭，可你的人生毕竟还是你自己的，只要不走歪路，我都不干涉的。"

高知冬就很温柔地笑了，说："你放心，我绝不会让你失望的。"然后想了想，说："妈，你年轻时是不是在歌舞厅唱过歌？"

高美珍又吃了瓣橘子，说："是啊，那时候咱们这儿有个很大的歌舞厅，叫水晶宫，整个城市有头有脸的人，都去那儿听过我唱歌……"她说起这些，眉眼里满是自豪。

高知冬说："那当年一定很多人都喜欢你吧？"

"那当然，你爸当时就是听我唱歌然后喜欢上我的，还为了我，特地把工作调了过来……"高美珍说到这儿，喜笑的眉眼突然收了起来，愣神了片刻，喃喃道，"就快能和他团聚了。"

高知冬鼻子酸酸的，把话题又岔回来，说："妈，很多歌手都有个愿望，那就是录一张属于自己的专辑，你一定也有吧？现在录歌一点都不难，要不我找人帮你录一张吧。"

高美珍眼前一亮，但说出口的话却是："算了，花那钱干啥，一个老太太了，有啥好唱的。"

高知冬说："你可能觉得没啥好唱的，但我想听你唱啊，录好了，就当给我留个纪念总行了吧？我想你的时候，就拿出来听听。"

高知冬说不下去了，那红了的眼眶，让高美珍没办法拒绝，她伸手摸了摸儿子的头，算是答应了。

高知冬很快联系好了当地的一家录音棚，把高美珍带了过去，老板亲自和高美珍沟通，让她选一些自己喜欢的歌曲翻唱，高美珍罗列出来十几首，都是老歌，两人研究了一下录音顺序，就开始了正式的录制。

高美珍身体不好，每天只能录一两首，再唱多了气就不足了。高知冬每日接送高美珍，医院和录音棚两头跑，一星期后，专辑也就录完了。高美珍问啥时能拿到，老板说混音修音至少也要半个月，高知冬催着他快点，老板说最快也要一星期，到时把音频发他邮箱，用手机就能听。高知冬问老板能不能刻几张CD，他想给母亲一点古朴的仪式感，老板说没问题，他再给设计个套封。

　　老板是个靠谱的人，第五天傍晚就给高知冬打电话，让他过去拿专辑。那时高知冬在病房里，母亲刚睡着，窗外夕阳如血，他替母亲把窗帘拉上，打了一辆车，直奔录音棚。老板做成了三张CD，还送了高知冬一个老旧的CD机，说："知道你着急给你妈听，这玩意儿现在也不好买了，你先拿去用。"

　　高知冬和老板道谢后便急着回医院，可赶上了晚高峰打不到车，他本想再等等或是坐公交，可心里却等不及，火急火燎的，他有种不好的预感，于是便拔腿拼了命地往医院跑，跑到病房门口，见医生们在抢救，他知道预感应验了，气喘吁吁地定在原地，便听到里面医生的声音："死亡时间，六点四十三分。"

　　这声音让高知冬站不稳，后退两步靠在了墙边，手里的CD从信封里滑了出来，顺着地面，一路滚到了墙角，晃了两下，倒在了地上，高知冬也一屁股坐在了地上。

　　到底还是来不及了，那留存在人间的歌声，真的只成了自己的纪念，高知冬缓缓地倒在地上，弓起整个身子，痛哭起来。

　　高美珍的告别仪式在两天后举行，礼堂的正中央，照片里的她，慈眉善目地看着一屋子的人。高知冬木讷地站在一旁，给前来吊唁的宾客们一一鞠躬回礼，他这两天一直没合眼，也不觉得困，只是越发恍惚，似乎连悲伤都被这疲倦和恍惚淹没了。

云蓉和孙芸芸、老刘等人，这两天一直陪在高知冬身边，帮着忙里忙外，也是张罗一气，哭一气，总要念叨没想到第一个走的人是高美珍。其间云蓉还发过一次病，把高美珍的遗像认成自己的妈了，抱着埋怨了好一阵，说："得病了怎么连个口信都不带给我。"她哭，也没人拦她，哭吧，哭谁都一样，都是哭离别的不舍和心中的遗憾，除了陪着流眼泪，也没有什么更正确的事情。

告别仪式结束，张合找了辆大巴车，把所有人从殡仪馆都拉到了饭店。他和霉霉这两天也一直在跟着忙活，到了饭店还一个挨桌发烟，一个挨桌放酒，等菜都上齐了，又从外面把发呆的高知冬弄进屋。高知冬讲了几句家属该说的场面话，当日的任务才算基本完成，整个人泄了气似的，瘫坐在椅子上，张合和霉霉看了直发愁，把他硬拖到桌边，逼着他吃点东西，不然他真的要倒下了。

高知冬吃了两口，就吃不下了，霉霉爽快，说："吃不下了就喝点酒，怎么也得精神精神，明天还要下葬呢，比今天还累，你不能就这么倒了。"

高知冬一听也是，拿起一瓶啤酒，咕咚咕咚一口气喝了半瓶，打了个巨大的嗝，似乎淤堵在胸口的那团气，也一同被吐了出来，人还真慢慢缓过来了。他拎着剩下的半瓶啤酒，挨桌敬，场面话虽不太会说，可还是说了一堆感谢大家来送母亲一程之类的。

最后敬到云蓉、孙芸芸所在这桌，孙芸芸把他酒瓶子拿过来，说："孩子，咱们都是自己人，不用敬酒。"

老刘说："你也别拦着孩子，要是喝点酒心里能舒服点，那就让他喝。"

周源说："你想喝就喝，不想喝就坐下来吃点东西。"

云蓉把高知冬拉到自己身边坐下，说："瞧这几天，把孩子都折磨得没人形了。"

宋哥说:"怪可怜的,这世上没一个亲人了,往后得多孤单啊。"

云蓉满眼心疼地握住高知冬的手,拍了又拍,说:"你以后就把我们当亲人吧,有啥难事了,心里委屈了,想找人说说话了,就来找我们。"

孙芸芸说:"是的是的,有啥开心的事了,也别忘了和我们说一声,我们也能替你高兴高兴。"

宋哥说:"你之前在我那儿卖的那些东西,我都留着呢,你要是有啥东西想拿回去,和我吱一声。"

周源说:"你要是想出去散散心,我那个地方虽然又远又偏僻,但也算个落脚地,你想住多久就住多久。"

老刘说:"都用不着你们,我这辈子没儿没女的,冬子,你要是不嫌弃,就认我当个干爸,咱们以后就是一家人!"

这话一出,大家就都笑了,云蓉说:"老刘你倒是会算计,捡了个大儿子给你养老!"

宋哥也开玩笑说:"老刘这人年轻时就抠门得出名,人家给他介绍对象,第一次见面就发现女的怀孕了,女的一看露馅了,怕老刘发火,转身就要跑。可老刘却笑嘻嘻地说:'没事,你都怀孕了,正好省得我出力了。'"

众人一团哄笑,老刘也笑着说:"你别在这儿扯犊子编派我!"

一群人因着这个话头,就又聊起了许多有趣的往事,也喝起了许多的酒,暂时地把那忧伤都抛在了身后。

高知冬看着他们说笑着,心里升起了巨大的暖意,而那些更大的善意,他无力开口应对,只能沉默着全盘接下,然后陪着他们笑着喝了几杯酒。

恍惚间他看到高美珍又坐回了这群人中间,她仿佛从没离开过,只是在菜市场耽搁了一阵子,晚来了一小会儿,自罚了几杯酒,然后

425

红着脸，笑闹着，眉飞色舞地讲着那些青春的旧事。

高知冬单手托着下巴，看着那被柔光包裹着的母亲，红了眼眶，也微微扬起了嘴角。

夜里，张合送高知冬回家，高知冬坐在副驾，一身酒气，但人还算清醒，后座的周源和宋哥就有点五迷三道了，两人一路聊着国际形势，中美贸易，一带一路，还为中东局势发愁，全都心怀天下，像都没有柴米油盐的烦心事似的。

车子在一处红灯停下，宋哥侧头往窗外看，一个五十多岁的男人领着一个小女孩在过马路。

宋哥碰了碰周源，说："你看那不是老厂长的儿子吗？"

周源扭过头去看，眯了眯眼，说："真是。"

宋哥说："他也老了。"

张合和高知冬也顺着望过去。

张合说："哎，你们听说了吗？老厂长好像要被双规了。"

高知冬说："你哪儿来的小道消息？"

张合说："我开滴滴的，整天拉客，小道消息还能少吗？"

两人正说着，却见周源猛地开车门下了车，宋哥说："你干啥去？"

周源没回答，径直朝老厂长儿子走去。

高知冬以为他是要去打招呼，回头问："宋哥，他俩以前认识？"宋哥摇了摇头。车里的三个人正纳闷，却见周源一拳挥在了厂长儿子脸上。三人愣住了，随即高知冬和宋哥都跳下了车。

高知冬三两步跑到周源身边，而厂长儿子正捂着脸纳闷地看着周源，问："你谁啊？"

周源站不稳身子，怒视着厂长儿子，说："高美珍死了，高美珍死了。"

　　厂长儿子一脸的疑惑，说："高美珍是谁啊？她死不死关我什么事？"他掏出手机，说："你这个酒鬼，我要报警。"

　　他正要拨电话，周源一把夺过他的手机，说："我告诉你高美珍是谁，高美珍是水晶宫的歌手，我是水晶宫的老板！"

　　厂长儿子愣住了，死死地盯着周源看，他旁边的小女孩哭了起来，说："爷爷，爷爷，我害怕。"

　　厂长儿子回过神来，说："你认错人了，我不知道什么是水晶宫。"他说完，缓缓地从周源手中拿过手机，拉起自己身边的孩子，大步离开了。

　　周源还要追，宋哥拉住他，说："你干什么啊？你和他有仇吗？"

　　周源说："你松开我，你松开我。"挣脱着，挣脱着，突然没了力气，然后一弓身，吐了。

　　停好车跑过来的张合，看着正在呕吐的周源和愣在原地一直盯着厂长儿子背影的高知冬，有些没搞清楚怎么回事，他碰了碰高知冬，说："到底咋回事啊？"

　　高知冬说："没什么，周叔喝多了，认错人了。"

　　张合又看了看周源呕吐的身影，说："妈呀，幸亏没吐在我车上。"

　　高知冬一回到家里，就开始翻箱倒柜，不管多破烂的东西都往外倒腾，就像要把这个家的全部底细都抖搂出来给人看似的。床头柜翻完又翻衣柜，衣柜翻完又搬了个凳子翻杂物柜，可不管怎么翻，脑子里厂长儿子的脸都翻不过去，周源一拳打在的那张老脸上，似乎有着和未来自己相似的面容，他只看一眼，就如同看见了自己的苍老般，惊心动魄。

　　一定是有联系的，一定不会是无缘无故的，周源喝再多，也不会朝一个陌生人吼着"高美珍死了,高美珍死了"。他心中满是不好的怀疑,手头越发快了起来,直到一张献血证被翻找了出来,他才确定了被修改后记忆的真实性。

小时候某个傍晚,父亲俞明理拿着块德芙巧克力给他吃,母亲埋怨:"买这死贵的东西干啥?"父亲嘿嘿一笑,掏出本献血证,说:"不是买的,是献血时人家送的。"当时高知冬急着吃巧克力,也没去好奇那献血证,只记得死贵的巧克力太苦了,一点都不好吃,没想到多年后,这当时被忽略的证书,竟要成了再次改写过去的证据。

终于翻到了,褶皱的小红皮本子,内页早已泛黄发脆,经不起再多翻几下。可一眼就够了,高知冬只看了一眼那血型栏,手画的圆圈,似一个诅咒,把自己圈了进去。

他从凳子上跳了下来,拿着那本献血证跑出了家门,一路奔向周源住的酒店。周源刚睡着,被急促的敲门声惊醒,迷迷糊糊地来开门,看是高知冬,正疑惑之际,胃里又一阵翻腾,冲进洗手间吐了。

高知冬找了瓶矿泉水,也进了洗手间,看着周源吐完,把矿泉水递给他。周源接过去漱了漱口,又喝掉半瓶,抹了把嘴,清醒了许多,才问:"你怎么来了?出啥事了吗?"

高知冬开门见山,说:"老厂长的儿子是我爸吗?"

周源愣住了,随即说:"你瞎说啥呢?"他走出洗手间,心神不定地找烟抽。说:"你爸是俞明理啊。"烟找到了,可火又不见了。

高知冬把打火机递给他,说:"周叔,您刚才为啥打老厂长儿子?"

周源把烟点着,眼睛辣到了,狠狠眯着一只,说:"喝多了,弄错人了。"

高知冬说:"您别骗我了,我看我和那个厂长儿子长得像。"

周源笑了,说:"你瞎说啥呢。"

高知冬说："周叔，我没和您开玩笑。"他把那本献血证丢到周源面前，说："您看，俞明理是 O 型血，我是 AB 型血，我不是俞明理亲生的。"

周源没有去拿献血证，狠狠吸了一口烟，说："你爸都走这么多年了，还啥亲生不亲生的。"

高知冬说："是啊，我也不在乎什么亲生不亲生的，他在我心里永远都是我爸。现在我妈也死了，我应该有知道真相的权利吧？周叔，您到底知道些什么？能告诉我吗？"

周源沉默了，沉默了好一会儿，夹在指间的烟，就要烧到手了。他突然狠狠地抽了自己一个嘴巴子，说："让你喝多酒乱说话！"

周源接着又要抽自己一下，高知冬伸手拦住了，说："周叔，您不用自责，如果您能告诉我真相，我会万分感激您的。"

周源被高知冬拉着的手，缓缓失去了力气，他抽出手，突然捂住脸哽咽了起来，说："我答应过你妈，要替她保守秘密的，我答应过她的。"

高知冬说："周叔，真的是他吗？"

周源点了点头，说："是的，是他，当年他在水晶宫强奸了你妈。"

如一声惊雷，高知冬彻底呆住了。

周源说："那天晚上快打烊了，我和你妈还有小俞会计三个人在喝酒，客人也只剩下厂长儿子和他的两个小兄弟了。我们开始是各喝各的，谁也没搭理谁，可厂长儿子喝多了，非要你妈过去陪酒，你妈说自己是唱歌的，不是陪酒的，厂长儿子就火了，非要你妈陪，你妈本来脾气就不好，也喝多了，一酒瓶子就砸在了厂长儿子头上，厂长儿子就彻底怒了，然后……然后……就让两个小兄弟把你妈拖到沙发上……"

周源说到这儿痛哭流涕，高知冬仍旧呆在那里，回不过神来，他能想到那个混乱的夜里，酒精和罪恶在蔓延，却一丝都不敢去想象高美珍被欺辱的画面，他缓缓地摇着头，喃喃地道："你们怎么不帮她？你们为什么不帮她？"

周源说："帮了，我们帮了，可是我俩也都喝得太多了，站都站不稳，去拉了几下，就被他的两个小兄弟踹倒了……"

高知冬说："为什么不报警？为什么不报警？"

周源说："报了，没用的，他有个小兄弟就是警察……他爸是厂长，太有权势了，整个城市都没人敢管这事……再说，也不敢闹大，怕你妈的名声坏了。那个年代，一个女的被强奸了，哪儿还有脸活啊……后来，我们心里还咽不下这口气，我和俞明理去找了他几回，结果他们找了个由头，把我的水晶宫也搞停业了……那个年代太难了，我们什么都没有，斗不过的……"

周源又开始自责地抽自己嘴巴子，说："都怪我没本事！都怪我没本事！"

高知冬死死地把他的手攥住，眼泪也流了下来，说："周叔，周叔，不怪您，一点都不怪您。"

他突然猛地松开周源的手，起身朝门外走去，周源说："你干什么去？不要做傻事！"

高知冬本来拉开门的手，停住了，什么傻事？去杀了厂长儿子吗？虽然对于去杀这么一个人渣，他没有丝毫的心理负担，哪怕是自己的亲生父亲，也不会引起一丝犹豫，但此时杀了他，又能改变什么呢？母亲已经死了，什么都过去了，迟到的正义最没用，这自己早就体会过了。

他抹了把脸上的泪水，缓缓地转过身，说："周叔，谢谢您告诉我这些。您放心，我不会去找厂长儿子的，更不会因为这种人而毁了自己的一生。这件事到我这里就了了，我要回去早点睡了，明天还得给我妈下葬呢。"

他说完，冲周源笑了笑，这笑容，让周源的心安定了一些，说："你能明白这个最好，你妈在天之灵也能安心了。"

高知冬开门离去，酒店长长的走廊，如人生初来的匝道，他摇晃着往前走，似乎就能走到那开端去。他走出酒店，突然感到恶心，蹲在路边的花坛处，干呕了几下，却什么都没吐出来。

他在花坛边坐下，摸出一根烟来抽，越抽心里越别扭，在听完周源的讲述后，他便觉自己罪恶深重，不只是因为血液里有那肮脏的罪恶成分，更是猜疑是自己的到来毁了母亲的一生，她本该有明亮美好的未来，却因他这颗种子的降落把一切都赔上，她一辈子的苦楚都是为自己吃的……他只想到这里，内疚便爬满了心房，他万分厌弃自己，觉得欠了母亲一生。

如果没有自己，母亲这辈子的故事，是否就能换个写法？如果没有自己，母亲是不是可以少受很多苦累？如果自己从未出现，母亲此时会不会活过来？

想到这里，他抽烟的动作停住了，盯着那烟头点点的明灭，他做了个决定。他猛地站起身来，一路迎着春寒，迎着初升的月与暗淡的星，照亮自己满心的愧疚，终于在精疲力竭之际，来到了车管所堆积报废车的场地。

高知冬看着紧锁的大门，无数车辆的尸体，都堆在这高墙之内。他爬上铁大门，摇摇晃晃地翻越进去，用手机当手电筒，一排排寻找自己的车辆。

找到第四排时，他认出了自己的车子，驾驶位碎了的车窗仍旧碎着，他伸进去胳膊从里面打开门，坐进去，又学着电影里的匪徒，拆开钥匙处的明线和火线，反复对几次，车子竟然真的启动了。

他扭开收音机，调频仍旧是上次的数字，音乐缓缓地飘了出来，那声音摇晃、微弱，简直就要不成句子了："今夜微风轻送，把我的梦吹动……"

高知冬紧紧地闭上眼睛，默念着"求你了，求你了，求求你帮我最后一次"。

1997年9月，秋天的味道有些足了，微凉的空气，带着浓重的哀愁，把车内的高知冬吹醒，他睁开眼睛，看着车窗外遥远的下弦月，竟有一丝童年的记忆被勾起，那些月朗星疏的夜里，门前的葡萄架下，有好长好长的日子都可以随意浪费。

他愣了一小会儿，急忙从那记忆的温柔里抽离出来，开着车子一路到了水晶宫门前，这里的霓虹灯也比初次到来时，暗淡了不少，好几处的灯管都坏掉黑了下去，像是一处白墙长了几处霉斑。

他下车刚要进去，便看到高美珍从里面走了出来，来到了摩托车停放处，高知冬快跑几步，来到她身边，想喊一声"妈"，却又知不该这么叫，便一下子没张开嘴。

高美珍回头看到他，有点惊讶，说："哎呀，好久没见到你了，你这是跑哪儿去了？"

高知冬愣愣地笑笑，没回答她。

高美珍又问，说："你这脸上身上是咋整的？和人打架了？"

高知冬对着摩托车后视镜照了照，才发现刚才爬铁大门时，刮坏了衣服，脸上也蹭上了灰，便又说谎道："没，没打架，来的路上不小心摔倒了。"

高美珍说："那你快进去洗把脸吧。"

高知冬没动。

高美珍疑惑地看着他，说："你是来找我的？"

高知冬点了点头。

高美珍说:"啥事啊?"

高知冬看了看她的摩托车,说:"你能捎我一段吗?"

高美珍说:"你去哪儿啊?"

高知冬说:"去医院。"

高美珍说:"你身体不舒服啊?"

高知冬又点了点头。

高美珍说:"那快上车吧。"

高知冬坐在了后座,高美珍也跨了上去,嗅了嗅鼻子,说:"你这一身酒气的,喝了?"

高知冬说:"遇到了烦心事,就喝了点。"

高美珍说:"那以后也少喝点,酒喝多了没啥好处的。"

高知冬苦涩地没吭声。

摩托车启动,高美珍骑得慢悠悠的,说:"你别嫌我骑得慢,我肚子里有孩子了,不敢骑太快。我过几天就把摩托车卖了,以后也不骑了,都快当妈的人了,就不要威风了,要是喜欢,就买台那种女士的摩托车,速度不快,带孩子也安全。"

高知冬坐在后座,竟有了种奇妙的感觉,那个肚子里的小小的他,会出生,会长大,会一直坐在母亲摩托车的后座上,那摩托车会变来变去的,可他的位置却从来没变过,无论风霜雨雪,母亲都会在前边挡着……但今晚,这一切都会停在这起点了,他要谋杀了他自己。

高美珍说:"前面路不好,可颠了,你要是坐不稳,就抓着我衣服。"

高知冬缓缓地伸出手,抓住了高美珍腰两侧的衣服,只是一刹那,泪水就要涌了出来,这感觉无论是未来还是现在,都是那么熟悉,这种感觉无法形容,没有语言可以描述,但只要一触碰到,就知

433

道是母亲。

高美珍说:"你之前听过我唱歌吧?我今天也把唱歌的工作辞了,那环境太吵了,对胎儿不好,其实就算我不辞职,也唱不了多久了,那片地要拆迁,老板也要去南方做生意了。"

高知冬仍旧不吭声,想着"不要这么做,你应该去南方,去做你想做的事情,成为你想成为的人"。

高美珍说:"哎?你怎么不说话呢?我记得你之前说自己是从未来穿越过来的?那看你这样子,在未来是受了不少苦吧?"

高知冬笑了,说:"是啊,未来特别不容易,生活也特别累。"

高美珍说:"生活哪里有轻松的啊。"

高知冬说:"如果知道未来会很艰难,你还想去未来看看吗?"

高美珍说:"当然想啊,不管未来容不容易,我都想去看一看。"

她停顿了一下,再开口,语气却低沉了很多,说:"其实前段时间,我都不想活了,觉得活着特别没意思,你肯定没经历过,就是那种觉得生活没什么出路的时候。那段时间,我一直在想着如何自杀,安眠药都攒够了,却发现自己怀孕了。你知道吗?人真是很奇妙,当你知道肚子里孕育了另一个生命时,心突然像被豁开了个口子似的,一下子就明朗了,你就觉得一切都不重要了,那些害我的人,我也不计较了,活着才是最应该的事情,因为只要活着,就会有希望,苦难什么的,总会过去的。"

高知冬攥着高美珍的衣服的手,越来越紧。

高美珍继续说:"所以啊,是这孩子救了我一命,从那时起,我就想着,我以后一定要做个很好的母亲,把这世界上最好的都给我的孩子。"

高知冬的眼眶红了,他知道今晚的行动失败了,他无法杀死自己,因为如果他杀死了自己,就等于再一次杀死了母亲。

高美珍说:"哎,你咋一直不说话呢?是不是我说得太多了?也不知道怎么回事,今天一见到你,该说的不该说的,说了这么一大堆。"

高知冬说:"没事的,我挺喜欢听的,你让我想起我自己的妈了。"

高美珍说:"你妈对你是不是也特别好?"

高知冬说:"我妈这个人吧,虽然脾气大了一点,性格暴了一些,爱骂我爱动手了些,有时抠门了些,爱管我闲事了些……"

高美珍爽朗地笑出声:"这么听起来,你不太喜欢你妈啊?"

高知冬说:"不是的,不是的,全世界我最爱她了。"

高知冬突然紧紧地抱住高美珍,他知道,这是最后的见面了,这是最后的拥抱了,这身体的温热,以后再也感受不到了,那一闻到便安心的味道,也不会再有了,他趴在她后背上痛哭起来。

高美珍愣住了,她不知道身后这个年轻人发生了什么事,只知道他很难过,那痛苦的呜咽声,让她的心也一揪一揪的。她小心地询问:"你怎么了?是想妈妈了吗?"

高知冬的哭声更大了,说:"再也见不到了,再也见不到了。"

高美珍听懂了,一听懂,眼泪也落了下来,她说:"你别难过,你妈妈在天上会看见的,她看见你难过,她也会难过的。"

高知冬说:"她真的会看见吗?"

高美珍说:"相信我,她一定会看见的,你妈妈会变成一颗星星,一直守护着你。"

高知冬抬头去看那天上的星,漫天繁星都明亮,母亲到底是哪一颗啊?还是说漫天繁星,都是天下母亲的化身?

高知冬恍惚中看到漫天繁星落下,如萤火虫般,萦绕在摩托车身边,一路护着他俩前行,去往那浩瀚的未来。

高知冬睁开眼睛,眼眶里的泪水还没干透,天亮了,车窗外是那片荒凉的废车场，刚露头的日出，把薄薄的一层金子洒落下来。

高知冬下车爬出废车场，回到家里，洗了个澡，换了一身衣服，他要体面地送母亲最后一程。

火葬场告别室，霉霉正在给高美珍整理仪容，张合和高知冬陪在一旁，前两天都哭够了，现在反而都很平静，也不觉得沉重。张合说："你妈这一辈子活得也挺不容易的，你爸走得早，全靠你妈把你拉扯大。"

高知冬说："这还用你废话？"

张合说："你呀，可怜，以后就是没爹没妈的孩子了。"

高知冬说："咋的？你准备收养我啊？"

霉霉插嘴说："你这么大的孩子，我俩可养不起。"

张合说："对，你这人品行不太好，靠你养老也指望不上。"

高知冬说："就像你俩多好似的，咱们调换个个儿，我也不要你俩这孩子。"

张合说："这么说咱们爸妈也挺伟大的，除了他们都没人要咱们。"

霉霉说："对呗，只有自己爸妈不嫌弃自己的孩子。"

高知冬突然想到什么，说："哎，霉霉，你之前不是说你能和死人对话吗？你现在和我妈对对话。"

张合说："咋的？是怕你妈藏了存折吗？"

高知冬瞪了他一眼，对霉霉说："你帮我问问她，给我当妈这些年，有没有后悔过。"

霉霉说："行，都别吱声了。"然后她便盯着高美珍的面容，陷入了沉默。过了好一会儿，都没动静。

高知冬说："你咋啦？问到了吗？"

张合说："你是不是睡着了？你咋还睁眼睡觉呢？"刚要伸手推霉霉，霉霉却缓缓唱起了歌：

亲亲的我的宝贝

　　我要越过高山

　　寻找那已失踪的太阳

　　寻找那已失踪的月亮

　　亲亲的我的宝贝

　　我要越过海洋

　　寻找那已失踪的彩虹

　　抓住瞬间失踪的流星

　　我要飞到无尽的夜空

　　摘颗星星做你的玩具

　　我要亲手触摸那月亮

　　还在上面写你的名字

　　…………

　　高知冬听着这歌声，愣住了，他缓缓地蹲下身，握住母亲的手，又红了眼眶。一只黄色的蝴蝶落在了高美珍的身上，呼扇着翅膀，片刻后，又飞走了。

　　高知冬跟着那蝴蝶，出了告别室，又追逐着它，穿过幽深的走廊，推开门，来到了屋檐下，他跟着那蝴蝶一直走，一直走，便走到了耀眼的阳光下，落了一身暖意，走到了春天里。

　　霉霉的歌声还隐隐约约地传来：

　　　啦啦呼啦啦啦呼啦啦

　　　还在上面写你的名字

　　　啦啦呼啦啦啦呼啦啦

　　　最后还要平安回来

回来告诉你那一切

　　亲亲我的宝贝

　　…………

　　高知冬看着那黄色的蝴蝶飞进了春天里,消失在了日光中,澄净的天空下,清澈的风在荡漾,他空落的心忽然被填满,感受到巨大的爱意。

　　他在心里喃喃说道:"妈,谢谢你。"

　　高知冬在阳光下驻足了一会儿,刚要转身回去,就见前方晃眼的光晕中,一个人影缓缓靠过来。他抬起手遮住光线,那人影就清晰了起来,沈向真换了个柔软了很多的发型,朝他走过来,不待他有反应,已一把抱住了他。

尾声

清明节前后，就算是北方，雨水也比较多。

好不容易等到了个大晴天，张合约高知冬去郊游，说是郊游，其实也就是去郊区的农家乐转转，那个农家乐是霉霉的亲戚开的，她前一天就跑去那儿住一宿了，所以这天就张合和高知冬两人前往。

张合开着车子，高知冬坐副驾，张合神秘兮兮地说："我这两天刚听到的消息，你知道吗，老厂长被双规了，他儿子也被逮进去了，听说是身上背了好几个案子呢，估计下半辈子都出不来了。"

高知冬说："哦，恶有恶报。"

张合说："那沈向真和她爸没受啥影响吧？"

高知冬说："能受啥影响，他们也没走那么近，之前走得比较近，也都是为了面子上过得去，我们都误解她了。"

张合说："不管误解不误解，她反正是捞到了点真实惠。"

高知冬说："她这回在培训中成绩很突出，说明也是有真本事的。行了，咱们别聊这个了，两个老爷们儿背后讲究人家，太三八了。"

张合说："行，那咱换个话题，你啥时走啊？"

高知冬说："下个星期吧。"

张合说："沈向真给你找的这个工作靠谱吗？你这抛家舍业的，万一不准成那不是白折腾了吗？"

高知冬说："有啥抛家舍业的，我家不就剩我一个人了吗？去了和她在一起，也算是个小家了。再说了，我一个滑冰教练，在哪儿不是当？况且人家那是正规单位，上升渠道也清晰，不比在这商场里转圈圈好多了？"

张合说："行吧，是比在这儿有发展，但你万一，我是说万一啊，在那边混不下去了，就回来，别受什么窝囊气，咱哥们儿有一口吃的就不差你这一双筷子。"

高知冬侧头端详张合，说："咋啦？是不是舍不得我了？"

张合说："上一边去，有啥舍不得的，不就一千多公里的路吗，我一脚油门就到了。"

两人说笑了一阵，车子路过废车场附近，高知冬远远看到一辆挖掘机轰隆隆地在报废汽车。

高知冬喊着："停车！停车！"

张合把车停下，说："你一惊一乍的咋啦？"

"你等我一会儿。"高知冬说着下车，朝废车场走去。到了那边上，也不进去，只是隔着围墙，看挖掘机轰隆隆的，大铲子一下一下把车砸得粉碎，一个，两个，然后就轮到自己的那辆了。

高知冬看着那车只是简单几下就被砸瘪，然后铲子一钩，丢进了废铁堆中。他本以为自己看到这画面会有颇多感触，但其实心里却只有丝丝波澜，仿佛它砸碎的并不是带自己穿梭过幽暗往事的车子，而是一段早就该遗弃的陈旧岁月，现在它被报废了，自己也该抽身往前走了。

他转身刚要离开，手机却响了，是一串陌生的号码，再一细看，也不是那么陌生。高知冬接起电话，那头传来赵凌峰的声音。

他说："我又给你打了一笔钱过去，我估计再过几个月，钱就全都能还清了。"

高知冬说："谢谢您一直都还记得，我会把这钱转交给云蓉阿姨的。"

两人又闲聊了几句，把近况简单交代，赵凌峰听到高美珍去世和云蓉生病的消息，一阵长久的沉默，沉默的背后是遥远的，触不可及的海浪声。

眼看就要收线，高知冬说："赵叔，我能问您一个问题吗？您抵押给我的那辆车子，是从哪儿弄来的？"

赵凌峰说："怎么了？有人管你要了？"

高知冬说："那倒没有，刚才它已经被车管所报废了。"

赵凌峰说："哦，也该报废了。"

高知冬说："那它到底是从哪儿弄来的呢？"

赵凌峰说："我能不说吗？"

高知冬说："您就告诉我吧，这有什么好藏着掖着的。"

赵凌峰思索了片刻，说："好吧，我告诉你。这事发生在五六年前吧，那时我被人骗去了新疆，在景点卖假玉石，每天卖不到数，老板连饭都不给吃。我想逃走，又逃不掉，处处都是老板的眼线，抓回来就是一顿毒打。

"后来有一天我趁他们过节喝多了，终于逃了出来，可却搞不清方向，一头扎进了大戈壁里。我在那戈壁滩上走了一整天，别说人影，连个动物的影子都没看着，又累又渴又饿，我觉得自己熬不住了，这条命肯定就撂这儿了。这个念头一出来，精神头立马没了，身子一软，我就栽在了地上，晕了过去。

"等再醒来时，月亮都出来了，清亮地挂在天上，真好看。我在那儿躺了好久，除了看月亮，还看星星，铺天盖地的，越看越觉得人这一辈子折腾啥呢，多渺小啊，连颗星星都不如，就想着，干脆躺在这儿，等死算了。

"可这时却听见沙沙的声音传来，我本能地觉得不对劲，坐起身一看，一条蛇朝我滑了过来。我这人最怕蛇了，一个蹦高跳起来，撒腿就跑。也不知道跑了多久，没力气了我才停下来，回头看，蛇早就不见了，这才松了口气。也不敢再躺下了，想着找块高点的地方坐着吧，就看到不远处，有一点亮光，小跑过去，便看到是一辆车子。

"我心中大喜，不用死了，有救了，急忙来到车边，看到车里坐了个年轻人，靠着椅背在睡觉，我敲了敲车窗，又喊了几声，可是那个年轻人就是不醒，我觉得不对劲，拉开车门，推了推他，只一下，我就知道完了，身子都僵了，他死了。我当时吓坏了，感觉都要尿裤子了，但转念一想，这一定是老天又给了我一个活着的机会，我不能浪费，便把他从车上拖了下来，自己跳上车，把车子开走了。"

这故事听得高知冬直皱眉头，他问赵凌峰："您为啥不把那人送到派出所？"

赵凌峰说："记不清了，可能是太害怕了吧，你想想，一个死人，坐在副驾上，多瘆得慌啊。"

高知冬说："那您后来有试着去核实过这个人的身份吗？"

赵凌峰说："没有，就找人做了个假牌照，弄了个假的行驶证，一直这么开着。但现在突然被你这么一问，我又想起一点了，那个年轻人，好像长得和你很像，胳膊上也有个蝴蝶文身。"

高知冬心里一惊，某个念头掠过脑子，如利风破云，但随即他笑了，说："赵叔，您又开始说这些没着没落的话了。"

赵凌峰嘿嘿笑了笑，说："国际长途挺贵的，那咱俩下次再聊。"

电话断了，那头沉静如海，高知冬收起手机，又看了一眼那报废的车子，想了想，朝张合走去。

全文完

后记　今夜微风轻送

　　这个故事，好多次都差点写不下去，不是内里的因素，都是些外在的问题。

　　2018年，具体忘记了是什么时候，只记得是夜里和朋友闲聊天，聊一首歌的歌词："给你一张过去的CD，听听那时我们的爱情……"脑子里突然迸发出了一个故事的灵感，我就把它记录在平常随身携带的日记本上，那个本子上，记了很多我关于写作的新鲜或陈旧的念头，有一句话的感悟，也有几段话的梗概，有些会发展成一篇文章，但大多都会被我遗忘。

　　可那个晚上的灵感，在记下后一直在脑子里鲜活不退，更多的剧情不受控制地跑了出来，在飞机、高铁上，或是在睡前的床头，于是我就又统统记录在了本子上。差不多半年过去了，那个故事我杂七杂八地记录了有几十页，我想着，等待一个工作不是那么忙的时期，把它整理出来，试着开始去创作。但是却在某次出差的时候，把本子弄丢了，我以为是落在了酒店里，但是电话拨过去，前台却肯定地说没有人捡到，于是我又把行李和记忆翻找了一番，最后无奈地确定我就是丢失了它。

　　本子丢了，其实也没什么大不了的，这个故事在我脑子里，差不多有一半都记下来了，只要本子不是被哪个同行捡到，应该都会被当作废物处理。可我又真的担心被哪个同行捡到，提前把这个故事给写了出来，于是我开始惴惴不安了起来。

正好那时，我有了一段空闲时间，我便急忙开始落笔写它。写了差不多有两万字的时候，我和备备还有李田、彬彬去海南旅行，备备喜欢潜水，预定了个去小岛潜水的行程，李田很积极地想要去，我和彬彬则对潜水没什么兴趣，又觉得太阳太晒了，不如在酒店里待着。彬彬这人向来比较坚定，说不去就不去，我则容易摇摆，被备备劝说了一阵，就答应了陪她一起去，但我说好了不下水，就在岛上找个咖啡馆写东西。

隔天，我们先是乘坐大巴车到了码头，然后坐着小船前往小岛，我以为那是个游人如织，被开发过度的商业地带，没想到真的是一座荒无人烟的小岛。小船靠了岸，连码头都没有，需要我们一个一个摇晃着跳下去。我看着李田和备备都跳下了船，也就跟着往下跳，可就在这时，一波海浪袭来，我没站稳，整个人跌进了海水里，手里提着的笔记本电脑包也跟着一起落了水。船员好不容易把我扶起来，李田把我的电脑包也捡了起来，上岸后，我不顾自己浑身湿淋淋的，急着拿出电脑来看，一打开，一股海水流了出来，我盯着那个黑色的屏幕，心都死了。

但我还在安慰自己，没事的，就算电脑坏了，硬盘应该能恢复，文件不会丢的。然后一整天，我就坐在那荒岛的岩石上，和电脑一起接受着高温的暴晒，并看着备备和李田玩得乐呵，潜完水还捡了两个大海参。我心里憋着气，一直没有好脸色，等到回到市区，天已经黑了，我找了家电脑维修店，问能不能修好，店员把电脑拆开，看到里面的零件全都被海水腐蚀得发白了，他试了好久，最终摇了摇头。

我当下心如死灰，却忽地想起海明威的故事，在他年轻的岁月，妻子把他一整本书的手稿丢失，后来他说，他当然原谅了他的妻子，不过是在二十年后。

那晚，我走在海岛的街头，欲哭无泪，心中也不知该把这憋闷怪罪于何人，或者也曾对硬把我拉去海岛的备备心生怨念，可最终都无力挽回这结局，于是这个故事在那个沉闷的夜晚，再一次画上了休止符。

时间前进到 2020 年，我回东北老家过年，接着疫情来了，我被困在那里两个多月，之前所有的工作也都停滞了下来，我整天看着窗外的白雪百无聊赖，甚至开始尝试学着去做饭，锅包肉炸了又炸，最后也只是一桌子的失败。

就在那段时间，我又想起了这个故事，几乎是没有任何心绪起伏地从头再来，每天写一点，也算是找到了消磨时间的方式。时日漫长，经得起浪费，也经得起堆积，所以渐渐又写到了四五万字的样子。

然后，状况又出现了，那段时间有一部热播剧，我在朋友的推荐下也开始看，可越看心里越发凉，这和我故事的其中一个设定太像了。虽然这世界上的故事会有千百种的相像，特别是类型文学这一块，设定就那么几种，难免撞"梗"，但在不知情的情况下，撞就撞了，可如果一旦自己发现了，那心头就竖起了一道坎，怎么劝说似乎都难以翻越。

于是我在心头哀号也自我折磨了几天后，决定把设定推翻，重新架构，这个故事等于再一次归零。

我还记得那时的天气，冬天快过去了，虽然还有冷风，但是我偶尔下楼放风时，在炊烟四起的黄昏内，能嗅到一点早春的味道。

接下来的写作，变得平稳了起来，且没有再出什么意外，只是中途有个剧本项目开机，就再次暂停了数月。后来新家也开始装修，每天叮叮咣咣地砸墙砌砖，烟尘四起。我时常要监工，就捧着电脑找个角落坐着写，有时写得入神，忘记了监工的事情，瓦工就把洗手间的瓷砖全都贴错了。他和当初电脑掉进海水里的我一样愤怒，也同样憋闷，不知该把怨气发在谁身上，就拿起锤子把瓷砖全都敲碎了，然后潇洒地掏出手机把瓷砖的钱转给我。

新家装修了有一年半，餐桌搬进来的那一天，终于有了家的感觉。备备说我们在这儿吃一顿饭吧，可燃气灶还不能用，我们就弄了个小泥炉，在门口的烧烤店要了点木炭，在家里做了个小火锅。

备备在厨房洗菜时，我就坐在餐桌旁继续写作，写到快结尾处，男主角和母亲要告别了，我的心也跟着一抽一抽地痛，眼泪控制不住地往下掉。备备看到我哭了，吓坏了，走过来抱住我，问我："怎么了？怎么了？"我趴在她怀里，千万头的思绪堵在喉咙里，最后只呜咽着说："我要写完了，我终于要写完了！"

时间回到2018年，我的那个日记本还没有丢的时候，上面只记录了几笔关于这个故事的灵感。冬天里，我去大连看望我妈，我妈近几年一个人在那边工作，刚升任一家连锁餐饮店的店长，感觉她还挺享受这个年纪和这份工作带来的成就感。

夜里，她从宿舍到我住的酒店陪我，带了一盒染发膏，自己对着镜子染。我看她染得费劲，就主动过去帮忙，可一翻起那黑发下面的白发，竟有了种触目惊心的感受，我本以为白发只是寥寥几根，没想到那每一个黑发的发根，已经全都是白色。换句话说，如果我妈不是持续染发的话，她所有的头发其实都已经变白了。

我拿着小梳子，手有点颤抖地，把染发膏一点一点地往发根上涂抹，抹着抹着，眼眶就不受控制地红了，可我又怕被我妈看到，就一个劲地假装打哈欠。我妈说："你困了，我还是自己来弄吧。"我却坚持要帮她染完，就在那短短的几分钟里，我脑子里闪过无数的问句：这个人你了解吗？你知道她年轻时的样子吗？她也曾有过梦想吗？她曾志得意满也曾心灰意冷过吗……

在原本的规划里，我这个故事要讲的是一个对生活失去信心的年轻人，如何重拾信心的故事。但在那个夜晚过后，我改了主意，我要分出一半的比重，去讲一对母子的故事，把我的那些现实中的疑问，都赋在主人公身上，于是我的那些感情，也终于找到了投射，我的那些在现实中羞于表达的情感，也终于可以通过他传达出来。

如今，几年过去，这本书终于要出版了，我的生活和起念的最初，也有了很多的变化。结婚，生孩子，又出了几本书，做了几部剧的编剧。生活如江河，该转弯的时候，就顺势转了弯。

我妈在2019年，从楼梯上摔了下来，腿部骨折，回老家疗养了几个月，也顺势就把大连的工作辞掉了。我的孩子出生后，她从东北来杭州看孩子，住了一个月后，我家育儿嫂的老公出轨了，回家去闹离婚，从此再也没有消息，我妈就留下来，帮我们带起了孩子。她怕染发的气味会刺激到孩子，头发就隔很长时间才染一次，于是那头顶大片大片的白发就显露了出来，我到如今看着还是有些难受。我妈倒是乐观，但也爱美，她买了顶假发，出门时就戴上，看着也像那么回事。

故事里的主人公，在最后和母亲告别时，坐在母亲的摩托车后座，紧紧搂住她的腰，最后再叫一声"妈"，然后妈妈就变成星星，变成萤火虫，变成一声再也没有人回答的称呼。

我从书房出来，到宝宝的房间里，宝宝坐在地板上玩玩具，我妈靠在一旁看手机，我坐过去，坐在他俩中间，陪着宝宝玩了一会儿，觉得有点累，就顺势躺在了我妈的腿上，宝宝也学着我的样子，往后一倒，倒在了我的腿上。

夏天的风吹进屋子，门前的柚子树在结果，那一刻我觉得很幸福。

故事里主人公的遭遇，其实和写作者的生活无关，我觉得这是上天对写作者最大的仁慈和眷顾。

"今夜微风轻送，把我的心吹动，多少尘封的往日情，重回到我心中……"忘了说了，书里反复出现的这首歌，是我妈的手机铃声。

© 中南博集天卷文化传媒有限公司。本书版权受法律保护。未经权利人许可，任何人不得以任何方式使用本书包括正文、插图、封面、版式等任何部分内容，违者将受到法律制裁。

图书在版编目（CIP）数据

明亮的告别 / 吴忠全著. -- 长沙：湖南文艺出版社, 2024. 12. -- ISBN 978-7-5726-2175-8

Ⅰ . I247.5

中国国家版本馆 CIP 数据核字第 2024Y4K772 号

上架建议：畅销·长篇小说

MINGLIANG DE GAOBIE
明亮的告别

著 者	吴忠全
出 版 人	陈新文
责任编辑	何　莹
监　　制	张微微
策 划 人	张馨心
	陆俊文
策划编辑	李　乐
特约编辑	张晓虹
营销编辑	王　睿
	刘　洋
装帧设计	CP1919
出　　版	湖南文艺出版社
	（长沙市雨花区东二环一段 508 号　邮编：410014）
网　　址	www.hnwy.net
印　　刷	北京天宇万达印刷有限公司
经　　销	新华书店
开　　本	875 mm×1230 mm　1/32
字　　数	366 千字
印　　张	14.25
版　　次	2024 年 12 月第 1 版
印　　次	2024 年 12 月第 1 次印刷
书　　号	ISBN 978-7-5726-2175-8
定　　价	52.00 元

若有质量问题，请致电质量监督电话：010-59096394
团购电话：010-59320018